清琅琊宋氏族文学研究

山东省社科规划项目：明清琅琊宋氏家族文学研究——以宋鸣梧父子为中心（14CWXJ16）结项成果

李鹏 刘晓臻 著

九州出版社
JIUZHOUPRESS

图书在版编目（CIP）数据

明清琅琊宋氏家族文学研究 / 李鹏，刘晓臻著. --
北京 ：九州出版社，2023.11
　ISBN 978-7-5225-2426-9

　Ⅰ．①明… Ⅱ．①李… ②刘… Ⅲ．①中国文学－古
典文学研究－临沂－明清时代 Ⅳ．①I206.4

中国国家版本馆CIP数据核字(2023)第208096号

明清琅琊宋氏家族文学研究

作　　者	李　鹏　刘晓臻　著	
责任编辑	石增银　李　荣	
出版发行	九州出版社	
地　　址	北京市西城区阜外大街甲 35 号（100037）	
发行电话	(010)68992190/3/5/6	
网　　址	www.jiuzhoupress.com	
印　　刷	永清县晔盛亚胶印有限公司	
开　　本	710 毫米 ×1000 毫米　16 开	
印　　张	17.75	
字　　数	268 千字	
版　　次	2023 年 11 月第 1 版	
印　　次	2023 年 11 月第 1 次印刷	
书　　号	ISBN 978-7-5225-2426-9	
定　　价	88.00 元	

目　录

绪　论

一、研究的缘起

"时运交移，质文代变"，对不同历史时期文学创作风貌及其影响因素等的探索，古今都是一个常说常新的话题。例如，文学创作的时代因素，所谓"自来一代之文章，恒与一代之气运相表里。扬子云有言：虞夏之书浑浑耳，商书灏灏耳，周书噩噩耳。尚已。降至秦汉，迄乎元明，盛衰升降，代有不齐，要各成为一代之文章。"[①] 这些影响文学演进的时代因素，如经济基础，如政治、道德、哲学、宗教等观念，如与文学发展息息相关的制度、政策，等等。这其中，自然包括家族文化和地域文化。

（一）家族与地域：文学研究的两个重要视角

除却作家个性因素，家族传统与地域环境对于文学创作影响颇深。陈寅恪先生曾指出："自汉代学校制度废弛，博士传授之风气止息以后，学术中心移于家族，而家族复限于地域，故魏晋南北朝之学术、宗教皆与家族、地域两点不可分离。"[②] 不仅是学术，对于文学创作亦是如此。纵观整个中国古代文学创作，家族的血脉亲情无疑成为文学创作的重要母题，丰富的地域文化资源也为文学创作提供了众多的素材。家族与地域不仅为文学创作带来潜移默化的影响，也让以之为纽带而

---

① 冯桂芬，《显志堂稿》，文海出版社，1983 年版，第 207 页。

② 陈寅恪，《隋唐制度渊源略论稿》，上海古籍出版社，1982 年版，第 17 页。

绾合的文学创作群体更为稳固。

1. 文学与家族

家，《说文解字》曰"居也"，"族"，班固云："族者，凑也，聚也，谓恩爱相流凑也。上凑高祖，下至玄孙，一家有吉，百家聚之。合而为亲，生相亲爱，死相哀痛，有会聚之道，故谓之族。"① 而对于何为家族？徐扬杰认为："家族是以家庭为基础的，是指同一个男性祖先的子孙，虽然已经分居、异财、各爨，成了许多个体家庭，但是还世代相聚在一起（比如共住一个村落之中），按照一定的规范，以血缘关系为纽带结合成为一种特殊的社会组织形式。要构成家族，第一必须是一个男性祖先的子孙，从男系计算的血缘关系清楚；第二必须有一定的规范、办法，作为处理族众之间的关系的准则；第三必须有一定的组织系统，如族长之类，领导族众进行家族活动，管理族中的公共事务。不论哪个历史阶段、哪种具体形态的家族组织，这三个基本特点都是缺一不可的。"② 而从中国传统文化的发展进程中，我们可以看到以血缘关系为纽带的家族在其间的确起到了非常重要的作用。对此钱穆先生指出："家族，是中国文化一个最主要的柱石……中国文化，全部都从家族观念上筑起，先有家族观念乃有人道观念，先有人道观念乃有其他的一切。"③ 所以我们可以看到，在传统的中国人的观念之中，崇尚祖宗家法的观念根深蒂固。"家族中的'祖宗'是后代心中神圣的精神图腾，膜拜效法的文化偶像，慎终追远的心理高度。'家法'，不但为后人做出了成长发展的文化规定，同时也先天约定了族裔对家族的责任，并提供了完成这种责任的路径。"④ 所以，家族乃至家族传承，对于探索中国文化实为一个非常重要的着眼点，对于文学创作亦是如此。

纵观中国古代文学的生成与发展，我们可以发现其与宗法制社会的发展紧密相随，与家族的关系亦十分密切。"天下之本在国，国之本在家，家之本在身"⑤，

---

① 班固，《白虎通德论》卷八《宗族》，上海古籍出版社，1990 年版，第 62 页。

② 徐扬杰，《中国家族制度史》，武汉大学出版社，2012 年版，第 4 页。

③ 钱穆，《中国文化史导论》（修订本），商务印书馆，1994 年版，第 51 页。

④ 罗时进，《家族文学：何以成"学"，如何治其"学"？》，《苏州大学学报（哲学社会科学版）》，2012 年第 4 期，第 114 页。

⑤ 万丽华、蓝旭译注，《孟子》，中华书局，2006 年版，第 150 页。

家国同构的宗法关系必然影响于文学，所以无论是"国家"之"家学"，还是"家族"之"家学"，往往呈现出合而为一的关系，由此以家族文学为视角来探讨中国古代文学，不仅契合了古代宗族社会的文化特点，也是对中国古代文学传承体系和发展驱动力的深入探索。就文学的发展历程来看，家族对文学发展的促进作用可以体现在家族不仅可以成为其成员文学创作的重要源泉、促进创作灵感萌发，也可以体现在家族对其成员文学创作的潜移默化或者促进、激励之功。举例言之，在中国诗歌的源头中，就有家族或者家的观念的反映。《诗经》中不仅有《大雅·文王之什》中的《文王》《大明》等史诗性作品，又有对"家"的歌咏，如"桃之夭夭，宜其室家"（《周南·桃夭》）对成家之喜的歌咏；"琴瑟在御，莫不静好"（《郑风·女曰鸡鸣》）对幸福婚姻的赞叹等。至于屈原《离骚》自称"帝高阳之苗裔"，则彰显其高贵的血统。家族的兴衰荣辱也是汉代文学的重要题材，如汉代传记文学生动刻画家族的发展历史，冯衍《述志赋》等作品则表现出家族兴衰之叹："他们不是像司马迁、班固那样描述的是他人的家族史，而是对自己的家族史进行追溯，抒发感受，其中有作者的投影。"① 六朝重门第，家族人才的兴盛至关重要，家族则鲜明地体现出文学人才培养基地的特点。《世说新语·文学》载："谢公因子弟集聚，问'《毛诗》何句最佳？'遏（谢玄）称曰：'昔我往矣，杨柳依依。今我来思，雨雪霏霏。'公曰：'吁谟定命，远猷辰告'谓此句偏有雅人深致。"② 这说明家族内部之间的文学交流，成为促进文学素养提高的重要手段，这也是家族文学人才辈出的重要原因。此诚如刘师培在论及宋、齐、梁、陈四朝文学时指出："宋、齐、梁、陈文学之盛，既综述于前。试合当时各史传观之：自江左以来，其文学之士，大抵出于世族，而世族之中，父子兄弟各以能文擅名。如《南史》称刘孝绰兄弟及群从子侄，当时有七十人，并能属文，近古未之有。"③ 事实上，家族的文化底蕴为文学人才的辈出打下了良好的基础。例如《宋书》载谢弘微"所继丰泰，唯受书数

———————————

① 李炳海，《辞赋家和儒士经生的家族兴衰之叹——汉代文学历史沧桑感探索之一》，《齐鲁学刊》，1999 年第 2 期，第 42 页。

② 余嘉锡，《世说新语笺疏》，中华书局，1983 年版，第 235 页。

③ 刘师培，《中国中古文学史讲义》，上海古籍出版社，2006 年版，第 83 页。

千卷"①；王昙首与兄弟分财"唯取图书"②，等等。藏书丰富，并有名师教导，体现出家族子弟接受良好教育的经济基础与文化氛围，而"六朝世家大族久而不衰，藏书与文化起了重要作用"。③不仅仅是在南朝，乃至隋唐之后家族也一直有传承优秀文化、进行文学创作的重要传统，并在文学传播上发挥着积极的影响。

纵观中国文学史，历来不乏文学世家或者文学家族。"他们或以兄弟见称，或以父子擅名，或以祖孙显荣，或以叔侄并著，类型众多，不一而足。其中有些家族经历三代、四代乃至十几代而文士辈出，代不乏人，有的家族文才济济的家史甚至还跨越数朝，显然它们已成为名副其实的文学世家。"④可以说，文学世家以及家族文学创作，是促进中国古代文学繁荣发展的重要助力，而清代的文学家族更是有增无减。"清代文学世家是清代文学研究领域中颇具特色与内涵的问题，从具体家族而言，它牵涉到家族性文学传统的生成与传衍；从具体地域而言，它关系到地方性文学社群和文学流派的形成，以及地方文学风气的营造。在家族与地方的交互影响过程中，文学世家的姻亲脉络往复交织，文学世家的活动印迹不断累加，从而形成底蕴丰厚的文学图景。"⑤例如新城王氏家族，王士禛曾这样记载："山人兄弟每自家塾归，孙夫人从窗闻履声，辄呼而问之：'儿辈今日读何书？为文章当祖父意否？'命列坐于侧，予之酒食。或读书墅中，夜分不归，则遣小婢赐卮酒饼饵，慰劳之，率为常。兄弟四人每会食，辄谈艺以娱母，夫人为之解颜。"⑥正是这种严格的家教和爱好读书的氛围，使得王氏家族"科甲蝉联不绝"⑦，也成就了王士禄、王士祜、王士禛的"三王"之誉，尤其是王士禛更是将其家族文学推向了更广阔的天地。

---

① （梁）沈约，《宋书》，中华书局，1974 年版，第 1590 页。

② （梁）沈约，《宋书》，中华书局，1974 年版，第 1678 页

③ 陈德弟，《先秦至隋唐五代藏书家考略》，天津古籍出版社，2011 年版，第 44 页。

④ 李朝军，《家族文学史建构与文学世家研究》，《学术研究》，2008 年第 10 期，第 115 页。

⑤ 徐雁平，《清代文学世家的家族信念与发展内动力》，《苏州大学学报（哲学社会科学版）》，2012 年第 4 期，第 115 页。

⑥ （清）王士禛，《渔洋山人自撰年谱》，中华书局，1992 年版，第 9 页。

⑦ （清）王士禛，《渔洋山人自撰年谱》，中华书局，1992 年版，第 2 页。

2. 文学与地域

研究文学亦离不开对地域文化的探讨。这是因为人的成长必然带有所在成长环境的基因。这种环境既包括自然环境，如气候、地貌、风景、物产等；也包括人文环境，如人文历史、风俗传统、行为习惯、方言俗语等。作家对其所成长的地域环境，带有天然的亲和力和不可磨灭的记忆。所以我们能读到"近乡情更怯""乡音无改鬓毛衰"之类的诗句，也能看到在作家心灵深处看到"独在异乡为异客""不知何处是他乡"等内心的独白。他们在情感上对他乡的疏离或者对异质文化的比较也反映于字里行间。由此可见地域环境因素已然成文学创作上具有原生性特征的符号。

地域对于文学创作的影响，古今方家亦多有论述。如梁启超《近代学风之地理分布》一文指出："气候山川之特征，影响于住民之性质，性质累代之蓄积发挥，衍为遗传。此特征又影响于对外交通及其他一切物质上生活，物质上生活，还直接间接影响于习惯及思想。故同在一国同在一时而文化之度相去悬绝，或其度不甚相远，其质及其类不相蒙，则环境之分限使然也。环境对于'当时此地'之支配力，其伟大乃不可思议。"[1] 地理之于文学亦是如此。沈德潜《芳庄诗序》称："古诗人得江山之助者，诗之品格每肖其所属之地。"[2] 文学的发展诚然也离不开自然环境和人文地理的双重孕育。《北史·文苑传序》云："江左宫商发越，贵于清绮；河朔词义贞刚，重乎气质。气质则理胜其词，清绮则文过其意。理深者便于时用，文华者宜于咏歌，此其南北词人得失之大较也。"[3] 这是指出南北文风之不同。其中原因，刘师培先生在《南北文学不同》一文中认为是自然环境的影响：北方之地土厚水深，民多尚实际；南方之地水势浩洋，民多尚虚无。"中国南北的地理风土不同，因之人民的习俗和学艺亦异。"[4] 而家族文学和地域文化的关系尤为密切。罗时进先生指出："东汉以后，学术文化出现地方化、家门化趋势，与之相应，文学创

[1] 梁启超，《梁启超全集》，北京出版社，1999 年版，第 4259 页。
[2] （清）沈德潜，《归愚文钞余集》卷一，清乾隆三十二年刻本。
[3] （唐）李延寿，《北史》卷八十三，中华书局，1974 年版，第 2781-2782 页。
[4] 罗根泽，《中国文学批评史》，商务印书馆，2017 年，第 310 页。

作的重心也逐渐下移,地方世家大族作为'文学创作基地'的意义愈益突出。"①

与其他地域文学一样,沂蒙文学既有中华文明的普遍特征,亦有鲜明的地域性特点。这其中,蒙山沂水的旖旎风光,文气沛然的名胜古迹,流传久远的名人轶事,都为文学创作提供了鲜活的素材,以及在文学创作中刻印上鲜明的沂蒙地域特质。而由于深受儒家思想的影响,历代文人必然表现出对社会、现实、政治、文化等的关注,从而作品中表现出强烈的忧患意识、入世情怀,并注重文学的教化之功。至于厚重的历史文化积淀、一个个影响深远的文化家族,无疑造就了一批批文采斐然的作家,于是不难理解他们为何能够在文学史上占据重要的地位。

同时我们可以看到,家族文化、家族文学与地方区域文化、文学的发展关系密切。他们及其姻亲,以及因地方名望所聚集的人才资源,对一个地区的教育及文化发展、文学的传承与创作等起到重要的促进作用。所以,从探究家族、地域与文学的关系出发,揭示沂蒙文学在文学发展史上的意义,研讨沂蒙文学的生产与传播,加强对沂蒙文学作品的赏析与评论以及对文学创作共同性的认识、差异性的把握、独特性的发现等,无疑具有重要的意义。

(二) 明清临沂丰富的家族文化

明清时期,是山东家族文化尤其是仕宦家族与家族文化又一繁荣兴盛期。"随着经济发展科举盛行,山东地区出现了数以百计的由科举起家且长盛不衰的仕宦大家族。这些大家族对国内政治、经济、文化及山东社会都产生了重要影响。明清山东仕宦家族都留下了厚重的家族文化,成为中国传统文化中的一个重要组成部分。"②临沂地区亦是如此。可以说,这一时期家族文化的繁荣与重教的传统与深厚的文化积淀关系密切。

1. 兴教育重教化的传统

临沂古称琅琊,其处于齐鲁文明礼仪之邦的山东,有着悠远而厚重的地域文

---

① 罗时进,《家族文学研究的逻辑起点与问题视阈》,《中国社会科学》,2012 年第 1 期,第 163 页。

② 朱亚非,《明清山东仕宦家族与家族文化》,《山东师范大学学报》(哲学社会科学版),2009 年第 6 期,第 29 页。

化。就山东而言，诸子百家代表人物，如儒家孔子、孟子，墨家墨子，道家庄子，阴阳五行家邹衍等等，都长于斯。独就儒学而言，西汉时代的五经八师，山东占其六；东汉时期的五经十四博士，山东有其八。儒学的发展促进了家族文化、宗族文化的繁荣，其中一个重要的表现是重视子弟教育的传统。具体到临沂为例，前文所述王昙首即琅琊王氏的代表人物。其他如琅琊颜氏，我们耳熟能详的是颜之推所著《颜氏家训》，体现其对家风、门风、家族成员教育的重视。而其家族人才辈出，在哲学、文学、史学、文字学、书法、绘画等领域都取得了突出的成就，如颜真卿等彪炳史册者更是代不乏人。其他如兰陵萧氏无论在魏晋南朝还是隋唐时期都是闻名于世的大家族。

明清时期教育的发展为临沂家族文化的发展提供了丰沃的土壤。此亦得益于这一时期发达的教育系统：

明清时期的学校，在中央有国子监，地方有官方设置的府、州、县学，另外还有地方官员或民间人士兴办的各种义学、社学、私学和书院，自儿童教育，到成人教育获得全面发展。明清时期的科举，从府的院试、省的乡试到中央的会试、殿试，四级衔接，每三年一次，已成定规，制度严密。明清各级官员，主要从科举中选拔，而学校则培育和储备人才以应科举。学校、科举、官制已紧密结合，成为三位一体。可以说，明清时期中国学校教育与科举之发达，为以前历代所不及 [1]。

在明清时期重视教育的大背景下，山东地区不仅府、州、县学校发达，书院、义学、私学也较为普及，为教育的发展提供了良好的条件。教育的繁荣，促进了科举的发展。"举办乡试的济南贡院，明清两朝共举办乡试二百次，录取近两万人，这些举人大都参加了日后在京举行的会试，共考中进士4074人，考中状元14人，

---

[1] 安作璋主编，朱亚非、陈冬生分卷主编，《山东通史》（明清卷），人民出版社，2009年版，第259页。

人数仅次于江浙、江西、安徽，是通过科举培养人才较多的省份之一。"① 就以临沂来看，明清时期，临沂共编修志书 35 种，存世 22 种，除 2 种专志外，其余 20 种基本上都有《学校志》。从其中的记载我们可以看出，《沂州府志》载有琅琊书院。《沂州志》载沂州境内有荀子书院、诸葛书院、李氏书院、宗圣书院、颜鲁公书院。《沂水县志》载有沂水书院、沂蓝书院、闵公书院。《蒙阴县志》载有北麓书院、东山书院、中山书院。《费县志》载有崇文书院、东山书院、思圣书院、历山书院、毛阳书院、注经书院、天台书院。《郯城县志》载有一贯书院，又名宗圣书院。又如义学，也称义塾，是靠官款、地方公款或地租设立的免费蒙学，对象多为贫寒子弟。据《沂州志》记载，明清时临沂地区设立义学有 100 多处。其中光绪《费县志》记载仅费县境内义学有吴氏义学、学道堂义学、上村义学、高桥义学、娄山义塾、几山义学、孟氏义塾、白埠村义学、固城义学、三贤祠义学、同泰庄义学、石门义学、歧山庄义学、安庆庄义学、诸任村义学、探沂义学、白彦村义学、西皋村义学 18 所。社学，据康熙《费县志》记载 11 所，康熙《郯城县志》记载有 2 所，道光《沂水县志》有 1 所。家学，也称为宗学，通常是一些大的宗族群体建立起来供宗族子弟读书的机构，如莒南大店庄氏家族在大店浔河南岸建立了占地 6 亩多的"林后大学"，后称"因园"。因园根据经馆办学的要求，并吸收书院的教学特点，讲授书法、诗词与"四书五经"，坚持办学百余年。又如私塾，私塾不同于以上几种，通常是家庭、宗族或者教师个人所设立的教学场所。如明代沂水人张涟，"博学淹通，尤明数学，结庐沂山，教授生徒"②；刘励，"号惺吾，好读书，校雠古今文字，潜心易学，授徒讲经，户外常满"③。地方教育对地方产生了较大的影响。民风淳朴，兄弟邻里之间孝悌礼让。《费县志》："乡里犹余古风，守耕读，急赋税，婚姻不论财帛之多寡，设教不计束脩之厚薄，犹有先王之遗泽焉。"④

---

① 安作璋主编，朱亚非、陈冬生分卷主编，《山东通史》（明清卷），人民出版社，2009 年版，第 272 页。

② 沂水县地方史志办，《沂水县清志汇编》，山东省地图出版社，2003 年版，第 258 页。

③ （清）张燮，《沂水县志》，清道光七年 (1827) 刊本，第 252 页。

④ （清）李敬修等，《费县志》，清光绪二十二年 (1896) 刊本，第 20 页。

文人士子以儒学为正统，追求经世致用，参加科举步入仕途。可以说重视教育的传统，为家族的兴盛与延续不衰提供了重要保证。而科举的繁荣，则为家族的昌盛和发展打下了坚实的基础和良好契机。比较突出的是出现了一批"仕宦家族"或者"科宦家族"。"据不完全统计，该时期三代以上科举入仕的大家族有两百余家，其中在国内政治生活中颇有影响的大家族也有数十家。人们将其称为'仕宦家族'或'科宦家族'。"① 人才辈出之下，便是许多仕宦家族的涌现。如蒙阴公氏，该家族自明代开始记载于史籍的名人颇多，号称"五世进士，父子翰林"。自明弘治二年（1490 年）公勉仁中进士开始，至公鼐连续五世蝉联进士。其中公勉仁曾任都御史，公一扬曾任裕州知州、工部郎中，公鼐曾任翰林院编修、国子监祭酒、国子监司业、礼部右侍郎协理詹事府事，并获赠礼部尚书，等等。而大店庄氏，明末亦以科考而兴起，至于清末则成为享誉山东乃至全国的科宦望族。其他家族如明代的蒙阴李氏、郯城李氏，跨越明清两朝的费县王氏、沂水刘氏、琅琊宋氏，以及清代的莒南管氏、兰山赵氏、郯城侯氏等等，往往以科举起家，故而具有重视诗书教化的传统。这必然对当时社会生活的诸多领域如政治、经济、教育、文化也产生较为深远的影响。

2. 深厚的学术和文学积淀

就山东学术、文学传统而言，临沂籍士人以及临沂地区的家族在其间也起到了重要的作用。先秦时期仲由、曾参、澹台灭明、闵子骞等硕学鸿儒自不待言。两汉时期兰陵儒生如孟氏父子，孟卿治《礼》《春秋》，孟喜治《易》独树一帜而被誉为"孟氏易学"。东汉则有王良于《尚书》颇用功。"两汉时期，沂蒙经学的发达造就了沂蒙地区一批累世经学、累世公卿的名门望族。"② 如萧望之，以经学起家，而其子萧育等均以经学位至两千石。匡衡也以经学官至丞相。王吉做到刺史，他的儿子王骏善《鲁论》而做到御史大夫。

魏晋南朝时候是中国文学走向自觉的时代，也是临沂地区的文化、文学大放

①　朱亚非，《明清山东仕宦家族与家族文化》，山东人民出版社，2009 年版，第 1 页。

②　徐玉如，《六朝沂蒙文学研究》，中央文献出版社，2011 年版，第 14 页。

异彩的阶段。两汉时期造就的"经学世家"悄然崛起，他们以才学入仕，逐渐成为具有重大政治、文化影响力的世家大族。如上文提及的琅琊王氏，南朝王筠曾自豪地称："史传称安平崔氏及汝南应氏并累叶而有文才，所以范蔚宗云'崔氏雕龙'，然不过父子两三世耳，非有七叶之中，名德重光，爵位相继，人人有集，如吾门者也。"①其他大族如琅琊颜氏、萧氏都盛名累累。至于阳都诸葛氏、东海徐氏、莒之臧氏、刘氏、徐氏，泰山南城羊氏等等也颇有人才。当我们看这些家族的人才时，不难发现有"孝圣"之称的王祥。"智圣"之称的诸葛亮。"书圣"之称的王羲之。魏晋清谈人物的领袖王衍。"竹林七贤"的王戎。天文学家何承天等等，都生于斯。以文学而言，明代张溥《汉魏六朝百三名家集》"收录临沂人文集 18 部，占 17.5%"②。具体而言，有对晋宋"诗运转关"发挥重大作用的"元嘉三大家"临沂籍贯有其二，为颜延之和鲍照；徐陵《玉台新咏》是"中古时期最重要的一部诗歌总集，反映了中国古典诗歌从古体到近体的重要转变"③；刘勰《文心雕龙》作为古代文学理论批评巨著享誉海内外；萧统《文选》作为现存最早的一部诗文总集泽被深远。

隋唐宋元时期，沂蒙文化的发展逊于前代。这是因为沂蒙世族的南迁加之北方遭受战乱等影响，使得社会文化处于低落水平。而南迁之后，"独立的家族文化难以保持"，加之长期的南方生活中"已日益融入当地社会"，所以"显示与弘扬沂蒙文化成就的沂蒙名士无论在数量上还是在成就上都不如以往。"④但也有颜师古精于训诂，萧颖士高才博学，致力于古文，从业学生众多，世称"萧夫子"。其《蒙山作》："东蒙镇海沂，合沓馀百里。清秋净氛霭，崖崿隐天起。……云气杂虹霓，松声乱风水。微明绿林际，杳窈丹洞里"，是描写蒙山风光的佳作。而颜真卿书法自成一家，与柳公权并称"颜筋柳骨"。他以义烈名于时，欧阳修评论称："斯人忠义出于天性，故其字画刚劲独立，不袭前迹，挺然奇伟，有似其为人。"(《集

① （唐）李延寿，《南史》，中华书局，1975 年版，第 611 页。

② 孟宪海、汲广运，《临沂文化通览》，山东人民出版社，2012 年版，第 112 页

③ 刘跃进，《＜玉台新咏＞研究的几个热点问题》，《学术界》，2020 年第 3 期，第 15 页。

④ 徐玉如，《六朝沂蒙文学研究·导论》，中央文献出版社，2011 年版，第 15 页。

古录跋尾》）书法之外，其亦擅诗文，有《韵海镜源》《庐陵集》《临川集》等，宋人辑有《颜鲁公集》。其称："汉魏以还，雅道微缺；梁陈斯降，宫体聿兴"，表现出在对文学作品内容与形式的关系上的"求其适中，不可偏胜"①的观点，亦体现其深受儒家思想之浸润。而颜杲卿则怒斥叛贼，舍生取义，乾隆写诗赞称"忠以捐躯颜杲真"。这些都体现了家族文化中忠义思想的传承。

明清时期，是沂蒙文化出现新的发展趋势的阶段。"沂蒙地区出现了一批博通经史的士人，他们'达则兼济天下，穷则独善其身'，以儒学的节操自持。"②据于联凯统计，见于记载的明代沂蒙籍的进士，并在学术界或政界有一定影响的还有三十余人，如李珰、李骥、焦竑、公鼐等。清代，沂蒙地区在传播儒学方面，较有影响的人物还有翰林李应鸕、进士萧九成、进士刘淑愈、监生许翰、进士于腾、廪生李景星等等。"这一时期，忠义思想、孝悌品德、慈善意识、宗教观念等成为影响深广的社会文化思潮，尊孔崇儒、服膺理学的趋向在沂蒙文化中浓郁地体现出来。期间，沂蒙地区虽然没有出现全国性的显赫人物，但也培养了一些身居庙堂而心忧天下的天子近臣和勤政为民、恪尽职守的地方官员……同时，沂蒙地区也成就了一批经世致用的学问世家。"③就文学而言，临沂更是融入整个山东文学圈中。如清代有"南施北宋"之称的宋琬，和琅琊宋氏家族的宋之韩有诗文交往。清代著名诗人王士禛、著名词人曹贞吉等都在临沂留下许多作品。至于小说《金瓶梅》，署名兰陵笑笑生。《聊斋志异》中，我们也能看到与临沂的联系。其他如地方志中对此时文学作品的收录，以及尚未充分发掘的文学作品集等，都是需要我们进一步关注的地方。

（三）临沂家族与家族文学研究受到重视

在对传统文化的研究中，家族文化是一个重要的切入点。而临沂历史上众多

---

① 严杰，《颜真卿的文学观念及其意义》，《古籍研究》，2005 年第 1 期，第 79 页。

② 于联凯，《儒学在沂蒙地区的传播》，《临沂师范学院学报》，2002 年第 3 期，第 39 页。

③ 韩延明，《沂蒙文化生成与演进的历史分期摭探》，《山东师范大学学报》，2015 年第 1 期，第 59 页。

的名门望族、源远流长的家族文化，无疑提供了丰富的研究资源，于是对其家族文化与文学的研究历来不乏热点，尤其是对两汉至唐代时期的家族研究。在此期间，琅琊王氏家族、东海王氏家族、东海徐氏家族、东海何氏家族、兰陵萧氏家族、阳都诸葛氏家族都是人才辈出，而且多在南迁之后产生较大的影响，所以很受研究者关注。而其中魏晋南朝时期的家族，因为是当时的顶级世家，成就也最为突出，所以关于其的研究论述也最为集中。相对而言，虽然明清两朝是临沂家族又一兴盛的时期，但除蒙阴公氏、大店庄氏、沂水刘氏等受关注较多外，余下家族如蒙阴秦氏、费县王氏、琅琊宋氏、庄坞杨氏、沂水高氏、郯城徐氏等，受到的关注度则相对较低，故而研究成果较少。对此，我们可以结合其研究现状进行分析。

1. 家族发展历史的研究

对于家族的形成、世系脉络以及家族的兴衰的研究，是研究者首先要关注的问题。在这方面的研究，如王汝涛先生的《琅邪王氏考信录》，该书对琅琊王氏从先秦到唐代的发展情况进行述考，使王氏家族在每个朝代的发展线索系统完整。刘占召对琅琊王氏做了统计："琅琊王氏为中华望族，在汉唐期间产生了600 多位历史文化名人、90 余位宰相，24 史中有 3 部历史列传居首者为琅琊王氏。"[1] 杨荫楼《中古时代的兰陵萧氏》，展示了兰陵萧氏在政治上和文坛上的兴衰以及在文学方面的影响[2]。杜志强《兰陵萧氏家族及其文学研究》一书用"兰陵萧氏家庭发展考述""侯景之乱与兰陵萧氏家族的覆灭"两章从萧氏溯源、发迹、辉煌到侯景之乱时萧氏成员的遭际和家族命运[3]。谭洁对兰陵萧氏世系以及南迁等进行了考证，指出"萧氏家族较为可信的谱系传承是萧豹、萧裔、萧整。至萧整，史书记录始详。兰陵萧氏家族晋代南迁为南兰陵人"[4]。黄昕妍《隋唐时期兰陵萧氏家族研究》则在梳理萧氏源流基础上又着重探讨了隋唐时期兰陵萧氏各房支迁徙发展，以及世系、

---

① 刘占召，《王祥风骨与琅琊王氏》，《创造》，2018 年第 8 期，第 75 页。

② 杨荫楼，《中古时代的兰陵萧氏》，山东文艺出版社，2004 年版。

③ 杜志强，《兰陵萧氏家族及其文学研究》，巴蜀书社，2008 年版。

④ 谭洁，《兰陵萧氏世系及南迁故里考辨》，齐鲁文化研究，2011 年第 2 期，第 72 页。

仕宦、姻亲等情况。汲广运《琅邪诸葛氏家族文化研究》，对诸葛家族的发展历史、家风家学、文化遗存及文化特征等几个方面进行了较为系统全面的论证[①]。在颜氏家族方面，于联凯、颜世谦主编《颜子研究论丛》，全面探讨了颜氏历史与文化。汲广运、高梅《颜子家族的历史与文化》，探讨颜氏家族的发展历史[②]。此方面的研究还有李鹏程、王厚香。他们对颜氏家族的发展进行追根溯源，研究颜氏家族在不同时期的发展变化及对社会的影响。高新满《何承天与何氏家族研究》对何承天的生平及主要著作、科学文化成就、哲学思想、何氏家族发展概况以及东海何氏家族的兴盛与迁徙等等，进行了论述，总结了何氏家族的发展特点[③]。黄玲的硕士论文《六朝东海何氏家族文学研究》对东海何氏的重要家庭成员进行梳理、考证，认为何氏家族是个以武功起家、文学著称的家族群体，等等。

对于明清时期诸家族的历史研究，如山东师范大学李海鹏对公氏家族的发展历史进行了系统的梳理，并对公氏家族的文学成就与文化特点进行了研究，认为公氏家族的文学以诗歌见长，其中尤以公鼐和公鼒兄弟为突出，创作上标举"齐风"，影响较大。在文化上主要有重孝、正直、友善、重教等相对独特的特点。对沂水刘氏家族的研究主要有刘宝吉和张运春两位学者，他们从家族神话入手研究刘氏家族的兴起与发展，以及在朝代更替、政局动荡时代的家族选择。其中刘宝吉从刘一梦的小说入手研究了刘氏家族的八卦宅院传说与家族兴起发展与没落历史之间的关系。而张运春则主要研究家族神话是刘应宾在明清易代之际，面临父子异志局面，以及家族后人背负贰臣后代的舆论压力下的一种身份认同的调试和形象建构的家族式行为。对于大店庄氏家族发展历史的研究，如宋祥勇《论明清时期莒州大店庄氏科宦家族的形成》、韩同春《大店庄氏》等，主要集中在两个方面：一是大店庄氏家族的形成及原因研究。此方面主要研究大店家族在明清时期的发展，分析这个科宦家族的形成过程及相关的影响因素，认为明清时期，庄氏家族以科举起家，家族人积极维护宗族团结，积极参与地方建设事务，扩大影响，

---

① 汲广运，《琅邪诸葛氏家族文化研究》，中华书局，2013 年版。

② 汲广运、高梅，《颜子家族的历史与文化》，吉林人民出版社，2004 年版。

③ 高新满，《何承天与何氏家族研究》，山东人民出版社，2013 年版。

成功地由一个移民家族成为名门望族。二是大店庄氏家族的转型。清末民初，由于社会的变革，庄氏家族由一个科举世家转型为一个革命家族，形象也由"地主恶霸庄阎王"转变为"地方仕宦大家族"。

有的研究则关注到了家族与社会的互动影响，如学者论及王氏家族与政治变革之间的关系。卜宪群在 20 世纪 80 年代先后研究琅琊王氏的政治地位和琅琊王氏与六朝文化，认为王氏起源于西汉，发展于魏到西晋，极盛于东晋，衰落于南朝时期，他通过对王氏家族文化的研究来管窥六朝文化的特点。另外王连儒先生系统研究了琅琊王氏与西汉中叶、曹魏后期、晋宋易代之时、齐梁陈三朝政治之间的关系，特别是琅琊王氏对各时代政治的影响。

2. 家族文化研究

此方向的研究在具体倾向上会有所不同，大致又可分以下几个层面：

其一，关于家族文化的特异性和成就方面的探讨。如吕文明《从经学到书法：汉晋间琅琊王氏家族文化的传承与流变》研究了汉晋间琅琊王氏家族文化的传承与流变，探讨了王氏家族从汉代主研经学到晋代专攻书法的一种发展演变方向，指出："家族出现研习书法的热潮，书法文化开始成为家族文化的主要内容，这为琅琊王氏在东晋成为书法文化世家奠定了基础。"[1] 姚晓菲《论中古琅琊王氏家族文化之风貌及功绩》一文认为中古时期王氏家族外玄内则儒道佛多教并融共存的特点，由此影响到家族在文学、艺术、史学创作方面的成绩，指出："琅琊王氏家族是两晋南朝时期影响最大、代表性最强的文化世族"，"多元共存的、丰富的思想有力地促进了王氏家族在史学、艺术、文学等方面创造了辉煌成就"[2]。又如对于颜氏家族的研究，研究者往往论述颜氏家族的思想精神、家学著述，以及颜氏家族对文字的影响等。单篇论文如于联凯、于溟《颜氏家族文化述论》，王春华《颜回与颜氏家族文化研究》，顾向明、王大建《〈颜氏家训〉中南北朝士族风俗文化探

---

[1] 吕文明，《从经学到书法：汉晋间琅琊王氏家族文化的传承与流变》，《孔子研究》，2010 年第 2 期，第 113 页。

[2] 姚晓菲，《论中古琅琊王氏家族文化之风貌及功绩》，《临沂大学学报》，2020 年第 5 期，第 37 页。

析》，钱国旗《在礼与情之间〈颜氏家训〉对礼俗风尚的论述和辨正》，等等。这些研究从思想、风俗、教育等等不一而足，也注意到了颜氏家族作为北方南迁的士族对南北文化的交流融合产生了深远的影响，特别是颜之推、颜之仪等人对关陇文化、河朔文化做出了显著贡献。

其二，关于家风的研究。这一方面尤其对颜氏家风家训的研究最多。如马凤岗《论颜氏家族的家风与学风》指出："颜氏家族的家风可以概括为好学、尚德、孝悌、淡泊四个方面，其学风可以概括为经世致用、积累相传。"[①] 其他如陈天旻《颜氏家训与颜氏家族文化研究》，常昭、王志民《颜氏家族文化研究——以魏晋南北朝为中心》，秦永洲《颜之推与颜氏家训》，潘帅《治家勉学存孝义——颜之推与颜氏家风》等等。究其原因，应与《颜氏家训》的地位和影响有关。其他如张崇琛指出诸葛氏家族在学术上兼容并包，学风质朴，经世致用，为人上澹泊宁静、刚正不阿、重气节。李海鹏指出琅琊诸葛氏家族的家风表现为忠正尚廉、勤勉谨慎、躬履笃行、淡泊宁静、志存高远，这种家风对诸葛氏家族的发展、家族文化的形成以及中国家教文化的发展产生了广泛的影响。赵旭、魏锦京认为诸葛氏家族的家风家训的精髓是修身养德、博学勤勉、中庸和谐、廉洁忠君，对当代人生观、价值观和世界观的塑造仍然有借鉴意义。马纳、刘宝春、陈晓梅等学者研究东海徐氏家风等，指出徐氏家族尚儒，对佛道等思想也能够兼容，家风孝义、清俭、忠贞亮直、追求事功。又有对大店庄氏家族，特别是对教育的研究。如陈祥龙《莒南县大店庄氏家族教育成功的原因及启示》指出大店庄氏家族以科举起家，"其家族发展过程中形成了重视道德、尊师重教、结社讲学、兼习杂艺的鲜明教育特色，对家族发展起到了至关重要的作用"。

3. 家族文学研究

家族文学是中国文学发展历程中的一个重要现象。尤其是著名的文学家族或者家庭，于是我们看到多父子、兄弟甚至兄妹齐名，或者祖孙、叔侄并称等等，他们风雅相继，在文学史上占据一席之地。于是对于家族文学的研究，甚至过去

---

① 马凤岗，《论颜氏家族的家风与学风》，临沂师范学院学报，2004年第4期，第83页。

鲜为人知的文学家族也进入研究视野之中。对于家族文学研究，也是临沂家族文化研究的一个重要着力点。这些研究大多也以魏晋南北朝时期为重要着力点，隋唐宋元时期略有涉及，对明清时期的临沂家族文学的研究则稍显薄弱。

总体来看，这些研究可分为两个方面，一是综合性的研究性著作中所涉及到的临沂家族文学研究。例如，徐玉如《六朝沂蒙文学研究》是一部系统研究六朝时期临沂地区文学创作的著作。该书以不同时期的家族为线索，分别就琅琊王氏、琅琊颜氏、诸葛氏、兰陵萧氏、东海徐氏、鲍氏等家族文人的诗歌、散文、文艺理论、小说等文学创作风貌及成就进行讨论，展现了临沂家族文学创作的风貌。①其二，对某家族文学的整体或个案研究。如曹道衡先生的《兰陵萧氏与南朝文学》，这是一部从家族的角度研究南朝文学发展的力作，分析兰陵萧氏在政治上和文坛上的兴衰，指出其家族在文学发展史上的重要影响。②李书萍从魏晋和南朝两个时代来分析王氏家族在文学创作上的成就与影响，认为晋时的诗赋创作受到玄学影响，而南朝时成果更卓越，对当时文坛产生了较大的影响。王婕怡则单轮唐代琅琊王氏在文学方面的变化与发展。赵静《魏晋南北朝琅邪王氏家族文化与文学研究》以魏晋南北朝时期的王氏家族为研究对象，对其起源、婚姻、交游、家风等方面进行了分析，总结了王氏家族文化特色，剖析其家族的文化渊源、宗教信仰、艺术成就、学术成就等。③秦元《梁代萧氏家族的文学观》一文着重论述萧氏家族的文质观、情感生成说、情性说等内容。东海徐氏，则有对他们在应用文写作、礼学、宫体诗等的发展产生重要影响的研究。其他如常昭《六朝琅邪颜氏家族文化与文学研究》，孙艳庆《中古琅邪颜氏家族学术文化与文学研究》，李文玉《琅邪颜氏家族与颜回关系考论——颜氏家族：儒家精神与文艺思想传承的个案研究之一》，杜志强《兰陵萧氏家族及其文学研究》等等，亦对临沂家族文学进行了全面深入的探讨。

以上研究说明学界对沂蒙文化、沂蒙文学研究的重视，但总体上看呈现出重

---

① 徐玉如，《六朝沂蒙文学研究》，中央文献出版社，2011 年版。

② 曹道衡，《兰陵萧氏与南朝文学》，中华书局，2004 年版。

③ 赵静，《魏晋南北朝琅邪王氏家族文化与文学研究》，中华书局，2013 年版。

两汉魏晋南朝的特点。唐宋之后，尤其是明清的沂蒙世家、文化、文学研究还是较为薄弱的，这与明清时期沂蒙地区家族文化与文学发展的繁荣不相称，因此具有进一步探讨的空间。而从家族文学研究来看，"当我们考察一个文学世家的兴衰历程，阐发其历史文学成就及其盛衰规律，即可望形成一部反映家族文学发展历程和整体风貌的家族文学史。同时，随着文学世家个案研究的增多，统揽一代乃至历代文学世家全局的学术诉求逐渐成为相关领域学术发展的客观需要，长于通览文学的演进历程和揭示其发展、演变规律的文学史研究自当承担起相应的学术使命。"① 所以，对于明清时期沂蒙地区家族文学的总体和个案研究是具有其价值的。

二、琅琊宋氏家族文学研究的必要性

（一）颇有影响的地方文化家族

明清时期的琅琊宋氏家族，应该可以称为地方文化家族。其不仅科举仕宦人数众多、政绩显赫，而且家风严谨、家学深厚。其家族历明清两朝而长盛不衰。据《沂州府志》《临沂县志》等资料记载，自明至清嘉庆时期 200 多年，该家族都有声于政坛，共培养了进士 5 名，举人 7 人，岁进士 5 人，岁贡生 13 人，廪贡生47 人，官生 3 人，太学生 103 人，增广生、廪膳生、附国学生共计 30 余人，成为明清时期临沂影响较大的望族之一。族人中以宋鸣梧最为有名，曾任明左佥都御史，在山东具有重要的影响力，一生著述较丰。其子宋之韩与当时的大诗人宋琬等都有交集唱和，其《海沂诗集》20 卷存世，并流传海外。清乾嘉年间，还出了宋澍、宋潢一门两翰林。宋氏家族不乏巾帼人才，如宋契学的夫人王氏，著有《绿窗诗草》，其作品被编入《费县志·艺文》；宋潢的女儿，道光年间沂州地方的著名女诗人宋兰华，《临沂县志·女传》亦有其记载："好读书，优诗才"。显然这是一个在临沂地区曾经具有较大影响力并诗学传家的大家族。在家族的发展过程中形成了其独具特色的家族文化与文学，在山东文化世家的发展演变中亦具有典型性，

---

① 李朝军，《家族文学史的建构——宋代晁氏家族文学研究》，人民出版社，2013 年版，第 3 页。

在文化和文学的视域中研究宋氏家族具有重要的文化意义。

(二) 相对薄弱的研究现状

就目前学界的研究来看，对琅琊宋氏家族关注很少。我们所看到的研究成果，很少有专门的研究论文，而多散见于一些报刊上。除此之外，还有一些介绍性的文字出现在《中国进士全传》《沂蒙大观》等作品中。就这些研究来看，主要包括以下方面：

1. 关于宋氏家族渊源以及文化传承的研究

宋氏家族在临沂历史上曾是具有较大影响力的望族之一，所以受到当地政府与媒体的重视。如在 2012 年 5 月，《沂蒙晚报》刊登图文，大幅介绍琅琊宋氏文化及历史渊源；2013 年 9 月，山东《大众日报》刊文《小小杭头村 琅琊宋氏根》的文章；2014 年 4 月 27 日，《沂蒙晚报》又刊登《琅琊宋氏考》，考证了宋海受来临沂的准确时间。这些都表现出当地媒体对于这个家族的持续关注。当然，宋氏后人在此方面亦用力尤勤，琅琊宋氏族人自 2006 年以来，自发挖掘、整理出了其历代先祖流传下来的家谱、传记、文集、书画和圣旨等大批极具价值的文史资料和相关文物，并先后成立了"琅琊宋氏文化研究会"等。

国内研究沂蒙社会、文化的一些著述，对于宋氏家族也有所涉及。于联凯、韩延明《沂蒙教育史》指出："临沂的宋氏家族自明中期到清中后期前后三百余年间，人才辈出，为官者不乏廉吏、循吏，这与其在家庭教育中强调践行儒家所提倡的刚健、孝悌是分不开的。"① 左桂秋《国家与社会视域下的明清沂州乡贤研究》从乡贤群体在明清国家体制运行、地方社会治理及基层民间社会中的地位及影响的角度进行研究，对琅琊宋氏家族进行了专章探讨。该书对宋氏家族的人物谱系进行了梳理，对重点人物进行了介绍，指出明朝时期"家族两代出现三位乡贤，这种官方地位的认可及耕读传家的传统使宋氏家族迎来了飞跃发展阶段。虽历经时代变迁，但其耕读传家、周济族里的美德使宋代家族具有持久的影响力。"② 王厚香、

---

① 于联凯、韩延明主编，《沂蒙教育史》(古代卷)，中央文献出版社，2007 年版，第 212 页。

② 左桂秋，《国家与社会视域下的明清沂州乡贤研究》，九州出版社，2019 年版，第 186 页。

汲广运《沂蒙传统家教文化研究》对宋氏家族的家风提出看法:"琅邪宋氏家族是明清时期沂蒙地区的著名文化家族,不仅科甲连第,而且出仕后能坚持操守,清正廉洁,为国为民做了许多实事好事。这与其家庭教育中注重以儒家的忠孝节义教育子孙有很大关系。"①这些论著,都看到了宋氏家族诗书传家、重视儒家忠孝节义教育的一面。其他硕博论文,如马小洋《明清临沂望族与基层社会——以地方志为中心的考察》,对宋氏家族的传承谱系进行了整理,系统梳理了明清临沂的望族群体蒙阴李氏、郯城李氏、莒南庄氏、蒙阴公氏、兰山王氏、费县王氏、沂水刘氏、苍山杨氏、苍山宋氏、莒南管氏、兰山赵氏和郯城侯氏,较为深入地探讨了这些望族在基层社会中的主要活动,分析了参与地方事务的原因等。这些研究从一侧面对宋氏家族进行了研究,但整体性研究有待进一步深入,对文学研究需要进一步拓展和梳理。

2. 关于琅邪宋氏家族成员的个体研究

在这些家族成员中,涉及最多的为宋鸣梧,但主要散见于其他论著中。如郭永臻《〈三朝要典〉研究》引宋鸣梧弹劾徐景濂事;刘小龙《〈明实录〉崇祯朝科举书写探析》引宋鸣梧请求崇祯皇帝开设武举殿试的奏疏;许倩《费县艺文志》谈及宋鸣梧为明王雅量《长馨轩集》作序;齐腾腾《明清山东文人结社研究》指出王雅量与宋日乾、宋鸣梧、宋之普祖孙三代结为社集;张祎琛《清代善书的刊刻与传播》记录宋鸣梧编纂的《宋氏家传纂言》,并对之进行了简要的介绍;余璐《明中后期吏部司官分省与官僚政治》:"崇祯年间,山东沂州人王昌时俸满入京,得同乡吏科都给事中宋鸣梧、金都御史宋之普父子推荐,入为吏部司官。"②可知宋氏在当时之影响。

其他家族成员的研究,如汝州市融媒体中心主任编辑尚自昌(2019)发表文章《清代名吏宋名立汝州勤政爱民 创立汝州诗宗祠》③,该文从重视农田水利、引进高产作物、鼓励种桑养蚕、保护文化古迹、创立汝州诗宗祠、续写《汝州续志》、修

---

① 王厚香、汲广运,《沂蒙传统家教文化研究》,九州出版社,2020 年版,第 219 页。

② 余璐,《明中后期吏部司官分省与官僚政治》,《历史研究》,2022 年第 6 期,第 160 页。

③ 尚自昌,《琅邪宋氏景行维贤牧汝五载德建名立》,《大河报》,2019 年 10 月 24 日,第 A 24 版。

桥筑堤倡善举、崇师重教修学校、关注民生民瘼等九个方面全面总结了宋名立在汝州期间的政绩。

3. 关于琅琊宋氏家族文学典籍的研究与整理

一个家族的长盛不衰必然有其独特的文化传承与精神命脉。琅琊宋氏家族不仅科举仕宦成绩卓著，其家族成员的著述亦非常丰富，从而成为地方著名文化世家。其家族著作在史志中有载。如据《临沂县志》，宋日就有《自淑集》，宋鸣梧有《羲易集成》《琅琊集》，宋之普有《云成阁集》，宋之郊有《莫斋集》，宋之韩有《海沂诗集》，宋稷学有《宜疏园集》，宋开蘌有《爱日堂集》，宋潢、宋洪有《明恕堂诗稿》，宋沅有《赋梅轩诗稿》，宋天相有《篁韵馆诗稿》等等。其中大部分作品都"稿藏其家"①而未能出版发行。又国家图书馆馆藏《宋氏家传纂言》四卷，宋鸣梧辑，为清刻本。宋之韩《海沂诗集》2011 年 6 月由宋氏家族成员整理后由齐鲁电子音像出版社出版发行，包括图书与光盘。2011 年 8 月，上海古籍出版社以影印方式出版了《清代诗文集汇编》，《海沂诗集》被收录其中。另外，汝州地方史志办公室把宋名立主持修纂的《汝州续志》点校出版。总体上看，宋氏家族文学作品的收集与整理上的工作有待加强，同时，对于宋氏家族文学作品的研究也有待进行。

三、研究方法及视角

罗时进先生指出："'文学家族学'之成立，是基于文学与家族之间存在的特定的、几乎与生俱来的联系"，主要通过"研究社会、历史、地域及文化风会对家族的影响，探讨各种环境因素对家族成员文学创作、对一时一地乃至更广阔时空文学发展的作用与规律。"②对此，他认为可以从家族文学的血缘性、家族文学的地缘性、家族文学的社会性关联、家族文学的文化性关联、家族文学与文人生活姿态及经济关联、家族文学创作现场和成就等六个方面进行研究。具体到琅琊宋氏家族文学而言，涉及到家族渊源、家族教育、家族仕宦、姻亲关系、文学结社与交

---

① 沈兆祎等修，王景祐等纂，《临沂县志》（卷十二），成文出版社，1968 年版，

② 罗时进，《关于文学家族学建构的思考》，《江海学刊》，2009 年第 3 期，第 186-187 页

游、文献撰修整理及文学创作等，由此决定了其多元化的研究视角。

（一）重视文献的搜集整理

文学史料、文献对文学研究意义重大。张可礼先生指出，中国古代文学的研究就其结构而言，大致分为四个层次：史料确认、体悟分析、价值评判、表述，"从学理和方法上来看，上述的四个层次尽管各有侧重和要求，不过有一点是一致的，也是十分重要的，就是各个层次都必须以史料为基础。"[①] 家族文学研究亦是如此，其"依赖于历史谱牒学和文学文献学的发展，尤其是历史谱牒学中的家谱和文学文献学中的家集（总集类），是家族文学研究的两大文献基石。"[②] 所采取更为实证的态度，加强对琅琊宋氏家族基本文献的整理，力求资料的丰富与权威，并从中寻找研究的突破点。在全面梳理他们的世系家谱的基础上，厘清宋氏家族的作家、家族成员及其作品，包括世系血缘、姻亲等。通过充分发掘和综合运用这些资料、信息，进一步解决该族文人和家史研究方面的疑难问题。

（二）注重学科交叉研究

就古代文学的研究而言，与其他学科的交叉融合已为当前学界的共识，其中地域、家族等是其重要视角，如文学地理学、文学家族学以及文学文化学等。多维度的研究视角，突破了传统文学研究中片面关注重点作品、流派的弊端，"突破过去文学史研究常见的'时代背景＋作家生平＋作品内容＋艺术特色＋地位影响'的僵化模式，适度引入政治学、经济学、社会学、地理学、人类学、哲学、历史学、民俗学、美学、语言学等学科的视角，使研究方法不断融入新的元素，注入新的活力。"[③] 而通过研究社会、历史、地域及文化风俗对家族文学的影响，探讨其规律性认识，从而寻求新的学术生长点。由此，对于琅琊宋氏家族文学的研究，

---

① 张可礼，《古代文学史料与古代文学研究》，《山东大学学报》（哲学社会科学版），2011 年第 3 期，第 15 页。

② 张剑，《宋代以降家族文学研究的理论、方法及文献问题》，《文学评论》，2010 年第 4 期，第 36-37 页。

③ 张剑，《宋代以降家族文学研究的理论、方法及文献问题》，《文学评论》，2010 年第 4 期，第 35 页。

可将家族学、地域学、文化学、文学文本研究等贯通起来，例如，通过对明清时期琅琊宋氏家族文化与文学做贯通式的综合研究，为明清沂蒙文化文学研究、明清文化与文学研究提供材料翔实的基础个案研究。在诸学科的多边互鉴中重现文学知识生产的社会历史语境，力求揭示文学创作的基层活动状况，用宋氏家族写作的具体事实乃至细节，为探求明清沂蒙文学创作的动态过程提供借鉴。

第一章　明清琅琊宋氏家族的渊源及世系

　　家族是以婚姻和血缘关系结成的社会单位，也指同一祖先的后代群体。"对于每一个人来说，家庭是最古老、最深刻的情感激动的源泉，是他的体魄和个性形成的场所"①，而就古代中国而言，家族更是孕育文学家的母体并对其创作产生着重要的影响。越是传承悠久的家族，其乡园、宗脉、家学、家风等对族人文学创作的影响也就越大。从琅琊宋氏家族族谱以及历史典籍、地方志等的记载来看，其家族历史悠久，文化底蕴深厚。通过梳理琅琊宋氏家族发展历史，全面考察宋氏家族文化形成历程，对于探讨宋氏家族的文学创作具有重要作用。

第一节　琅琊宋氏家族的渊源及迁徙定居

　　就古代中国的社会结构来看，家族是一个人的根基之所系，对个体的成长与发展起到至关重要的作用。家谱则是家族文化记忆的经典文本，通过它我们可以对家族发展的渊源与历史脉络进行梳理，以展示家族传承情况。

一、琅琊宋氏家族的渊源

　　要梳理琅琊宋氏家族的渊源就有必要先梳理宋氏的渊源。琅琊宋氏家族属于河南宋氏后代，始祖共推商代微子启。微子启是殷纣王的哥哥，殷纣王即位后荒

---

　　① 安德烈·比尔基埃等著，袁树仁等译，《家庭史》（第1卷上册）：三联书店，1998年版，第5页。

淫暴虐，微子启在多次劝说无效后便追随了周武王，因此周武王灭商后把商的旧都分封给微子建立了宋国。据《史记·宋微子世家》："微子开卒，立其弟衍，是为微仲"，"微仲卒，子宋公稽立"，"宋公稽卒，子丁公申立。丁公申卒，子愍公共立"①。从宋国世系的流传来看，历代的宋国公都是微子启的弟弟微仲的后代。宋王室子弟遂以宋为姓，所以宋姓的主要来源是宋王室的后代。这样，现在的河南省商丘市睢阳区就成了宋氏的祖地。

据琅琊宋氏家族的记载，其先世由河南商丘迁徙至山西，世居洪洞县，后辈又迁往济南长清县（今济南市长清区）。其家族成员宋开蓥于道光十三年（1833年）亲自到济南长清查看《长清县宋氏家谱》，并抄回谱序。该谱序称：

吾宋氏之先，原隶山西平阳府洪洞县籍，后迁山东济南府长清县城西略南，离城六十里乡居，村名梨杭店，今名宋家集，野雀窝在此村西北五里。概自明季兵荒之余，家谱已失。吾祖东迁于此，肇自何时，昉自何人，皆不能考稽②。

关于"宋氏之先原隶山西平阳府洪洞县"的说法，可与明清以来"问我祖先来何处？山西洪洞大槐树。祖先故居叫什么？大槐树下老鹳窝"③的大槐树移民传说相印证。从关于明朝山西省平阳府洪洞县的移民的记载："在我国（纪传体、编年体、纪事本末体）三大史书体裁中仅有从山西省平阳府徙民的记载，但从明朝移民分布的18个省市（河南、山东、河北、北京、天津、陕西、甘肃、宁夏、安徽、江苏、湖北、湖南、广西、内蒙古、山西及东三省）中民国以来纂修的大量省志、县志中均有明确的记载"④来看，可以确定无疑。当然，对于这一情况，也有学者提出质

① 司马迁，《史记》，北京：中国文史出版社，2003年版，第249页。
② 宋声宏等重录，《琅琊宋氏家谱 梧桐村卷》，宋氏家族重录本，2000年版。
③ 张青，《洪洞大槐树移民志》，山西古籍出版社，2000年版，第1页。此句有也"若问老家在何处，山西洪洞大槐树；祖先故居叫什么，大槐树下老鸹窝。"以及"要问老家哪里住""问我老家在何处"等不同说法，大同小异。
④ 张青，《洪洞大槐树移民志》，山西古籍出版社，2000年版，第46页。

疑，认为"在大多数族谱和墓碑中提到其祖先来自山西洪洞的，后面的具体地名都被省略或者磨损了。……这让我们有理由怀疑他们并不知道祖先的具体家乡，说山西洪洞不过是人云亦云"①。而如果从明初的移民政策来看，琅琊宋氏先祖的迁徙很可能与之有关。明朝初年，"整个国家由于经历了二三十年战乱，经济极为残破。北方的山东、河南地区，更是饱受战乱摧残，是破坏最严重的省份。如洪武三年(1370)济南知府陈修和提到：'北方郡县，近城之地，多荒芜。'"②面对北方地区这种人口锐减、土地荒芜的局面，朱元璋采取大规模移民的政策，于是山西、河北、江南等地的人口进入山东。而"在明初移民的浪潮中，军户的迁移占有相当大的比重……如果我们也没有可靠的证据证明朝廷在洪洞设立了各地移民的中转站，但又必须对这种说法给出解释的话，笔者认为这可能与明初对军户的安置有关系，而洪洞则在卫所军户分遣四方特别是在北部边防地区实行屯垦的过程中扮演过重要角色"③。所以，结合《长清县宋氏家谱》关于"宋氏之先原隶山西平阳府洪洞县"的记载，这也不失为一种合理的解释。

该谱序中还有一段记载琅琊宋氏的文字："沂州兰山宋氏出自石佛坡，以宋 ** 为始祖。石佛坡即宋家集古名也。"④《琅琊宋氏家谱》中也多次提到其家族由济南迁移而来。所以综合上述记载可知，琅琊宋氏家族来源于长清宋氏，而长清宋氏来自山西洪洞县。至于从山西迁往长清的时间，则因为族谱的遗失而无法具体考证了。而从济南迁往沂州，则无疑与宋海受有关。他从济南长清县宋家集迁往沂州的石龙山，即今兰陵县向城镇杭头村西的石龙山。因此，宋海受为琅琊宋氏家族第一人，这个问题是明确的。至于他的生平以及迁居沂州的时间、原因、同迁之人

---

① 赵世瑜，《祖先记忆、家园象征与族群历史——山西洪洞大槐树传说解析》，《历史研究》，2006 年第 1 期，第 54 页。

② 安作璋主编，朱亚非、陈冬生分卷主编，《山东通史·明清卷》，人民出版社，2009 年版，第 11 页。

③ 赵世瑜，《祖先记忆、家园象征与族群历史——山西洪洞大槐树传说解析》，《历史研究》，2006 年第 1 期，第 61 页。

④ 宋声宏等重录，《琅琊宋氏家谱 梧桐村卷》，宋氏家族重录本，2000 年版。

等，则有不同说法。

首先，同迁之人。卢昱认为，宋海受与他的两个好朋友——周海清与马海红，一行三人一起来到沂州①；宋英泽认为宋海受、宋海深、宋海青兄弟三人与一侄辈加上一位姓司马的好友一起从军，后五人在战争中失散，只有宋海受与司马氏友人一起留在了石龙山②。

其次，迁来居住的地点。对此问题亦有不同说法：一是宋海受住在石龙山，而他的两位朋友住在向城；二是宋海受和马氏朋友一起住在石龙山，发誓同生共死，并在杭头村西立一块碑，上书八个大字"大哥在上，宋马不分"，宋马两家的坟茔都设在一处，据说当地有个俗语说："宋家的林，有马家的坟"。后来马氏搬走了，两家坟茔里只剩宋氏。宋之普所作《一世海受公传》称："公讳海受，济南长清县之野雀窝人，从洪武军至沂，初占籍向城镇北首，与公偕来者马氏欲之，遂举以让马氏，而公遂定居于向城北三里许石龙山之麓。"③从宋之普的这段家传记载可知，同宋海受一起迁居向城的人是马氏友人。他们最初住在向城镇，后宋海受把自己所住之地让给马氏友人，而自己定居于向城北三里的石龙山。

再次，迁居的原因。据宋氏家族记载，其家族迁徙的原因有两种说法：有从军说和裹挟之说。明清时期，宋氏家族的相关文献多记载为从军，如明万历四十年王守正给宋鸣梧之父宋日乾写的墓志铭中说："初有海受者，从军家于沂向城石龙山之麓。"清代时，宋之普在宋氏家谱中给宋海受写的家传中说："从洪武军至沂。"④康熙年间王崇简给宋之普写的墓志铭说："明洪武中，始祖海受以军籍徙屯来沂，遂世为沂人。"⑤王崇简与宋氏关系密切，其所写宋氏家族的一些信息一定来自于宋之普以及宋之普家人的介绍。由此，宋之普时代的宋家人认为宋海受为洪武

① 卢昱，《小小杭头村 琅琊宋氏根》，《大众日报》，2013.8.24，第07版。

② 宋英泽，《琅琊宋氏迁徙考》，http://blog.sina.com.cn/s/blog_620bed630102e9mo.html：2012：05.03

③ 宋徽章等，《琅琊宋氏家谱》，道光二十四年刻，1992年宋氏家族重录本。

④ 宋徽章等，《琅琊宋氏家谱》，道光二十四年刻本，1992年宋氏家族重录本。

⑤ 宋徽章等，《琅琊宋氏家谱》，道光二十四年刻本，1992年宋氏家族重录本。

军的一员，宋家属于军籍屯驻为民。近年来，宋氏后人亦认为宋海受是被军队裹挟至临沂的，如宋家宣在《琅琊宋氏考》一文中认为："根据之普公《海受公传》中的记载和描述，海受公是一个'性恬静寡欲，不治荣名，不交人间事，不一入城府，萧然物表而已'①的人"，因此断定他是一个没有打过仗的人，只是被动地被吸纳进队伍，所以才从军队中悄悄脱离。这和宋之普所认为的军籍屯驻观点相左。但是宋之普参加科举考试时的档案显示其为民籍，而明代对军籍身份的人员管理非常严苛，不可随便更改。但明代有的卫所军户家族发展壮大以后，有部分家族成员会附籍到附近州县，以民籍身份存在。因此宋氏很可能是属于附籍的情况。只是因为资料缺失，所以尚不知道转为民籍的具体时间。而明初的移民政策，既解决了有些地区的人口匮乏问题，又促进了当地经济繁荣，同时也让家族和家族文化得以发展。山东一些著名家族，如日照丁氏、大店庄氏、无棣吴氏等，即在此时分别从山西、江苏、河北等地移民而来。

最后，迁居的时间。对此也众说纷纭：概括起来有洪武初年、洪武二年、洪武十二年、建文帝元年七月等不同观点。其中建文元年说最不受支持。宋氏家族谱志中认为其家族是在明洪武年间迁往沂州的。如道光二十四年的《琅琊宋氏家谱世系》记载："海受，行字佚，济南长清县野雀窝人，从明洪武初，迁沂州石龙山占籍，生卒配无考。"②据《缄斋府君年谱》："云先为山东济南府长清县人，明洪武间徙兖州府，遂世为沂州人。"③宋家宣认为迁居的时间应该在洪武元年④，证据是从洪武军的转战轨迹来看，洪武军只有在洪武元年的时候才有机会从济南裹挟宋海受到临沂。但这个证据还有待商榷的地方。据史料记载，元至正二十七年（1367年）朱元璋命徐达为征虏大将军、常遇春为征虏副将军，将二十五万大军出师北伐。到淮安后，分兵两路，一路攻打徐州，一路攻打沂州。三个月内两军占领了除德州

① 宋徽章等，《琅琊宋氏家谱》，清道光二十四年刊本，1992年宋氏家族重录。
② 宋徽章等，《琅琊宋氏家谱》，清道光二十四年刊本，1992年宋氏家族重录。
③ 宋朝立等，《缄斋府君年谱》，清雍正年间刻本。
④ 宋家宣、车少远，《琅琊宋氏考》，琅琊新闻网 http://www.langya.cn/lyzk/wenhua/dangan/201404/t20140428_244051.html：2014-4-28

以外的山东全部地区，然后会师济南。元至正二十八年（1368 年）正月，朱元璋称帝，这一年即为洪武元年。三月，徐达大军从济南南下经济宁攻打河南。后又由汴梁回临清，攻打德州。七月，攻下德州、通州，逼近大都，后一直到洪武十七年，朱元璋统一全国，洪武军没再到过济南、临沂等地。从上述的运行轨迹来看，没有从济南到临沂的时机。虽然明朝军队在洪武元年会师济南后南下济宁，但是从济宁直接去了汴梁，没有经过临沂。如果宋海受属于受军令屯驻，或者擅自脱离军队倒可在洪武元年的时候实现。

二、琅琊宋氏家族的迁徙定居

在琅琊宋氏家族的发展过程中，宋海受所起到的作用是非常重要的。他移居沂州石龙山，从而作为家族第一人开启了琅琊宋氏在沂州发展的序幕。而从宋氏家族的起源，到迁徙定居，到成为分布在山东的兰陵、费县、峄城、枣庄以及江苏邳州等地人口规模庞大的家族，我们也能明晰其发展脉络。

（一）从向城镇到临沂市再到山东省、江苏省的辐射式迁移

从第一世到第七世，琅琊宋氏家族主要从一开始定居的向城镇到临沂市，然后再到山东省、江苏省的辐射式迁移。琅琊宋氏家族开始从山东、江苏两地开枝散叶。

自明初宋海受从济南长清迁往沂州石龙山后（今兰陵县向城镇杭头村西两公里处的石龙山），在这里生息繁衍。第三世宋英从石龙山移居杭头村。第五世宋经、宋绎、宋纬、宋绅，后兄弟分居：宋经分居兰陵县贾庄乡南码头村，宋绎住在尚岩乡西新庄村，宋纬居住在向城镇杭头村，宋绅移居兰陵县南桥镇袁庄村。此支在成化年间从杭头村迁出，先居长城镇沟上村，后迁南京，嘉靖年间回到兰陵县南桥镇宋沟村，万历年间再次出走他乡，后村名也改为袁庄村。

至第六世时，宋氏家族成员迁居于江苏邳州、山东临清，以及山东临沂等地。其中，宋经的次子迁居江苏省邳州市岔河镇桥头村，其他迁居于临沂市兰山区曹王庄村；宋绎的三子迁居临清市；宋纬长子宋桂移居向城镇梧桐村，次子宋橙移

居向城镇后姚村，三子宋格移居向城镇后林村，四子宋梯留居杭头村，五子宋相移居兰陵镇下村乡石桥村。

第七世时，宋桂次子宋日严移居向城镇董家庄，三子宋日进、四子宋日庄移居兰陵县兴明乡宋村；宋樻次子移居贾庄乡尚庄村，三子移居向城镇后姚村；宋梯长子宋日就移居向城镇黎丘村，次子宋日乾移居向城镇印王山村，三子宋日永移居兰陵县卞庄镇卞庄村，四子宋日丽移居向城镇宋楼，五子宋日振向城镇徐家庄村，六子宋日孚移居费县新庄镇李白露村；宋相次子移居兰陵县下村乡石桥村。

从上述来看，一到七世主要的生活地点都在兰陵县的向城、贾庄、南桥、兴明、卞庄等乡镇，另有一小部分生活在费县和兰山区，宋经次子居江苏省邳州市，于是宋氏家族由山东开枝散叶于江苏。

（二）在北京、杭州等中心城市的聚居

明末和清初是琅琊宋氏家族发展的两个鼎盛阶段，也是宋氏家族在中央机构产生较大影响的时期。随着家族成员在科举上的成功、职位的升迁，他们的身份地位也随着发生变化，与之相应的是居住地的迁移。"这种迁移体现出城乡之间的流动，是向心式的一种流动，即由农村流入城市，由地方城市流入中心城市，由中心城市流向京城所在地。"[1] 这一时期，主要是琅琊宋氏家族的第八、九、十世，其主要特点是家族成员开始向北京、杭州等中心城市定居生活。

明朝末年，以宋鸣梧父子任职京城为标志，宋氏家族开始走向辉煌。宋鸣梧于明万历二十八年（1600 年）中举，万历四十七年（1619 年）中进士后任职刑部，由此步入政坛，居于京城。天启二年出任凉州，天启四年回京。崇祯四年，贬为河南按察司照磨。崇祯六年，升南太仆寺丞。此后一直都在京城，直到崇祯九年病逝于京城。宋鸣梧的长子宋之普，明崇祯年间进士，据《临沂县志》，其先后任兵刑二科佥都给事中（正七品）、太仆寺少卿（正四品）、都察院佥都御史（正四品）、户部左侍郎（正三品）等职。父子二人曾同殿为臣，居住于北京西城。西城是京城达官贵人集中之地。杨士聪《玉堂荟记》载：

---

① 张杰，《清代科举家族》，社会科学文献出版社，2003 年版，第 233 页。

任者泰，沂州人，鸣梧之儿女亲家。辛未（崇祯四年，1631 年）为余同年。而其人老矣，又太长厚。第后在东城一锦衣家，踰年来选，复馆其家。余语以宜过西城寓，选有地方，便于缙绅接见，任竟因循不果①。

任者泰是宋鸣梧的儿女亲家。这段话中"宜过西城寓，选有地方，便于缙绅接见"一句，说明"当时为了便于就近结交贵戚重臣，在一般官员群体中已经形成一种'宜过西城寓'的风气"②。后来任者泰在选为县令后去拜谒了宋之普。这时是宋氏家族比较辉煌的时期，父子俩同时身居高位。宋之普官职被削后，住在沂州城南，其弟宋之韩则在城北涑河附近。清顺治元年三月，宋之普与宋之韩兄弟携家搬往杭州避乱。其间兄弟二人遍游北固山、虎丘、西湖、飞来峰等名胜，宋之普在给宋之韩诗集写的序当中提道："上北固、陟虎丘、蹑西湖之飞来峰，时皆触绪云涌激情风烈。"③《海沂诗集》中也保留了多首此时期的诗歌。如其《登北固山》："北固山横楚与吴，披襟时唤酒为徒。行来扬子江高下，坐听广陵涛有无。禾黍松楸苍莽外，母兄妻子客舟孤。一帆风软三叉路，此日登高欲笑吾。"又如《湖心亭》："西湖处处拥春来，万岫青青云水隈。高阁登临云影至，小舟摇曳水痕开。息机天地闪光悦，回首风尘剑气哀。沂水蒙山仍见否，湖心亭上几徘徊。"在诗作中，描写了宋氏族人在杭州的颠沛流离，以及对家乡的思念。

清顺治元年七月，宋之韩回家，而宋之普奉老母往绍兴依附南明政权，曾短期担任过内阁大学士一职，后远离政权中心。顺治三年，宋之普开始担任清朝官员，先任户部江南司郎中，顺治九年出任常州知府，十二年乞休。此后，他在济南住了一段时间，康熙三年，宋之韩《午日对酒家兄今础东流水别墅感怀》序中说"墅在济南府泺源门外"。康熙五年，宋之普移居中村别墅，事见《缄斋府君年谱》。

---

① （明）杨士聪撰，于德源校，《玉堂荟记》，燕山出版社，2013 年版，第 80 页。

② 民政部地名研究所，中国地名学会编；王胜三、浦善新主编，《方舆》，中国社会出版社，2018 年版，第 163 页。

③ （清）宋之韩，《海沂诗集》，见《清代诗文集汇编》第 30 册，上海古籍出版社，2010 年版，第 94 页。

而宋之韩在科举和仕途上相对要弱，只任过东昌学博、四川泸州别驾等职，职位较低，影响较小，后生活于现在的山东省兰陵县贾庄乡安乐庄村。

宋氏家族发展的第二个高潮期是宋之普的儿子宋瞻祖又一次进京。宋瞻祖七岁时其父去世，他无意科举，早早自立门户，但因得罪地方官而被诬下狱，后得友人相助冤狱得平，于是四十四岁进京寻找机会。他的儿子宋朝立、宋端立、宋成立等人都跟随到京城学习，"三月六日不孝朝立、端立、成立省府君于京师，府君虑不孝等废学，遂留旅次肄业。"[①] 此时宋瞻祖还未出仕，在京城的生活较为艰苦，"几至饘粥不继"。在其四十五岁时终于谋得詹事府主簿一职，后任太常寺典簿、光禄寺署正、大理寺卿等职务。居京城十余年，天门唐建中与其为邻："其官京师为比邻殆十年。"[②] 在这个时期，宋瞻祖与一些社会名流交往密切，对此从其交游之人可见一斑：除了唐建中关系密切外，还与宋大业、杨绳武、刘辉祖、熊应璜、徐毅武、毕江岁、李沛霖等社会名流相交厚，常聚在一起切磋释疑、教育儿孙。

八到十世的宋氏成员生活轨迹虽然也涉及北京、杭州等城市，但是大多还是又回归故土。例如，宋之普长子宋念祖住在长新桥（今兰陵县贾庄镇长新桥村），次子宋瞻祖后来住在中村山庄。宋之韩长子宋稷学迁车辋，次子宋契学迁贾庄，三子宋伊学迁寨子（兰陵县大仲村镇寨子村），四子宋夔学居安乐庄（兰陵县金岭镇安乐庄村），五子宋雒学分居车庄（兰陵县大仲村镇车庄）。但宋氏家族成员在繁华都市、全国各地做官乃至身居要职，以及生活、交游的人生经历，无疑对家族的发展起到了很好的促进和示范作用。

（三）沂州范围内的迁徙定居

随着琅琊宋氏家族成员在中枢机构任职的结束，宋氏家族成员又开始了在沂州范围内的迁徙定居。这主要体现在琅琊宋氏家族的第十一世及以后传人。从中我们也可以看到宋氏家族在临沂的兴盛。

宋氏家族成员中，宋之普的儿子宋念祖和宋瞻祖，分别又生五子。他们的迁

---

① 宋朝立等，《缄斋府君年谱》，清雍正年间刻本。

② 宋朝立等，《缄斋府君年谱》，清雍正年间刻本。

移情况如下：宋念祖长子宋先立居城前村（今临沂市高新区马厂湖镇城前村），次子宋爱立居隅里（兰陵县大仲村镇），三子宋三立居鄪城后（今兰陵县向城镇鄪城后村），四子宋中立居庙山（今临沂市罗庄区罗西乡庙山村），五子宋本立留守长新桥（今兰陵县贾庄镇长新桥村）。宋瞻祖的儿子宋朝立居梁屯（今兰陵县大仲村镇梁屯村）；宋端立的三子宋元俭曾任直隶南皮县尉，后葬于交河县泊镇河西余家园（今属天津泊头市泊镇）；宋成立居涝坡村（今淄博市沂源县鲁村镇涝坡村），他曾任扬州宝应县知县，其后人中有支在宝应安居；宋名立居纸坊村（今兰陵县卞庄镇纸坊村）；宋建立居柞城后（今兰陵县卞庄镇柞城后村）。

综上所述，从琅琊宋氏家族的起源来看，其与沂蒙地区其他一些知名的家族，如日照丁氏、大店庄氏等，都是明初从外地移民而来。其先世由河南商丘迁徙至山西，世居洪洞县，后辈又迁往济南长清县，然后再由济南至沂州。其最初原因或与明初大规模移民政策有关，然后又因家族成员中个人原因而在此定居。他们定居之后，很快融入当地。琅琊宋氏家族在经历数代发展后，又有了一个迁徙分居的过程。例如，据宋氏家族的家谱记载，其十五世宋文法外出吉林省桦甸县（今吉林省桦甸市），宋烨迁费县，宋开基寄籍河南省。但总体来看，宋氏家族活动范围较广，但定居地点主要集中在山东省和江苏省境内。琅琊宋氏家族的这种迁徙定居特点，也符合山东仕宦家族的发展特征，即"数代相聚而居的较少，家族规模一旦达到了一定程度，其成员就分开居住和分支发展"①。这样的分支发展，既促使了家族的迅速壮大，也让家族成员尤其注重对家族的贡献，如能否造福桑梓、能否壮大家族事业等。

第二节　琅琊宋氏家族世系

琅琊宋氏家族世系庞大，特别是九世以后分支纷繁，对此《琅琊宋氏家谱》有详细的记载。从其家谱记载中能够详细看出其家族世系流传情况。同时，我们就其中有资料可查的在文学、文化、地方事务等方面做出突出贡献的人物做一简要

---

① 朱亚非，《明清山东仕宦家族与家族文化》，山东人民出版社，2009 年版，第 6 页。

梳理，以对明清时期琅琊宋氏家族发展及人才情况有一直观了解。

一、一世到六世

对于琅琊宋氏家族一世到四世传人所知信息较少。"明清宗族的祖先，一般追至始迁祖，始迁祖以下的成员即为宗族。始迁祖往往是宋元或明初出了五服的人，支派始祖出五服者也不在少数。"[①] 琅琊宋氏家族亦是如此，其家族中的第一人为宋海受，明初从济南迁往沂州，并在石龙山定居。他 40 多岁才娶妻生子，其子名讳失考。宋氏家族的第三世和第四世目前记载中有姓名的为宋英和宋鳌，名或字未详。

五世时宋氏家族开始开枝散叶，其中宋鳌有四子分别是：宋经、宋绎、宋纬、宋绅，四兄弟共生子十一人，分家后分别又居住在不同的地方。

宋经，有二子：长子宋简，二子失讳。

宋绎，有三子：长子宋伯，次子失讳，三子失讳，后移居临清市。

宋纬，有五子。长子宋桂、次子櫄、三子格、四子梯、五子相。

宋绅，生一子宋奎，后迁往南桥乡袁庄村。

这也表明，直至六世之时，琅琊宋氏尚未有大家族的雏形。主要原因是尚未出现出类拔萃的领军人物。其前六世世系如下图：

[①]　常建华，《有关明清家族制的是是非非》，《人民论坛》，2018 年第 1 期，第 142 页。

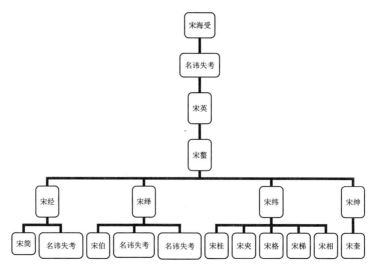

（琅琊宋氏一到六世世系表）

二、七世、八世

1. 七世

到第七世时，琅琊宋氏家族成员逐渐扩大。其家族的家谱记载中共有二十八人，其中较有影响的是六世宋梯的后代。

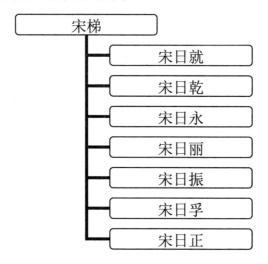

（上图：宋梯一支的七世传人）

宋梯有七子一女。其中女儿嫁给了庠生张问政，后殉节，受到旌表。宋梯的七个儿子中，七子宋日正早亡，其他六子分别是：

宋日就，行一，字克明，号警铭，明万历年间举人，任陕西富平令，升河间府龙门镇通判，迁王府长史，后辞职回乡。生二子：鸣珂、鸣宸；二女：一嫁司马蕴，夫死割耳徇葬后，自己抚育遗腹子长大成人；一嫁徐珏，夫死后，绝食死。二女都入地方志的列女传。

宋日乾，行二，字克历，号儆箴，岁贡生，敕赠修职郎，加赠征仕郎、兵科给事中，生三子：宋鸣梧、宋鸣世、宋鸣琚。

宋日永，行三，字、生、卒、配无考，生一子宋鸣璋。

宋日丽，行四，字儆韦，庠生，生子宋鸣鹊、鸣和、鸣岗、鸣瑗。

宋日振，行五，字警予，岁贡生，莱州教谕，后升任陕西平凉府通判，因任职期间，立有战功，升陕西平凉府同知，并摄陕西提刑按察使，生一子宋鸣庭。

宋日孚，行六，生一子宋鸣璇。

2. 八世

八世传人据其家谱记载共有四十九人，表现出家族规模的日益壮大。如宋日就后人宋鸣珂、宋鸣宸；宋日乾后人宋鸣梧、宋鸣世、宋鸣琚；宋日永后人宋鸣璋；宋日丽后人宋鸣鹊、宋鸣和、宋鸣岗、宋鸣瑗；宋日振后人宋鸣廷；宋日孚后人宋鸣璇等。其中影响较大的有宋鸣珂、宋鸣梧、宋鸣鹊等人。而八世在宋氏家族发展史上具有重要地位，宋鸣梧更是把家族带上了发展的辉煌阶段。其代表人物如下：

宋鸣珂，字太茹，庠生，宋日就长子。生四子：宋之范、宋之朱、宋之弼、宋之邵。

宋鸣梧（1577-1636），宋日乾长子，字泰侯，号泰斗。明万历二十八年（1600）举人，万历四十七年（1619）进士，累官中顺大夫、都察院协理院事、左金都诰赠正议大夫、左副都御史，著有《琅琊文集》《宋氏家传纂言》《四礼纂言》等书行世。生二子：宋之普、宋之韩。

宋鸣鹗（1607-1697），字泰跻，号一伯，庠生，宋日丽长子。明万历四十年（1612）被选为品学兼优的生员，清康熙元年（1662）推举为乡饮大宾。生三子：宋之真、宋之周、宋之吕。

三、九世

九世中家族家谱记载有九十一人，影响较大的分别是：

宋之普（1602-1669），字则甫，号今础，宋鸣梧长子，明天启七年（1627）举人，明崇祯元年（1628）进士，授翰林院庶吉士，累迁金都副都御史、户部左侍郎、常州知府，诰封中宪大夫。生二子：宋念祖、宋瞻祖。

宋之韩（1610-1669），字奇玉，号莲仙，宋鸣梧次子，廪贡生，授东昌学博，迁四川泸州通判，以老告归。生五子：宋稷学、宋契学、宋伊学、宋夔学、宋雒学；二女：长女配庄坞杨氏中的杨珍、次女配庠生陈启新。

宋之郊（1609-1674），字万生，号莫斋，宋鸣阳之子，明崇祯十五年（1642）举人，任江西乐平县令。生三子：宋伯丙、宋煌、宋叔丙。

在科举上有所成就的还有以下人员：

名字	科举出身	职官
宋之昌	庠生	
宋之时	庠生	
宋之仪	庠生	
宋之彬	庠生	
宋之职	庠生	
宋之魏	太学生	
宋之贤	庠生	
宋之弼	奉祀生员	

宋之程	庠生	
宋之抃	庠生	
宋之抗	庠生	
宋之真	郡庠生太学生	
宋之周	增广生	
宋之吕	郡庠太学生	敕赠文林郎
宋之箐	庠生	

宋氏家族到第九世时，恰逢明清易代之际，此时的家族成员大多面临人生、家族的艰难选择，这样反映了其家族所面临的情况。在家族的生死存亡面前，而宋之普等由明仕清，保证了家族的继续发展。

四、十世、十一世

1.十世

宋氏家族在十世后家族开始分支，家谱中记载有 37 支。其中较有影响的有宋之普和宋之韩这两支。宋之普有二子：宋念祖和宋瞻祖。

宋念祖（1642—1717），字陟庭，号敬思，宋之普长子，历官安肃县令、广东儋州牧。任职期间，不附权贵，锄强扶弱，保障一方平安。因在康熙二十九年（1690）年，皇帝御驾亲征噶尔丹时，负责军需供应，功绩卓著，升为广东儋州牧。后又晋升为管理河工的官员，后因身体原因，辞职还乡。生五子：先立、爱立、三立、中立、本立；二女：长女嫁费县朱氏，次女嫁吴氏。

宋瞻祖（1663—1732），字绍庭，号缄斋，宋之普次子，累官大理寺政、刑部员外郎、山西司员外郎。生五子：朝立、端立、成立、名立、建立。

宋稷学（1633—1685），字禹友，宋之韩任泸州时，川难初平，路途非常不太平，但宋稷学坚持去探望父亲，老年时住在车辋村，好古文诗词，著有《宜疎园集》。

宋夔学（1652—1740），字益友，监生，有德行，志书记载兄弟分家时，把好田都让给其兄，自己留有安乐庄的几项贫瘠土地。

除此外，宋之魏之子宋景祖（1685—1731），字振猷，岁贡生，《临沂县志》评价他"善赋诗，能文章"①。

2.十一世

宋氏家族到十一世时，家族继续得以发展，其中较有影响的是宋念祖和宋瞻祖的儿子们。

宋先立（1664—1742），字心唯，宋念祖长子，由例监考授州同知，其父任安肃令期间，往来数千里，每年都要看望父亲，居家时把大家庭管理得很好。

宋朝立（1690—1754），字言安，宋瞻祖长子，潜心经史，在学校读书时已经具有一定的声望，父亲在京师做官，他在家管理家政，沉静果毅，做事有法度，以明经选教谕②。

宋成立（1695—1732），字仙原，号南村，宋瞻祖三子，年少聪敏能诗文，书法尤工。由廪贡生身份进入实录馆工作，后任宝应令，任职期间多有惠政，受到士民拥护。因为不畏权贵被罢职，年仅三十七岁就去世了，时人都觉得非常可惜。

宋名立（1710—1757），字合闻，号补斋③，岁贡生，宋瞻祖子，历任河南裕州知州，四川达州知州。在这些地方任职期间组织编纂了多部地方志，在家族中参与宋氏家谱的撰写，回乡后参与沂州书院建设。

五、十二世、十三世

1.十二世

宋氏家族的第十二世传人中，有继续考取功名者，这对保持家族的兴旺具有很

---

① 沈兆祎等修，王景祐等纂，《临沂县志》，台北：成文出版社，1968年版，第497页。

② （清）李希贤修，潘遇莘等纂，《沂州府志》，台北：成文出版社，1968年版，第291页。

③ （清）李希贤修，潘遇莘等纂，《沂州府志》，台北：成文出版社，1968年版，第290页。乾隆《沂州府志》记载："宋名立，字补斋，例贡。初任河南裕州知州，升直隶汝州，调任四川直隶达州，缉盗安民，"□蜀两省，俱著循声，卓荐引□□任，……，荐引危回任，候升，因病归里，修理学宫，急公睦族，教子以寿终。"此处宋名立字号以家谱记载为准。

关键的作用。其中对地方产生一定影响的有以下诸人。

宋康年（1693—1755），字用昭，岁贡生，为人坦荡，急公近义，敦睦亲族，对祖母、继母外家、嬬姑婿姐家都是百般帮扶。路遇病馁也是尽力帮扶，纂修先代遗集，被举为乡饮宾。

宋作梅（1715—1784），字和亭，宋允复第三子，宋夔学的孙子，岁进士，例赠武略佐骑尉。

宋熊图（1721—1787），字兴渭，号励堂，宋本立之子，宋瞻祖之孙。乾隆壬午（1752年）中武举人，官至议叙游击衔。

宋元裕（1739—1778），字蕴亭，宋名立之子，太学生，江南宁国府泾县县丞。

2.十三世

宋氏家族的第十三世传人中颇有文武双全者。就家谱记载来看，宋氏族人既有太学生，亦有武庠生。

宋天相（1753—1796），字应紫，号兰皋，宋鹤年的儿子，廪贡生，候选府同知，例封奉正大夫，能诗，有《韵篁馆诗稿》一卷。

宋作梅三子宋景忠（1752—1809），字壮献，号尽臣，清乾隆庚寅科武举人。

宋熊图子宋天麒（1747—1779），字应瑞，号芝田，清乾隆庚寅科经元，拣选知县，例授文林郎。

宋肇（1751—1825），字正傲，号春谷，宋元俭七子。武英殿四库馆议叙，历任广西桂平县大黄江口、江南上海县吴淞江巡检，敕授登仕佐郎。

六、十四世、十五世

1.十四世

宋氏家族到第十四世时，家族又进入一个辉煌阶段。这和家族成员在科举上的成功关系密切。其中取得功名，对家族及地方产生较大影响的有宋澍和宋潢，其次是宋俊起和宋瀛。

宋澍（1751-1807），字沛青，号小坡，乾隆庚寅（1770）举人，辛丑（1781）年进士。历任翰林院庶吉士、吏部考功司员外、验封司郎中、江南道城议道临察御史、乙卯湖南正主考、壬子顺天乡试同考官、己酉丙辰会试同考官，提督陕甘宁正刑科掌印给事中等。著有《易图汇纂》《石经堂文稿》《爱日堂集》等。

宋俊起（1754-1835），字赞侯，号鹤汀，嘉庆辛酉（1801）进士，授河南林县知县，充戊辰恩科同考试官，例封文林郎。

宋瀛（1758-1838），字士洲。贻赠朝议大夫，晋赠中宪大夫。有四子：献章、徽章、倬章、应章。他倡议修建了宋氏家族的家祠，组织刻印了宋之韩的《海沂诗集》，修撰家谱，建立家塾，"延师讲学，礼仪周洽，亲党子弟多附馆"。家里富有藏书"金舆山房积书万卷"①。

宋潢（1761-1826），字星溪，号小岚，清乾隆甲寅（1794）举人，嘉庆辛酉（1801）进士，历官翰林院庶吉士、户部主事员外郎郎中、安徽颍州府庐州府知府、江安督粮道苏松粮储道。

2.十五世

宋氏家族发展到第十五世，其中有影响的是宋瀛之子宋献章和宋徽章，还有宋澍之子宋开蕖等人。

宋献章（1777-1832），字文舫，号蕴亭，附贡生，由光禄寺署正历任江宁府督粮同知，扬州府知府。

宋徽章（1780-？），字嘉舫，附贡生，和他的父亲宋瀛一起纂修家谱。

宋开蕖（1792-1837），字岱云，号铁菴，廪贡生，历任东阿县教谕、莱芜章丘县训导等职。

---

① 宋徽章等，《琅琊宋氏家谱》，清道光二十四年刊本，1992 年宋氏家族重录。

宋开莱（1807-1842），字海峰，号仙桥，候选从九。

宋开勋（1768-1829），字蕴旂，别号竹艇，嘉庆辛酉（1801）拔贡，壬戌（1802）朝考得河县令，历任卢氏、郾城等县知事，有政绩。在开封救火成功，人比他为乐喜、子产之类的人物，因而继任为县令。

以上是明清时期宋氏家族的世系发展的一个基本情况。从其家族世系流传可以看到，明清时期琅琊宋氏家族绵延，人才辈出，为沂蒙地区颇有影响力的大家族。他们以农起家，通过科举提高了在地方上的地位，变成一个诗书传家的科举世家。据统计，明清时期，琅琊宋氏共培养了进士 5 名，武举人 7 人，岁进士 5 人，岁贡生 13 人，廪贡生 47 人，官生 3 人，太学生 103 人，增广生、廪膳生、附国学生共计 30 人。[1] 而自八世宋鸣梧后，家族世代都有官员，影响较大的有宋鸣梧父子、宋瞻祖兄弟、后世的宋澍和宋潢等人，其他的任职知州、知县、教谕等职务的人数也较多。而这种影响，不仅仅限于地方，在中央政治中心亦有其重要地位。由此可见，宋氏家族从宋鸣梧父子开始成功地从一个科举世家转变成为官宦世家。特别是清后期，宋澍在车辋的住宅被称为翰林院，宋氏又名震一方。同时，家族的兴盛与其家族文化的传承亦有很大的关系。其背后既有家族教育的支持，亦有家族成员对家族的强烈认同感。对此，我们可以从其家族的发展历程中再次得以证明。

---

① 宋家宣、车少远，《琅琊宋氏考》，琅琊新闻网 http://www.langya.cn/lyzk/wenhua/dangan/201404/t20140428_244051.html：2014-4-28

第二章　琅琊宋氏家族在明清两代的发展历程

明清时期是临沂家族文化的又一个兴盛期，涌现出了众多在地方乃至全国都有一定影响力的仕宦家族、文化家族，琅琊宋氏即是其重要代表。这一时期家族文化的繁荣以及名门望族的崛起，与科举制度关系颇深。"宋元明清时期，科举出身的官员，成为封建政权庞大官僚队伍的主要来源。科举制度确立之后，家族组织与之相适应，设族田、立族学、定族规，积极鼓励族人读书应考，由此在中国各地形成了不少世代应举、科名不断的家族。"[①] 宋氏族人从事举业者众多，这对其家族发展无疑也起到非常关键的作用。

第一节　琅琊宋氏家族在明代的发展

宋氏家族力田起家，后"经过百余年之繁衍，至第六世，终于出现文化人士。宋梯为琅琊名儒。自此以下，宋氏以诗书传家，忠孝继世，名儒硕士，代不乏人。明清以降，向城宋氏先后多人考取秀才、举人、进士。"[②] 家族成员中，宋纬、宋日就、宋鸣梧、宋之普、宋澍、宋潢等相继取得突出成就，实现宋氏家族从一个农耕家族向科举世家的转型，并成为沂州地区影响力较大的名门望族。对此我们可以不同时期的宋氏家族代表人物为线索，勾勒其家族发展过程。

---

① 戴逸，《清代科举家族序》，见张杰《清代科举家族》，社会科学文献出版社，2003 年版，第 1 页。

② 颜炳罡、王晓军，《兰陵文化通论》，山东人民出版社，2013 年版，第 36 页。

一、宋纬与宋氏家族的转型

宋氏家族的兴起，与其家族由力田到对读书的重视的转型起到了非常关键的作用。从这个意义上来讲，琅琊宋氏家族的第一次奋起是在第五代宋纬开始的。宋纬把家从穷僻的石龙山迁往杭头村，家人也开始在村学里接受儒学教育。这对于宋氏的发展非常重要。对此学者指出："临沂的宋氏家族自明中期到清中后期前后三百余年间，人才辈出，为官者不乏廉吏、循吏，这与其在家庭教育中强调践行儒家所提倡的刚健、孝弟是分不开的。宋氏自第一代宋梯开始即强调以孝弟传家，宋梯夫妇孝敬父母、友爱兄弟，为子孙作出了榜样。"① 按，作者所说的宋氏"第一代宋梯"实为宋纬的儿子。同时，宋纬还善于交际，广结善缘，能急人所难，乡间的矛盾也多听他调停，声名由此远播，故乡贤士夫对其也多有赞誉。后来他在官府中谋得一份差事，负责赋税的收取，这样在杭头村立下了脚跟，开始建房置地，并为家族购置规划了几十亩的林地，遍种松柏几千株。但是宋纬在收税方面却困难重重，在一次收税中因和人发生纠纷，自觉作为读书人遭到狂生侮辱，有辱斯文，从而愤然归田。

宋纬归田后，更加决心延请名师教育后代，以教育兴家，从而光大门楣。于是他外出到读书人密集的江浙一带寻觅良师。功夫不负有心人，终于从江南聘到一位罗先生。罗先生来到宋家后极受尊敬。一年冬天，宋纬得到一件银狐皮袄，因罗先生喜欢，马上就送给了罗先生。罗先生也在教育上倾其所有教育宋氏兄弟。不到三年，宋纬的长子宋桂便考进了府学成为一名庠生，接着次子宋榰和三子宋格考取了秀才，宋格还被授礼部儒官。

宋纬积德行善与尊师重教的行为促进了良好家风的形成，并给子孙后代以及整个家族的发展奠定了重教育的基调，子孙后代也在这种重教育的氛围以及言传身教中发奋读书、投身科举。这为其家族在科举上的优异表现打下了良好的基础，也可以说是未来形成科举家族的一个非常重要的内在因素。

---

① 于联凯、韩延明主编，《沂蒙教育史》（古代卷），中央文献出版社，2007 年版，第 212 页。

二、宋日就等宋氏成员与科举家族的雏形

就古代家族的发展而言，科举是非常重要的一个途径。"为了更好地促进家族的发展，家族内部除了要理顺成员的情感关系、协调劳动分工之外，还要想尽办法从外部获取更多的社会资源。……唐代中后期，原有的士族只有转而'俯就'科举才能维持其家族地位。在门荫地位大大下降的背景下，'无情如造化，至公如权衡'的科举制度把科名变成了宋代家族痴心追逐的核心资源。由于'僧多粥少'的供需矛盾非常突出，加之宋代家族建设的相对滞后，直到明代中后期才出现以家族为单位疯狂追逐科名的社会现象。"① 从这些家族的特征来看，他们"世代聚族而居，从事举业人数众多，至少取得举人或五贡以上功名在全国或地方产生重要影响"，由此可称之为"科举家族"②。可以说，琅琊宋氏家族从其发展历程来看，是符合科举家族的特征的。科举的成功，使得琅琊宋氏家族的发展进入新的阶段。

（一）宋日就：宋氏家族科举仕进首位成功者

宋氏家族开始走上科举仕途之路，始于宋日就兄弟。上文有言，他们的成功得益于其父宋梯的教导有方。宋梯是宋纬的第四个儿子，由于身体的原因无法走科举之路，然而即使其在家务农、侍奉双亲，对教育的重视却也丝毫不弱于他的父亲宋纬。宋梯平时很节俭，却在儿辈的教育上十分大方，不惜重金聘请名师教育七个儿子。他对学业的要求也特别严格，儿子们学习的时候，只要老师出去一会儿，他就会进去根据所学的东西考查儿子们的学习状况。如果儿子们学习不好，就会受到他的严厉批评。在他的培养和督促下，有四子在科举中取得功名。

宋日就是宋氏家族在科举仕进路上的第一位成功者。他为宋梯长子，在七岁时便开始读书，二十岁入府学，受到当时的名儒山东提学佥事塞达的赏识。塞达称其青年美质，且博通古文，日后必成大器。自此以后，宋日就和兄弟们在石龙山上发奋学习，偶尔回家看望父母，大有破釜沉舟之意。宋梯在官府当差，宋日就便

---

① 吴根洲，《科举导论》，浙江古籍出版社，2016 年版，第 227 页。

② 张杰，《清代科举家族》，社会科学文献出版社，2003 年版，第 24 页。

带领兄弟跟随父亲在官衙中继续学习。万历乙酉年（1585年），宋日就考中举人，但后来数次考试都没考中。据《公行状》记载：他不爱攀附权贵。见一些富贵之士高宅车马，深以为耻，认为这都是穷人的膏血建成的，如此读书还有什么用？所以想放弃举业。但他的父亲宋梯劝他："修于家，效于世，无忘初服，不愧清议，方可言学。若以学自命，入官而弃之，是罪倍于齐民也。"宋日就由此打消了退学的念头，进而更加刻苦读书。

万历三十五年（1607年）冬天，宋日就入选吏部，授陕西西安府富平知县。他为了便于尽孝，把久病在身的父亲宋梯也接到官邸。但其父借口头眩晕返回，临行嘱咐他一定要忠君爱民，宋日就跪地聆听教诲①。在担任富平知县期间，宋日就果然勤政爱民。他审理疑案，释放冤狱，廉洁自律，不妄取于民，又能革除弊政，爱民如子。《富平县志》称其"和平宽厚，勤政爱民，有宋佛之称"②。富平县人为他立了德政碑，绘制他的画像日日祭祀，孙丕扬专门为他撰写了《富平令宋日就德政序》的碑文，现在（康熙）《沂州志》中亦可查阅。因为官有政声，迁为河间府龙门通判，几年后又升为王府长史。宋日就后因厌倦官场辞职归家，进门之前还指着自己的行李对家中子弟说："汝辈盍检吾笥，使予宦归而有余资，吾将不得上先人丘垅矣。"③其廉洁自守如此！居家教授生徒而终，死后入祀乡贤。据《公行状》："一时闻之者，无论远近悲号奔赴。"于是，乡党及富平人各请神灵而祀之。"闻富平人人祠之日，不论男妇老幼持香纸而至者数月不绝。士悦民怀，去国二十年如一日。余乡谈之，今犹泪下，尚谋立祠祀之。"可见其官声之佳。

（二）宋日乾：宋氏家族"孝友"的典范

宋梯的次子宋日乾则是宋氏家族"孝友"的典范。其为岁贡生，孝敬双亲，友爱兄弟。在饥荒年份，他见到父亲以麻饼充饥难以下咽，便与兄长宋日就商量，认为作为成年人不能让父母受累，所以都拿出自己的收入献给父亲供大家庭日常花销，

---

① 黄忠、韩忠勤主编，《沂蒙大观》，山东大学出版社，2007年版，第930页。

② （清）吴六鳌修，胡文铨纂，《富平县志》，乾隆四十三年版，第8卷。

③ 宋徽章等，《琅琊宋氏家谱》，清道光二十四年刊本，1992年宋氏家族重录。

弟弟们的婚聘财物也从他那里取。等到分家的时候，家里什么也没有，但是他极为豁达，说："大丈夫当及壮树立，奈可琐琐求田舍乎？人唯利嗜则转入转深，终身无出头时。"他在学术上宗尚朱熹学派，认为前贤粹言集于朱子，学者只要学习朱子的著述自然就能写好文、行大路。门下多名士，万历年间徐汝冀修《沂州志》，书稿出于其门下，因对宋家褒扬太过，引发他的极大不满，所以邀请好友王守正和他一起修改。万历三十九年参加廷试，途中暴发急病，卒于新城旅馆。其"以子鸣梧贵，赠修职郎，行人司行人"①。而敕命中对他的评价就是："孝友因心，恢弘有度，贫而市义，俨然侠士之风。学且为师，俨有儒先之矩。"②对他做出了很高的评价。宋日乾后来进入祀乡贤，《沂州府志》收其入孝友。

(三) 宋日振：宋氏家族忠义代表

宋梯第五子宋日振则是宋氏家族忠义的代表。他也是岁贡生，任莱州教谕，以教授理学为己任。据《沂州府志》记载，万历二十年（1592 年），河北新城发生兵变，登州失守，宋日振率士子亲临战场，保护莱州城。后升陕西平凉府通判，监纪宁夏，有战守功，迁同知署府事。任职期间，藩王韩王横征暴敛，宋日振予以坚决抵制，并全力安抚百姓。后辞官，当地百姓纷纷进行挽留。居乡期间，维护一地平安，参与地方建设，明天启二年，积石筑墙、设险塞隘坚据白莲教的袭击，天启三年，又捐资修建向城镇向城村淑济桥，解来往涉水之困。以上事例，可见宋日振确实为忠肝义胆、爱护百姓之人。

除此之外，宋梯三子宋日永与四子宋日丽都为庠生。可以说，此后宋家在科举上的崛起与此阶段的积累有莫大的关系。"朝为田舍郎，暮登天子堂"，科举考试对促进社会流动起到了积极的作用。马克斯·韦伯指出："12 个世纪以来，社会地位在中国主要是由任官的资格而不是由财富所决定的。此项资格本身又为教育特别是考试所决定。"③而由科举而步入仕途，从而实现家族振兴，则成为传统士人

---

① （乾隆）《沂州府志》，卷二十四，清乾隆二十五年刻本。

② （明）缪昌期，《从野堂存稿》卷一"行人司行人宋鸣梧父敕命"，明崇祯十年刻本。

③ [德] 马克斯·韦伯，《儒教与道教》，江苏人民出版社，2010 年版，第 115 页。

所孜孜追求的道路。宋氏家族也开始从农耕家族向科举家族转变。

三、宋鸣梧等与仕宦家族的崛起

明清时期是山东历史上仕宦家族出现较多的时期。"据不完全统计，该时期三代以上科举入仕的大家族有两百余家，其中在国内政治生活中颇有影响的大家族也有数十家。人们将其称为'仕宦家族'或'科宦家族'。他们一个共同的特征是以科举起家、入仕为宦，并且持续数代长盛不衰。这些家族，作为明清社会的一个缩影，也是当时中国社会生活中最具活力的一个组成部分。"[①] 其中如琅琊宋氏家族，他们由科举而入仕，在明万历年间迎来了辉煌时期，其中尤以宋鸣梧为代表。宋鸣梧与子宋之普同为进士出身，父子二人同殿称臣，名重一时，为当时京城显贵。宋鸣梧之从弟宋鸣珂在莱州任教谕，亦清名远播。他们代表着宋氏家族作为仕宦家族的崛起。

（一）宋鸣梧"清修介节"

宋鸣梧（1577-1636），字泰侯，号泰斗，为宋梯次子宋日乾之子。宋鸣梧自幼纯孝，据《沂州府志》：

> 二岁失母。三四岁时见岁时祀者，辄请祀母。有负以过其母墓者，必下拜哭泣尽哀。……万历庚子领乡荐。会父日乾以廷试卒于雄县旅邸。讣至，跣行暑雨中。扶亲归沂，朝夕泣拜，哀感行路。嗣丁继母忧，结庐墓侧。[②]

宋鸣梧结庐守孝时间前后长达六年之久。《蒙阴县志》亦称其："丁艰三年，不与宴会，吉事不易衰服，不玩禽鸟花木，日与子弟讲解经史。"[③] 表现出很高的道德情操和严格的自律精神。这种纯孝的行为无疑是琅琊宋氏家风所看重的，也体现在对后世子孙的教育中。

---

① 朱亚非，《明清山东仕宦家族与家族文化》，山东人民出版社，2009 年版，第 1 页。

② （清）李希贤等，（乾隆）《沂州府志》，卷二十五，清乾隆二十五年刻本。

③ （清）沈藏清修，陈尚仁纂，（宣统）《蒙阴县志》，卷四，"民国"间钞本。

宋鸣梧于明万历二十八年（1600 年）中举，万历四十七年（1619 年）中进士，后在刑部任职。他和左光斗、缪昌期师出同门，志同道合，遂成为莫逆之交。当时明熹宗朱由校的乳母和魏忠贤当权，想招揽宋鸣梧，但没有成功，亲友们都劝他不要得罪奸党，迁就一下，但被他严词拒绝。据《颂天胪笔》记载：

（宋鸣梧）初授行人司行人，以峭直廉洁为乡评推重。会铨司官缺，公论推之，公力辞不受，有魏珰素契欲借荐贤以市誉者，与珰子良卿饮誉公甚晰，且欲公往拜，公不可。又同官多拜，而公独闭户自守，常寓温陵馆巷，与吴淳夫对门，竟不一面①。

从中我们可以看到其淡泊名利、忠正耿直的个性。后来缪昌期和左光斗被魏忠贤害死，宋鸣梧上疏抗议，抨击逆党，所以被魏忠贤党构陷，被贬为贵州乡试，后被勒令家居。魏忠贤被诛后，官复原职，转兵部：

时言路皆逆贤余孽，上特下考选之令，先后授曹师稷、颜继祖、宋鸣梧、瞿式耜、钟炌等为给事中，吴焕、叶成章、任赞化等为御史，咸以纠弹珰党为事，而朝端渐见清明矣。②

他负责清查魏忠贤家产时，其清正廉洁，不谋己私。面对财政紧张的局面，尤其是军费紧张的局面，他敢于直陈时弊。据《度支奏议》记载，宋鸣梧指出财政困难、粮饷不足的原因："非生之者少，乃耗之者多也"，其中主要原因是冗官冗兵的虚耗。所以他指出："汰一冗兵即可养一兵，汰一冗官并汰其俸薪及衙工食，即可养十百兵"，他将矛头对准了当时的官僚体系。与此同时，他还注意到应当开源，也就是从赋税着手，指出：

---

① （明）金日升，《颂天胪笔》卷十三中"起用"，明崇祯二年刻本。

② （明）文秉，《烈皇小识》，北京古籍出版社，2002 年版，第 8-9 页。

　　国家地亩虽清丈后，尚缺六十余万，当按册籍索之，抚按州县议论奇伟，但恐奉行不善，或至扰民，然其称开荒毂税报官而不报上，一概留作本县公费，然不以为怪，则确论也。①

　　明崇祯时期，天灾兵祸，加之吏治问题严重，财政困难。宋鸣梧无疑看到了其中的问题。由此，他指出："从今一体查明，另项收购附解充的亦算之得者也，总之以公家之财还之公家而已。"② 要求严格查处，以补充财政之不足，同时对吏治也进行整治。

　　明崇祯二年（1629），清军攻破长城隘口，直捣内地威胁京师，宋鸣梧奉命与顾肇迹一起守德胜门，期间他给皇帝上疏十策，较为详细地阐述了其对解决京城防守策略的一些看法，表现出卓越的政治军事才干：

　　（崇祯二年十一月甲申）兵科给事中宋鸣梧疏陈十策：一、镇定人心；一、设镇通州；一、布置京营；一、调兵入援；一、巡抚移驻；一、分兵牵制；一、广储刍粟；一、广举将才；一、多设哨探；一、宣大设备。得旨：饬行。命尤世威提兵五千，驻防顺义，仍听会。命王威暂守密云，拱护陵京，仍整兵声援，便宜进止。谕刘策端责道臣许如兰，严督将领分守各口，据险堵拒，以匹马不入为功。若纵入内地，以失机论。（《崇祯长编》卷28）③

　　他提出的策略全面可行，因此获得采纳，其本人也受到皇帝的两次召见，并被委以重任。据《颂天胪笔》所载，其还亲上战场："公分守德胜门，侯帅既逃，满镇覆败，身自当虏使，参将陈有功用红夷炮击虏退之，加服俸一级。"④

　　① （明）毕自严《度支奏议》，堂稿卷五，明崇祯刻本。

　　② （明）毕自严《度支奏议》，堂稿卷五，明崇祯刻本。

　　③ 北京市密云区地方志办公室、北京市军事志编委会办公室编，《＜明实录＞＜清实录＞密云史料选辑》，2016年版，第234页。

　　④ （明）金日升，《颂天胪笔》，卷十三"起用"，明崇祯二年刻本。

宋鸣梧做官能恪尽职守，忠君为国，不畏强权，得到了很高的评价。他曾奉命巡视太仓库。太仓库作为明代后期中央公共财政库藏的核心机构，其"白银收入支撑着明代后期公共财政的很多支出，后期北方九边的军费更是离不开太仓库的白银"①，"正德之后诸朝《明实录》中频频出现、屡被记载、大有明朝存亡悬寄其上"②，由此可知太仓库的重要地位。而宋鸣梧奉命巡视，可见其深受重视以及崇祯帝对他的信任。事实证明，宋鸣梧也没有辜负这份信任，他"驳查厘革，并所陈三款亦见留心，着该部条悉情弊，详明具覆，以便立法永遵"③。明崇祯四年（1631）八月，宋鸣梧又受命去内阁首府周延儒的军队里做督军，协助他整顿军纪，此间他发现宋延儒的贪腐行为，于是上书弹劾。然而却遭到周延儒反诬，宋鸣梧也因此被贬为河南按察使照磨（这个职位主要负责文书以及照刷卷宗等）。但他并未因此就消沉下去，也不同流合污。

明崇祯六年，宋鸣梧进入南京行人司，期间他到处讲学，从学者甚多，因为学识渊博受学生爱戴，被誉为"邹鲁大儒"。崇祯八年（1635）三月，晋升为都察院左佥都御史。崇祯九年（1636）四月病逝于京城。宋鸣梧去世后，"崇祀乡贤，又附祭忠孝祠"④，皇帝钦赐"清修介节"的匾额以示表彰。

另外，宋鸣梧的长子宋之普则为明崇祯元年（1628年）进士，后官至户部左侍郎。父子二人同殿为臣，为一时佳话。可以说，他们都是明朝时期琅琊宋氏家族崛起的关键人物。

（二）宋鸣珂"不食周粟"

宋鸣梧之从弟宋鸣珂可谓"不食周粟"的气节之士。宋鸣珂为宋日就长子，岁贡生。《沂州府志》称其"少嗜学，善书能文，隐碧溪，结茅筑圃，逍遥山水，有

① 惠铭华，《〈太仓库与明代财政制度演变研究〉评介》，《中国史研究动态》，2022 年第 5 期，第 89 页。

② 苏新红，《从太仓库岁入类项看明代财政制度的变迁》，《东北师大学报（哲学社会科学版）》，2013 年第 1 期，第 78 页。

③ （明）毕自严《度支奏议》，堂稿卷五，明崇祯刻本。

④ （乾隆）《沂州府志》，清乾隆二十五年刻本。

古人之风。"①《临沂县志》也说他"幼有泉石癖，岁必远游，游必穷山水之胜而后返"，他"曾三游苏，五游浙，所交多当时名士"②。明末天下骚乱，宋鸣珂隐居于别业碧溪馆。其地山水环抱，场圃鳞次，他凿池种粟于其中，欣然自得，颇有古人之风。

宋鸣珂颇有才干，有豪杰之举，又能淡泊名利。纵有功名，事了拂衣去。据地方文献记载，明朝时徐鸿儒以白莲教的名义作乱，危及沂州，杨肇基抗击，宋鸣珂向他献击贼三策，从而成功击退徐鸿儒：

> 徐鸿儒乱作，东窥沂，杨肇基援峄，鸣珂遮说三策，肇基用之，峄贼宵遁。既而海贼又乘虚西行，蜂聚于沂峄之间，势将掠向城。向城为沂之门户，向城亡则沂不守。鸣珂约同社文学结营向城之阳。一日饮马于河，尘起翳天，贼侦以为南援，拔寨而西。远近避兵者多依碧溪馆，积三百余户，乃结木栅于外，时其饮食以亲知卫之，众恃以无恐，匪徒相戒不敢入境。及肇基凯旋，大吏将上其事，酬以赏，鸣珂不受③。

在上面的记载中我们还可以看到，当来犯海贼危及向城之时，宋鸣珂又出奇谋。其约同社之人，采取疑兵之计，遂吓退敌兵。而其本人也得到百姓信赖，到其碧溪馆寻求庇护的人达三百多户。宋鸣珂一方面积极防御，一方面日供应其饮食，遂保一方平安。后来杨肇基抗贼成功，上级给予奖赏，宋鸣珂则坚辞不受。

明清鼎革之际，宋鸣珂先是固守莱州城，积极抗清复明，清政府派洪承畴往山东劝降，洪承畴密令活捉宋鸣珂。宋鸣珂的仆人曹节因长得像宋鸣珂代其死，而宋鸣珂得以逃回家乡。他万念俱灰，准备以身殉国，一家人围坐哭泣。这时他的朋友对他说死很简单，但是千里之外的事情真假不知，不如留着这个身子等等。

---

① （乾隆）《沂州府志》卷二十七，清乾隆二十五年刻本。
② 陈景星、王景祜等，《临沂县志》，卷九，1917年刊本。
③ 陈景星、王景祜等，《临沂县志》，卷九，1917年刊本。

宋鸣珂大哭:"我生不辰,遭时不造,生何如死,不死徒取辱耳。"[1] 他的朋友说,姑且尽人事听天命,如果不成功,死不过迟早的事。宋鸣珂就说:"君有志恢复,余决不惜残喘,倘明祚未斩,一成一旅亦可致中兴。忍死须臾,亦无不可。君好自为之。"[2] 后来听说明崇祯帝自尽,但福王尚在人世。便闭门不出,独居一楼,"首不剃发,足不履地",表现出很高的气节。从其家族所存宋鸣珂的书法资料来看,顺治十一年时他还在世。

由此可知,明朝后期是琅琊宋氏家族崛起的关键时期,无论是在中央机构,还是在地方上,其家族成员都做出了突出的贡献。比如宋鸣梧在保护北京城的过程中发挥了较大的作用,积极地献计献策,甚至亲自带兵守门;而宋鸣珂在地方上献计献策,在保护地方平安方面也发挥了十分积极的作用。至于家族传统的忠孝文化等,在宋鸣梧、宋鸣珂等人身上亦有鲜明的体现,这无疑都为宋氏家族在当地赢得了很大的声望,也为宋氏家族的持续兴盛打下了很好的基础。

第二节 琅琊宋氏家族在清代的发展

琅琊宋氏家族在明代走上辉煌,清初持续了一段时间后,宋氏家族的发展进入低谷,表现较为沉寂。随着乾隆到嘉庆年间家族中新的科举人才出现,如宋澍、宋潢等人先后中进士,宋氏家族在仕进与地方影响上又一次迎来了辉煌。

一、宋之普等与宋氏家族在朝代鼎革时期的发展

、 琅琊宋氏家族在明末清初最有影响的是宋之普与宋之韩兄弟,特别是宋之普为明崇祯时期的高官。入清后,先为户部江南司郎中,后为常州知府。其经历明清鼎革的动荡,对维系宋氏家族在清代的发展起到了重要作用。

(一) 宋之普心系桑梓

宋之普 (1601-1669),宋鸣梧的长子,字则甫,号今础,他为官历明、清两朝,

---

[1] 陈景星、王景祜等,《临沂县志》,卷九,1917 年刊本。

[2] 陈景星、王景祜等,《临沂县志》,卷九,成文出版社,1968 年版。

是宋氏家族在朝代更迭中的代表人物。宋之普在明天启七年（1627）中举，崇祯元年（1628）中进士，授翰林院庶吉士，历礼、兵、工科给事中，累迁太仆寺少卿、都察院佥都御史、户部左侍郎等职。宋之普与其父同朝称臣，崇祯皇帝很器重他，对他评价较高："品能铸古，才能衷今"，宋之普为此名重一时。

宋之普即使官做得很大，但乡土观念颇重。其虽然远在中枢，对家乡发展亦颇为用心：

> 七月庚申，工科右给事中宋之普疏言："臣家沂州，西泇河、东涑河入漕运。泇河之处，俱在泇口。原自通行，年久湮淤，每致有河身高于平地者。是在疏通河身，使诸水尽归于河，引之既以济漕，而屯田、民田皆可为沃壤，实两利之道也。至沂河之为臣州患者，总之在落马湖下流湮淤，但得湖流疏通，则沂水之患自浅，全漕之利思过半矣。"帝命河臣酌议以闻①。

在上述记载中，可知宋之普对家乡的水利建设是有着深入调查和认真思考的。明崇祯九年（1636）四月，宋鸣梧卒于京师，宋之普扶柩回乡，为父守孝。当时山东饥荒，他在沂州热心救助灾民。崇祯十二年（1639）八月，任太仆寺少卿，崇祯十三年（1640）任左佥都御史。崇祯十五年（1642）二月为户部左侍郎，九月削籍。崇祯十七年（1644），宋之普与其弟宋之韩携家南下躲避兵祸，居于杭州。

清顺治时期，宋之普先投身南明政权。在当时，浙东各地反清运动兴起之后，当时在浙江尚存的明朝宗室中没有投降清朝的只有在台州的鲁王朱以海，于是他便成为浙江复明势力拥立的唯一人选。清顺治二年（1645）七月，宋之普与张国维、陈函辉、柯复卿等人迎接鲁王朱以海在绍兴成立监国政权。"在鲁王到达绍兴前后，浙东政权的主要官员逐渐任命下来。以张国维、朱大典、宋之普（一作宋之溥）为东阁大学士，张国维督师钱塘江边，朱大典镇守金华，宋之普司票拟，不久，起

---

① （清）傅泽洪，《行水金鉴》，卷一百三十一，运河水，清雍正三年刻本。

旧辅方逢年入阁，宋之普谢任。"① 其后宋之普还担任过台州知府。

清顺治三年（1646 年）二月十九日，博洛、图赖奉清廷令领兵南下，进攻浙江、福建。六月初一日，清军占领绍兴。朱以海出逃时，宫眷、世子被叛将张国柱截获，送往杭州。"鲁监国所封越国公方国安带领马兵五百名、步兵七千名不战而降，先后跟随降清的还有新建伯王业泰、内阁大学士方逢年、吏部尚书商周祚、兵部尚书邵辅忠、刑部尚书苏壮等"② 据浙闽总督张存仁在清顺治三年（1646）八月十四日的奏报："南明大学士谢三宾、阁部宋之普、兵部尚书阮大铖、刑部尚书苏壮等八十四人前来降诚。"③ 可知宋之普入清应在此时。我们还可以从宋之韩《海沂诗集》卷五《之燕草》可推大概宋之普于清顺治四年（1647）入京。对此，宋之韩有《春暮冶园道中》：

> 匹马萧萧送北征，穆棱春色冶园行。
> 冲云一径千山出，隔水丛篁乱石生。
> 上国旧游明日路，前程客梦此宵横。
> 桃花红雨看将尽，独对声声黄鸟鸣。

可见当时随兄北上的场景。随后宋之韩又有《督亢感怀》系列组诗，而他此次的京城之行亦与宋之普有关，《久客》中写道："千里急兄难，依依此笑言。"《金台秋日有感（丁亥）》："阿兄江浙至，谁得遽图回""不是急兄难，何淹归去舟"，即顺治四年（1647）宋之普兄弟在京城等候皇帝的任职诏命。顺治五年（1648）宋之普被授任户部江南司郎中。宋之韩顺治五年的《燕山吟》第一首诗即为《正月二十三日为大兄寿》，表现出对君恩下诏的激动：

> 兄弟分颜江左天，归来帝里列嵩筵。

① 南炳文，《南明史》，故宫出版社，2012 年版，第 130 页。
② 顾诚，《南明史》（上），光明日报出版社，2011 年版，第 215 页。
③ 章开沅，《清通鉴 顺治朝 康熙朝1》，岳麓书社，2000 年版，第 127 页。

钱塘忆昨蛟龙吼，泰岱于今豹虎眠。

忆弟思家劳夜月，怀兄念远涉江烟。

春朝拜手当辰日，正是君恩下诏年。

清顺治九年（1652）春，宋之普作为户部侍郎出任顺天会试同考官，取程邑等人，同年秋出任常州知府，顺治十二年（1655）乞休。任常州知府期间，对东林书院的重建有较大的推动作用，他在顺治十年（1653）秋亲临东林书院，在东林书院遗址上搭盖草棚会讲，并向当时的山长高世泰建议："此地急宜兴复，后死者不得辞责。"宋之普乞归之日，书院相关人士如施元征、黄仲偕、秦镛等作诗相赠。秦镛的七古一首：

吁嗟此日不再得，今古几人持道脉。

先贤讲学旧东林，明府得朋新丽泽。

四子言如万斛珠，二泉说与千金易。

绛帐清风拂子衿，黄堂化雨润丘陌。

一旦归舆赋遂初，吾道虽南马首北。

仲尼归鲁是何年，泗水泉林并增色。

田间遗老顿无主，使我攀车泪沾臆。

草深一丈讲堂前，吁嗟此日不再得。

此诗充分肯定了宋之普在常州期间对东林书院修复的助力。清康熙三年（1664）左右居于济南的东流水别墅。宋之韩在其《海沂诗集》中有一诗《午日对酒家兄今础东流水别墅感怀（墅在济南府泺源门外）》诗后补注："五龙潭在西南，三娘子湾西北，二水合襟而去，家兄居咫尺泽笔楼。"康熙五年（1666）迁居中村别墅（位于兰陵县大仲村镇），《缄斋府君年谱》："先大父厌城市尘嚣，徙居中村别墅，自号石楼居士。"①

（二）宋之韩传宋氏文名

宋之韩（1610-1669），字奇玉，号莲仙，宋鸣梧次子，年少有才气。《沂州府志》称其："孝悌、嗜学，精天文地理。"② 可见其品德与学识为时人所认可。宋之韩在其父为京官时，曾作有《燕中草》，得到较高的评价。

清顺治元年（1644）三月，宋之韩随兄宋之普南下避难，七月独自北归，料理家业。顺治二年参加秋试，不第。顺治三年，母丧，顺治四年、五年客北京，这段居京的时间与亦宋之普有极大的关系，他在《久客》诗中说："千里急兄难，依依此笑言。"③ 六月，宋之韩与宋之普南下归沂州。清顺治六年去扬州，与其兄一起游览了扬州的一些景点。顺治八年秋，宋之韩赴济南参加明经试。顺治九年由岁贡身份到北京参加廷试，其后屡试不中，十二年，游常州。十七年秋游济南参加乡试，十八年补东昌学博。朱锦在为《海沂诗集》作的序言中称，以宋之韩的才能，完全可以在朝廷上做官。任职东昌府讲学时，观看旁听的人达千人。自从他在此讲学之后，儒学得到了更好的传播，为国家培养人才出力甚大。清康熙三年（1664），宋之韩任满，被提拔为泸州别驾。据宋名立《宋氏家传》，泸州原本是偏远之地，那里的人不懂礼仪制度。宋之韩在任时兴教化，移风易俗，使得泸州风俗有了很大的变化。为官数年后，于清康熙七年乞归。

在琅琊宋氏家族成员中，宋之韩在文学上的成就是非常高的。他勤于创作，笔耕不辍，在诗歌中反映易代之际的社会变迁以及人生沉浮，受到当时文坛的好评。清八大诗家之一的宋琬在《琅琊公子歌为奇玉宗兄作》中称："琅琊公子吾家彦，少年作赋灵光殿。稷下诸生望后尘，千里骅骝扫飞电。拜前拜后两中丞，谠论家声九重羡。"又《酬奇玉教授》称："平生几金兄，格调好缔盟。文章自千古，经济漫一轻。未询海屋寿，且饮嵩鳟风。谁不信高洁，梅赋早追宗。"在这首诗中，

---

① 宋朝立等，《缄斋府君年谱》，清雍正年间刻本。

② （乾隆）《沂州府志》，卷二十七，清乾隆二十五年刻本。

③ 宋之韩，《海沂诗集》，《清代诗文集汇编》第30册，上海古籍出版社，2010年版，第138页。

他高度赞扬了宋之韩的创作。以宋琬在文坛上的地位而言，"梅赋早追宗"可谓极高的评价。其他评论者，如程邑称其"家学渊源，蔚然文采"（《海沂诗集序》），并以谢氏兄弟（谢灵运、谢惠连）比喻他和宋之普。张吾瑾亦称："琅琊宋氏，海内名阀也。闻当年鲁人，以今础、涑洲伯仲才誉拟诸郊祁。而小宋复瑰玮不羁，宛然有此中王令明之风焉。"（《海沂诗集序》）在这里，张吾瑾先指出宋氏家族是名门望族。然后以宋代盛有文名的宋郊、宋祁兄弟为喻，指出宋之普、宋之韩兄弟才能、声望完全可以与之媲美。从中可以看出琅琊宋氏家族之影响，以及宋之韩虽然仕途不顺，但其文名对于提升家族声望起到了积极的促进作用。

（三）宋之郊与宋氏清正家风

宋之郊（1609-1674），字万壑，明崇祯壬午（1642）举人，曾任沂州府署法曹。后任江西乐平县令，《沂州府志》称其"多循绩"[1]。又据（同治）《乐平县志》："（宋之郊）在治六载，勤政爱民，崇文下士，邑人雅重之。"[2] 任职期间，宋之郊清正廉洁，甚至变卖自己的田产来接济公用，因此受到乐平县（今江西省乐平市）民拥戴。清康熙十年（1672），他以疾告归，县民送其"熙时良牧""华封霖雨"等牌匾。后继任者是个搜刮民脂民膏的人，所以乐平有个民谣"走了宋青天，来了个连锅端"。《乐平县志》称其在任期间有惠政，并附徐应昂所作送别诗，亦可知当时士人对其评价：

浩浩太虚中，绛云自舒卷。高人指顾间，神虬欻隐见。风度若春温，严气凝紫电。身坐琴堂幽，花映河阳绚。不作上林赋，爱读陶潜传。臣心无宠利，天子尚耆旧。中原逐鹿心，南游斩蛟剑。吾道亦何定，肯或依人荐。舞雩风既高，泰山立可践。百里不足寄，啸歌天地遍。急流而勇退，希夷所欣美。所以古哲人，行藏独自遣。湖滨芰荷香，芳风日夕扇。归帆从此去，河流疾如箭。扳留不得及，目极江天倦。浩荡想恩波，旦夕将如何。愿言起东山，万里同讴歌。

---

[1] （乾隆）《沂州府志》，卷二十七，清乾隆二十五年刻本。
[2] （清）董尊荣、梅毓翰等，《乐平县志》，卷六，清同治九年刻本。

在这首诗中,作者称道宋之郊不汲汲于富贵、淡泊名利的高洁情怀。并想象宋之郊回归田园之后的惬意与自适,"愿言起东山"用谢安典故,又表达美好祝愿。足见作者之情深意切。宋之郊能诗善书,现存遗墨风格潇洒飘逸。其舅父孙一脉是当时的复社成员,故亦深受其影响,有《和西山舅氏咏鹤》。

在朝代更迭之际,家族的兴衰往往与政局的变化以及人才的积累关系密切。明清易代之际,很多家族都面临着家族如何更好地维系以及继续发展的问题,琅琊宋氏家族亦是如此。从宋之普、宋之韩以及宋之郊的经历来看,家族人才的继续涌现,以及通过科举进而入仕以及家族声望的维系,无疑是家族兴盛的关键所在。对此,宋之普的后人宋瞻祖等亦起到重要的作用。

二、宋瞻祖等与宋家声名重振

宋瞻祖(1663-1732),字绍庭,号缄斋,宋之普次子。宋瞻祖七岁时父亲去世,他是由母亲余氏含辛茹苦养育成人的。据《沂州府志》,余氏本是宋之普的侧室,她"年二十六而寡,守节五十余年。抚子瞻祖官至刑部员外郎。"① 在余氏的辛苦培养下,宋瞻祖26岁入太学。后来担任詹事府主簿、太常寺典簿、光禄寺署正等,政绩声名俱佳。《刑部员外郎宋公家传》称其:"少为翩翩佳公子,当官为能吏,厚以居身,好行其德,于人为长者,为豪杰之士。"宋瞻祖在刑部时能够秉公执法,与少廷尉陆经远处理案件,三公九卿都害怕他。任大理寺卿时,有刑部将军贿赂兵刑两部,宋瞻祖只一句话就让他吐露实情。清康熙五十二年(1713),康熙帝诏封宋瞻祖为承德郎,迁光禄大官署正加一级。康熙六十一年(1772),宋瞻祖告老还乡,自此隐居家中,以吟诗弄孙为乐。其于雍正十年(1732)病逝。左光斗之孙左文言《刑部员外郎缄斋宋公小传》:"公历官五任,仕经十五年,恪守中丞祖公家训,不愧清白吏子孙也。"对他赞许有加。

宋瞻祖作为宋之普之子,在重振家声方面做出了较大的努力。宋之普处于明清之交,先事明,后事清,虽有无奈之处,但贰臣身份让其在明末清初已颇多争议。

---

① (乾隆)《沂州府志》,二十九卷,清乾隆二十五年刻本。

而其弟宋之韩在和其兄长保持良好关系之时，对气节之士亦颇多敬佩，如其《钓于石歌》自序云："钓于石者，费大行王公政敏，别号道沛之斋名也。鼎革以后，诗酒自娱，屡征不起，隐于蒙南石沟村，自号钓石先生。予嘉其志，歌以赠之。"宋之韩与其兄宋之普一样，也出仕于清，但从其与王政敏的交往来看，亦可见其矛盾心态，以及通过与这些气节之士交往达到提升家族声望的心理。而宋瞻祖在成人后努力扭转自家声誉，树立积极正面的形象。首先与其父祖的同年好友的后代修复关系，或帮扶或联姻，巩固了先辈的交游圈子。其次是积极树立家族清正的形象，宣传其祖宋鸣梧与东林党的密切关系，江左才子钱名世赠诗说他"东林家学素风清"。再次是在教育儿子、参与地方事务方面较为成功。他的儿子宋朝立，字言安，潜心经史，父官京师期间，撑门拄户，沉静有法度，以明经候选教育。三子宋成立，字仙源，"聪敏能诗文，书法尤工"①，清雍正十三年任宝应县知县。宋名立，字令闻，例贡，初任河南裕州知州，升直隶汝州，调任四川直隶达州知州。在任期间缉拿盗匪，安定黎民，编纂志书，两地均有政声。因病归家后也能急公睦族，修理学堂。宋建立，字物攻，庠生，读书过目成诵。宋瞻祖之兄宋念祖，直隶安肃县知县，升广东儋州牧，题留河工，以病告归。

宋瞻祖诸子中最有影响的是宋名立。他先后任裕州、汝州、达州等地的知州，勤政爱民，重视文事，任职期间，积极编纂《裕州志》《汝州续志》《达州志》等地方志，修桥补路，兴修水利，推广水稻等农作物的种植，发展蚕桑事业，被地方上赞为循吏。由此我们可以看到宋瞻祖在承续宋氏良好家风以及培养后代方面的努力。

三、宋澍等与宋氏在乾嘉时期的再度辉煌

琅琊宋氏家族在第十一世宋名立等人之后，进入了一段相对沉寂时期。虽作为地方望族，但相对于前几世来讲，家族成员的影响力相对较小。到第十四世之后，家族中宋澍、宋潢等人在仕进途中取得了进一步突破。乾嘉时期，家族成员中又

---

① （民国）沈兆祎等修，王景祐等纂，《临沂县志》，台北：成文出版社，1968年版，第496页。

有三人高中进士，于是加上宋鸣梧、宋之普父子，成就了琅琊宋氏家族一门五进士的佳话。

（一）乾嘉时期宋氏三进士

1. 宋澍

宋澍（1751-1807），字沛青，号小坡，宋稷学玄孙。乾隆四十六年（1781）进士。由翰林院庶吉士改任吏部主事，迁吏部郎中，后历任江南道、京畿道监察御史，刑科给事中等职。乾隆六十年（1795），充湖南乡试正考官。嘉庆三年（1798）七月任陕甘学政。任学政期间，宋澍严惩科举考试中的营私舞弊行为。嘉庆四年（1799），山东沂州府意图作弊的考生潘朝龄被查出，其本人被拘禁并押送回原籍。没过多久，潘又潜回三原想继续作案，又被抓住交三原知县任天桂审理。但三原县县令任天桂也是山东籍人，其收受贿赂与潘朝龄通同作弊，所以没有对潘朝龄严加审查，致使潘朝龄再次逃脱。皇帝下诏各地学政严查作弊案，此案就被交付马慧裕与宋澍共同审讯查结，最终三原县令被免职，潘朝龄获罪。

宋澍任学政期间，不仅在科举考试中严防舞弊，对地方事务及国家大事也是积极参与。如他见白莲教的局势越来越严峻，遂给皇帝上疏主张督师川、陕、甘三省统一指挥。嘉庆皇帝采纳了宋澍的建议。宋澍后辞职回乡，并在乡间筑私人宅院，被人称为"翰林院"。他一生好收藏，古文诗词俱佳，在《易》学研究上尤有独到见解，著有《易图汇纂》等。

2. 宋潢

宋潢（1761-1826），字星溪，号小岚，宋契学的玄孙。其幼时家贫，后得宗亲帮助，进入家学读书。乾隆五十四年（1789）拔贡，任郓城县训导。乾隆五十九年（1794）举人，嘉庆四年（1799）进士。嘉庆六年改户部主事，再升郎中兼理军需局钱法堂。其勇于任事，能够成功处理一些繁难之事，因而受上级赞许和肯定。

嘉庆十七年（1812），河道总督陈凤翔因河坝塌方致使运粮受阻而受两江总督张百令弹劾。陈凤翔进行申述，他辩解称塌方是由于盐巡道朱尔赓额手下荡柴营偷工减料、营私舞弊所致，而非自己玩忽职守。于是嘉庆皇帝派大学士松筠等人审理此案。宋潢作为随从人员尽职尽责，终于审清此案，朱尔赓额受到应有的惩处。嘉庆十八年，北京暴发了教民林清之起义。清廷镇压后，大肆搜捕余党，造成许多冤假错案。宋潢负责会审，平反了许多冤假错案，受到百姓称许。其后又去安徽颍州，审结巨案十余起，进而调任庐州知府。任职期间，以造福一方为己任。当时暹罗使者带内地女子出境，宋潢得知后派人拦截。当地方遭遇水灾时，积极进行捐银赈灾。

宋潢后来升任苏松粮道署、江安粮道署等，所至之处皆政绩斐然。后得伤寒，不幸病死于任所，死后被敕封为中宪大夫。宋潢能诗善文，书法犹佳，以正楷、行书和草书见长，与其兄合著有《明恕堂诗稿》等。

3. 宋俊起

宋俊起（1754-1835），字赞侯，号鹤汀，一号六愚，宋鸣鹗曾孙，嘉庆辛酉（1801）进士，授河南林县知县。宋俊起上任后，正值农田荒歉，百姓生活困苦。他关心民生疾苦，捐粮谷、办粥厂、惩凶顽、兴义学、免差役，平反冤假错案；为官清正、疾恶如仇、无私无畏，因而深受林县百姓爱戴。当地进士魏武魁联通士绅、民众制万民伞、德政屏来感谢他。嘉庆十三年（1808），宋俊起任戊辰恩科同考试官，足见朝廷对其学识、德行的肯定。他所取士皆当世俊彦，时人称桃李尽在公门。嘉庆十九年（1814），宋俊起丁艰回乡后，在家教授生徒至终老。

（二）乾嘉时期宋氏其他族人

1. 宋献章

宋献章（1777-1832），字文舫，号蕴亭，贡生，宋夑学的玄孙，其父宋瀛。曾任光禄寺署正、扬州知府等职。宋献章为人刚正不阿，一次在街上遇到满洲贵族琦善的仆人无理取闹，便当街杖打，后考核以京察一等，被补为江宁府同知。任职期间处理了十余年的积案，人人称颂。清道光七年，宋献章任扬州知府，因得罪权贵而去职。卸任后，宋献章被委托办理乡试供给，他计划周密，从未出过差错。道光十五年（1835），江南灾荒，民不聊生，宋献章奉旨到滕县、济宁一带买米赈灾，往来几个月，因过度劳累，结果途中染病，后病逝于江宁。由其子宋晨扶枢归。宋晨也是孝友典范，与弟分家时把房屋让与弟，自己筑茅屋居住。宋晨的儿子宋和常依费县王氏外祖父家，帮助筑圩抗匪，晚年住在朱保，善医术，为善一方，足见宋氏家风家教。

2. 宋开勋

宋开勋字蕴旐，别号竹艇，宋先立玄孙。清嘉庆辛酉拔贡，历任河南省卢氏县令、郾城县令，均有政绩。后补缺开封。正值火灾蔓延，殃及数百家，宋开勋灭火有方，所到之处，火熄。人比他为乐喜。宋开勋任县令时，兵乱纷扰，特别是官兵骚扰过甚，民不堪其扰。官兵主帅听说宋开勋作为县令非常贤明，非常崇拜他，便和他约为兄弟。宋开勋跟说："王师过境应该秋毫无犯，不应骚扰小民成为祸害。"主帅听了后对其部下严格管理，因而保障了一方民众的平安。

其他宋氏家族成员，如宋澍之子宋开蔟，字岱云，号铁菴，贡生，历任莱芜、东阿、章丘县谕，诗文、书画、篆刻皆精妙，足见宋澍之影响。又如宋献章兄宋徽章，其于嘉庆二十五年，协助其父完成宋之韩《海沂诗集》的整理出版工作，并撰有《海沂诗集后叙》，延续家族文脉。在其父死后，抚育庶弟应章成人，可知其为人之孝悌。这都是琅琊宋氏家族家风、门风的很好体现。由此亦可知琅琊宋氏家族人才辈出。

第三节　琅琊宋氏家族在明清的发展评述

从前面的论述中我们可以看到，琅琊宋氏家族是一个从平民之家，在明代后期通过科举仕进而发展起来的家族。然而，从明至清，此类家族甚多。而其中许多世家望族、科宦之家盛衰演绎此起彼伏，往往仅能维系数代繁盛。在其他家族沦胥之际，为何琅琊宋氏家族能够在几百年间作为影响一方的大族而不衰呢？对此，可以从以下几个方面加以考虑。

一、优渥的经济基础

琅琊宋氏家族的持续发展，与其优渥的经济基础是分不开的。明朝的建立结束了战乱不休的情况，朱元璋采取了一系列措施来恢复农业生产和经济发展，如鼓励垦荒、实行屯田、兴修水利等。在此情况下，山东的经济也逐渐得以恢复。"经过几十年的努力，到洪武末年，局面已大为改观。以开垦的土地为例，在元末明初，山东曾经是全国土地荒芜最严重的地区，但到洪武二十六年，垦田面积已达72.4万余亩，仅次于湖广和河南，居全国第三位。再以人口的增长为例，洪武二十六年山东在编户籍共有75.3894万户，525.5876万人，在全国居第五位。农田数目的增加和人口的增长，在一定程度上反映了生产的发展和经济的繁荣。"① 社会的安定、经济的恢复，为家族的发展提供了良好的外部空间，各个大族之间的经济、文化联系也更为紧密；更重要的是巩固了家族的宗法地位，有利于家族成员凝聚力和共同文化价值取向的形成。

琅琊宋氏由力田起家，经数代发展，从而拥有了一定经济基础。例如，到第五世时，宋纬不但在官府中谋得负责赋税收取的差事，还开始建房置地，并为家族购置规划了几十亩的林地。而从史志记载来看，宋氏家族成员多有乐善好施之举，如在沂州发生灾荒时，宋之普曾救济灾民，活人无数。夏承德在明亡后清理沂州地方逃亡士绅的遗产时可以了解宋家的经济实力：

原任先朝部臣宋之普遗下在沂房产一所，大小草瓦房四十三间，庄七处，大小牛共九只，地亩未经丈量……生员宋之韩遗下在沂城宅一所，计瓦房四十八间，庄三处，牛六只，地亩未经丈量②。

其他宋氏家族成员，如宋景祖："岁饥，赈贫倾囊不吝。"③ 而乾隆丙午，沂州发生大饥荒，宋熊图"输千金助赈"④。由此可知其家族丰厚底蕴。维系家族之不坠，应有必要财力的支撑，对此自不待言。而家族经济实力的提升，遂使家族成员有

① 安作璋主编，朱亚非、陈冬生分卷主编，《山东通史·明清卷》，人民出版社，2009年版，第13页。

② 孙守鹏，《清初汉军夏成德简析》，《满族研究》，2018年第1期。

③ （清）乾隆《沂州府志》，卷二七《人物下·文学》，第310页上。

④ 范筑先，《续修临沂县志》，卷一六《人物》，第316页下。

更多时间、精力、财力来读书以及参加科举：

> 县考有交卷桌凳之费，县至府城，近者二三百里，远者四五百里，各童既苦跋涉，又费资斧。目前军需繁浩，若停止府县两考，令每童一名纳银十两，该县收库给以收票汇解布政，其童生年貌、籍贯、保票、甘结，该县造册申府，府缴学道，该道将童生姓名移咨布政与县批查对，年终报部，则有童千名，可助饷万两[①]。

从上面的记载中我们可以看到，童生参加"府县两考"所用费用即有 10 两白银，且不说其他资费，以及平日读书之资。王世贞也曾说过科举花费："余举进士不能攻苦食俭，初岁费将三百金，同年中有费不能百金者，今遂过六七百金，无不取贷于人。"[②] 当然，因为王世贞本身家庭条件的原因，其花费很多用在了应酬至上。但"明代中后期，社会攀比之风严重，科举考试的费用在短短二十年中翻了一番。及至清代，科举费用又人人超过明代，清人沈垚说：'今人读书断不能不多费钱。'"[③] 对于科举考试，古代亦有补贴与照顾政策。如唐代开始的免除徭役赋税以及免费乘坐公车等。但对于一个家族而言，出现大量读书人必有其经济基础作为后盾。当然，在中国社会中仅凭经济实力还不足以提高家族声望。由此，宋氏家族的崛起还有其他更为重要的因素。

二、易代之际的历史选择

明清时期是社会变动剧烈的时期。尤其是易代之际的政局动荡给家族带来前所未有的冲击。对于有些士人而言，他们处于生与死、仕与隐的艰难抉择中。而就家族而言，其选择往往决定着家族的生死存亡。对此，有学者指出："在这一重大变动的关头，一部分大家族走向衰落，然而也有不少大家族顶住了社会巨变及其动荡的冲击，顺应了时代变化趋势，及时做出了调整，保持了与时俱进的步伐，

---

① 中国第一历史档案馆，《清代档案史料丛编（第十辑）》，中华书局，1984 年版，第 145 页。
② 王世贞，《弇州史料》，卷三十九，明万历四十二年刻本。
③ 李树新，《槐花黄 举子忙——科举熟语的文化镜像》，商务印书馆，2021 年版，第 45 页。

推动了家族的繁荣。"①就山东的世家大族而言，如新城王氏，明崇祯十五年该家族抵抗清军破城，有40余人殉难；在明崇祯帝自缢后，家族中的王与胤以及妻、子三人又自缢殉国。家族在经过几次打击后，他们在如何面对新的王朝上便面临一个抉择。作为族长的王象晋对田园生活表现出浓厚兴趣，却对子孙参加科举持鼓励和支持的态度。究其原因，则是为了家族的生存和发展。②

从宋氏家族的情况来看，在面对清廷的态度上，在不同时期亦有不同的变化。明清对峙时期，宋氏家族是明朝的坚定支持者和满清的抵抗者。以宋鸣梧为例，其不仅为防守京城积极献言献策，还亲冒矢羽，上阵迎敌："公分守德胜门，侯帅既逃，满镇覆败，身自当虏使，参将陈有功用红夷炮击虏退之，加服俸一级。"③而在清人入关之后，家族中的宋鸣珂先是固守莱州城，积极抗清复明，失败后准备以身殉国，称："我生不辰，遭时不造，生何如死？不死徒取辱耳！"还是孙一脉劝其持有用之身："姑尽人事以听天命，脱天命有归，死之迟早，一也。"后听说福王尚在人世，便闭门不出，独居一楼，"首不剃发，足不履地"，表现出很高的气节。宋之普则做出了另外一种选择。他在京城沦陷后，曾投身南明小朝廷，奔走于江、浙之间，后投清。对于其中原因，不得而知。但综合宋之普个人经历以及当时时局来看，或许有以下因素：

其一，士人思想上的变化。明末已多有对君权、专制的批判，如王夫之称："君臣者，义之正者也，然而君非天下之君，一时之人心不属焉，则义徙矣；此一人之义，不可废天下之公也。"黄宗羲也有"盖天下之治乱，不在一姓之兴亡，而在万民之忧乐"之论。但易代之际，他们仍会选择忠于明室，哪怕身殉而不惜。但在闯王攻破北京，清军入关，社会秩序面临全面解体的情况下，"儒家理学所倡导的忠君思想，已不再单单是理念上的思辨，而更是实际生活上信徒能否躬行实践这种道德信念的现实问题。身处南明政权永无休止的党争和内斗，以及清兵南下

---

① 朱亚非，《明清山东仕宦家族文化及其时代价值》，《齐鲁学刊》，2012 年的第 2 期，第 57 页。

② 王小舒，《明末清初山东新城王氏家族的历史选择》，《山东大学学报》（哲学社会科学版），2011 年第 6 期，第 107-108 页。

③ （明）金日升，《颂天胪笔》，卷十三"起用"，明崇祯二年刻本。

节节胜利，步步进迫的恶劣环境中，士人此时于抉择上最大的困惑，莫过于须在
'忠君'和'爱民'的两难中做出取舍：他们应该不惜任何代价，恪守儒家的忠君
教条，与危如累卵的南明政权共存亡，还是顺应时势，与清人合作，尽早结束眼
前的混乱局面，以免有更多无辜的百姓为此而生灵涂炭？"① 对于这种选择，也往
往成为对自己内心的一种开解。而在入清之后，宋氏家族成员为官多有惠民之举，
从中似可略见端倪。

其二，对于天下大势的认知。宋之普经历明朝末年的权力倾轧、政权倾覆，
以及南明小朝廷的混乱政治，对朝政的局面以及原因有全面而深刻的认知。对此
和宋之普有相同经历的沂水人刘应宾曾有诗云："朝内角同异，立贤仍有方。用人
如置棋，臧否不斟量。开国设四镇，跋扈鲜忠良。"(《甲申夏五》)而就抗清的结
局来看，众多抗清人士或自杀，或被杀，或隐居山林，他不愿知其不可而为之。
如宋之韩有《南渡篇序》称："闻寇李自成，破秦入晋，将趋京师，余同家少司农大
兄今础，奉母携家渡江而南。"② 其中，"大兄今础"即宋之普。而从其对起义军的
称呼来看，颇为敌视。其又有《岳武穆坟》："松楸穆穆俯钱塘，北望中原气色苍。
胜国属当开大漠，偏安未许保余杭。郊邱斜日西湖晚，敌垒孤云仙镇荒。恢复奇
谋长舌尽，英雄千古自忠良。"这首诗看似怀古，但又有感叹政局之意。其中"恢
复奇谋长舌尽，英雄千古自忠良"一语，既无奈悲愤，又慷慨悲壮。而清廷在入
关后宣称：

曾有以讨贼兴师以救援，奋义逐我中国不共戴天之贼，报我先帝死不瞑目之仇，
雪耻除凶，高出千古如大清者乎？有肃清京期，修治山陵，安先帝地下之英魂，慰
臣子域中之哀痛如大清者乎？有护持我累朝陵寝，修复我十庙宗祧，优恤其诸藩，安
辑其残黎，擢用其遗臣，举行其旧政，恩深义重，义尽仁至如大清者乎？权奸当国，
大柄旁落；初遣魏公韩而不奉词，继遣陈洪范而不报命，然后兴师问罪，犹且顿兵

① 陈永明，《清代前期的政治认同与历史书写》，上海古籍出版社，2011年版，第44-45页。
② (清)宋之韩，《海沂诗集》，齐鲁电子音像出版社，2011年版，第5页。

不进，迂回淮泗，以待一介之来，自古王师，未有以礼以仁、雍容揖让如大清者也。助信佑顺，天舆人归，渡大江而风伯效灵，入金陵而天日开朗，千军万马寂无人声，白叟黄童聚观朝市，三代之师，于斯见之。靖南覆没，谁提一旅之师？故主挟归，弥崇三恪之祀。凡我藩镇督抚，谁非忠臣，谁非孝子，识天命之有归，知大事之已去，投诚归命，保全亿万生灵，此仁人志士之所属，大丈夫以自决者也，幸早图之①。

应该说，明末党争以及起义军攻破京师、南明政权的混乱对当时士大夫的心理起到了很大的冲击，也为部分官员投清埋下伏笔。对此有学者指出："山东的情形表明，在乡绅与满族征服者结为同盟镇压城乡义军盗匪上，它比其他任何一个省份都要来得迅速。尽管这里的民众中也有一些著名的忠明之士，但在维护共同利益而携手合作上，山东士绅对满族征服的态度最为典型。这就可以解释为什么'贰臣'中有那么多的山东文人。"②加之清朝类似宣称的天命所归观点，以及对明朝的种种"美化"措施，无疑又为很大一批士人提供了心理上的自我安慰，从而消解了他们的抵抗意志。于是"人力尽而无奈天何者"成了他们内心的写照。

其三，基于家族利益的考虑。就明末清初的士人选择而言，他们有时需要抛开个人的利害得失，与此同时家族利益也是一个重要的因素。如兰陵人孙一脉，曾经遍访亲族，谋起义兵，然而亲族担心起事失败会受到牵连，结果无人响应。也有人劝孙一脉归顺新朝。"未等来者把话说完，孙一脉拔壁剑而击之，来劝降者狼狐逃窜。家人见其决心已定，举族惶恐，环跪盈庭，请其为宗族计，不要以身犯险。"③而就宋氏家族而言，其成员宋鸣珂积极抗清，而遭洪承畴密令活捉。对于很多家族而言，拒不合作或者进行抵抗，灭族或许就在旦夕之间。但如果参与到新朝之中，情况或者就大不一样了。所以，对于宋之普仕清的主观意图，我们不得

① 李天根，《爝火录》（下册），第 10 卷，浙江古籍出版社，1986 年版，第 477-478 页。

② [美] 魏斐德著，陈苏镇、薄小莹等译，《洪业——清朝开国史》（上），江苏人民出版社，2008 年版，第 274 页。

③ 颜炳罡、王晓军，《兰陵文化通论》，山东人民出版社，2013 年版，第 241 页。

而知。但从客观作用而言，却也维系了其家族的发展。

三、家族内部的凝聚力

从琅琊宋氏家族的发展轨迹来看，从明至清其经历了异地迁徙而来的步履维艰与艰难创业，也经历了家族的崛起和辉煌，既有明末政治之险恶，又经朝代更替之动荡。而从地方史志以及其家族文学、诗歌作品中，亦可见他们或意气风发，或流离奔波，或甘苦与共，或守望相助。其间维系家族的，又以良好的家族氛围和家族凝聚力为要。

就家国同构的封建时代而言，家族无论对于社会还是个体，其作用和影响无疑都是巨大的。"隋唐科举制度的确立，加上隋末农民战争对世家大族的有力冲击，使魏晋以来盛极一时的门阀地主走向灭亡。但这只是统治阶级中的'部分家族'退出历史舞台，宋元时期，以'敬宗收族'为目的的家族组织仍然广泛存在，至明清时期逐渐形成遍布全国各地的科举家族，而且构成了明清'科举家族'与魏晋'世家大族'的根本区别。"① 家族成员世代聚族而居，他们可以凭借家族在人力、财力上的支持进行读书、应考。而北方家族与南方家族更加重视族长的权威不同，其成员在家族中的地位更多的来自个人的成就与对家族的贡献。同时，由于处于儒学氛围浓厚的山东，兰陵又是荀子影响很深之地，在忠孝节义的文化氛围中，家族的凝聚力也不断增强。如宋日乾的孝顺和大度，在饥荒年份，拿出自己的收入供大家庭日常花销；等到分家的时候，他亦表现得极为豁达；宋夔学，志书记载在兄弟分家时，他把好田都让给其兄，自己留有安乐庄的几顷贫瘠土地；宋康年，"给姑族子以田，姑殁，俾世守抚幼甥成立"②，等等，都表现出了良好的家风。

家族内部还具有一定的赈济和互助功能。"宋以后的近代封建家族，普遍设置族产族田，用其收入来赈济贫困、孤寡及遭到饥荒及不测事件的族人，从经济上

---

① 张杰，《清代科举家族》，社会科学文献出版社，2003 年版，第 29 页。

② 沈兆祎等修，王景祐等纂，《临沂县志》，卷一〇《人物二·列传下》，台北：成文出版社，1968 年版，第 123 页。

把族人团聚在一起而不致离散,以达到收族的目的。"① 其他又如家族内部成员间进行的生产协作、经济互助等,都进一步增强了家族认同感。这些使得家族成员有机会得到更好的发展。至于家族办的义学、私塾等,也在提升家族成员文化素养上起到了非常重要的作用:"宗族学校,多设在祠堂内,一般称为义学、义塾、家塾,其类型大致有两种:一种类型是虚岁七八岁左右入学的初级蒙馆,主要教授识字和基本知识,一二十名儿童在一起学习;另一种类型是为从事学问和应付科举考试而设的,大约收十五岁左右的孩子入学。族学以儒家伦理政治类书籍为主要教学内容,这也正是族学宗旨。族学的目的在于造就适应科举与入仕的政治型人材。"② 例如宋潢,幼时家贫,幸得宗亲帮助而入家学读书,这才得以参加科举高中进士,进而为官造福一方,也维系了家族的繁荣。于是,族人亲友的守望相助,良好的家风、门风,使得家族成员具有振兴家族的使命感,并立志造福乡里。而随着家族中的优秀人才不断涌现,文脉亦得以延续,家族的繁荣得以延续。

四、家族在科举仕进上的成功

在科举制度之下,通过读书而参加科举入仕是实现阶层提升的必由之路。明朝建立后,规定士子要想参加科举就必须先取得州县学生员资格,这就将科举与学校教育结合起来,无疑促进了教育的发展。而学而优则仕便成为很多家族、家庭乃至士子的信念。对此熊秉真认为,明清士人家庭对子弟的期望主要在于兴旺其家族,"而对家族中最聪敏慧黠的子弟而言,其最成功的人生是经由读书仕进,以提升其家族地位,创造家族之繁荣。所以我们常看到一方面士族长辈在赞赏一位聪颖可人的子弟时,总以彼等未来能光耀宗族立言。另一方面,家长对幼儿读书常寄以无穷之希望。"③ 所以,大量家族成员参加科举并取得功名是明清时期家族维系声望不坠的必然选择。

① 徐扬杰,《中国家族制度史》,武汉大学出版社,2012 年版,第 306 页。

② 常建华,《有关明清家族制的是是非非》,《人民论坛》,2018 年第 1 期,第 144 页。

③ 熊秉真,《童年忆往:中国孩子的历史》,(台北)麦田出版股份有限公司,2000 年版,第 79—127 页。

对于琅琊宋氏家族而言也是如此。与其他家族一样，其拥有"以科举为主旨的家族教育体系"，家族中的成员能够"科举出仕""恩荫为官"① 等，由此维持家族基址以及在地方乃至中央的影响力。而通过科举而振兴的家族，他们更加重视对家族的文化传承和对家族成员的培养。这种重学的家风，日积月累之下形成了诗书传家的家族文化，也促使家族人才不断涌现。宋之普曾讲道：

> 余发未燥，从先御史中丞读书。公文介问次斋辄私为称诗。后通籍，读书中秘省，更以称诗为职。既而历官中外，使节南北，亦时有兴怀问俗之章，然皆随手散轶，未多存也。予弟奇玉，早岁从事制举艺，先御史中丞并以远大期之，然数困棘闱。称诗最晚，好诗最笃，所以存诗最富。②

这段话中的御史中丞即为宋之普、宋之韩的父亲宋鸣梧。其曾任明都察院左佥都御史，去世后诰赠左副都御史。宋之普回忆了小时候读书的情景，幼年时在他父亲指导下读书。后来公鼐也教过他诗歌酬答。后来进士及第，在翰林院读书。他的弟弟宋之韩早年也以参加科考为主，父亲宋鸣梧对其也寄予了很高的期待。但是可惜困顿科场，于是才转而将更多心力寄托于诗歌创作中，所以保存的诗歌作品也最多。但从宋之普的描述中我们可以看到，他把科举作为学业的第一选择，而把诗文创作更多当成应酬手段。从"随手散轶，未多存也"的描述中，也可看到其对文学创作的态度。而其弟宋之韩之所以创作丰硕，也是因为科考失利后的选择。

从宋氏移居沂州开始，经过一代代宋氏族人坚持不懈的努力，终于成就了一门五进士的佳话。宋氏家族成员数代科举入仕为官，甚至父子同朝为官，乃至进入中央决策层，一时间为朝廷举足轻重的人物。终于完成了由农家向官宦之家的转变，并成为在地方乃至全国具有一定影响力的大族。在这期间，优秀的家族成员对于家族的崛起所起到的作用无疑是很大的。从方志等各种史料的记载来看，明

---

① 何成，《明清新城王氏家族兴盛原因述论》，《山东大学学报》（人文社科科学版），2002 年第 2 期，第 112 页。

② （清）宋之韩，《海沂诗集》，齐鲁电子音像出版社，2011 年版，第 59 页。

清时期琅琊宋氏的家族成员或参与朝廷政策的制定与执行，或参与官员的任免与升迁；或主持、参与会试提拔选用优秀人才；或刚正不阿，坚决惩治贪官污吏；或廉政爱民，为官一任造福一方，例如平反冤狱、发展生产等。其中如宋鸣梧，其为明代名臣、东林党人，为除掉阉党魏忠贤的中坚势力。在朝代鼎革之际，宋之普和宋之韩等属于跨朝代的人物，特别是宋之普在明末属于朝廷权贵，清代时又曾出任常州知府。宋之韩虽多次考试不第，但其文名对于家族声望的提升意义重大。此后的宋氏家族虽有一段沉寂期，但至宋澍、宋潢时家族再次进入鼎盛阶段。

五、基于家族发展的家族联姻

琅琊宋氏家族在明清时期的联姻与交际，是家族保持兴盛的另一个重要因素。科举制度的出现，打破了门阀在政治、文化等方面的统治。但在古代社会中，门第、家世等，依然是决定婚配的重要考量。家族成员为官四方不忘心怀故土，在灾荒之年则能解危纾困，乃至创办教育、教书育人等等，为其赢得了良好的声望。于是琅琊宋氏家族在地方上便具有较大的经济和文化影响力。而从其联姻与交游情况来看，亦不乏地方名门望族。

就琅琊宋氏家族的姻亲来看，其联姻的对象有沂州杨氏、庄坞杨氏、兰陵横山王氏、费县王氏、南楼王氏、曲阜孔氏、桐城方氏等等。这些家族都是名门望族。沂州杨氏家族中的杨肇基曾历任征东平西防倭三镇总兵，提任沂州卫正指挥，官至大同总兵。庄坞杨氏的杨慰、杨位中、杨文澜、杨蕃等人在《临沂县志》中都有传记，可见庄坞杨氏在地方上的影响力。王氏家族分支较多，兰陵横山王氏以王守正最为杰出，王守正任四川按察司副使，为人正直、克己，死后获得皇帝赐其"金鼎御葬"。费县王氏以进士王政敏为代表，明亡不仕，女儿嫁给宋之韩的儿子。南楼王氏也是当地的名门望族，前后共出7位进士，其中较为知名的是王壎，为清顺治十五年戊戌科进士，康熙壬子（1672）考授中书舍人。宋瞻祖与曲阜孔氏之间姻亲交往更为密切，他的三个孩子都与孔氏缔结婚姻。桐城方拱乾与宋之普同榜进士，二人榜下定交，由此两家成为世交。清康熙五十七年八月，宋瞻祖为三孙元俭聘方云倬女，等等。这种喜欢和世家大族联姻的特点在其他家族的发展中也是如此，如"新城王氏在与其他科举世家通婚的基础上，与其中尤为有力者，进一步世代联姻，形成了所谓'世婚'。在新城王氏与其他望族的联姻中，与新城耿氏、邹平张氏、淄川毕氏、淄川张氏的联姻似乎更令人关注。"①又如"长溪沈氏与嘉兴府望族之间联姻密切，这些望族之间又存在着错综复杂的姻娅关系。例如，包氏家族包世熙之女适秀水冯梦祯之子冯辟邪，包世杰之女适秀水朱氏家族朱大猷。包世杰之子包鸿逵娶嘉兴项氏项承芳女，包世杰曾孙包惟浤娶秀水朱氏家族朱国祚之孙女。又如，冯梦祯是李日华、黄汝亨及项元汴三子项德新的老师，沈大詹又师从李日华攻读举业。"②通过上面的陈述，我们不难发现，这些家族在进行联姻时是经过深思熟虑的，而拥有科举背景和相同文化氛围的家族无疑是优先选择。

通过家族联姻的方式，尤其是和科举家族的联姻，琅琊宋氏家族不仅密切了与其他望族之间的联系，对家族的家学传承亦有重要影响。这种联姻，表面上看是追求"门当户对"，也就是婚姻双方在社会地位、经济实力等方面的匹配，但实质上更注重的是两个家族在文化属性上的契合，并促使两个家族形成一荣俱荣、一损俱损的关系。抛开个人因素而言，这种"门当户对"的婚姻对家族而言，主要有两个方面的目的：其一，维护家族利益，提高家族的影响力。"家族之间相互通婚的目的仍然是'合二姓之好'，这就是说，缔结婚姻是从两个家庭和家族的利益来考虑的，正如恩格斯曾经指出的，在这种婚姻中，起决定作用的是家世的利益，而不是婚姻当事人个人的愿望。"③通过联姻，可以"使家族的文化与政治势力在地方上甚至更大的地域范围内得以巩固和扩张，达到扩大家族利益的最终目的"④。

---

① 何成，《明清新城王氏家族兴盛原因述论》，《山东大学学报》（人文社科学版），2002 年第 2 期，第 113 页。

② 许菁频，《姻亲网络与家族文学的发展——以秀水长溪沈氏家族为例》，《中州学刊》，2021 年第 5 期，第 156 页。

③ 徐扬杰，《中国家族制度史》，武汉大学出版社，2012 年版，第 314-315 页。

④ 方芳，《从〈清代朱卷集成〉管窥科举家族联姻特点—以孙家鼐家族为中心》，《莆田学院学报》，2009 年第 12 期，第 35 页。

我们从琅琊宋氏家族的联姻对象来看，其中不乏官宦之家，他们之间更便于结成利益共同体。其二，家族联姻，尤其是科举家族之间的联姻可以促进家族成员获得更好的教育。科举家庭联姻的一个好处是具有文化素养的女性能更好地承担起家庭教育的重任，"文学女性出嫁，带出父母家的家教。此种家教与夫君家的家教汇合，或互补或强化，形成家学传承的新推动力量。因而可将婚姻视为一种机制，既有生物性繁衍，也有文化的传承生发。这种机制能自行运作，即使在社会变革或动荡之际，它仍自行其道。"① 在关于宋氏家族的记载中，我们不难发现很多母亲对子女进行教化的例子。家族联姻可以让家族之间进行教育资源的共享。父亲在家庭教育中当然也处于重要地位。但是如果父亲因为家庭责任而在外科考、做官时，子女的教育责任往往由家族的其他成员来完成。其中"有相当数量的科举人物受业师来自联姻方的家族成员。……担任受业师的母舅、岳父、姻伯、姻叔、太姻伯、姻兄等都是来自卷主母亲或妻子方家庭的亲属。"② 所以，由联姻而带来的文化教育资源的共享，会更好地促进对家族成员的教育并带来更多的发展机会。这不仅可以使得家族的书香文化得以绵延，也使得家风与家学在空间上得以进一步扩展，从而对家族保持持续繁荣起到了积极的促进作用。

有学者在论及明清文化家族生成机制时亦曾指出，"地理生态环境、经济生态、文化积淀、宗法观念与精神传承、对家族女性的培养与望族联姻、母教课子"③ 等是众多文化家族形成的重要因素。由此可知，明清时期琅琊宋氏家族的发展，具有其他家族发展的一系列特征，如良好的经济基础与家庭教育、完善而有凝聚力的宗族组织、家族成员不断在科举仕进上的成功、联系紧密的姻亲和交游等。其中，家族自身优秀人才的不断涌现是维系家族声望不坠的根本保证。这一点在同

---

① 徐雁平，《清代文学世家联姻与地域文化传统的形成》，《华南师范大学学报（社会科学版）》，2011 年第 3 期，第 29 页。

② 林上洪，《科举家族联姻与教育机会获得——基于清代浙江科举人物朱卷履历的考察》，《大学教育科学》，2019 年第 1 期，第 105 页。

③ 李菁、李时人，《明清文化家族生成机制析论——以嘉兴为例》，《华侨大学学报》（哲学社会科学版），2017 年第 3 期，第 119 页。

时期其他家族的发展轨迹中亦可得以证明。总之，琅琊宋氏家族的发展为我们进一步探讨明清时期临沂的家族以及家族文化、家族文学等提供了一个很好的范例。同时，宋氏家族植根于沂蒙这片文化沃土中，于是不可避免地具有沂蒙地域文化的特质。而在其发展过程中，他们同样也是地方文化的参与者、建设者，所以宋氏家族文化的发展无疑又增加了琅琊文化的厚度。

第三章　琅琊宋氏家族文学创作的文化环境

在影响文学家成长和创作的各种因素中，家族具有十分重要的位置，具有深刻而持久的影响。任何群体的文化创造都离不开特定的地域空间和人文传统背景，而家族无疑具有这样的特点，时代风云的变幻、历史文化的传承都影响着其成员的发展。从琅琊宋氏家族的作家群体来看，家族文化、人文乃至自然环境是他们习惯养成的原始根据以及文学创作的内生动力。家族是乡土之中的家族，作家是家族中的一个个具有独特文化烙印的成员。乡土中内蕴的地域文化潜移默化地影响着他们，成为他们与其他地域文化进行比较、选择的天然依据。从一定意义上说，传统文化语境中的家族是乡土性的家族，家族文学群体是乡土性的群体，家族文学创作也必然熏染着浓郁的乡土色彩。

第一节　区域历史文化的传承

琅琊宋氏家族的发展以及独特性，离不开独具魅力的沂蒙文化。从历史渊源上来讲，沂蒙文化的前身可以追溯到东夷文化，沂蒙范围的东夷古国可追考的有莒国、颛臾、郯、费、阳、向、郲等等。西周之后，沂蒙地区主要属于齐鲁两个大国，另还有莒国、郯国等小的国家同时存在，齐鲁文化与原属的东夷文化在这里实现了交融。战国后期，楚国又兼并了沂蒙南部的郯、费等地区，所以楚文化也传了进来，由此沂蒙地区形成了比较独特的区域文化特色，其中自然包括家族文化。

"明清时期琅邪地区的名家巨族甚多，它们继续担负着文化传承的重任"①，当然我们也可以看到沂蒙文化对他们的影响。

一、儒学传统的浸润

琅琊宋氏家族作为由科举而显达的家族，儒学的浸润很深。这不仅是因为儒学在中国传统文化中的地位，同时也与沂蒙地区儒学的兴盛有关。从儒学发展脉络来看，山东曲阜是儒学的发源地，而与之毗邻的临沂在儒学产生、发展的过程中所占据的重要地位也同样不可忽视。

自先秦时期，儒学即在沂蒙大地迅速传播。春秋时，孔子及其弟子的足迹遍布沂蒙大地。孔子曾前往郯地向郯子请教学问，途中遇到程子，两人倾盖相谈终日，这说明孔子受到沂蒙文化滋养的同时，也将儒学传播到了沂蒙地区。沂蒙籍的曾皙、曾参父子成为孔子杰出的弟子，特别是曾参在儒学传播方面也做出了重要贡献。战国时期，荀子任兰陵令，卸任后，著书立说，教授生徒，最后终老兰陵。荀子在儒学的传承过程中起到了重要作用，汪中的《荀子通论》说："盖自七十子之徒既没，汉诸儒未兴，中更战国暴秦之乱，六艺之传赖以不绝者，荀卿也，其揆一也。"②另外荀子在兰陵期间的教学著书活动影响到了周边的人文环境，刘向曾说："兰陵多善为学，盖以孙卿也，长老至今称之。"③

而自汉代开始，沂蒙地区一举成为儒学的重镇。在此时期，儒家五经均有研习，且不乏名家，对两汉儒学发展产生了重要的影响。其中较卓越的是易学和礼学。易学方面，孟氏《易》在汉代影响较著。孟喜，东海兰陵（今临沂市兰陵县兰陵镇）人，字长卿，所传《易经》，史称孟氏《易》，特点是倡导卦气占验，以《易》兼河洛图纬风角七政，开中国易学象数派的先河。他因擅改师法而不被重用，宣帝时，孟氏《易》列于学官。焦延寿自称传自孟喜，然后传给京房，焦死后，京房认为焦氏《易》即是孟氏《易》，但据刘向考证，京房《易》不同于孟氏《易》，另

---

① 张崇琛，《古代文化论丛》，商务印书馆，2020 版，第 343 页。

② 汪中，《荀子通论》，中华书局 1954 年版，第 14 页。

③ 王先谦，《荀子集解》，中华书局，2010 年版，第 658 页。

有师承。兰陵毋将永是高相《易》的传人，喜说阴阳灾异。礼学方面，先是孟喜的父亲孟卿精研《礼》学，传后苍。后苍，字近君，兰陵人，著有《后世礼记》一百三十一篇、《后氏曲台记》九篇，传梁人戴德和戴胜，有《大戴礼记》和《小戴礼记》。除了礼学和易学之外，《诗》《书》《春秋》均有研习者。诗学方面，齐诗、鲁诗、毛诗均有传人。后苍属于齐诗的传人，著有《齐诗故》二十卷、《齐诗传》三十九卷，传萧望之和匡衡。王臧和缪生是鲁《诗》传人。王臧，兰陵人，鲁申公的弟子，把儒家的思想推广到了统治阶层，与御史大夫赵绾一起请立明堂，向武帝推荐申公。缪生，兰陵人，从鲁申公学习《诗》，官至长沙内史。毛诗的传人东海卫宏，师从九江谢曼卿学《毛诗》，作《毛诗序》。《春秋》学方面，孟卿善春秋学，传疏广，疏广著有《疏氏春秋》。《春秋》学传习人还有疏广的侄子疏受。书学传人有王良，字仲子，兰陵人，少好学，精《小夏侯尚书》，王莽时，"寝病不仕，教授诸生"。

魏晋南北朝时，儒学与道学和佛学合流，并逐步走向玄学，然沂蒙儒学成就亦颇高。例如，原籍东海郯（今临沂市郯城县）的王肃是此时儒学成就最高的一个。王肃有着深厚的家学渊源，其父王朗，东海郯人，年轻的时候就习读儒家经典，曾为《春秋》《孝经》《周官》作注。王肃在继承其父的家学以外，还向当时的著名经师荆州学派的代表之一宋忠学习。他融合南北、汇通古今各家学说，遍注儒家经典：《诗》学方面著有《毛诗注》二十卷、《毛诗义驳》八卷、《毛诗问难》二卷、《毛诗奏事》一卷；《书》学方面著有《尚书》注十一卷和《尚书驳议》五卷；《礼》学方面著有《周官礼注》《仪礼注》《丧服经传注》《丧服要记注》《礼记注》《礼记音》《明堂议》《王子正论》；《易》学上在其父注经的基础上修改完成《易传》。他不仅自己遍注经典，而且还批判郑玄注经中的错误，在社会上引起宗郑学派与"王学"学派之间的激烈争辩。晋时，"王学"一度占据上风，在十九位博士官中，有七位"王学"的成员，比"郑学"多一人。两晋南北朝中，治经学的也多尊"王学"。六朝后有学者讥笑他借助姻亲优势占据学术的统治地位，学风不正，但也有人认为他给经学界带来了一丝清新的空气，如朱熹曾说："后汉郑玄与王肃之学互相诋訾。王肃固多非是，然亦有考援得好处。"①

南迁士族琅琊王氏、东海徐氏、东海何氏家族中也产生了几位在儒学方面较有影响的人物。如王导的五世孙王俭，著有《尚书音义》《礼仪答问》《礼杂答问》《公羊音》《古书仪》《吊答仪》《丧服古今集注》《丧服图》《礼论要钞》《皇室书仪》等，成果十分丰硕；王延之则撰《春秋旨通》；王逡之则有《注丧服五代行要记》《礼仪制度》《丧服世行要记》等。徐氏家族的徐摛，通经史，"幼好学，遍览经史，后擢为侍读，应对明敏，高祖亲策问《五经大义》，次问历代史及百家杂记纵横，应答如响"。何氏的何承天，博通古今，删减《礼论》八百卷为三百卷，他们皆为一时俊彦。

隋唐之后的沂蒙儒学虽然在理论上的创新不多，但儒学传统浸润到沂蒙人的精神中，表现为传承实践活动，如注疏经典、开庐讲学，而在从政后，能够践行儒学信条，恪尽职守、勤政爱民、忠君体国，从而赢得生前身后名。其中代表人物，唐代的徐旷、颜师古等在注疏经典方面颇有建树；唐代之后，宋代有王子舆、傅尧俞；金代有张炜、胡仪；元代有张雄飞等。其中，胡仪不仅大力弘扬儒学，还捐资修缮孔庙。张雄飞更是践行儒家信仰的代表，其不畏强权、整顿吏治，对元代政治做出了较大贡献。而至明清时期，沂蒙地区的文化复兴，博通经史的士人亦开始大量出现，并开始出现新的儒学文化家族。他们以儒家信条修身、齐家、治理地方或辅佐君王，体现出根深蒂固的文化传统。以琅琊宋氏家族而言，其"自明代中期至清代中期三百余年，人才辈出，为官者不乏廉吏、循吏，这与家庭教育中强调'孝弟忠'又是分不开的。"②而从地方史志资料的记载来看，其家族成员多有教化之功，亦多有乡贤之名，这足见儒学对家族文化传承的影响。

二、古圣先贤的垂范

沂蒙大地多名士、多圣贤，他们的历史功绩以及行为事迹令人倾慕，亦有重大

---

① （宋）黎靖德编；杨绳其、周娴君校点，《朱子语类》第3卷，长沙：岳麓书社，1997: 年版，第1949页。

② 王春华，《沂蒙儒学史》，中央文献出版社，2012年版，第439页。

影响。在这些著名的历史人物身上，不仅折射出时代的光辉，同时也蕴含着历代士人修身修心、安身立命的情怀和寄托，从而形成了一个个独具魅力的文化符号。这些符号，以沂蒙地区而言，如"四圣""五贤"，其中，"四圣"，即笃圣闵子骞、孝圣王祥、智圣诸葛亮、书圣王羲之；"五贤"则为诸葛亮、王祥、王览、颜真卿、颜杲卿等。其成就为世人所公认，其影响亦不谓不深远，对沂蒙文化之影响亦不谓不大。

以"四圣"言之。"笃圣"闵子骞，其人至孝，"二十四孝"之一，"鞭打芦花"之轶事为人传颂，孔子称"孝哉闵子骞！人不间于其父母昆弟之言。"（《论语·先进》）其不汲汲于爵禄，《史记·仲尼弟子列传》有"不仕大夫，不食污君之禄"①之评。元代邵显祖有《重修费侯闵子祠记》，至今临沂市兰山区汪沟镇闵家寨仍有闵子祠，门上有清乾隆皇帝手书的"笃圣祠"三个大字，可见其思想精神之影响。

"孝圣"王祥，汉代谏议大夫王吉的后代。东汉末年，王祥携弟南迁，魏晋时期的重臣，历任大司农、司空等职，奠定了东晋时期显赫的琅琊王氏家族的社会基础。他对后世影响深远的还有他的孝行，他被作为孝子的典范广泛流传的孝行故事，如卧冰求鲤、黄雀入幕、风雨守树、跪母求死等。

"智圣"诸葛亮，祖籍临沂。其虽然成年后没有生活在沂蒙地区，但是诸葛家族还在，诸葛亮的为人、思想与精神对沂蒙大地都产生了较大的影响。首先是鞠躬尽瘁的报国精神。刘备三顾茅庐，诸葛亮为了感激刘备的知遇之恩，为了实现"兴复汉室"的政治理想，从而竭尽全力去收复中原，即使刘禅昏聩无能，屡屡掣肘，也不能改变他的初心，直到他病逝在北伐的途中，真正实现了"鞠躬尽瘁，死而后已"的允诺。其次是廉洁奉公的从政精神。诸葛亮为政期间廉洁奉公，家无余财，给后主上表时说家有桑树薄田可以解决家庭的衣食问题，而自己做官的生活用度是公费的，所以自己也不须置办私产。去世时还不忘要求葬礼的节俭，"因山为坟，冢足容棺，殓以时服，不须器物"。再次是淡泊明志、宁静致远的修身精神。诸葛亮在《诫子书》中告诫儿子："非淡泊无以明志，非宁静无以致远。夫学

---

① （西汉）司马迁，《史记》，中华书局，1959 年版，第 2189 页。

须静也，才须学也。非学无以广才，非志无以成学。"教育子孙注意自身的修养，要拥有远大的志向，淡泊为人，不断地学习提高。他的精神照耀千古，他的文章也对后世沂蒙文学产生了较大的影响。最后还有《出师表》《诫子书》被后世人引为文章的楷模。

"书圣"王羲之，早年从叔父王廙、卫夫人学习书法，后转益多师，博采众家之长而成一家之特色，形成具有独特风格的新书体，书法作品为历代书法学者所推崇。虽真迹不见留存，但是刻本甚多。他对沂蒙文化的影响主要体现在以下几个方面。首先是书法学上的影响。他的书法作品的各种摹本受到追捧，以《兰亭集序》和《圣教序》最为常见，明代时宋之普就收藏过《圣教序》，书法家王铎还曾为之题跋。作为书圣故乡，沂蒙人有许多书法爱好者，其中不乏名家，如宋家的宋鸣珂、宋潢等都在书法上有一定的专长，这只能说多少都与王羲之的影响有关。在文学方面，王羲之故居、洗砚池、字帖、个人都成为文人吟咏的对象。其次是他坦腹东床、潇洒出尘的自由精神为人心之向往。坦腹东床是王羲之为人熟知的故事，突出了不为世俗所欠，保持纯真自然的个性。而他的整个人生也活出了旷达的意味，时人评价他"飘若浮云，矫若惊龙"，这既是他书法风格的写照，也是他人格精神的体现。再次是文人雅集的修禊活动对后人也产生了较大的影响，特别在明清时期，文人的修禊活动频繁，在山水之间寄托情感。对此宋之韩有《读兰亭集诗》(效晋王羲之体)称："廖阔无今古，任人命新陈。"表达对王羲之的向往之情。

而位列"五贤"的颜氏兄弟，则为忠烈典范。颜杲卿(692-756)，字昕元，颜真卿(709-785)，字清臣，他们兄弟二人属于沂蒙南迁颜氏家族中的一员，虽然不曾生活在沂蒙，但他们的精神事迹对沂蒙人产生了较大影响。这从临沂所遗留的颜氏遗迹可见一斑。如在颜氏家族的故乡诸满村建有鲁公庙和鲁公桥来纪念报国牺牲的颜杲卿和颜真卿兄弟二人，又称为双忠祠和双忠桥。在兰山区方城镇颜林村的颜氏后人为兄弟二人建了衣冠冢，当地还有风聚坟的传说，据说当年把颜氏兄弟的衣冠和铜首运到诸满村时，牛车坏了，风云突变，黄沙漫天，等风过去后，在灵车处形成风聚坟。颜氏兄弟对沂蒙文化的影响主要在以下几个方面。首先是他们为国牺牲的精神。颜杲卿在安禄山之乱中因抗击叛乱被俘，砍腿挖眼也不能让其屈服。颜真卿在平定李希烈的叛乱时，不顾年事已高，前往劝降，后被杀死在龙兴寺。他们在死亡面前都表现出了铮铮烈骨，各种淫威、诱惑均不能使他们屈服。其次是秉公直谏的精神。颜真卿为官期间把直谏精神发展到了极致。他特别重视礼制，凡是有人有违礼的行为，他必定去弹劾。如对武部侍郎崔漪醉酒上朝、谏议大夫李何忌朝堂嬉笑、广平王府都虞侯管崇嗣宫门上马等都进行了弹劾。安史之乱后，太庙被毁，颜真卿建言皇帝应在野外筑坛，东向哭，因此惹恼皇帝，被贬为冯翊太守。乱后，唐肃宗从山西回来，颜真卿又建言先谒陵庙再回宫，遭到宰相反对，他据理力争。颜真卿在直谏的路上百折不回，表现了忠义正直的个性。

除此之外，汉代凿壁偷光的匡衡、疏财散金的疏广和疏受叔侄二人对沂蒙文化都产生了深远的影响。在疏广和疏受散金的地方有二疏台，也称为散金台，后人屡有诗咏。以宋氏家族为例，宋鸣梧有《向城镇淑济桥碑记》，其云：

> 试登桥而北望，则曾皙故郡，东望则左史遗冢，南望则望之之子孙守同，西望则匡衡凿壁耀光处也。今吾向风俗，隆节尚齿，右守婍宠厚，无愧于古人而人才逊古远甚。①

在这段话中，宋鸣梧采用汉赋铺陈的手法，把家乡历代贤哲娓娓道来，既有对其人才鼎盛的赞叹，又不乏见贤思齐之意。在《琅琊文社序》中又写道：

> 自春秋始，著世不乏彬彬。曾皙则有童冠、子桑诸友，子舆则有邱明、冉伯牛诸友，在汉则有二疏、望之、匡衡诸友，汉末武侯早岁觅友徐、庞，久乃迁南阳，晋有睢陵、即邱兄弟自相师友，其后裔著述以文名者七十二家。②

---

① 沈兆祎等修，王景祐等纂，《临沂县志》，台北：成文出版社，1968 年版，第 766 页。
② 沈兆祎等修，王景祐等纂，《临沂县志》，台北：成文出版社，1968 年版，第 761 页。

从中我们不难发现其对家乡人物风流的自豪感。这在其子宋之韩的创作中也不难发现这种"名人效应"。如其有《读兰亭集诗》《普照寺内王右军祠》等作品。又其《海沂诗集自序》称：

> 沧海在东，沂出西陲。山水人物，琅琊秀奇。
> 圣贤豪杰，忠孝节义。宗圣武侯，休徵昆季。
> 右军大令，父子英声。难兄难弟，真卿杲卿。
> 下及妇子，节孝难数。风土淳庞，高深钟聚。

在序的开头，作者便列举了沂蒙古代的历史名人，其"宗圣"为曾参，"武侯"为诸葛亮，"休徵昆季"指王祥、王览兄弟，休徵是王祥的字，他与王览都是孝友的典范。"右军大令"为王羲之、王献之父子，王羲之曾为右军将军，王献之曾任中书令，为与其同为中书令的堂弟王珉区分而称"大令"。"真卿杲卿"，即为颜真卿、颜杲卿，他们同为琅琊籍人，颜师古的五代孙。在罗列沂蒙历史上的古代圣贤之后，宋之韩以饱含感情的笔触写道：除了声名赫赫的历史人物，还有更多的是声名不显的普通人，甚至妇女、孩子，节妇孝子数不胜数。所以，这里的风土人情十分醇厚，这里汇聚着天地之间的灵气，孕育了无数英才人物。对乡土情感充盈于字里行间，充分表达了对沂蒙传统文化的自豪与认同。所以，一个地方的名人与贤达，因为传统社会中特有的乡土观念，被赋予了更加深厚的情感寄托。由此亦可知历代贤哲圣贤对宋氏家族的影响。

三、独特的人文精神内蕴

以人文精神而言，有学者指出："中国传统人文精神，主要是指我国春秋战国时期开始形成的，并贯穿于传统文化之中的，以儒家仁爱思想为核心，注重人伦道德，追求崇高理想，肯定人的价值，重视群体和谐的理论和学说。"[1]另外，由

---

[1] 唐镜，《中国传统文化中的人文精神》，《求索》，2011年第2期，第135页。

于人们所处的地理环境、文化环境、风俗习惯等的不同，士人的行为方式、价值观念、思维方式等又具有区域文化特征，从而又有了独特的文化性格和人文精神内涵。就沂蒙传统人文精神而言，主要表现在重孝道、尚礼仪、急公义、有气节、重学习、崇事功等方面。

（一）重孝道

沂蒙的孝义典范众多，有鹿乳奉亲、斑衣娱亲的郯子，单衣顺亲的闵子骞，还有感天动地的东海孝妇等。又如卧冰求鲤的王祥，其《训子孙遗令》称："夫言行可覆，信之至也；推美引过，德之至也；扬名显亲，孝之至也；兄弟怡怡，宗族欣欣，悌之至也；临财莫过乎让。此五者，立身之本。"① 重孝道不仅成为琅琊王氏家风，也成为沂蒙人生活中最基本的行为准则和对士人的评价标准。明清时期，"凡有不孝之名者，则视为好恶之人，不得入学出仕；凡有'孝悌'之名者则予以表彰，甚至重用。在科举考试中，又专设孝廉方正科，以举荐孝名卓著者。"② 由此，我们随意翻看史志文献就可以看到大量的记载：清朝时期蒙阴人公家枋"天性孝，母疾笃，朝西号泣，愿以身相代。居母丧，哀痛毁容，五日不食，三年断荤酒，远居帏"；齐维新"早失恃，事继母孝，母好食鱼。母卒，终身不食鱼。供母遗杖，每饭必哭"③。沂水人杨宽"事继母张氏以纯孝闻"；杨鹏母亲得病，他"衣不解带，旬月母亡，哀毁骨立"④。郯城人宋询普"事母至孝，母病故，庐墓三年，躬亲负土成墓，始终无绎，孝闻四方"。这些孝行都被记录下来，并作为榜样传之于世，起到褒扬和示范的作用。

（二）尚礼仪

沂蒙地区的重礼仪与荀子等人对礼的阐释传承有重大关系。荀子作为中国传统文化"礼"学的奠基者，对礼的起源及其教化作用、社会功能等做了全面阐发。

---

① （唐）房玄龄，《晋书·王祥传》，卷三十三，中华书局，2000年版，644-645页。

② 王厚香、汲广运，《沂蒙文化若干专题研究》，山东人民出版社，2016年版，第231页。

③ （清）沈麟清修，陈尚仁纂，《蒙阴县志》，南京：凤凰出版社，2004年版，第430页。

④ （清）张燮修，刘承谦等纂，《沂水县志》，清道光七年刻本。

因其在兰陵著书立说，在其影响下的兰陵出现了礼学名家，如后苍等。后苍撰有《后氏礼记》《后世曲台记》等书，传给大小戴。晋时王肃对礼进一步地阐释。唐代时颜真卿重礼，对一切违礼行为进行直谏。所以沂蒙人在日常的礼仪制度方面非常重视。对此，典籍中多有记载：

> （沂州）地广而民聚，俗敦礼让，好名誉，犹有古风，虽功名人物不逮汉晋，而风气之厚，人情之朴未改也。（《通志》）
>
> （郯城）疆域广博，水土深厚。民俗质朴，勤于橡稿，有淳古之风。士习于痒，子裕无挑达之风；农耕于野，田间无游食之众；工安于肆，不作淫巧；商集于市，不鬻异物，亦几于淳朴矣。（《邑志》）
>
> （蒙阴）民无商贾，专务本业。家重礼教，户重仁义，从鲁也；士好经术，俗贱仆佣，从齐也。（《邑志》）

《临沂县志》则说临沂县（今山东省临沂市）人在婚嫁方面，"俗重婚嫁，先期纳采问名，犹存古制"；在重视丧葬方面，不惜重资："丧时大小敛，附身衣服皆取美好，尤兢兢于棺椁，平日闻有松柏、嘉木可用者不惜重资购买之。惟殡时多延僧道斋诵、鼓吹、幢盖以及彩匠为假舆马、旛旗、楼阁之属必备，故耗费甚巨。期功之丧，尚经带素衣。"[1] 这个习俗至今仍然有所保留。

（三）急公义

沂蒙地区受儒家文化浸染很深，而儒学教义讲究修身齐家平天下，因此在儒学所及之处，人都有极高的社会责任感。因此，在沂蒙文化中，还有急公好义的一面，对此亦为公论。例如："孙铠，莒人，嘉靖时经商遇倭犯苏松，铠捐资召勇，戮力出战，阵亡。奏闻，赠光禄署丞，祀乡贤。"[2] 蒙阴人公旬，"崇祯间，蒙大饥，捐资赈饥全活甚众"；公戴声，"嘉庆八年，捐义学田百亩以充经费"；邵振亭，

---

[1] 沈兆祎等修，王景祐等纂，《临沂县志》，台北：成文出版社，1968年版，第428页。
[2] （清）乾隆《沂州府志》，卷二六《人物中·忠节》，第293上。

"道光间连岁大饥，给药施衣，每岁出粟数十担赈济，贫民全活甚众"①。沂水县刘弼明，"置立义塾，捐租赈贫，收养遗孤，掩埋枯骨"；朱之生，"一日谒墓，闻树巅有斧斤声，谛之，乃邻人盗伐其树也，恐其人惊坠致伤，急趋避之"②。而沂水县署碑亦有"其俗朴而俭，其民勇而直"③的记载。这也是红色革命时期临沂地区涌现出数以千计的英雄模范的深层文化原因。民族的、集体的利益一直都占首位，他们用行动诠释了"先天下之忧而忧，后天下之乐而乐"的内涵。

（四）有气节

孟子称"富贵不能淫，贫贱不能移，威武不能屈，此之为大丈夫也。"这是儒家对完美人格的一种界定，这在临沂人的群体人格形成中有重大的影响。临沂儒学之士有温柔绵软的儒家性格，也有着不屈强权、铁骨铮铮的气节风范。这在明末清初，匪患肆虐，朝代交替之际体现得最为突出。李煜及其弟李焕，都是秀才出身，崇祯十三年，土匪胁迫他们说："汝二人从我，当推为首。"二人同声骂道："我兄弟身列胶庠，将求上进以报国，岂从汝作贼邪。"蒙阴人秦璇也是在土匪破城后受到胁迫，与其兄秦宗皆不屈死。费县孙延脉慷慨有志节，城破不屈而死。这些不屈的形象在地方志中屡见不鲜。

（五）重学习

古沂蒙学风浓厚。荀子有《劝学》篇，汉代匡衡凿壁偷光来加强学习，三国诸葛亮的《诫子书》都在强调学习的重要性。而唐颜真卿有《劝学》诗劝勉男儿要用功读书。这些古圣先贤的劝勉对沂蒙的重学之风有重要的影响。故《图经》称："家家颜、闵，人人求、由，读先王之书，文质彬彬乎过人，弦诵洋洋乎盈耳，皆圣人之遗泽也。"④

而明清沂蒙的重学之风亦促使了地方教育系统的完善。这里不仅有政府所办

---

① （清）沈薇清修，陈尚仁纂，《蒙阴县志》，南京：凤凰出版社，2004年版，第430页。

② （清）张燮修，刘承谦等纂，《沂水县志》，清道光七年刻本。

③ 胡朴安，《中国风俗》（上），吉林出版集团股份有限公司，2017年版，第35页。

④ 胡朴安，《中国风俗》（上），吉林出版集团股份有限公司，2017年版，第34页。

的公学，也有各类的私学。公学又分为州学、县学、社学等几种，私学主要是义学和书院。明清时代的沂蒙公学有沂州府学及兰山、郯城、费县、沂水等各县的县学，又称儒学等。除此外，还有在乡村设立的小学，称为社学。光绪二十二年《郯城县志》载郯城境内有社学二；康熙四十三年《费县志》记费县境内有社学十一所。私学中的义学也称"义塾"，是靠官款、地方公款或地租设立的免费蒙学，对象多为贫寒子弟。明清时沂蒙地区设立这样的义学有一百多处，教育出的学子，有的为进士，有的为贡士，有效地扩大了儒学的普及范围。书院在沂蒙地区曾设有多处，大多为一些读书人自建，也有纪念名人读书遗迹而设立。《沂州府志》载有琅邪书院，乾隆二十四年知府李希贤率七属捐建。《沂州志》载：荀子书院、诸葛书院、李氏书院、宗圣书院、颜鲁公书院。《沂水县志》载有沂水书院、沂蓝书院、闵公书院。《蒙阴县志》载北麓书院、东山书院、中山书院等。

重学之风使科举登第的人数增加。根据《临沂县志》统计，临沂地区中临沂县在明清两代有进士44名、举人184名。康熙《费县志》载，从明初到康熙年间费县出了8位进士、34位举人、152位岁贡。清康熙年间《蒙阴县志》载蒙阴从金到清康熙有28位进士、55位举人。《沂水县志》载明洪武到清道光年间沂水县有72位举人，这些人有的居家不仕，有的及第后迁往他乡为官，做到了知府、知州、知县或者知事，有的是教授、教谕、学正等。

（六）崇事功

沂蒙士人虽然在文艺方面有自己的优长，无论是书法、绘画、文学创作方面都取得了一定的成就，但是在沂蒙人的思想意识深处，文艺、文学都属于为实际工作服务的，不是主要工作。至明清时期，从学术思想上来看"沂蒙士人一改理学的空谈，主张'经世致用，匡时救弊，''经世'思想成为沂蒙地区的文化主流。"[①]再以山东仕宦家族而言，他们"大多以农耕起家，多数经历了由一般农民致富而成为地主，其成员再经过科举获取功名，从而成就家族的显赫地位。因此，尤其

---

① 许如贞，《沂蒙文化的阶段划分与不同阶段的文化特征》，《临沂师范学院学报》，2008年第4期，第22页。

重视对家族子女的培养教育，重视科举、重视功名进而成为这些家族最重要的选择。"① 如明代沂州人全守初在评价宋之韩的诗作时说："琅邪先辈咸尚节义、薄躁进，后学乐谈孝友，后文艺。"② 明清时代的沂蒙乡贤均以德业显，鲜少提及文学上的成就。如王雅量、王璕、宋鸣梧等人都有诗文传世，但是在他们的墓志或传记中都不提文学创作方面的成绩，而主要从德行功绩方面评价他们。而《临沂县志》的艺文志部分收录了部分作家的诗文作品也绝大部分都是稿本藏家，大多都未刊行，所以，在明末清初山左文学大放异彩的时候，沂蒙文学的发展却稍显沉寂。

第二节　明清时期沂蒙文化复兴

就沂蒙地区的文化发展轨迹而言，其从秦汉时期就已经汇入中华文化的发展主流之中，尤其是两汉时期经学的发达造就了一批累世公卿的世家大族。而到魏晋南北朝时期，更是沂蒙文化大放异彩的时代。期间兰陵萧氏，琅琊王氏、颜氏、诸葛氏，东海徐氏等大族，文化底蕴深厚，家族中名人辈出，对当时的政治、经济、文化都产生了深远的影响。随着他们的南迁，隋唐之后，沂蒙地区的发展属于比较低落的时期，没有产生较有影响的大族。随着经济中心的南移以及南迁家族逐渐融入当地，沂蒙文化在唐宋时期的发展已大逊于前代。直到明清时期，"相对安定的大一统局面使沂蒙文化出现了新的发展势头，传统的重教之风推动了沂蒙文化的发展。"③ 沂蒙文化又进入复兴期。对此我们可以着重从活跃的思想与学术以及家族文化的繁荣等方面进行探讨。

一、活跃的思想与学术

明清时期，沂蒙文化复兴的一个重要表现就是思想与学术氛围愈发浓厚，尤其是儒学变得更加活跃。明朝建立以后，朱元璋采取了建立学校体系的方式，如

---

① 朱亚非，《明清山东仕宦家族与家族文化》，山东人民出版社，2009 年版，第 5 页。

② 宋之韩，《海沂诗集》，《清代诗文集汇编》第 30 册，上海古籍出版社，2010 年版，第 113 页。

③ 许如贞，《沂蒙文化的阶段划分与不同阶段的文化特征》，《临沂师范学院学报》，2008 年第 4 期，第 22 页。

郡县并建学校、乡村立社学等。清代承袭明制，在各州府县设立学校。加之科举取士，都极大地促进了儒学的传播。于是明清时期在儒学方面亦不乏其人，"出现了一批博通经史的士人，他们'达则兼济天下，穷则独善其身'，以儒学的节操自持。同时出现了新的儒学文化家族。"① 如明代李奈，蒙阴人，著有《春秋管窥》；张世臣，沂州人，著有《易经正旨》；清代李宗祥，沂州人，著有《遵朱四书述》；高晙著《周易一得》，郭翘楚著《四书审问》《论语弟子章养正说》等书。开庐讲学的人数众多，从地方志记载来看，影响较大、生员较多的有以下诸人。沂水人张维忠，字子恕，设帐讲学，当时学者称他为艾山先生。蒙阴人张子垫，费县人李杜、杨士鼇等都是当地著名的教授，生徒众多。沂蒙儒学的发展，对沂蒙地域文化的发展产生了深远的影响。据统计，"见于记载的明代沂蒙籍的进士，并在学术界或政界有一定影响的有三十余人"②，其中就有宋鸣梧、宋之普父子。而在著述方面，如宋鸣梧著有《羲易集成》，还辑录过《曾子》；宋澍著有《易图汇纂》等。同时，儒学对其家族家风、学风、文风都产生了较大的影响，如读书济世、厚德重礼等。

明清时期，大量的文人结社现象也表现出在思想文化方面的繁荣。何宗美指出："文人结社至明代而极盛……总数远超过三百家。这充分说明，明代文人结社不是个别的现象，而是构成了一种令人瞩目的文化奇观。综观明代文学史、思想史乃至政治史，可谓无不受到文人结社风气的深刻影响。"③ 以沂蒙地区而言，此时的结社如琅琊文社、九老会、文昌社、文昌续社、思诚社等。宋鸣梧有《琅琊文社序》称："往在天启琅琊英少，感愤前美……并皆却利绝器，焠掌逊志，专精搜研。一时文人之奋发，勃不可御如此。"其主要活动如切磋科举时文、诗歌酬唱、讨论治国方略等。九老会则与琅琊丁氏家族关系密切。"丁纯，字质夫、号海滨，明嘉靖壬戌（1562年）岁进士，曾在直隶长垣任职，后辞官回乡隐居，与当时的诸城

---

① 于联凯、于澎，《沂蒙文化研究》，吉林人民出版社，2002年版，第144页。
② 于联凯、于澎，《沂蒙文化研究》，吉林人民出版社，2002年版，第144页。
③ 何宗美，《明末清初文人结社研究》，上海三联书店，2016年版，第14-15页。

名士范绍、藏节等一起被称为'东武九老'。"①其他社团，如宋鸣梧为王雅量《长馨轩集》写的序中提到王雅量与宋家三代人的结社唱和；全守初的儿子全绍和全纮自相师友，建社东海，著有《讷菴集》，等等。其他汇集沂蒙地区以及沂蒙地区以外文人、学者的结社，如明万历间的"东武西社"，书法家董其昌即是其成员之一。"山左大社"，万历四十四年（1616），吕维祺任山东兖州推官时所立，其"令二十七属各立文会……士子蒸然向风，渐及通省，冀北、淮南之士咸来就业"②。而琅琊丁氏的丁耀亢等参与主持，临沂孙一脉也是山左大社中的一员。"这些文人社团虽带有明显的政治倾向，但主要活动还是学术的切磋与艺术创作的交流。加之明清之际的诸城放鹤村（今积沟镇普庆村）已成为当时中国北方的一个移民中心，国内著名文人学者来此者甚多，更促进了这一地区的学术繁荣。"③

二、繁盛的家族文化

明清时期家族文化繁荣的一个重要表现是地方大族的不断涌现。这一时期的地方大族，如蒙阴公氏、沂水刘氏、大店庄氏、沂州杨氏等等。蒙阴公氏家族在明初时以军籍起家，明代中叶凭借科举成为江北有名的馆阁世家，号称"五世进士，父子翰林"，即公家从公勉仁开始，接连出现了公跻奎、公一扬、公家臣、公鼐等五位进士，而公家臣和公鼐父子均为翰林。公家以军籍起，借助道德文章发家，而明后期的政治局势影响了公家在仕途上的发展，但激发了他们文学方面的专长。公勉仁有《东山集》，公鼐有《问次斋集》，公鼒有《浮来先生集》等。其中，公鼐和公鼒在明末山左文学的发展中属于巨擘式的人物。明清时期沂水刘氏也是著名的官宦世家，先后出现了父子进士、兄弟进士的科举佳话，如刘应宾是明代崇祯年间进士，子刘玮是康熙年间进士，孙辈刘侃为康熙年间进士，刘绍武为乾隆进士，刘鼎臣为乾隆进士。由此，沂水刘氏居住地成为当地赫赫有名的刘南宅，

① 佟海燕，《琅琊文化史略》（第3卷"隋唐明清时期"），山东人民出版社，2010年版，第136页。

② （清）施化远，《明德先生年谱》（吕维祺《明德先生文集》附录），见四库全书存目丛书编纂委员会编，《四库全书存目丛书》集部第185册，齐鲁书社，1997年版，第391页。

③ 张崇琛著，王俊莲编，《陇上学人文存》（张崇琛卷），甘肃人民出版社，2020年版，第291页。

家族势力也很大。但因为刘应宾在明末清初的贰臣身份，所以刘氏在身份的认同上做了很多努力，如广交游，诗文唱和，撰写家谱，进行家族神化等种种手段①。刘氏也因此形成了比较独特的文化家族。莒南大店的庄氏家族也是明清时期沂蒙地区有名的科举世家。自万历四十七年（1619）庄谦中进士后，庄家前后共出进士8人、举人22人，特别是乾隆年间庄瑶和庄锡级父子二人又创了一个科举佳话，成为父子进士。庄氏家族重视宗族教育，创立了"因园""林后大学"等私塾教育机构，还积极编写家谱、家训，庄为重有《十二忌九戒》，庄瑶有《课子随笔》《慎守堂家训》等家训著作。由此，家族浸润在浓郁的文化氛围中，家族成员在文学、史学、医学和艺术学等领域都做出了一定的成绩，产生了不同程度的影响。沂州杨氏家族，卫籍出身，武功起家，杨肇基与杨御蕃父子在明代末期保家卫国方面都立了赫赫战功，为维护地方安定做出了突出的贡献。天启年间抗击白莲教时期，费县为了感谢杨御蕃的护全之恩，专门为他建立了生祠，李应期撰写的碑文。杨御蕃的弟弟杨御庄则修文事，与宋之韩多有唱和，著有《蝶庵诗集》，清建立后隐居不仕。杨氏家族在清代的发展则表现出文武兼修的特点。杨慰是乾隆年间进士，任福建福安县令，杨大任和杨宏同年中武进士，杨永泽乾隆年间进士，官至商州同知等。

这些大家族在地方上都有着较大的影响，而且他们之间互有交游，通过姻亲往来等形式加强相互之间的交流以及文化的共建。而家族内部以及家族之间的文化活动，对于地方文化建设的影响无疑也是非常大的，例如对家族文献的整理。"家族文化的成就在相当程度上反映甚至决定着地方文化的成就，家族文献成为地方文献最重要的组成部分。因此，家族整理的虽然只是自己本家族的文献资料，但在相当程度上也代表着对地方文献的整理。家族文献的巨大容量极大地丰富、充实了地方文献的内容。"②这种对家族文献的整理不是个别现象，而是一种普遍行为，以此来显示家族文化传统的悠久以及取得的成就。以琅琊宋氏家族为例，

① 张运春，《从贰臣到望族——沂水"刘南宅"历史研究（明末以来）》，山东大学，2018年。

② 江庆柏，《明清苏南望族文化研究》，南京师范大学出版社，2016年版，第282页。

宋氏后人对前代文集进行了大量的整理工作，如宋之韩的《海沂诗集》等。

与地方大族涌现这一现象相对应的，修谱之风在民间亦十分兴盛。"明清时期，几乎每个山东仕宦大家族都有完备的族谱，并且每隔约十年重修一次。"[①] 如日照丁氏、临沂莒南庄氏，自清康熙至民国，期间都先后对家谱修订了七次。家谱的编撰是家族成员对家族文献不断整理、修订和补充的过程，其对家族源流脉络的梳理，是作为家族文化记忆重建的重要活动。可以说，修谱承载着的是整个家族的文化记忆和对家族精神家园的构建。对此，有学者在探讨明清时期的修谱行为时指出："族谱一般都包含家族和睦、孝顺长辈、相互帮助等教化思想，不少家谱还有本家族成员典型事迹的记载，用以激励后代。"[②] 例如《重修莒志·庄许传》记载的《训弟子箴言》："敬者德之聚，勿肆；谦者德之柄，勿盈；俭者德之芥，勿奢；礼者身之干，勿替；农桑者生之源，勿弃；读书者义之府，勿罢；孝友者人之本，勿拨；言语者祸福之缘，勿易；辩义利严欺诈者存诚之基，勿伪；亲君子远小人者，保世之要，勿忽。"而明代以来所编辑的家谱，往往还载录有家族重要成员的文学作品等，甚至由此形成专门的家族诗文集。所以，"作为家族文献的汇编，家谱是家族历史的细节性呈现，是家族荣耀的象征，也是编撰者和后世子孙得以承续家族文脉的直接依据"[③]。修谱以及家族内的其他文化活动，无疑促进了地方文化的繁荣、人才教育等。

三、人才的大量涌现

同时我们可以看到，学术文化的繁荣以及家族文化的发展，也促使了人才的大量涌现。琅琊名士多，这与历史上沂蒙多出世家大族尤其是文化世家关系密切。这种情况尤其以魏晋南北朝时期最为显著，这些家族如泰山羊氏、阳都诸葛氏、琅

---

① 朱亚非，《明清山东仕宦家族文化及其时代价值》，《齐鲁学刊》，2012 年第 2 期，第 54 页。

② 山东省地方史志编纂委员会编，《山东省志·民俗志》（下），山东人民出版社，2016 年版，第617 页。

③ 朱君毅，《个体记忆、家谱编撰与家族文化记忆的重构——以＜诵芬咏烈编＞女性人物为中心的考察》，《中国文化研究》（秋之卷），2022 年 8 月，第 149 页。

琊王氏、琅琊颜氏、兰陵萧氏等等。其中，家族地位显赫如"王与马，共天下"，而兰陵萧氏更是"两朝天子"的家族。而家族作为人才产生的摇篮，其中不乏我们所熟知的历史名人如羊祜、诸葛亮、王羲之、颜延之、萧统等等。这种家族的影响力，一直持续到唐代，正所谓"自瑀逮遘，凡八叶宰相，名德相望，与唐盛衰。世家之盛，古未有也。"（《新唐书·萧瑀传》）唐宋之后，沂蒙人才则相对沉寂。

至明清两朝又出现人才勃兴的局面。这一时期表现突出的还是家族人才的不断涌现。对此张崇琛先生曾评价称"几如群星丽天"，并举例："既有出类拔萃的政治人才，如翟蜜、丘栅、高宏图、臧惟一、臧尔劝、刘繁、刘统勋、刘塘等，也有著名的将领如薛禄；既有学问渊博的学者，如张石民、王铺的理学，刘喜海、王锡繁、李仁煜的金石学，也有国内一流的文学家和艺术家，如丁耀亢的小说、戏剧，李澄中、丘海石、丘元武、刘翼明的诗歌，刘塘、徐会洋的书法，法若真、高凤翰的绘画，王既甫、王冷泉、王心源的古琴。凡此，皆为宇内所推重。"① 张崇琛先生所说的是广义上的沂蒙，但也能反映出明清时期沂蒙地区及其周边地域人才复兴的情况。而就临沂本地而言，如蒙阴李氏，李奈曾任南京监察御史，李炯然曾任户部主事等。郯城李氏的李骥曾任刑部郎中、河南府知府。莒南庄氏自明万历至清光绪可谓人才辈出，如庄谦曾任浙江道监察御史。至于蒙阴公氏，公勉仁曾任江西道监察御史、太仆寺少卿；公家臣为翰林院编修，任南京户部主事、礼部侍郎等；公鼐更是以才学知名，任翰林院编修、礼部侍郎、翰林院侍读学士等。至于琅琊宋氏家族，其家族以及姻亲、交游等，其人才济济，对此不再赘言。应该说，家族对自身以及当地人才的兴盛其促进作用是巨大的。可以说，家族发展为人才兴盛打下了良好基础。

第三节　琅琊宋氏家族文化特征

在家族文学研究中，最重要的是家族作家的血缘关系研究，这是对家族创作主体的追源知本的基础性研究，需要对血缘关系人在家族文化和家族文学形成与

---

① 张崇琛著，王俊莲编，《陇上学人文存》（张崇琛卷），甘肃人民出版社，2020 年版，第 291 页。

发展中的作用加以分析。同时，在家族文学创作的依存关系中，不可忽视家族与所处时代及社会的关系。通过家族与社会文化群体的关系分析，以透视家族交际圈的构成以及诸姓家族间的互动状况，并分析对文学创作的影响。如宋鸣梧父子一生迁移数地，交游颇广，这对丰富他们的文学创作必然起到不可忽视的作用。

一、宋家"清俭"家风的培育与传承

门风是家族的精神徽记，是文学家成长的家族精神氛围，也是对文学家化于无形却影响深刻的家族传统。这种家族传统，是个人自立于社会，进而成为士林砥柱的家族标志。家学即家族渊源有自、世代相传之学，是家族的文学资源和文化积累。它既是家风发扬的载体，也是家风作用的成果。它往往以家法的名义出现，不但对后人的学术方向、知识累进发生重要作用，同时也在文学方面对家族后代的文体选择、创作取向等产生影响。

宋氏家族成员特别注重家风的培育与传承。"一个维持时间较长的大家庭，必有一部以至几部成文的家法家训来约束、规范家众的言行，告诉家众哪些事符合封建道德而可以做，哪些事违反封建道德而不可以做，从小教给子侄们以忠君、孝亲、敬长、爱幼、尊夫、守节的道理。这些家法家训是进行封建道德教育的极好的教材。"① 除此之外，有些家族还会举族编印一些贤哲的格言语录，对家族子弟进行道德教化的辅助教育。像其他家族一样，宋氏家族亦采用家法家训、语录格言等加强对家族成员的道德教育。宋鸣梧最早编纂《宋氏家传纂言》四卷，收集相关的家训资料来教育后世子孙，并自撰序言阐述修身齐家主张。在该序言中采用问答题的形式驳论错误的观点，树立"清俭"为主的修身齐家主张。"余谓惟清可以殖德，惟俭可以蕴清。非清之生于俭，而俭以助清，贪横自消。"而"俭"不仅是生活用度上的节俭，可以包括俭听、俭视、俭言、俭媵妾、俭心、俭仁义礼智信等方面。宋鸣梧认为"俭是五常之本"，对个人、家庭和社会有重要的作用，"知俭然后又立志，知学然后能求师，存养敬慎，旦暮寡过，以齐齐家，礼之善经也"，

---

① 徐扬杰，《中国家族制度史》，武汉大学出版社，2012 年版，第 362 页。

"身俭者，天下富，以心俭者，天下平"。他认为齐家很重要，他假设有人问他："礼经曲百千自纤悉，至朝庙无不贯。子独凛凛于家，何欤？"他说："礼不可斯须去诸身，而胜礼者，唯情。犯礼者，家易。非若君臣之截然以分相画也。故吕氏有言：'闺门之中少个礼字，便自天翻地覆。'昔之大贤，虽父女、母子、弟妹、弟娣，亦自有别嫌明微之道。男女五岁不同榻，八岁不同食，所以消狎昵而远未然也。此礼始于先天，兆于横图。"此段文字首先强调了礼是非常重要的，一刻也不能离开，而在家里违犯礼仪却是非常容易的事情。然后从易卦象中分析《易》中的家范思想，强调《易》是不言之家范。

其后，宋鸣梧的曾孙宋名立等人在重修家谱时继承宋鸣梧的做法，进一步辑录古人的家训、语录等内容，编成《古今要言》，刻在家谱的前面，作为教导后世子孙修身齐家的规范。《古今要言》共辑录古人言论 26 条，首讲尊祖奉教，并引用陆游的言论来明示："人莫不爱其子孙，爱而不知教，犹勿爱也。人莫不思其祖父，思而不知奉其教，犹勿思也。"次讲父母兄弟宗族和睦，且选韦弦佩等人的言论来教后代如何消除家庭中的矛盾，主要观点就是不要太过计较，要懂得宽恕等，其中难得糊涂讲得尤为详细："韦弦佩云：'无比逍遥汤治伦理难医之症：宁耐一个，糊涂一个，学聋一个，正经三分，痴呆七分和匀，用感化汤下。如前症未便即愈，再加逍遥一味服之。'吕新吾云：'心不必太分晓，才分晓便是糊涂。'陈眉公云：'留三分正经以度生，七分痴呆以防死。'皆医伦理之要药也。"三讲辛勤节俭。在引用柳玭的戒子孙言论"余见名门右族，莫不由祖先辛勤节俭以成立，莫不由子孙怠惰奢侈以覆坠之。成立之难如升天，覆坠之易如燎毛"，后又加以强调："言之痛心，汝等切记。"四讲书香传家。

其后，十三世的宋瀛也曾把"勿营华屋，勿谋良田，勿讼勿争"贴于家中以为家庭训言。此训言与宋鸣梧的清俭主张有相合之处。

二、存身立命的重学思想

琅琊宋氏家族能从一个农民家庭走上科举世家的原因就在于家族人员的重学好学。当下宋氏家族的家训是："忠厚传家远，诗书继世长。"从上文的梳理中，我们也看到宋氏家族从第五代宋纬开始就认识到学习改变命运的重要性，所以从江南聘请名师教育子弟借以改变家庭出身。对学业重视的还有宋纬的儿子宋梯。前已有所述，不惜重金聘请名师教育儿子，而且只要老师不在，他就亲自进书房考核儿子们的学习情况。由此他的儿子们在仕途上有了新的突破。除此外，通过年谱可知宋瞻祖对儿子的教育也较为重视，先是在康熙年间寄居京师时怕儿子失学就把儿子留在京师学习，生活虽艰苦到了粥饘不济的境地也坚决不耽误儿子学习。出仕后对儿子的教育丝毫不放松，常置座侧亲自督导，读书以千遍为程，儿子不睡觉，自己就不睡觉。不仅自己亲自教育，而且还利用自己的交游，引一时名流来教育儿子，如唐建中、杨绳武、刘辉祖、熊应璜、徐毅武、毕江岁、李沛霖等人。后又为己子与朋友之子立程课读约，月会文，以三八日为期。致仕后，居家闲时亲自教导子孙，另聘名儒，如莱阳宋惟梁等人来家教学。另外他也派自己的儿子去外地师从名儒学习，如让自己儿子去跟从左光斗的孙子左宰学习举子业。宋瞻祖不仅重视自己儿子的教育，对整个家族的教育也极为重视。康熙二十三年，宋瞻祖二十二岁时在中村山中立义学，选族中俊秀子弟教育。康熙二十九年又在珩头村立义学教育族中子弟，聘请颜道辐为师。《缄斋府君年谱》中还写道："府君乐成就人，本宗如族兄汝愿、坦业、廉修辈，异姓如姑子黄扶宗、堂姑孙陈永芳、姑之外孙陈世济辈皆延师训迪馆谷之，列之青矜。"①

宋名立在修家谱时编纂的《古今要言》中对读书学习这部分的资料选取得较多。26 条中有 6 条强调读书重要的引言。草木子："祖宗富贵自是书来，子孙享富贵则贱诗书矣；家业自勤俭来，子孙得家业则忘勤俭矣。此所以多衰门也。"张黄岳："书香不可绝，绝则出入鄙陋。"周益公："汉二献王皆好书而传国久远，士大夫家岂可使读书种子衰息乎？"叶石林："后人当今不断书种，为乡党善人。"颜之推："谚曰：'积财千万不如薄技在身，计之易习；而责贵者无过读书也。'"朱子曰："读书起家之本。"由此可见他对读书的重视程度，通过纂修家谱历代流传的形式为子孙后代的向学留下前人的训言。

---

① 宋朝立等，《缄斋府君年谱》，清雍正年间刻本。

宋熊图在乡党族人的学习方面较为重视，办有宋氏家塾学馆，免收学费，甚至供给日常费用，资助有学习意向但家室贫寒的乡党族人。如杨大魁、张克相及族孙宋潢、宋洪等，都曾经受到他资助成名。宋瀛也有相同的做法，设家塾延师讲学，不仅教育自己的子弟，而且亲党子弟皆惠及，"在馆成进士者有人，登贤书、贡成均者七八人矣"①。

家族中不仅男性重视学习，女性也表现出了较强的重学倾向。如宋澍的生母姜氏"平生喜人读书"②。宋澍妻王氏对其夫说："国家公事，非我所知。为善与读书两事，吾必竭力佐之。"在教育子孙上也是身体力行，"甫能言即口授诗书，少长就傅，晚归于灯下自加考课，尝曰：'人之读书，将以学圣贤也，非徒为科名计，汝等尽心读书，他日能为一乡之善士足矣。'"③

宋氏家族除了重视家庭教育之外，还重视对其他人的教育，如宋日就、宋日乾兄弟即在自己学习之外，开馆授徒，跟随他们学习的人较多，"秋闱春榜往往皆门下士也"，晚年的时候无其他爱好，唯有"营一室之中图书数卷，窜寐洙泗而已"。

三、家庭内部的孝悌精神

山东作为儒学发源地，受礼教思想影响很深。对此，王志民先生在谈到山东文化世家的文化特征时指出："读经崇儒，尤重礼义的区域文化特色代代传承，千年不衰。由于汉代以后儒学独尊地位的确立和孔孟故乡'圣地'文化的不断提升和突显，以及金元以后齐鲁之地又逐步成为山东的统一行政区划，'礼义之邦'即成为山东地域共有的文化特质，而这种区域文化共性在山东文化世家中从不同角度显现出来。"④ 琅琊宋氏家族秉承儒家思想教化，家族成员在相互之间的关系处理上尚孝悌精神，其主要表现：

---

① 宋徽章等，《琅琊宋氏家谱》，清道光二十四年刊本，1992 年宋氏家族重录。
② 宋徽章等，《琅琊宋氏家谱》，清道光二十四年刊本，1992 年宋氏家族重录。
③ 宋徽章等，《琅琊宋氏家谱》，清道光二十四年刊本，1992 年宋氏家族重录。
④ 王志民，《山东文化世家研究书系总序》，见李江峰、韩品玉，《明清莱阳宋氏家族文化研究》，中华书局，2013 年版，第 5 页。

首先是孝敬长辈上，宋氏家族有着良好的家风传承。宋梯和其妻赵氏在乡里以孝悌闻名。宋梯之父宋纬有五子，只有宋梯身体不好，在家务农，赡养父母。宋日就为便于尽孝，把久病在身的父亲接到官邸。宋日乾把自己所得馆资都献给父亲作为大家庭日常开支的资金，小家萧然无存。父亲病逝后，兄弟俩哀戚尽礼。宋日乾病逝于新城旅馆，其子宋鸣梧千里扶柩归。继母杨氏去世，宋鸣梧又庐墓三年，后入忠孝祠，成为忠孝的典范。宋鸣鹗，在其父去世后，"终身抱痛，节忌致祭,涕泣如新丧"①。牟牟庭在《士洲宋大公寿序》中评价宋瀛事继母孝，乡党皆称。

其次是兄弟姊妹之间的友爱和睦上也有突出的表现。宋之普、宋之韩兄弟常聚在一起诗酒唱和。宋之韩的《海沂诗集》中有多首写给其兄或者怀念其兄的诗歌，如《松鹤园前集》第一首为"家兄今础少司农约同之纸房山庄，予偕任六弟天房宿东门别墅，兄督止即丘城前，相距七里，赋兹志怀"，《北归篇》中则有数首怀念其兄，如《怀家少司农今础大兄》《东门村居时老母暨家兄并山妻稚子避地台州》《寄怀时家兄少司农奉老母避地江东》，也有直接描述自己千里急兄难的事迹，顺治五年与其兄回乡途中遇到匪徒劫道，他一人立马持刀护卫其兄安全。同时宋之普为宋之韩的诗集作序，历数兄弟情谊。

宋之普的儿子宋念祖和宋瞻祖，兄弟年龄相差比较大，但二人关系较为亲密，无论什么情况下，宋瞻祖出门前和归家后都要到兄长那里去会个面。《缄斋府君年谱》："府君虽与儋州公分舍而居，然出入必告。薄暮儋州公以事遣府君于下邳，逾期不归。明日除夕矣。儋州公食客谓府君必竟返中村山庄矣。儋州公曰：'吾弟必不尔。'明日侵晨府君至。客有惭色。"②晚年其兄病危，正值暑热，宋瞻祖每天从中村到长新桥去看望兄长，侍候汤药。宋念祖去世后，宋念祖的夫人和儿子相信堪舆者的话，认为该属于宋瞻祖的那块墓地好，宋瞻祖也毫不犹豫地答应让给兄长。宋瞻祖对其同父异母的姐姐感情也很深，每逢其姐归宁，他都要亲自肩舆，别人认为他不需要这样做，但他觉得自己应该对这位长姐好。宋潢在京期间常与其兄

---

① （民国）沈兆祎等修，王景祐等纂，《临沂县志》，台北：成文出版社，1968 年版，第 494 页。

② （清）宋朝立等，《缄斋府君年谱》，清雍正年间刻本。

一起讨论诗歌，后两人一起出诗集，都体现了兄弟之间较为紧密的情谊。总体上来看，琅琊宋氏对整个家族的孝悌和谐是非常重视的，家庭关系也由此而和睦。

四、对国家社会的忠义精神

宋氏家族的忠义有两个方面：一个是对国家对工作的忠诚，一是对朋友乡民的义气。对国家的忠诚体现在宋家历代为官者的兢兢业业中。宋日就任富平县令时时刻牢记父亲的教诲，严于律己，勤政爱民，怜惜贫弱。在其《行状》记："到任首除繁苛，惟以慈爱与民，休息绥强，以德抚弱，以仁恤饥寒，赈鳏寡悯，其顽梗教以谦让。每与小民之语煦煦让，如家人父子。凡两造而争者，委曲劝谕，推心置腹。即素号强梗，无不输情而去富平。"《七世日就公传》中记："公廉洁自矢，不妄取民一钱，地方利病导之惟恐不力，而除之惟恐不猛。民方善良者必多方庇之，有冤抑者必竭力以拯之。法之所在弊绝，风清又复，爱民如子。咸仰之如神明，而依之如父母。"在《富平县德政三碑文》中这样记载："鼓颊汉唐之吏治将曰，陈大丘、元鲁山、宋富平可以轩而轻也，其爱戴乎侯（宋日就），此最上策矣。"并称他："有伯夷之操，盖他人之清。"由于政绩显赫，民争称颂，得到朝廷重用，遂迁河南龙门别驾。去任之日，"民之扳辕卧辙，扶老牵幼，徒步跋涉，追送依依之情，不啻取婴儿而夺者襁褓"。当时，龙门为边远地带，历任官员均敷衍塞责，黎民怨声载道。宋日就一到，"爱民之心亦如仕富平日"，他用自己节约的薪水"抚军核功，俱以实心行实事"，后迁王府长史。告归时，他一车两马萧然而入，指囊橐（口袋）对弟子说："汝辈盍检吾笥（竹箱），使予宦归而有余资，吾将不得上先人丘垅矣。"为官多地，两袖清风。

宋鸣梧在负责查抄魏忠贤的家产时，面临金山、银山，丝毫不为所动，秉公执法，受到皇帝的褒奖。崇祯二年奉命守德胜门时向皇帝上疏十策保护北京城，自己也三昼夜没休息，尽心尽责守卫京城。崇祯四年任周延儒监军时，刚正不阿，上疏弹劾周延儒的贪纵纳贿。去世后，被祀为乡贤，崇祯帝特赐了"清修介节"的匾额，以示对宋鸣梧鞠躬尽瘁一生的褒奖。宋之韩任四川泸州通判时，蜀地的苗、羌、彝等族不具备汉族中通行的婚丧嫁娶的礼制，他便在当地推行教化，教给当地人媒妁嫁娶的礼仪，改变民俗、民风。

宋氏族人的义举能够起到表率作用的有男性，也有女性，这些义举对家族的发展、族风的形成有较深远的影响。男性成员中表现较为突出的有宋鸣鹗、宋之普、宋瞻祖、宋康年等人。宋鸣鹗对族人"不能存活者，周之无德色"①。宋之普身处显贵时对乡党也是仁爱备至，崇祯九年宋鸣梧病逝，宋之普居忧家中，时逢山东大饥荒，百姓流离失所，他在沂州南关施粥救济。康熙七年六月郯城大地震，沂州也受到殃及，宋之普致仕在家，带头捐资捐粮赈济灾民，第二年春天的时候又捐米 600 石以赈济灾民。宋之韩作为一介生员对地方事务也是极为重视的，崇祯十五年，山东的匪徒李青山劫掠山东，宋之韩同王用模等人练乡兵，助官兵剿匪保护一方平安。李青山被捕之后，总理河道张国维题请表彰："……贡生王用模、生员宋之韩、李云卿等或密报机宜，或奋力协捕，均应叙录以示激励。"② 宋瞻祖注重家族的团结，在京城做官时注意团结同姓人员，月月聚会，特别与宋大业相交厚，年老后还亲自去江南拜访其家。年轻时，已为三党子弟设立义学、义仓以救济孤贫、教育子弟，村中有贫极卖女的，也亲自出钱帮助赎身。致仕后居家教育宗族子弟，对父祖辈的同年好友也能够多方帮衬。左光斗之孙左文言与其弟左宰往依宋瞻祖，时冬天，天气寒冷，"文言犹衣絮，未授裘，府君亲解羊裘衣之"。东川守任畯昉身陷牢狱，押赴热河，以八口之家相累，宋瞻祖典衣得金以抚慰其家。宋名立为官期间多次参与地方志的编纂，居家期间也能参与地方公益事业的建设，李希贤在《沂州府建学记》中提到沂州府学的监修者为郡人宋名立、孙大撰③。宋康年，帮祖母和继母娘家置办田产，代为纳税，把媾姑、媾姊接到家里供养，姑死后，抚育外甥成人，并代为捐资入国学。宋熊图在乾隆五十一年沂州大饥时捐粮赈灾，后捐资修建青驼寺桥梁。

家族女性成员中较为突出的有宋之韩之妻马氏。其子宋契学在《马孺人行实》

---

① （民国）沈兆祎等修，王景祐等纂，《临沂县志》，台北：成文出版社，1968 年版，第 494 页。

② 中央研究院历史语言研究所编，《明清史料乙编》（第十本），北京：商务印书馆，1936 年版，第 937 页。

③ （民国）沈兆祎等修，王景祐等纂，《临沂县志》，台北：成文出版社，1968 年版，第 198 页。

中详细记述了其母在家族中和睦九族宗亲、救助乡党等的事迹："辛巳齐鲁大歉,民至自食其子,我母施粥施麦,远近赖之。顺治戊子己丑间,土寇猖獗,所至剽掠一空,姻党携妻孥来奔者数十家,衣食取给布粟之费甚奢。时复大祲,措置维艰,我母勉力拮据无后时,亦无后言。"①

五、风雅秀逸的文艺精神

(一) 喜诗文

宋氏家族成员有一个突出的族属爱好,那就是文学。宋日乾一生以教授生徒为业,培养了一批人才,家谱中记载他还和海岱间的文人成立诗社。宋鸣梧在古文研究方面也有很深的造诣,并且倡导模拟、复古,在文坛上是复古文的倡导者之一。他的古文写得非常瑰丽,民国《临沂县志》称他可以和后七子的领袖历城李攀龙齐名,虽有溢美之处,但也可以看出宋鸣梧古文方面的造诣与影响。乾隆《沂州府志》、民国《临沂县志》中收录宋鸣梧的文章有《琅琊文社序》《重修官桥记》《向城镇淑济桥碑记》《张宋两氏新创大冶义仓碑记》《琅琊城东新创李公庄记》《山东巡抚晋大司马赵公生祠记》《大中丞前兖东观察使朱公生祠记》《观察沈公平乱记》《琅邪生祠记》等。姚希孟在《宋则甫馆课序》中评价宋鸣梧:"忆余以己未通籍,闻齐鲁有博洽闳雅之士曰宋泰侯,亟从一古庙中物色之。见其丹铅满案,掩卷叩之如考铺钟,妄意一日把臂入林,丐其残膏馀馥,使九腕芳兰移为同室。"②

宋之普与宋之韩在诗文上也有一定的成就,二人都是琅琊文学社的社员,宋鸣梧评价他们是"夙夜琢砥,戛陈致新"。宋之普著有《桃花涧集》《云成阁集》等,惜未见有传世版本,但通过郭之奇、刘正宗等所交往友朋的唱和来往也可略知其对诗文的热爱。宋之普在科举时文的写作上有一定的特色,他是崇祯元年进士榜上的二甲第二十七名,曾刻印出版过馆课方面的著作,姚希孟为其作《宋则甫

---

① (清) 宋之韩,《海沂诗集》,《清代诗文集汇编》第 30 册,上海:上海古籍出版社,2010 年版,第 109 页。

② 姚希孟,《响玉集》第八册,明崇祯年间刊本。

馆课序》，并给予了较高的评价："则甫所为馆阁诸试草，每一牍成辄出以相示，劈理则窥荀扬之室，策事欲闯晁董之藩，俪偶直蹑卢骆之岸，标新拔异，陈言必驱矩雅规（指高雅的风范）风，典刑弗坠。"①宋之韩在二十二岁时随父在京城，有诗集《燕中草》，全守初和吴应箕给予了极高的评价。全守初："奇玉才弱冠遂以兴起道术自任。文章本至性，天下共见之。"②吴应箕："奇玉，东鲁之杰也。"③但是该集并未传世，传世的作品是《海沂诗集》，内容从顺治元年开始，到四川任职期间结束。宋之普为其作序，提到了二人在常州时，悠游山水，诗文唱和："每分韵刻烛，壎篪并吹，人比于蜀之子瞻、子由，吴之元美、敬美。"④

琅琊宋氏家族的其他成员，如宋稷学有《宜疏园集》，宋契学为其母作有纪实性传记《马孺人行实》，保留在其父的《海沂诗集》中。宋瞻祖喜好中明人的小品文，曾自己手抄几部送给自己的儿子们学习。宋潢有与其兄宋洪、弟宋沆都能作诗，留有诗集。宋沆字芷浦，号小桥，有《赋梅轩诗稿》。宋潢的族人宋天相有《篔韵馆诗稿》。民国《临沂县志》评他们的诗歌："均清丽可喜。"⑤宋澍有《石经堂文稿》《易图汇纂》等著作。王培荀的《乡园忆旧录》："小坡先生，名璜，兰山人，为部草，以文名，好裁成后进。居京师，以文会者常七八十人，先生为设馔丰盛，都中少此举也。后官知府，闻其家书香犹盛。"⑥王培荀的此段话中错误地把宋潢与宋澍的资料混为一谈，但从后为知府来看，他说的应该是宋潢的事迹，从好提携后进的事迹来看则是宋澍的履历。宋名立的诗作在《裕州志》《达州志》等多种地方志中有收录，在当时也有一定的影响，王培荀《听雨楼随笔》给予他较高的评价，

① 姚希孟，《响玉集》第八册，明崇祯年间刊本。

② 宋之韩，《海沂诗集》，《清代诗文集汇编》第 30 册，上海：上海古籍出版社，2010 年版，第113 页。

③ 宋之韩，《海沂诗集》，《清代诗文集汇编》第 30 册，上海：上海古籍出版社，2010 年版，第113 页。

④ 宋之韩，《海沂诗集》，《清代诗文集汇编》第 30 册，上海：上海古籍出版社，2010 年版，第94 页。第 95 页。

⑤ （民国）沈兆祎等修，王景祐等纂，《临沂县志》，台北：成文出版社，1968 年版，第 559 页。

⑥ 作者补

称他不落凡近。

宋氏家族中不仅男性成员有较高的文学修养，创作许多诗文，女性成员也同样不让须眉。现有宋契学之妻王氏的《绿窗诗草》传世。宋潢女宋兰华，为杨云樵妻，同样好读书，优诗才，有《咏兰轩诗草》[①]。这些都表现出了很好的家族传承。

（二）好书画

沂蒙地区书画传统源远流长，大家辈出。如以书法擅名者如琅琊王氏、颜氏，各成一派，影响深远。而作为传统士人文化素养的重要体现，琅琊宋氏家族成员亦有好书画的传统。

就宋氏家族成员而言，宋鸣珂书画俱佳，民国《临沂县志》本传中评其："书法苍润挺拔，得汉魏遗意，客争取之。"[②]家族中藏有其书法折页。兰陵县文物馆藏有其画作《吊篮牡丹图》。宋之普爱书画，善收藏，与当时著名的书法家王铎交好，王铎为其所收藏的《圣教序》做跋，并送他自作书法扇面多幅。宋之郊善书法，风格草行兼杂，飘逸潇洒。马星璧在宋之郊的《诗书集锦》《跋》中赞道："万生先生，作吏之廉，为子之孝；读书之能精勤，教子之有义方，梗概略具；而胸怀之高亮，丰神之超逸，点书间仿佛如见其人，洵可宝也。"宋潢书法受董其昌影响，以正楷和行书、草书见长，字体醇厚，风云潇洒，曾风靡一时，现在浙江、临沂等地广有收藏。临沂博物馆藏有其画《居家行乐图》，画面上显示了一家五口人春日画舫出游的闲适景象。今临沂市罗庄区沂堂镇义堂村嘉庆二十年所建的节孝坊南侧门的副匾与题诗均为宋潢所写。兰陵县庄坞镇河西村的节孝坊题词也是宋潢手笔。宋澍的书法作品有《车辋赋》（宋澍作）《东蒙山赋》（公鼐作）《蒙山记》（朱克生作）《题蒙山》（萧颖士作），现有传世作品。他的长子绘有《翰院烈火图》传世。

六、理学传家，易学优长

琅琊宋氏家族亦有其家学专长，其中一个重要表现就是以理学传家，尤其在

---

① （民国）沈兆祎等修，王景祜等纂，《临沂县志》，台北：成文出版社，1968 年版，第 623 页。

② （民国）沈兆祎等修，王景祜等纂，《临沂县志》，台北：成文出版社，1968 年版，第 473 页。

易学方面表现非常突出。

（一）学宗程朱

《沂州志》记载宋日就学宗程朱。其弟宋日乾也对程朱理学有浓厚的兴趣，家传中说他："学主考亭，每谓《朱子集注》一编，人能咀咏为文则得圣贤真谛，体认行己则为圣门纯儒。故公毕昇躬行实践主敬、存诚，不为末学摇动逞新奇立异说者，盖得理学之薪传也。"[①] 其子宋鸣梧为其作行状时也说他："治经则有成说，谓前贤之粹言集于朱子，国朝定为功令，学者但守其注疏，咀之以成文则为大雅，体之以力行则为大路。末学未窥其藩篱而好奇逞异，于心邪，于词淫长，此何极？故理学独尊敬轩，谓二百年来真知实践无愧于考亭之后者，文清一人而已。"[②] 宋鸣梧继承家学，学宗程朱。他出生时月日时为三庚，根据先儒邱琼山说前有三庚生孔子，后有三庚生朱熹，所以认为自己生来就是传承圣学的。其子宋之普说他："十五岁始知濂洛关闽之学，尤尊信晦菴朱子，熟诵其语录及大学中庸或问，手录数过。一言一动悉效法朱子，手纂道统一书古帝王圣贤心法具备。"[③] 俞彦赠诗说："理学精微隐，韦编睿藻留。"[④]

（二）易学传家

易学是家学之一。就所知材料来看，宋日就、宋鸣梧、宋之韩中举人、进士时考的都是《易》科。宋鸣梧著有《羲易集成》，后世孙宋澍有《易图汇纂》。惜不能见其图书，无法评价其研究易学的价值。但是宋鸣梧在《宋氏家传纂言序》中把易学的卦象体系与家范结合起来，认为易经本身就是一本家范著作："此礼始于先天，兆于横图。乾之三女皆父生也，而从父近父者，惟少女；至中女、长女，则渐推而远之矣。坤之三男皆母生也，而从母近母者惟少男；若中男、长男，则渐推而远之矣。巽不居四而从母，震不居五而从父，故以长妇代母、长男代父，而有别

---

① 宋徽章等,《琅琊宋氏家谱》,清道光二十四年刊本,1992 年宋氏家族重录。

② 宋徽章等,《琅琊宋氏家谱》,清道光二十四年刊本,1992 年宋氏家族重录。

③ 宋徽章等,《琅琊宋氏家谱》,清道光二十四年刊本,1992 年宋氏家族重录。

④ 宋徽章等,《琅琊宋氏家谱》,清道光二十四年刊本,1992 年宋氏家族重录。

之。礼严先天，卦画已著不言之家范矣。"① 宋澍的《易图汇纂》未见传本，初彭龄在宋澍的家传中说他："家世传易学，至公尤能探其阃奥。所著《易图汇纂》于先天对待后天流行旨趣，旁推讧，融会贯通，合理气象数以明穷变通久之义。可与来瞿唐先生《易经图解》，继程朱周邵而为羲文周孔功臣，徇治易家所当圭臬奉之者也。"② 来瞿唐即来知德，明代易学家、理学家，著有《周易集注》等书，尤以易学专长，被评价为"孔子以来未曾有"。初彭龄把宋澍的易学成就与来瞿唐相并提，可见宋澍在易学上造诣非常高，又说他是"继程朱周邵而为羲文周孔功臣"，那么他的易学一派是承继朱熹一路的象数学，周敦颐有《太极图》《太极图说》，邵雍以数为最基本元点，推演先后天卦，而他的作品为《易图汇纂》，可知也属于易学中的图书之学。

---

① 宋鸣梧，《宋氏家传纂言》，清嘉庆清刻本。

② 宋徽章等，《琅琊宋氏家谱》，清道光二十四年刊本，1992 年宋氏家族重录。

第四章　琅琊宋氏的姻亲、交游与家族文学

在家族文学的发展诸因素中，姻亲与交游是两个很重要的促进因素。宗脉是指家族的宗系血脉及其延伸的姻娅脉络，它往往在组织形式和互动势态上影响着家族文学创作。在中国古代宗法家庭中，文学家的活动一般具有群体性特征，因此便产生了较为普遍的"族内师友"现象。著姓名族一般坚持在文化层次相当的条件下建立家族婚姻关系，多利用世家道谊发展为姻娅亲缘，这使家族文学集群变得相当凝合、坚固。文化世家的联姻，"除了是文化上的门当户对之外，还表现为一种文化上的优势组合。"[①] 而文人交游对于家族文学的传播和发展又起到积极的推动作用。于是具有相似文化背景和文学好尚的家族、文人聚合在一起，共同促进了文学创作的发展。

第一节　宋氏的家族姻亲与文化传承

明清时期，联姻在促进家族文化等的发展上作用很大。"同一地方的世家大族，因智能程度的相近，社会身份、经济地位、文化旨趣等的相同，总会彼此通婚，成为一种门第主义的婚姻。"[②] 琅琊宋氏家族亦是如此。从联姻情况来看，宋家的

---

① 李真瑜，《文学世家的联姻与文学的发展——以明清时期吴江叶、沈两家为例》，《中州学刊》，2004 年第 3 期，第 61 页。

② 潘光旦，《近代苏州的人才》，见潘乃谷、潘乃和选编：《潘光旦选集》第一集，光明日报出版社，1999 年版，第 281-282 页。

姻亲可以分为三个类型。

一、地方名门望族

沂州地区的名门望族有较密切的交往，彼此之间的联姻非常的频繁。就宋氏家族来看，与其有姻亲关系的有如下家族。

（一）沂州杨氏

宋氏与杨氏之间世代姻亲，关系较为密切。宋鸣梧继母杨氏为杨钦之女。后宋之韩之女嫁于杨肇基之孙杨珍，杨珍死后，宋氏抚育儿子成人，事迹入《临沂县志·节烈》。

兰山杨氏的祖先是湖广石门县人，祖杨秀洪于明代洪武年间以武功起家，世系卫指挥同知。杨秀洪的儿子在宣德九年（1434）时调任沂州卫。此后杨氏世代居于沂州的庄坞，成为鲁南一带的名门望族，后代的杨肇基、杨御蕃等都入祀乡贤。《临沂县志·人物》中有杨肇基、杨御蕃、杨珍等杨氏族人的相关传记。因杨家以武功起家，所以杨氏族人的事迹多与保家卫国有关。

杨肇基（1581-1631），字太初，号开平，历任征东平西防倭三镇总兵，提任沂州卫正指挥，官至大同总兵。在天启二年平定徐鸿儒的叛乱中甚有功绩。山东巨野人徐鸿儒与乡民王好贤以白莲教的名义起兵造反，攻陷郓城、邹县、滕峰等地，危及沂州，杨肇基居家被就地启用任总兵，大小数十战，成功瓦解叛乱势力，迫使徐鸿儒最后投降，平定叛乱。因平叛有功晋升为都督金事加右都督，守登州莱州，后调任延绥总兵，兼任钦差大臣。天启六年（1626）加左都督宫保大将军，腊月，设计击败旗牌台吉对兰州的侵扰。天启七年（1627）加封太子太保，钦差总督陕西三边军务。因军功，七月加封太子太师，巡抚陕西，十一月，加封太子太保。崇祯二年（1629）皇太极进攻北京，杨肇基奉旨带几百家丁日夜兼程赶往京城守卫北京安全。崇祯四年，卒于军中，皇帝钦赐御葬。其子杨御蕃在平定徐鸿儒的战乱中擒拿贼首夏太师有功，被任为沂州卫镇抚，十八岁升曹州守备，因生擒匪首黄步云，升北通州副总兵。天启四年为总兵总山东兵击退登莱匪患。杨珍是杨御蕃的儿子，任大名府游击，驻广昌营，顺治六年（1649）招抚土寇被贼拘，骂贼不屈死。

宋鸣梧、宋鸣珂与宋之韩等人与沂州杨氏家族的交往尤其密切。崇祯元年宋鸣梧在上疏中推荐杨肇基，认为应储之备用。崇祯二年杨肇基进京勤王也是受到了正在守卫京城的宋鸣梧的力荐。在平定徐鸿儒的叛乱中杨肇基也是用了宋鸣珂的计策得以暂时消除徐鸿儒对沂州的威胁。宋之韩则与杨肇基子杨御庄时有诗文唱和，而杨御庄与宋之郊也是关系莫逆。沂州杨家在明末与宋家的社会地位相当，宋鸣梧、宋之普与杨肇基、杨御蕃父子都同时在朝为官，一文一武，有较多帮衬之处。

（二）庄坞杨氏

庄坞杨氏与沂州杨氏虽然都姓杨，但是两家的户籍性质不同，起家方式也不一样。庄坞杨氏在永乐年间由安徽迁往山东，先居于济宁汶上县，后迁兰陵县庄坞镇河西村，逐渐发展为名门望族，自称为庄坞杨氏家族。宋潢女宋兰华嫁给了庄坞杨家的杨位中。宋潢与杨家的关系也比较密切，现留有他为杨家牌坊题的匾额和抱联。除此在外，杨家的杨遇春与宋之韩同为琅琊文社的成员，交往上应该也较为频繁。

《临沂县志》人物传中收录有庄坞杨氏的杨慰、杨位中、杨文澜、杨蕃等人。杨慰，字安临，乾隆癸未进士，官惠安县知县，有《近水楼诗草》。杨位中，字云樵，庠生，杨慰曾孙。咸丰末年，安徽的土匪向北骚扰，沂州村镇多被焚毁，村民们纷纷建筑圩寨自保，杨位中也建了圩寨，可还没建好，土匪就来了，杨位中带人登高发炮，伤贼七人，土匪逃跑，保得一寨安全，事见《临沂县志》。杨位中的儿子杨文澜也能保一方平安。杨文澜，字观亭，同治初年，他带人从庄坞出发，穿过七十多里的土匪区到中村去，为剿匪军送粮食，时人都佩服他的胆子大。后大军过境，颇为扰民，杨文澜又亲自去见主帅陈述官军扰民的害处，主帅下令管制，保得一方平安。

宋氏与庄坞杨氏在家风上有许多相似之处。例如，急公近义，为地方的安全与慈善公益事业做出了自己的贡献。如杨氏在明正德年间在武河上为乡人修了一座永济桥，后来杨蕃在万历四十六年重修，道光二十五年，杨廷扬三修。祖上遗训"善行继世，诚信传家"。这种家族的联姻为两个家族文化的交流与相互影响打下了基础。

（三）兰陵王氏

兰陵横山王氏为临沂望族，为琅琊王氏后，与宋家世代姻亲。王氏家族中王思惠，字希和，学问文学闻名一时，由选贡历仕滁州、滨州等地学正。长子王守正，字始宣，号兰村，万历十七年进士，万历十九年任无极知县，后升任刑部福建清吏司郎中、直隶大名府知府、四川守北道布政司使右参议，死后祀乡贤，其孙王用模博学善书能诗。王思惠次子王守矩。王守矩次女为宋日就子宋鸣宸妇，宋鸣宸早卒，王守矩的女儿王氏殉夫，年仅19岁，宋鸣梧撰有《王烈妇行略》。宋鸣梧父宋日乾与王守正交好，在宋日乾的行状中，宋鸣梧说其父因徐汝冀在《沂州志》中对宋家褒扬太过而不满，因此"约社友王观察公暇日笔削而病不及果"。宋澍的胞妹嫁于兰陵王师楷，生子王寿，生女嫁给宋徽章为妻。王寿，字海禅，嘉庆十年进士，道光十四年任雄州知州，兴利除弊，道光十七年卸任，雄州士民感怀其德。王寿还是著名书法家，临沂市罗庄区沂堂镇沂堂村的节孝牌坊北侧门的题诗即为王寿所撰写。北侧门东面诗曰："州里相推是女师，一门五世载光仪。济贫不责乡人报，周急全凭大母慈。兰桂培成真馥郁，圭璋储就好丰姿。千秋两字褒彤管，炳焕龙章迭降时。"西面诗言："由来至性自天成，诗礼门庭裕大贞。芦席漫零早岁泪，金盘俱慰暮年情。养姑承志无愚孝，教子通方有令名。碧奈花丛孙稚捧，太和佳气寿域生。"

（四）费县王氏

费县王氏人数较多，分支也较多。宋家联姻的王氏都为名门望族。

王政敏，费县南石沟村人，原籍湖广汉阳县（今湖北省武汉市蔡甸区），崇祯十六年癸未科进士，行人司行人。宋之韩之子宋契学之岳父。明亡后隐居费县石沟村，为人有古风，人称"介节先生"。《费县志艺文》收录其诗歌《块阜山咏》，块阜山为朱衣园中的假山名称。王政敏与宋之韩交好，二人常有诗歌唱和，如宋之韩的《钓于石歌》即是写给王政敏的，在其序中说："钓于石者，费大行王公政敏，别号道沛之斋名也，鼎革以后，诗酒自娱，屡征不起，陷于蒙南石沟村，自号'钓石先生'，余嘉其志，歌以赠之。"并在其诗中赞其"于世见泊然，介如志不移。簪绂态俱绝，奈此霜与雪。"

与费县宅后王氏的姻亲关系。费县宅后王氏因世代居住于费县县衙官宅后而被称为费县宅后王家，也是名门望族。始祖为王桓，官费县儒学训导，王桓之子为王景泰，明代永乐年间的大名府知府。第十代王雅量明万历二十二年举人，三十二年进士，官至光禄寺卿，万历三十三年任山西阳城县令，四十三年任山东巡抚，四十六年任陕西巡抚，后晋升大理寺少卿，著有《长馨轩集》，配得上费县名贤的称号。王师善在当地也是名人，光绪《费县志》收有其诗作。宋瞻祖妻为费县名贤王雅量的侄孙女，王师善的女儿。

与南楼王氏的姻亲关系。南楼王氏也是当地的名门望族，前后共出七位进士，其中较为知名的是王壃。王壃为顺治十五年戊戌科进士内阁中书舍人，康熙壬子（1672）考授中书舍人，丁巳（1677）担任舜天乡试同考官，死后王士禛为作墓志铭，称赞他："先生不隐亦不仕，为德于乡称善士。"著有《龙山杂咏》。宋家与王壃家的关系比较密切，宋之韩女嫁王壃弟王墫，宋伊学女嫁给王壃的儿子王佩璥，宋瞻祖子宋建立继娶王壃弟王垠之女。

（五）兰陵孙氏

兰陵孙氏家族，是峄阳牛山孙氏的分支，居于横山孙家楼，起家于明代嘉靖年间。孙禄为嘉靖年间居人，后任过河南安阳二尹，后人称之为"横山先生"。其曾孙孙一脉，字六子，号西山先生，崇祯庚辰进士，授翰林院检讨。他是宋鸣珂好友，宋之郊的母舅，家境较富裕，仅家里开凿的一池就有十多亩大，养了两只鹤，闲暇时引两鹤对舞自娱。李自成入北京时孙一脉正好在兖州，听说崇祯皇帝煤山自尽后，马上四处动员亲族，打算起义兵恢复旧朝廷，但亲族惧祸，无人敢应。后乡中一显宦去劝服他（有一说是宋之普），结果话还没说完就被他赶了出去。

家里人都围跪着他，希望为子孙计，不要做这样的事。当天夜里孙一脉暴病而死，家人为其举行了隆重的葬礼。后兵部尚书史可法奉福王监国南京，建立了南明政权，在史可法一次出征淮扬时有人拦车上书，有认识的人说上书人就是孙一脉。史可法看了书信以后很认同他的观点，但并没有付诸实施。孙一脉认为不可成事就离开了南京去了福州，发现还是不可行，再一次离开。几年后，有做生意的沂州人在浏阳街头见到一个披头散发的野道人在街上痛哭流涕。同乡就去询问，野道人反问："听您口音是沂州人，可知道沂州人宋碧溪还在世吗？"乡人回答不出，道士也没再问，而是拿出一卷布让乡人寄送回去。乡人问寄给谁，他没有回答就跳水自杀了。乡人回来后，拿出布来给其他人看，见上面就两个字"一脉"。孙一脉后入祀乡贤。上述事迹见于民国《临沂县志》。孙一脉对故国拥有拳拳的忠义之心是毋庸置疑的，但投水自杀事似不太可信。因为宋之韩在顺治十年冬同他一起登过蒙山，作有《同孙西山太史望蒙山积雪》；顺治十一年时，宋鸣珂还帮他写了一些东西，足以证明他在顺治十一年还在世。

（六）兰山全氏

全守初的女儿嫁给了宋之韩的长子宋稷学。全守初，号鲁洞，沂州人，崇祯贡生，曾任瑞安县丞。《临沂县志》评价其："孝友勤学。"[1] 与宋之韩交好，同属于琅琊文社成员，一同切磋过诗文。从家风上看，全家也有良好的家庭氛围，其父全良范在外做官被祀为名宦，居家卒后祀为乡贤。《沂州志》《沂州府志》《临沂县志》中均有其传记："全良范，字心矩，万历甲午乡荐第一，戊戌进士。授浙江鄞县（今浙江省宁波市鄞州区），筑堤利民。继尹开封，修百子岗以障狂澜，扶沟立有专祠，崇祀名宦，晋户部尚书郎兼充湖广漕运，疏奏定水次于陈陵矶，通省称便。守潞安，继守襄阳，客税常例尽免，求雨立应，升河南按察副使兼管河道。时汴口水灾累年，良范至，三月底绩进中宪大夫。徐鸿儒之变捐资守城。卒祀乡贤。"[2]

以上都是沂州当地的名门望族。沂州杨家以卫籍起家，对地方的安全上曾经

---

① （民国）沈兆祎等修，王景祐等纂，《临沂县志》，台北：成文出版社，1968年版，471页。

② （民国）沈兆祎等修，王景祐等纂，《临沂县志》，台北：成文出版社，1968年版，461页。

产生较大的影响，明末之时杨家与宋家合谋抗击过匪患，有着深厚的交情。而费县和兰陵王家则属于读书起家，与宋家有着共同的生长轨迹，会有更多的认同感。同时，王家、杨家、宋家在地方上旗鼓相当，门当户对，所以他们的姻亲关系一直到清末都存续着。

二、同年、同僚、好友

（一）曲阜孔氏

曲阜孔氏的地位与影响大家有目共睹，不劳赘述。宋瞻祖与曲阜孔氏之间姻亲交往较为密切，他的三个孩子都与孔氏结有姻亲。长女适湖广衡州府知府孔兴滋长子孔毓玮。孔氏对宋瞻祖也是有所助力，康熙四十年，（当事）"以旗人事媒蘖府君，幽之环墙之司寇。西曹郎孔公兴滋力剖白之冤乃白"，此事记录在《缄斋府君年谱》中，也许此事中孔兴滋对宋瞻祖的帮助较大，所以二人结了姻亲。长子宋朝立娶世袭太常寺博士孔衍钰孙女高密县（今山东省高密市）训导孔兴淮女。孔衍玉，字泗寰，官太常寺博士。五女嫁孔兴琏七子孔毓锋。孔兴琏，字彝仲，康熙二十五年番禺县知县，在任期间，纂修了《番禺县志》二十卷。康熙五十七年，任盐法道。

（二）济宁潘氏

济宁潘氏为济宁一带的大族。济宁潘士良，万历癸丑科进士，抚治郧阳，官至兵部右侍郎，与宋鸣梧同出钱象坤之门。其子潘兆遴与宋鸣梧孙宋瞻祖交好，二人结成秦晋之好，潘兆遴的女儿嫁给宋瞻祖的儿子宋成立为妻。

（三）桐城方氏

桐城方拱乾与宋之普同榜进士，二人榜下定交，由此两家成为世交。方拱乾（1569-1667），字肃之，号坦庵，崇祯元年进士，官至少詹，充东宫讲官。清顺治十一年（1654年）任翰林秘书院侍讲学士，后升詹事府右少詹事，兼内翰林国史院侍读学士。顺治十四年，因受江南科场案株连入狱，其长子方孝标、次子方亨咸也陆续入狱，十一月二十八日方氏全家流放宁古塔。方拱乾有《何陋居集》《苏庵集》《绝域纪略》等作品传世。其孙方登峄（1659-1728），字凫宗，号屏垢，方孝标之子，康熙三十三年（1694）贡生，授中书舍人，后迁工部都水司主事，康熙五十年（1711）因戴名世《南山集》文字狱案受牵连而被捕下狱。因戴名世曾引用过方孝标的《滇黔纪闻》，康熙五十二年戴名世处死，已去世的方孝标开馆戮尸。方登峄与其子方式济、其兄方云旅一家遣戍黑龙江。方登峄出关时宋瞻祖前往送行，"约明年凫宗以罪迁，当出关，府君资以舆马费。春明门外临歧握手，泣下沾襟。其子进士式济出山水便面，题其上曰：'济将有关塞之行，写此惟期怀袖不灭。倘重逢有日，出以相示。悲欢聚散之情藉是兴发，不必于笔墨间审公拙也。'凫宗出关后，府君时分俸寄之。"康熙五十七年八月宋瞻祖为三孙元俭聘方云悼女，其子在其年谱中写道："成司农公、方公詹公之志，践都水郎癸巳之约也。方氏患难后入都者，府君人加抚恤，又重以婚姻。"雍正四年方秋雯卒，家事萧条，家无应门之童，所以宋家迎方氏聘妇归，"十二月至自桐城，命不孝端立妇孙孺人女之"。从宋氏家谱中看，宋元俭妻方氏生于康熙五十五年（1716），到雍正四年（1726），才十岁，所以年谱中才提到"端立妇女之"这样的做法。

（四）胡统虞

宋名立娶胡统虞孙女。胡统虞，字孝绪，号此菴。湖南常德府武陵县人，明末清初理学家。崇祯癸未科进士，顺治九年与宋之普同时参与会试，胡为会试正考官，宋之普为同考官。后胡统虞因会元程可则考卷的问题被降三级使用，事见《清实录》。也许在此考试期间二人结下了深厚的友谊。

（五）张永琪

宋建立娶张永琪曾孙女。张永琪为顺治九年会试榜眼，大理寺卿，宋之普为当届考试的同考官，二人有师生之谊。

（六）诸城李澄中

李澄中（1629-1700），字渭清，别号渔村，又号雷田、艮斋。山东诸城人。康熙十八年应博学鸿词科考试，授翰林院检讨，充任明史纂修官，康熙二十九年，云南乡试正考官，官至翰林院侍读。著有《卧象山房诗集》。

（七）峄县李克敬

李克敬，峄县人，号小东，翰林院编修。李克敬与宋瞻祖子宋成立为忘年友，一起读书，康熙五十四年，京城应试时住在宋瞻祖家中，捷报传来，宋瞻祖很激动，说他虽然白首功名，但也"不辜负读书种子"。因李克敬除读书外不事生产，生活之资匮乏，所以宋家对他也是多有资助。两家因此结了姻亲，宋瞻祖孙宋元璐聘李克敬孙女。

三、地方的普通读书人

宋家的姻亲中既有名门大族，也有一般的读书家庭。如宋之韩的妻子为沂州庠生马建中之女，他的五个儿子、四个女儿联姻的有上述大族，如宋稷学娶瑞安二尹全守初的女儿、宋契学娶进士王政敏的女儿、长女嫁给杨御蕃的儿子大名府游击杨珍、四女嫁王墇，也有些普通的读书人如五子宋雒学娶费县张心默女、次女嫁庠生陈启新。宋日乾女嫁张问政，家谱记载其夫业儒，因家贫，所以宋氏典当自己的妆奁助其读书，使张问政得以读书名列庠序。很明显，宋氏选择结亲的家庭不是有一定官职的家庭，也一定是有读书人的家庭。

宋氏家族通过姻亲关系建立起家族的社会关系网络，对宋氏家族的发展产生了积极的影响。一方面，通过世家大族的联姻，提高了自身家庭中女性的文化素养，在家庭中营造出比较良好的家庭氛围，进而提升了整个家族的文化素养。如宋鸣梧继母杨氏抚育宋鸣梧成人的同时对自己的子女教育也起到积极的作用。家传中说她的儿子宋鸣世担忧自家的经济情况打算放弃读书。杨氏教育儿子说："贫与儒自吾家之常忧，何为乎去之，何乎不如从兄下帷适也。"有女出嫁，将迁徙淮扬一带，杨氏考虑到淮俗妇女多酒会，提前训诫女儿不要从淮俗坏了仪法。宋之韩妻马氏在管理整个家庭、处理各种社会关系的同时，也能够为家中妇女讲解大家家训。宋之普侧室余氏与子媳王氏可以一起读书。而宋澍妻王氏则在主持家政的同时亲自教育子孙，家传中说她："子女虽非己出者，抚养训诲一如所生。甫能言即口授诗书。少长就传，晚归于灯下自家考课。尝曰：'人之读书将以学圣贤也，非徒为科名计。汝等尽心读书，他日能为一乡之善士足矣。富贵功名其后焉者也。'"

从这段话来看王氏不仅能教育子孙，而且具有卓识，教育子孙以一乡之善士为目标，而不汲汲于富贵。

另一方面，与大族联姻，可以为男性在社会环境内结成较为稳定的利益、交际群体，从而进一步提高家庭的社会影响。以上大家族之间的联姻就加强了大家族之间的交往纽带，特别是兰山南楼王氏与宋家几代结亲，关系密切。其中在利用姻亲关系有效扩展自己的社会关系网络方面较为突出，且较有成就的是宋之普之子宋瞻祖。因为在京任职的关系，宋鸣梧、宋之普父子结交社会上杰出人士的机会比较多，社会关系网络比较宽广，而宋瞻祖则有效利用父祖辈留下的社会关系网络来巩固家族的社会声誉与地位。宋之普的口碑相对较差，明时结党营私，清初又变节投降。但是宋瞻祖却通过姻亲交游等种种形式为家族正名，如给自己的子孙结亲时候往往选择父祖辈的同年好友等群体。唐建中在《缄斋府君年谱》序中说："所与为婚姻亦惟先人之旧是图，如曲阜之孔，济宁之潘，宛平之王与张，桐城之方，武陵之胡，全椒之金，皆不远数百里、数千里永以为好。"其中宛平王崇简与桐城方拱乾、全椒金光辰都是宋之普的同年好友，而胡统虞、张永琪则为宋之普的同僚。宋瞻祖致力修复这种关系，一方面巩固了家族地位，同时扩大了社会关系网络，而另一方面则有效地提升了家族的声誉。后来钱名世赠诗宋瞻祖说："东林家学素风清。"高度评价了宋家的家风声誉。可见宋瞻祖在此方面的努力还是比较成功的。

同时，文化家族之间的联姻，尤其是文学世家间的联姻对文学发展也具有积极的影响。就家族文学而言，家族之间的联姻可保证家族文化和文学创作的持续繁荣。这使得家族成员的文化和文学教养，不仅在各自的家族内部，更在于尽可能地利用地方文化资源。不仅是男性作家，对于女性作家创作亦是如此。"这种联姻构成彼此间在文化上的门当户对，这使得成长于文学世家中的女性，在出嫁后仍然有可能生活在文学（文化）氛围较浓的环境中，从而有继续进行文学活动的可能。如宋之韩次子宋契学原配夫人王恭人，为费县进士王政敏的长女。其受家庭环境熏陶，自幼念书识字，颇通文墨，著有《绿窗诗草》，是文化素养很高的才女。对此，其《无题》称："不捻金针学著书，碧纱窗下读《毛诗》。梁间燕子新成垒，剪坠香泥污砚池。""不捻金针学著书"说明她读书学文的自觉。而《教女》诗称："红紫凋残绿满枝，薄寒轻暖燕归时。闲庭昼永浑无事，教女裁笺学赋诗。"描写了春天燕归时，教女儿写诗的情景。表明加强女性的文化教养已成为家族共识。其又有《夜窥豫儿读书小斋》："寂寂书闱夜半天，窥儿窗下检残编。案头犹有金猊共，袅袅清香一缕烟。"一个"窥"字，把既要监督儿子读书，又担心打扰其学习的心态描写得淋漓尽致，充分说明她已承担起对子女的教育责任。这种联姻可以带来一种家族间的文化优势组合，这种优势组合造就出一些杰出的女性作家，同时"这种联姻在密切家族间关系的同时，也促生了一些有意义的文学活动，对文学的发展产生了积极的影响"[①]。总之，良好的姻亲网络促进了宋氏家族的良性发展。

第二节　从文学作品看琅琊宋氏家族的交游

除姻亲关系的影响之外，家族及个人交游对文学创作的影响也是方方面面的。这是因为文学创作与时代、地域、个人经历等都有着不可分割的联系，凝聚着作家的人生阅历、知识积累和情感体验。而文人之间的交游，无论是诗文酬唱，还是雅集结社，乃至游览名胜、鉴赏书画等等，都体现出一种共同的文化趣味与审美风尚，并反映到文学创作之中。就琅琊宋氏来看，其家族交游频繁，有的属于世代交往比较密切，也有一人的交游网络。

一、家族世代交游

与宋家世代友好的有多个家族，有的是在交好的基础上缔结姻亲，而有的就是单纯的朋友。缔结姻亲的前面已经介绍，下面主要介绍姻亲之外，交游比较密切的家族。对此，可以从文学文本以及文学交游的视角加以说明。

（一）蒙阴公氏家族

琅琊宋氏与蒙阴公氏的交往，可以从公鼐为宋鸣梧父宋日乾所作的《琅琊隐君

---

① 李真瑜，《文学世家的联姻与文学的发展——以明清时期吴江叶、沈两家为例》，《中州学刊》，2004 年第 3 期，第 60 页。

宋翁传》中加以证明。文中说"乾子鸣梧,与余同庚子举",可知俩人是同年关系,而两家之关系应当由来日久。公鼐的墓志铭为宋鸣梧之师钱道坤所撰。宋之普为宋之韩的《海沂诗集》作序时称:"余发未燥,从先御史中丞读书,公文介问次斋辄私为称诗。"可知宋鸣梧与公鼐关系较为密切,宋之普年少时随其父读书能听公鼐为其讲诗。

宋之韩与公家珍交好。公家珍,字明璧,由贡生出仕做过襄城令。宋之韩在《海沂诗集》中多次提到怀念他,有《甲申年二月闯氛逼人选山避之,同任六天房、黄四参两登寮阳崮,时地主公四明璧、族兄伊伯并载酒肴赋此为赠》《游中山寺步苏之瞻先生壁韵怀公子明璧伊伯家兄》等诗歌。

(二)桐城左氏家族

宋鸣梧与左光斗同为东林党人,二人莫逆之交,左光斗死后,左家与宋家世代交好。如宋鸣梧之孙宋瞻祖与左光斗之孙左文言、左宰等交往其密。在《缄斋府君年谱》中提道:"桐城左忠毅公曾孙文言偕弟宰来谒我府君。时沍寒北地风烈,文言犹衣絮未授裘。府君亲解羊裘衣之。示不孝等曰:'韩夫子岂贫贱者,忠臣之子孙必复其始。'"后还让自己的儿子随左宰习举子业。左文言为宋瞻祖撰家传。由此其关系亲密程度可知。

(三)峄县褚氏家族

褚家最早与宋家交往的可以追溯到褚德培。褚德培,字集禧,号嵩华,别号元在,生于明万历十三年(1585年)。万历四十三年(1615年),举人;崇祯元年(1628年)进士及第,与宋之普为同年,且为同门。褚德培与宋之普在崇祯七年为其同门王国宾讨缺,事见成德的《一门死节六命行略》:"甲戌夏御史峄县褚德培、给事沂州宋之普为其同门王国宾讨补本府缺,即将二处新饷二万有奇洒派滋阳、宁阳、济宁、平阴等七州县。德五具禀,申文各院一移书。褚宋以去就争之会屯院。"[1]《峄县志》中收有褚德培的文章《与督察院宋老年伯书》[2]:

---

[1] (清)赵意空,《临晋县志》,台北:成文出版社,1976年版,第606-607页。

[2] 陈玉中、李响、杨衡善点注,《峄县志点注》第4分册,枣庄出版管理办公室,1986年版,第921页。

"老年伯之荣膺特简也，中外颙颙，弥不欢心戢志，举手额庆，咸谓朝有正人，社稷蒙福，即一时草土木石，亦各忻忻然有向荣之志。戴履如犹子，其欢祝又宁以口哉！一函愧具，已肃今础年丈，兹更有所申言者，则借解事也。借解一案，盖大司马欲以陕镇各边御敌之马议为新营征骑腾骧之资，壮神京而示挞伐，诚缠缠乎筹国之讦谋，策甚善也。第今与昔不同局，而京驷与边马不同额，如必欲借解，则必选市，而欲选市则必取给于河州、西宁之番骑，两地之人心既风鹤未定，而番人之骄肆复要请未已；万一征求苛急，地方鸱张，如所谓前车之覆，则启衅酿变，又复责将谁氏哉！况圣鉴朗彻，轻重灼照，'道远费繁，终非长策'之二语固已明见万里之外矣！第创议原自枢部，而覆奏亦可调停。伏祈老年伯念招市为备边急着，而借解为权宜，得已慨赐主持，力向大司马九鼎一言，为危疆宽一纤，即为朝廷留半壁，其所关于边计国事非渺小矣。物力之匮竭已极，地方之累卵堪忧，揣时衡势必有如此而后可以保目前，无事者非敢喋喋哆口以希诿卸之地也。事关职守，故敢委曲悉渎，万惟裁察，某临启可胜吁祷之至。前曾有一禀具唐老先生，蒙手札开示，谓议事易，任事难，此举似不可行，有慨赐大司马一言之语，未知如何，乞老年伯婉致之，更荷高厚矣。再禀。"

从文意来看，这封信是写给宋鸣梧的，借着祝贺宋鸣梧被破格提拔之机，要求宋鸣梧为借解事进言，同时给宋之普也写了信。在他的《问蜀草》一诗的序言中也写到与宋之普的交往："舟夜饮宋今础年兄。今础以假旋里，余亦奉旨护送。"[①]说明二人关系较为密切，一起游玩赋诗也是一种常态。

褚家不仅褚德培与宋鸣梧、宋之普父子关系密切，且两家成员关系都较为密切。宋之韩在其诗集中有《赤山舟次怀褚顶卿剑卿昆仲》，此中怀念的两人为褚德培的两个儿子，其中顶卿即为褚光铉，字鼎卿，崇祯庚辰岁大祲，邑中盗起，建议立义营楼堡，互防严守。盗以有备不敢犯。剑卿为褚光镆，字剑卿，褚德培三子。诸生时即有名气，诗文名重一时。

① 上海图书馆编，《中国家谱资料选编 7 诗文卷下》，上海古籍出版社，2013 年版，第 1690 页。

二、家族成员的交游

（一）宋鸣梧的交游

钱象坤 (1569-1640)，字弘载，号麟武，会稽（今浙江绍兴）人，明万历二十九年 (1601) 进士。与钱龙锡、钱谦益、钱士升并有声望，时人称"四钱"。他在朝堂上不依附于任何党派，为官期间，居家时间较多。泰昌年间，任少詹事直讲，当时实行枷法，非常惨烈，他常向皇帝进言，皇帝也多所宽宥。天启六年 (1626) 时，钱象坤被推举为南京礼部尚书，因与魏忠贤不合作，被指与缪昌期一党而削职。他与宋鸣梧是师生关系。

宋鸣梧与左光斗、缪昌期等东林党人交往密切。左文言在《宋瞻祖小传》中称："中丞公在熹宗朝，以击魏珰罢官，与先大王父忠义公为同年友，节义之气名噪东林者也。"缪昌期为宋鸣梧继母杨氏撰有墓志铭，称自己与宋鸣梧俱出会稽钱先生（钱象坤），所以二人为莫逆交。而且在给宋鸣梧的信中也说："每一晤言，令人心形俱肃。不肖放浪迂疏，无以为受贬之地，乃翁台深谅其无他而辱收之，幸甚幸甚。顷者去国，过承依恋，此段谊气，高出时情。"通过这段话也可以知道，宋鸣梧在缪昌期被贬时帮衬过缪昌期。天启四年魏忠贤让宋鸣梧去凉州执行公务，九月份缪昌期、左光斗等人被下狱。天启六年四月缪昌期惨死狱中。天启七年宋鸣梧上疏锄奸，遭到魏忠贤反击，被罢官回家。

宋鸣梧的交游，从其著述也可以看出。如其《琅琊集》，序文作者有王铎、董其昌、陈继儒等人，对其作品给予了高度的评价，可知宋鸣梧与此三人应该也有较为密切的交往。

（二）宋之普的交游关系

宋之普的交游是宋氏家族中留有材料较多的，这与他少年得志、官位较高有关。同时，在其为宋之韩的诗集所作的序文中指出以诗文创作作为交游、应酬的一种手段，亦可证文学创作与文人交游之间的互动关系。

1. 宋之普在明末的交往

明末崇祯年间与宋之普诗文唱和较为密切、在诗集中留下多首诗歌的是郭之奇。郭之奇和宋之普是同年进士，二人关系也较为密切。郭之奇的《宛在堂文集》有关宋之普的有《冬夜同曹允大、方肃之、姚永言、徐九一、陈尔新、宋则甫过从李大生夜集得"关"字》《舟至大通得同使宋今础书知至广济相需多日》《来札有一苇恣泊江鱼尝新之语，乃余舟中景，大大不然也，因移就小舟，极夜之力，至皖江拟即就道兼赴，先以诗谢》《舍棹兼程以不得即就今础为憾》《仲秋三日送节马上口占别今础四首》《分署承今础以二诗相招，使者立促步韵答之》《寓所有绿柳垂阴拂云檐落因复以此转招今础步其二之韵》。其中大部分诗歌作于崇祯七年，即郭之奇奉命册封荆藩的前后，二人对相聚的期待与相聚后的欣喜都保留在郭之奇的诗歌之中，可见二人关系的密切。

王铎（1592-1652），明末清初人，著名书画家，以山水画居多，善以元人的技法展现宋人的境界。书法上，与董其昌齐名，有"南董北王"之称，世称"神笔王铎"。书法作品在日本、韩国等地受欢迎，日本人还提出了"后王胜先王的"的说法。现存有赠宋之普的扇面十幅：《庚午秋兴用杜韵》《庚午秋兴用杜少陵韵》《用杜韵秋兴之七》《登岳庙天中阁看山感时》《偕友登中岳天中阁作》《庚午偕王龙友登太室绝顶》《太行摩天岭作》《登太行最高处至辀车驿作》《太行顶星轺驿作》《广陵怀古二首》。这些扇面均为王铎自撰自书，行书字体，诗歌创作的时间集中在崇祯三年、五年和七年。在所赠的书法作品中，王铎称宋之普为"知己""大师伯""诗伯""老先生""老词盟""老词伯"。崇祯九年（1636），王铎为宋之普收藏的《圣教序》明拓本写题跋[①]。由此也可以看到，二人交往较密切的时间段是崇祯三年到崇祯九年。

杨士聪（1597-1648）字朝尹，一字非闻，济宁人，崇祯四年进士，参与修纂《大明会典》。杨士聪在其著作《玉堂荟记》中多次提到了宋鸣梧与宋之普父子，也提到了自己与宋之普的交往，但在字里行间，往往都是鄙夷之词。如任者泰在仕途不得意时，杨士聪建议他住在西城，方便交接权贵，任者泰前去拜访宋之普，却因礼数不周引起了宋之普的不满。杨士聪认为宋之普在任者泰的仕途上起到了

---

① 张以国，《正统与野道　王铎与他的时代》，北京：文化艺术出版社，2010 年版，第 146 页。

反作用，他还为此事与宋之普有过交流。

祁彪佳,《祁忠敏公日记》第一册《涉北程言》保留了多条与宋之普的交往记录:"(辛未八月)十一日,晤宋今础、吴俭育、金双南、李大生、王觉四。""二十一日,予在寓,闵昭余、解拙存、冯留仙、宋今础出晤。"

贾廷晔,平阴人,天启丁卯举人,著有《汉典苍璧》。《山东通志·艺文志》、康熙《平阴县志》卷八《古今著述目录》均有著录。贾廷晔与宋之普也有交游,作有《偕宋今础给谏、张如如中书、井奎明孝廉及两弟同游水山》:"宝梵同游谒上方,翩翩兴致倍飞扬。探泉笑读前人咏,坐石欣披万木凉。挟掖崇登青锁客,扪扳直历紫薇郎。云霄兄弟偕层巘,指点王乔山下庄。"从该诗中对宋之普官职的称谓可以知道该诗作于崇祯年间。

2. 宋之普与清初中州三大家为首的京城交游圈

入清后顺治四年到顺治九年,与宋之普交往较密切的有刘正宗、薛所蕴、张缙彦等人。刘正宗(1594-1661),字可宗,号宪石,赐号中轩,山东安丘人。天启七年举人,崇祯元年进士,与宋之普为同榜进士。顺治元年南下金陵避乱,次年返回故里,顺治三年,任国史院编修。他的活动轨迹与宋之普相仿佛,二人关系较为密切。顺治年间刘正宗受到顺治皇帝的信任,仕途上平步青云、春风得意。《逋斋诗》中有多首和宋之普有关的诗:《寿宋今础》《夏日留葆光、行屋、今础共饮,戏为醉歌》《送宋今础奉使淮安便道过里四首》《寒夜怀菊潭、坦庵、云斋、行坞、砺岳诸子,时今楚偶游都门,皆戊辰同籍也》。薛所蕴(1600-1667),字子展,又字行屋,号桴庵,室名澹友轩,河南孟县(今河南省孟州市)人。崇祯元年进士,授山西襄陵知县,因政绩卓异,授翰林院检讨,累官至国子监司业。清顺治元年降清,授原官,官至礼部左侍郎,十四年乞休。著有《桴庵诗》《澹友轩文集》等传世。薛所蕴与宋之普的交往较为密切,在其诗集《桴庵诗》中有关宋之普的诗歌《送宋今础分榷淮南》《宪石召饮同葆光今楚》《九日登高同宪石、坦公、葆光、今础、茂卿四首》。张缙彦(1600-1672)字濂源,号坦公,又号外方子,别号大隐,河南新乡人,崇祯四年进士,明末兵部尚书,入清后历任山东右布政使、浙江左布政使,顺治十七年,流放宁古塔。《燕笺诗集》有关宋之普的有《今础展墓》《今础分闱》等诗歌。

　　结合刘正宗、薛所蕴、张缙彦、宋之韩四人的相关诗文，顺治五年到九年宋之普与刘正宗等人经常在一起喝酒赋诗，其中五年时的聚会较多。宋之韩在其诗集的顺治五年下收有《正月二十三日为大兄寿》，诗中写道："兄弟分颜江左天，归来帝里列嵩筵。"很显然，这首诗作于兄弟结束南北分离共聚京师庆祝宋之普生日的时候。刘正宗有《寿宋今础》一诗当作于这次生日会，诗中说："廿载屡称觞，向来觉草草。历尽岁时艰，相对宜倾倒。余多君八年，须发遂偏皓。"[①]刘正宗与宋之普同为崇祯元年进士，这应该是二人相识的起点，到顺治五年，二十一年的时间，与诗中所写"廿载屡称觞"正好相合。时年刘正宗五十五岁，而宋之普比刘正宗年轻八岁，四十七岁，所以诗中说："余多君八年，须发遂偏皓。"顺治五年六月宋之普任职户部江南司郎中，他在前往淮安的同时顺道归里扫墓。这从宋之韩的《海沂诗集》中有所体现，诗集中先有《过珩谒高曾祖墓》《登联凤山谒先给谏大父墓》《金桥屯谒先中丞墓》等诗，后有《入沂》。刘正宗为此次送别作有《送宋今础奉使淮安便道过里》（四首），张缙彦有《今础展墓》、薛所蕴有《送宋今础分榷淮南》。此后聚会赋诗的机会较少，顺治八年，刘正宗有《送宋今础假旋改葬兼视家于淮》，顺治九年，张缙彦还有《今础分闱》。

　　刘正宗、薛所蕴、张缙彦等人中，宋之普与刘正宗的关系最为密切。宋之韩的《鸾坡旧炭》足可印证。该诗前有序言交代刘正宗对宋之普兄弟照拂之情：

　　"长安秋夜寒气逼人，宵分始寐，刘宪石太史携登一楼，金碧辉煌，穹窿高峻，移时朔风飒飒不寒而栗。太史令纪纲持盘相赠，云是旧炭。轩渠受之，遂尔火热，旭若春温。予曰：鸾坡旧炭绝好诗题。太史曰：一律相赠何如？欣欣然欲赋恰被鸡声唤觉，始知为栩栩蝶梦，因忆二十年来予每入都省侍先严慈，辄劳过从析疑问字，虚往实归。甲申国变，予兄弟奉老母渡江而南，予以有事至里，南北倏分。丙戌夏闽粤新入版图，老母见背，徒跣奔杭。予兄稽延功令，未及言归，时太史典试武林，

① 刘正宗著，王辰编，《逋斋诗》，清顺治年间刻本。

一见悲喜交集，慨以妻孥为任，因附先北。予以扶榇嗣发何非德赐。今予以入侍予兄久客长安，屡辱招携，因思梦中事，因思太史德予一何厚也。嗟乎，真耶! 世上何事非梦? 感此赋事兼呈教政。"

此诗序较为完整地展现了刘正宗与宋之普兄弟的交往过程。宋之普与刘正宗是同年兼同乡，在明代后期，宋之韩去京城省亲时常去找他析疑问字。明清鼎革时，宋之普一家逃亡江浙，顺治三年其母病逝，宋之韩扶母柩与典试南京的刘正宗一起回程。此后宋之普与宋之韩相继进京寻找出仕机会，刘正宗对他们多有照顾，所以宋之韩在寒夜做梦刘正宗送鸾坡旧炭，醒来感慨赋诗，感激刘正宗的照拂之恩："高卧长安客兴繁，梦魂犹自道寒温。廿年久枉登堂拜，百口同邀太史恩。自分夏虫难语雪，何期冬日又分暄，花开上苑芳菲久，肯许回光金马门。"后来宋之普的儿子宋瞻祖知道刘正宗藁葬京师，为之筹措归葬家乡，并为后代谋生路。

除此外，京城中与宋之普常有来往的还有丁耀亢、王崇简等人。

丁耀亢（1599-1670），字西生，号野鹤，自称紫阳道人，后又称木鸡道人，山东诸城人。二人的交往历史不可溯源，但从丁耀亢写给或者涉及宋之普的诗歌可以了解二人的交往过程。最早的是顺治八年，宋之普雪中登诸城超然台（山东诸城）有诗，丁耀亢依韵和诗《答宋今础司农次辛卯雪中登超然台原韵》："荒城极目雪霜凄，作赋从君蹑石梯。潍水烟埋流断绪，穆陵云簇树高低。故山榛芒余樵牧，上客襜帷偶杖藜。物有可观能乐少，残碑零落几人题。"①该诗想象自己随宋之普一起登山时在途中所能见到的苍凉之景以及零落残碑。顺治九年，两人的交往较为密切，丁耀亢前后作有三首与宋之普相关的诗。先是顺治九年正月二十三，丁耀亢为宋之普祝寿，创作了《赠宋今础司农初度》："阊阗门开啼早鸦，东风吹日成丹霞。九龙驭辔走旸谷，五侯谁种青陵瓜。三代鼎彝经治乱，百年海岳推文献。秦宫汉阙空劫灰，建章铜人泪如霰。腰间宝玦光不断，袖有鱼肠谁复见。书成家近养鹅

---

① 丁耀亢，《陆舫诗草》卷三，《清代诗文集汇编》第13册，上海：上海古籍出版社，2010年版，第308页。

池，吏隐时寻屠狗伴。宋君自有英雄姿，昂藏八尺仍多髭。腹中万笥吾何有，位近三公得复辟。走马空街入寮署，下马题诗多好句。赠君无用商山芝，囊中自有梅花赋。"① 其后在夏天的时候还曾和宋琬等人一起聚会饮酒，有《宋玉叔月夜过访宋今础、奇玉偶集》："旅人避暑常先卧，高客敲门夜到迟。小聚比邻还命酒，旁观时事正如棋。云峰突兀天难尽，河汉微茫月不知。此地从来乘兴少，感君犹有薜萝期。"② 此诗作当作于宋之普出守常州前期，大家感觉到了时局的变化，他们一直以来乘兴而来、兴尽而归的日子即将结束，但是没有悲观，对后会有期还是寄满了希望。此后，宋之普出任常州时，丁耀亢作有《送宋今础出守常州》："画室空留补衮图，羡君五马傍江湖。郡传礼乐吴高士，人借龚黄汉大夫。此日天留州邑在，当时朝识姓名无。清时莫负溪山好，鹤背瀛洲足自娱。"③ 宽慰宋之普虽然从京城到了常州这个小地方，但常州的风景优美，贤人辈出，建议他不要辜负良辰美景，要尽情去享受生活。

顺治九年以后相当长的时间内，宋之普与丁耀亢二人的交往看起来不是特别密切，在丁耀亢的集子中找不到宋之普相关的内容。一直到康熙三年（1664），丁耀亢作有《兖州答友人宋今楚》："汉家党锢尽名流，止为逃名作远游。不遇李邕来北海，安知杜甫在南楼。玉山潦倒杯仍满，银海光摇药未投。正好援琴相对语，何劳啼鸟问鞠䜔。"④ 此时丁耀亢因《续金瓶梅》获罪，正在畏罪南逃途中。康熙五年（1666）丁耀亢在京城再次遇到宋之普，他因《续金瓶梅》入狱刚刚从狱中放出来，所以向宋之普讲述自己在狱中的凄惨遭际，写有《逢宋今楚》："七十先朝老，趑趄上讼庭。眈眈多虎视，漠漠似龙听。胥吏争燃火，宾朋少聚星。人生难自信，

① 丁耀亢，《陆舫诗草》卷三，《清代诗文集汇编》第 13 册，上海：上海古籍出版社，2010 年版，第 316 页。

② 丁耀亢，《陆舫诗草》卷四，《清代诗文集汇编》第 13 册，上海：上海古籍出版社，2010 年版，第 332 页。

③ 丁耀亢，《陆舫诗草》卷四，《清代诗文集汇编》第 13 册，上海：上海古籍出版社，2010 年版，第 341 页。

④ 丁耀亢，《丁野鹤先生遗稿》，《清代诗文集汇编》第 13 册，上海：上海古籍出版社，2010 年版，第 483 页。

狱吏可忘形。"① 此时的宋之普 67 岁和丁耀亢 68 岁都已经步入老年。所以从现存资料上来看，从顺治八年到康熙五年都留有交往的记录，丁耀亢与宋之普也可算得上是一生的挚友。

王崇简（1602-1678），字敬哉，一作敬斋，顺天府宛平人（今北京市），明崇祯十六年进士，清初著名的书画收藏家和鉴赏家。顺治三年授内翰林国史院庶吉士，历任秘书院检讨、国子监祭酒、弘文院侍读等职，著有《青箱堂文集》《青箱堂诗集》。他与宋之普交好，为宋之普撰写墓志铭时回忆二人定交过程："忆余与公从宋九青少司农邸舍定交。而公之荐于乡也亦以天启丁卯，虽异省称同年。时公与九青皆官给谏。"文末说："悲夫，回思定交九青邸舍会几何时，忽以四十余年矣。"而王崇简之孙王景曾在《缄斋府君年谱》的序言开头就交代两家世代为交的情况："刑部员外郎宋缄斋太世叔太亲家为少司农今础先生喆嗣。少司农於先曾祖文贞公为同年友。而刑部公於先祖文靖公以世讲为金石交。故余两氏往来缔好，盖于今弥笃焉。"后又"回念铜胫俘掠，铁额烧残，先文贞避地江南，间关宵奔，当是时霜花满陇，烟箸迷天。微少司农公周旋备至，将何以自存，殆亦危矣。"② 对两家的交往历史进行了详细的追溯，特别提到了危难时期，宋之普与王崇简的交情，两家同样避地江南，但是宋之普给予王崇简家较大的帮助，以致王家到曾孙辈还记得家族当年的遭际与宋家的帮助。清朝建立后，王崇简受到皇帝的赏识，很快得到升迁，宋之普则任常州知府后很快辞职回乡。但两家此后的交往并未断绝，如前所述，宋之普与王崇简为友，而宋瞻祖与王熙为金石交，后还缔结了姻亲，王崇简的曾孙女嫁给了宋之普的曾孙宋元敏为妻。王景曾在给《缄斋府君墓志铭》写序时说："三世金兰游从宛若也。"

宋之普在京城与刘正宗等人交往的过程中应有较多的诗文创作，惜未有传本传世。

3. 宋之普在常州的交游

---

① 丁耀亢，《丁野鹤先生遗稿》，《清代诗文集汇编》第 13 册，上海：上海古籍出版社，2010 年版，497 页。

② 宋朝立等，《缄斋府君年谱》，清雍正年间刻本。

　　宋之普任常州知府期间和东林书院的诸位学人有较为密切的交往，也是宋之普创作的高峰时期，目前传下的十二首诗歌均为此时期的创作。《东林书院志》中收录了宋之普的组诗《追和高宪公先生东林废院诗原韵》十首，此后是秦镛的《乙未新复燕居庙城敬和中宪先师废院诗呈高学宪》十首。从诗意的承接来看，他们应该是在高学宪恢复了东林书院的燕居堂等建筑后，组织了一次赋诗活动。因为宋之普在诗中写道："中宪遗书著道诠，聿新梁木仗高贤。阿咸不僻竹林兴，卫道精心可问天。"诗中的"阿咸"为用典，点明了高攀龙与高学宪的叔侄关系，并高度赞赏了高学宪恢复东林书院中燕居堂这一举动对继承、发扬东林精神的贡献。从《东林书院志》收诗的情况来看，除了宋之普与秦镛之外，还有十七人参与了赋诗。他们分别是黄家舒《追和中宪先师东林废院十咏为汇翁表兄复建燕居庙赋》十首，郑敷教《东林废院诗和韵》十首、周茂兰《和韵》十首、叶光辅《和韵》六首、秦坊《和韵》十首、华廷献《和韵》八首、左国棅《和韵》十首、陶宗典《和韵》六首、施元征《和韵》十首、华时亨《和韵》十首、吕自咸《和韵》十首、邹升《和韵》四首、顾愫《和韵》四首、钱肃润《和韵》六首、张夏《和韵》六首、施丹《和韵》十首、李逊之《和韵》十首。这些和诗中黄家舒的在题目中就已经体现了追和基础上的庆祝之作，而其他的人著作也能从字里行间看到对燕居堂恢复的激赏，如秦坊诗中说："燕居初建拟儒林，百代威仪叹陆沉。何幸再扶梁木起，梁楹余奠喟同心。"① 这一年是顺治十二年（1655）。

　　宋之普在常州期间，还与陈维崧有交往。陈维崧（1625-1682），字其年，号迦陵，江苏宜兴人，阳羡词派的领袖，与吴兆骞、彭师度一起被吴伟业称为"江左三凤"。陈维崧送给宋之普《上宋今础先生》《上明府宋今础先生》两首诗歌。

　　《上宋今础先生》"济南以来多大雅，其曲弥高和弥寡。文章代起属青齐，渌水阳阿拟昭夏。先生出守兰陵时，为政风流良在兹。花明露冕牧之榭，柳碧褰帷季札祠。清尊羽盖映江浒，银黄之绶五色组。宾从能歌杨柳枝，官僚解唱黄金缕。崧也

　　① （清）许献、高廷珍、高陛等编，《东林书院志》，清雍正十一年刻本。

蹉跎扬子玄，秋冬射猎南山前。今岁到生零落日，明春潘令冀毛年。意气由来轻绛灌，诗歌幸遇中郎叹。片语终酬国士恩，一言已解诸生难。乌啼城上明月光，酒酣起舞还彷徨。如公知我我不恨，独不见，古来烈士鬱鬱南山冈。"①

《上明府宋今础先生》："当世矜曹地，明公德业长。两朝徵武库，一代仰文昌。绛斗垂鸡戟，银河耿豹囊。生平模楷重，畴昔羽仪庄。氏族通兰畹，声名在柏梁。珠帘参晚宴，绣瓦直春坊。傅粉臣原贵，含香气自芳。治中增品秩，记注诵贤良。笼列尚书右，威行御史行。华貂秋映日，翠柏夜凝霜。望重身难隐，时危道未忘。遗臣称丙魏，下郡借龚黄。露冕兰陵外，褰帷卷画旁。功名应瀚海，宴息暂榆枌。和璧偿千乘，隋珠照八荒。斗牛添气象，吴越尽辉煌。大父欣同泽，门生愧负墙。骅骝惭伯乐，佳丽恧毛嫱。敬颂酬知赋，重歌拜手章。春风还可待，前席自光明。"②

第一首中的"先生出守兰陵时，为政风流良在兹"，第二首的题目是《上明府宋今础先生》都明确表明了两首诗作于宋之普任常州知府期间③。陈维崧的第一首诗歌对宋之普在常州期间，体察民情，与文人诗词唱和往来，推进常州文事发展等行为进行了高度赞美，并表达了对宋之普知遇之恩的感谢。第二首则在高度赞美宋之普的同时，交代陈宋两家的交往渊源，陈维崧的祖父陈于廷与宋之普的父亲宋鸣梧已有交往，而陈维崧对宋之普自称为门生。顺治十四年陈维崧作《滕王阁赋》，宋之普称赞此作可以和王勃的《滕王阁赋》相媲美："此题作序易，作赋难，作《滕王阁赋》易，作《重修滕王阁赋》难。其年此制，体势绵密，兴会标举，正复三河年少，意气自豪，子安（王勃）不得擅美于前矣。"④

宋之普从常州卸任回乡时，施元征、秦镛、徐调元、黄钟谐等多人赠诗送行。

---

① （清）陈维崧，《陈维崧诗》，江庆伯点校．广陵书社，2006 年版，第 193 页。

② （清）陈维崧，《陈维崧诗》，江庆伯点校．广陵书社，2006 年版，第 514 页。

③ 周绚隆《陈维崧年谱》认为，此诗成于清顺治十二年（1655 年），"且从诗意看，宋之普时已解职"，"《上明府宋今础先生》应作于同时前后。"其所据为：(宋之普) 顺治九年任常州府知府，十二年归 (之普为其弟宋奇玉所作《海沂诗序》云"余乙未归田")。周绚隆，《陈维崧年谱》，复旦大学出版社，2020.08，第 68 页。

④ 陈维崧，《陈维崧集》，上海古籍出版社，2010 年版，第 165 页。

施元征，字泰先，号旷如，无锡人，与宋之普父宋鸣梧为同年进士，他作有《送之普回乡》两首：其一："三公出入本康侯，不必台星任去留。化雨甘棠原有颂，春晖寸草未能酬。昆源木铎欣重振，腐史金华庆再修。竹马儿童徒解事，彩云天远更含愁。"其二："静重元公暂养高，泉亭何必学劳劳。一天国老希梁栋，五邑门生遍李桃。立起百年河内泽，来苏八月广陵涛。阳春无不通民隐，卧辙讴歌满乐郊。"

秦镛（1597-1661），字大音，号弱水，崇祯庚午举人，丁丑进士。清代退隐家中。他写给宋之普的诗："吁嗟此日不再得，今古几人持道脉。先贤讲学旧东林，明府得朋新丽泽。四子言如万斛珠，二泉说与千金易。绛帐清风拂子衿，黄堂化雨润丘陌。一旦归舆赋遂初，吾道虽南马首北。仲尼归鲁是何年，泗水泉林并增色。田间遗老顿无主，使我攀车泪沾臆。草深一丈讲堂前，吁嗟此日不再得。"

徐调元，字尔赞，崇祯丁丑进士。他写给宋之普的送别诗："双旌辞水国，送远极前岑。烟日川梁淡，寒云冀北深。中吴盈蔼旭，五邑共沾霖。伐肆方成颂，攀衡又作吟。凤台空飘渺，龙社叹升沉。遗泽绵昏旦，甘棠荫古今。无缘留驷骑，得计狎鸥禽。绿野除荒径，黄堂杳德音。急流虽勇退，何以慰苍黔。"

黄钟谐，崇祯癸未科进士，书法家。他也有送宋之普的诗歌："延陵山水列豪端，刺史携归万口欢。东鲁儒风齐岱岳，中吴理学立鸡玄。歌廉结冠思符守，白鹤青松乐考磐。遮道愿随诸父老，疏林萧条夕阳寒。"

施元征、秦镛、徐调元、黄钟谐这几位都是常州一地的名士，他们与宋之普唱和往来，说明宋之普在常州期间与当地的文人交往比较密切。宋之普在常州期间推动了东林书院的修缮工作，得到了当地士人广泛的认可，所以在临别之时，常州的这些文人对宋之普促进常州文事复兴发展政绩赞不绝口的同时，也表达了对宋之普离开的依依惜别之情。

总体上看，宋之普和诸友的交往可以分为三个阶段：首先是明末崇祯年间与同年、友人交往的阶段；其次是清定鼎后与刘正宗等人交往的阶段；再次是任职常州期间与常州士人的唱和往来阶段。这些阶段中都留下了诸友写给他的诗歌，那么他应该也有与诸友唱和往来的作品，可惜现在只能见到宋之普在常州期间的部分诗歌,《云成阁集》未能流传下来,无法了解他整体的创作状况。

(四)宋之韩的交游

宋之韩的交游与父兄的交游圈子有较大的关系。因为他年少时随侍其父在京城结交的是其父的交游圈子,年长后又随侍其兄,接触其兄的交游圈子,本人的交游圈子大多为同乡好友,或者是他在外任职时所结交之人。这从他《海沂诗集》中的赠答诗可见一斑。见下表:

《海沂诗集》所见宋之韩交游部分

年份	诗歌	交游	诗集地点
甲申顺治元年	家兄今础少司农约同之纸房山庄,予偕任六弟天房宿东门别墅,兄独止即邱城前,相距七里,赋兹志怀	任天房	松鹤园前集
甲申顺治元年	春日次韵家兄少司农喜予偕任一禾宿、任六天房、干十一间名、黄四参两过访纸房山庄见赠	任禾宿、任天房、王间名、黄参两	松鹤园前集
甲申顺治元年	甲申年二月闯氛逼人选山避之,同任六天房、黄四参两登寮阳崮,时地主公四明璧、族兄伊伯并载酒肴赋此为赠	任天房、黄参两、公明璧,伊伯	松鹤园前集
甲申顺治元年	春日偕公明璧、任天房、邵宾廷、黄参两诸子游中山寺	公明璧、任天房、邵宾廷、黄参两	松鹤园前集
甲申顺治元年	游中山寺步苏之瞻先生壁韵怀公子明璧伊伯家兄	公明璧、伊伯	松鹤园前集
甲申顺治元年	赠湖南普渡寺庵恒摄上人(上人鲁单邑人)	庵恒摄上人	南渡篇
甲申顺治元年	宿羊山阻寇怀任天房王间名诸兄弟	任天房、王间名	北归篇
乙酉顺治二年	饮大范弟斋中同文山、献公诸弟	大范(为宋之范)文山、献公	归珩篇
乙酉顺治二年	雪笼花夜月(饮大范弟斋中同文山、献公诸弟)	大范(宋之范)文山(宋之弼)献公(宋之抃)	归珩篇

续表

年份	诗歌	交游	诗集地点
乙酉顺治二年	同王孟佳姊丈及唐氏诸子宿白云岩（白云岩，龟蒙东之绝顶处也。金大定中杨真人飞升于此，后数年有人见于扬州为寄石佛数龛，至今俨然东岩云）	王孟佳	归珩篇
乙酉顺治二年	雪日饮杨敬君金吾斋同相如、震旭诸子	杨敬君、韦相如、刘震旭	艾山篇
丙戌顺治三年	怀家万生兄丙戌计偕南归	宋之郊	枫园篇
丙戌顺治三年	偕仲兄二洛、三兄濂生、五弟郿伯游中山寺阻雨有感（时母兄避地江东）		
丁亥顺治四年	答张友		之燕草
戊子顺治五年	鸾坡（翰林院）旧炭	刘宪石太史	燕山吟
戊子顺治五年	留别李生共计部	李共	燕山吟
戊子顺治五年	赠别河南郾城陈赞化司马	陈赞化	燕山吟
戊子顺治五年	德安舟次赠别佟副戎押兵赴西安	佟副戎	燕山吟
戊子顺治五年	武城赠别辽左朱副戎之任金陵	朱副戎	燕山吟
戊子顺治五年	赠别陈太史归江南	陈赞化	燕山吟
戊子顺治五年	赠别沈计部督税北新关（梁家浅舟次）	沈计部	燕山吟
戊子顺治五年	张蓬元少司农托观梁家浅祖墓却寄	张蓬元	燕山吟
戊子顺治五年	张秋舟次喜李长公见过	李长公	燕山吟
戊子顺治五年	赤山舟次怀褚顶卿剑卿昆仲	褚顶卿、剑卿	燕山吟
戊子顺治五年	马兰屯宿黄参两侄婿宅	黄参两	燕山吟
戊子顺治五年	晚宿傅相城邵惠宇表兄家	邵惠宇	燕山吟
戊子顺治五年	怀旦思斋（韦氏草堂号旦思）	韦晏虹	浴沂草
戊子顺治五年	喜王雪岩来访	王雪岩	浴沂草
己丑顺治六年	己丑三月一日同友人祝韦晏虹寿，韦园瑞香红梅初放，清香袭人，花竹之下席地传觞不减王逸少山阴修禊时主客分韵，以记其事。	韦晏虹	浴沂草
己丑顺治六年	怀杨居三、王瑞鸣、刘孔植、尚元锡诸子	杨居三、王瑞鸣、刘孔植、尚元锡	游淮篇
己丑顺治六年	怀孔庭公亮诸子	孔庭公亮	游淮篇

年份	诗歌	交游	诗集地点
己丑顺治六年	怀王方屿暨令侄雪岩	王方屿、王雪岩	游淮篇
己丑顺治六年	游通源寺（己丑四月十六日赠至拙上人）	至拙上人	游淮篇
己丑顺治六年	怀李生恭中翰（中翰曲阜张秋人）	李中翰	游淮篇
己丑顺治六年	午日偕大兄少司农暨诸亲友登钵池山景会寺藏经楼兼临仙人王子乔丹台赋赠住持僧泰然（泰然山东平度人）	僧泰然	游淮篇
己丑顺治六年	寓静居庵喜王雪岩诗见怀	王雪岩	游淮篇
辛卯顺治八年	西楼晴眺怀韦相如	韦相如（晏虹）	涑松草
辛卯顺治八年	赠肥城邑尊（代罗敬一年兄）		历山吟
辛卯顺治八年	辛卯应钟十有九日同米山伯子同梅饮玉华斋中即席限韵	王米山	历山吟
辛卯顺治八年	留别高昭华	高昭华	历山吟
辛卯顺治八年	留别王阶州米山	王米山	历山吟
辛卯顺治八年	偕坦木伯子宿青驼司孙氏宅盖入沂第一日也	杨坦木、孙危明（同榜）	历山吟
壬辰顺治九年	寿玉叔司农	宋琬	燕都草
壬辰顺治九年	齐河王虓虎宰清六送至韩家道口待予舟过始归	王虓虎	东归草
壬辰顺治九年	赵云石梅花歌	赵云石	松鹤园后集
癸巳顺治十年	同孙西山太史望蒙山积雪	孙一脉	后松鹤园
癸巳顺治十年	秋仲瞻蒙门楼眺饮张叔秀学博（时叔秀将赴平阴之任——）	张叔秀	后松鹤园
甲午顺治十一年	送别王阶州米山北归	王米山	涑松草
甲午顺治十一年	赠杨敬君弟蝶庵	杨敬君	涑松草
甲午顺治十一年	过朗公下寺赠住持	狼公下寺住持	涑松草
乙未顺治十二年	书湖州鸿禧寺壁赠介石上人	介石上人	游茗草
丁酉顺治十四年	怀张叔秀学博	张叔秀	涑松草
丁酉顺治十四年	题赵云石窗外腊梅	赵云石	涑松草
丁酉顺治十四年	游大宗山下寺和王道沛大行韵赠赵奇际元帅	王政敏、赵奇际	涑松园草

续表

年份	诗歌	交游	诗集地点
丁酉顺治十四年	钓于石歌（序）钓于石者，费大行王公政敏别号道沛之斋名也。鼎革以后诗酒自娱，屡征不起，隐于蒙南石沟村，自号钓石先生。予嘉其志，歌以赠之。	王政敏	涑松园草
戊戌顺治十五年	家万生兄戊戌计偕南旋诗以讯之	宋之郊	涑松园草
己亥顺治十六年	同邵宾廷游武城山墅	邵宾廷	涑松草
己亥顺治十六年	和赵筑窝南野早耕	赵筑窝	青云阁草
己亥顺治十六年	松柏篇寿刘禹震二兄封君六十岁	刘禹震	青云阁草
己亥顺治十六年	晨雨独坐怀筑窝伊人兄弟	筑窝伊人	青云阁草
己亥顺治十六年	己亥林钟六日刘禹震封君携长公孔植司理招予及稷儿申孙涑溪泛月，时偕张修献、胡圣斋、张晖吉诸子限韵赋诗各七律四首	刘禹震、刘孔植、张修献、胡圣斋、张晖吉	青云阁草
庚子顺治十七年	庚子秋仲就试历山清源王元调茂才访于旧府泉亭西欢然道旧不减乙酉结契时兼惠诗筐赋此言报（论文鹊水上，十五阅星霜）	王元调	青云阁草
庚子顺治十七年	怀平阴学博张叔秀	张叔秀	光岳楼诗
庚子顺治十七年	题杨子敬东厢画竹（庚子仲冬）	杨子敬	光岳楼诗
辛丑顺治十八年	送李华之年寅翁归莱海（辛丑七月二十九日）	李华之	光岳楼诗
壬寅康熙元年	送顾子望参军归姑苏（壬寅仲春初十日）	顾子望	光岳楼诗
壬寅康熙元年	送顾子望参军归姑苏（壬寅五月初九日）	顾子望	光岳楼诗
壬寅康熙元年	九月怀家兄今础太守（壬寅东昌署中作）	宋之普	光岳楼诗
壬寅康熙元年	豪客行赠李将军钺（原出自青衿）	李钺	光岳楼诗
壬寅康熙元年	九日同门人尹景昌茂才等光岳楼	尹景昌	光岳楼诗
壬寅康熙元年	晚秋过克让王子万寿观高卧斋遂登观内楼同通隐、耿子两年社	王克让	光岳楼诗
壬寅康熙元年	挽杨慎吾广文（讳自修，官汉阳滨州两处，壬寅年十一月冠县作）	杨慎吾	光岳楼诗

年份	诗歌	交游	诗集地点
癸卯康熙二年	会城逢王瑞鸣（瑞鸣系余门人，甲午进士与与同里，居临沂城西别墅名沂堂）	王瑞鸣	光岳楼诗
癸卯康熙二年	癸卯九日独酌怀家兄今础太守（冠州署中作）	宋之普	光岳楼诗
甲辰康熙三年	赠济南钱司理（甲辰初夏初六日）	钱司理	过沂草
甲辰康熙三年	甲辰年初夏十有八日同程扶上年兄过后十方院遇浙僧雪艇，年才二十三，静气迎人，俨然尘外，不茹荤酒，云是胎素，出近体诸作质予两人，因共相称，遂以贾浪仙勉之，聊此赋赠。	程扶上	光岳楼诗
甲辰康熙三年	午日对酒家兄今础东流水别墅感怀（墅在济南府洟源门外。五龙潭在西南，三娘子湾仔北，二水合襟而去，家兄居咫尺泽笔楼）	宋之普	光岳楼诗
甲辰康熙三年	登舟留别刘雨生刘英度两茂才	刘雨生、刘英度	过沂草
甲辰康熙三年	留别葛梅端年兄	葛梅端	过沂草
甲辰康熙三年	留别朱大司空	朱大司空	过沂草
甲辰康熙三年	秀揖灯下（序：甲辰孟秋移蜀中，书下，孟冬二十四日买舟还沂，家口先登。予送至阿城，复回东郡。仲冬三日乃得辞两千石陈公，郡司马胡公、别驾杨公、司理朱公，出东门追舟，适有奏凯兵船来自楚中东之秀揖宿焉）	陈公、胡公、杨公、朱公	过沂草
乙巳康熙四年	杞县客次怀王廷玉（廷玉送余至马兰屯，未面而别，怅然久之，乙巳正月二十七日作）	王廷玉	之蜀草
乙巳康熙四年	偃师道中拜文安公王觉斯先生墓（不见文安十七年，今来墓草宿风烟。泫然欲下徐君泪，惜也不闻俞于弦。笔阵右军称入奥，诗草工部许同贤。生平好我惟公甚，无术招魂啼杜鹃）	王铎	之蜀草
乙巳康熙四年	游草堂寺见诗僧澹竹上人	澹竹上人	之蜀草
乙巳康熙四年	秋日送王尔成明府赴京	王尔成	之蜀草
乙巳康熙四年	秋日送屏山令王尔成赴京补选	王尔成	之蜀草
乙巳康熙四年	秋日送庆符令沈詹山赴京补选	沈詹山	之蜀草

续表

年份	诗歌	交游	诗集地点
乙巳康熙四年	乙巳九月送屏山令王尔成庆符令沈詹山两年寅丈赴京补选	王尔成、沈詹山	之蜀草
乙巳康熙四年	奉陪张少参登五峰顶谒真武庙时同佘太守王督捕	张少参、佘太守、王督捕	之蜀草
乙巳康熙四年	登五云山隆教寺（序：寺在内江县东南三十里桦木镇西，左小溪右，资江相汇于寺前。寺东向。康熙乙巳年十一月二十三日奉抚台刘公檄，期星夜至省，察看成都形胜，九日晚宿寺内雨中灯下作）	抚台刘公	之蜀草
乙巳康熙四年	晚宿陈党正家（序：乙巳冬暮廿七日晓发隆昌县，午憩喻家寺，将税驾于石磜礛，役人张贵坚称相距十里，时不能及，乃导予过五峰山。河东溯流而上者十有五里至馒头山下党正陈先家宿。山河崎岖上下迂回，西滨大河，岸高水深，径窄而滑，对面不辨从役，漏下三斗乃往党正宅宿焉。道路之苦莫此为甚，爰命管城，聊志夜行之劳云）	陈党正	之蜀草
丙午康熙五年	舟次遥望五峰山怀大憨和尚（正月二十六再赴永宁也）	大憨和尚	之蜀草
丙午康熙五年	晚泊瞿堨同梅见恒国手	梅见恒	之蜀草
丙午康熙五年	怀张毓阳	张毓阳	之蜀草
丙午康熙五年	秋夜同赵德威对月	赵德威	之蜀草
丙午康熙五年	送梁山高惕庵赴长安公车	高惕庵	之蜀草
丙午康熙五年	送汤岷水赴燕公车	汤岷水	之蜀草
丙午康熙五年	川南怀王方屿（丙午冬暮廿七日灯下）	王方屿	之蜀草
丙午康熙五年	怀王中权（方屿阿咸氏）	王中权（王雪岩）	之蜀草
丙午康熙五年	丙午冬暮泸署守岁同仲儿契学族孙淳	宋契学	之蜀草
丁未康熙六年	元日喜太守佘公见过	佘太守	川南游记
丁未康熙六年	正月二日陪太守佘公登宝子山谒东岳庙及汉丞相忠武侯诸葛公祠。时同王督捕寅丈。	佘太守、王督捕	川南游记

续表

年份	诗歌	交游	诗集地点
丁未康熙六年	喜富顺县杨明府寅丈见过（杨公莱州掖县人）	杨明府	川南游记
丁未康熙六年	张少参春宴观剧同泸州佘太守、富顺县杨明府、纳溪县赵明府、泸州崔广文诸寅丈，吉安宁国雨梨园承应互奏其技，漏下三豆始归。	张少参、佘太守、杨明府、赵明府、崔广文	川南游记
丁未康熙六年	丁未正月十二日迎春同太守佘公学博督捕崔王两寅丈	佘太守、崔广文、王督捕	川南游记
丁未康熙六年	看春（序：丁未正月十有四日喜张金门见过，言及今年春事甚盛，因拈此题得春字，时同梅见恒国手、韩瑞麓茂才	张金门、梅见恒、韩瑞麓	川南游记
丁未康熙六年	陪下南道少参张公西登宝子山谒东岳庙，复谒汉诸葛武侯祠。祠仅存石址，欲修举废坠也。时同太守佘公、隆昌祝明府两寅丈（丁未正月十七日作）	张少参、佘太守、祝明府	川南游记
丁未康熙六年	送王敬之赴云南	王敬之	川南游记
丁未康熙六年	赠南溪李明府寅丈（丁未三月初七日作）	李明府（李呈芳口东海州人，由举人任南溪县知县①）	川南游记
丁未康熙六年	江郊雨望时同佘堂翁王寅丈各携榼酒祖饯王敬之赴云南，予以微恙稍后，及到则敬之已登舟解缆挽掌而去。因共喜江景空濛颇堪眺望，遂相斟酌，移时方归。	佘太守、王敬之	川南游记
丁未康熙六年	春初奉陪张少参渡江游大佛寺时同太守佘公、广文崔公两寅丈	张少参、佘太守、崔广文	川南游记
丁未康熙六年	春日奉陪张少参大佛寺江望，时同太守佘公广文崔公两寅	张少参、佘太守、崔广文	川南游记
丁未康熙六年	怀张献之	张献之	川南游记
丁未康熙六年	怀禹震二兄	刘禹震	川南游记

---

① 王大骐等纂修，《南溪县志》，康熙二十五年刊本，故宫博物院编《故宫珍本丛刊》影印，海南出版社，2001 年版。

续表

年份	诗歌	交游	诗集地点
丁未康熙六年	丁未春仲十有七日奉陪下南张少参登白岩寺江望时同佘太守崔广文两寅丈	张少参、佘太守、崔广文	川南游记
丁未康熙六年	和叙戎樊子枢见予诗于张金门斋壁赋七言近体见赠，喜而相答。	樊子枢	川南游记
丁未康熙六年	和樊子枢以诗见赠并步原韵	樊子枢	川南游记
丁未康熙六年	和樊子枢赠张金门诗并用原韵	樊子枢、张金门	川南游记
丁未康熙六年	送毛圣之寅翁归东鲁	毛圣之	川南游记

从上表可知，诗家交游在宋之韩的身上表现得十分突出。其或共同游历，或诗酒文会，或临行赠别，或同僚酬答，以文相交大大拓展了交际范围，更可奇文共赏，兼采众家所长，从而为其文学创作提供很好的契机。具体来讲，其交游圈主要有如下方面：

1. 宋之韩与父兄朋友圈的交游

宋之韩早年生活在父兄的庇护之下，所以在交往初多是父兄交游圈子里人的人。如刘正宗为宋之普同年好友，对宋之普有较大的帮助，宋之韩与他的交往也比较密切，这在前文已经论及。除此之外，宋之韩与王铎等人也有交往。

（1）宋之韩与王铎

崇祯年间，王铎与宋之普交往密切，现存于世送给宋之普的扇面有十多幅。从宋之韩的《偃师道中拜文安公王觉斯先生墓》："不见文安十七年，今来墓草宿风烟。"可知宋之韩与王铎也是有密切交往的，所以在王铎去世多年后拜墓感慨万千。

（2）宋之韩与宋琬

宋琬（1614-1673），莱阳宋琬、宋玫家与沂州宋之韩家联为同族，两家在明末时互相照顾，也相互竞争，入清后宋玫一家殉城，宋琬仕途也极为不顺，两家交往较为密切。宋之韩为宋琬作《寿玉叔司农》（壬辰年）："绨盟会白雪，论泒得金昆。千古文章事，一官经济尊。国筹增海屋，家庆上嵩樽。为诵梅花赋，风流好共论。"

宋琬为宋之韩作《酬奇玉教授》：

平生几金兄，格调好缔盟。文章自千古，经济漫一轻。未询海屋寿，且饮嵩樽风。谁不信高洁，梅赋早追宗。

又有《琅琊公子歌为奇玉宗兄作》：

琅琊公子吾家彦，少年作赋灵光殿。稷下诸生望后尘，千里骅骝扫飞电。拜前拜后两中丞，谈论家声九重美。豪贵争回御史骢，顾厨竞识中郎面。贱子肩随朱雀桁，骏马轻裘共欢燕。黄尘碧海事须史，太息今为辕下驹。官舍那能生苜蓿，俸钱空自羡侏儒。进学解成长乞米，答宾戏就还覆瓿。我来君已撤皋比，斋夫行炙儿童趋。昨日铨曹下除目，蜀道蚕丛愁葡匐。白帝城边杜宇啼，黄牛峡里苍猿哭。锦城虽乐不如归，折腰况复谋饘粥。饮君白玉瓯，携手登高楼。劝君且作西南游，丈夫足迹须令九州遍。安能效儿女子，深闺局束怀故邱。古人成名半丞尉，猗嗟天驷随旄牛。此地由来盛方物，小弟因君有所求。扶老但需筇竹杖，得时且寄海东头。①

前一首诗作于宋之韩任教谕期间，所以称宋之韩为教授。而后一首则作于宋之韩任职期满调往四川任时，宋琬鼓励宋之韩，"劝君且作西南游，丈夫足迹须令九州遍"，劝勉他不要过分依恋小家的温暖，也许正是由于宋琬的鼓励促成了宋之韩的四川之行。

（3）宋之韩与宋之普学生的交往

《海沂诗集》有以下诸人的序：邵毓材、朱锦、张吾瑾、张松龄、朱嘉徵、程邑、宋肆樟。其中邵毓材、程邑都是宋之普的门生。邵毓材，字美之，浙江余姚人，崇祯三年举人，后官至宁州知州。邵毓材在序中说："余问道鹇城，得因今础夫子，受交涑洲先生。"② 程邑，字幼洪，一字翼苍，江苏省南京人，顺治九年进士，选为庶吉士，他是宋之普任会试同考官时所选的进士，二人有师生之谊，所以他

---

① 宋琬，《宋琬全集》，辛鸿义.赵家斌点校.齐鲁书社，2003 年版，第 396 页。

② 宋之韩，《海沂诗集》，《清代诗文集汇编》第 30 册，上海古籍出版社，2010 年版，第 75 页。

在序中直称宋之韩为师叔:"师叔涑洲先生以雁行而克继其学。"①

2. 宋之韩任职于外的交往

朱锦,字天襄,号岵思,清浦东周浦人(今上海浦东新区周浦镇),顺治十六年(1659)中进士,会试第一名,曾任翰林院庶吉士。著有《藜照堂诗稿》。于顺治十八年在京城回乡经过东昌时与宋之韩相识,相识经历被朱锦记录在《海沂诗集序》中。

朱嘉徵(1602-1684),字岷左,号止溪,海宁人。崇祯十五年举人,顺康之际,选授叙州府推官②。著有《乐府广序》三十卷,卒于康熙二十三年。少时与朱一是、范骧等人结十二子社。事见黄宗羲所撰《止溪先生墓志铭》。朱嘉徵与宋之韩的交往见于朱嘉徵的《海沂诗集序》中。该序说朱嘉徵最早是通过临沂杨敬君知道宋之韩,后来在宋之韩任泸州别驾时相识:"乙巳春,司马来任泸阳,一见如故交。"而且朱嘉徵将宋之韩的所有诗歌全部都通读了一遍,并为点定:"其古今体诗累案高二尺许。余壮之以十昼夜披诵之,缪为点定。"③

张吾瑾,字石仙,号鹤州,四川金堂县人,工诗文,精医术。事母至孝。顺治十一年(1654)举人,康熙壬子进士。授山东夏津县知县,倡修学宫、文昌祠,又捐俸整修许门楼,建四门桥。为官清廉,持正不阿。凡有诉讼,折狱如神。内擢行人。两充山东乡试同考官,得士颇多。德州司农田雯、武清中丞李炜皆出其门。致仕后,因蜀乱居武清(今属天津市)二十载,年七十始归里。时都江堰年久失修,毁决为害。吾瑾多次呈状,力请上官整治,重修三泊洞古堤,里人颂德。后卒于家。邑人崇祀乡贤祠。著有《人镜经续录》二卷、《鹊符斋诗文集》四卷。另辑有《和薛涛诗集》。李调元《蜀雅》、孙桐生《国朝全蜀诗钞》录有其诗。《四川通志》《锦里新编》有传。另有宋肄樟,字西山,四川宜宾人,康熙丙午举人。在宋之韩的作品中亦有出现。

---

① 宋之韩,《海沂诗集》,《清代诗文集汇编》第30册,上海古籍出版社,2010年版,第77-78页。

② 邓之诚,《清诗纪事初编 下》,上海古籍出版社,2012年版,第786页。

③ 宋之韩,《海沂诗集》,《清代诗文集汇编》第30册,上海古籍出版社,2010年版,第89页。

以上诸人都是为《海沂诗集》作序的人，还有些诗文中涉及的人员，如在东昌期间张叔秀、李华之、顾子望、尹景昌、王克让等人；泸州期间平山令王尔成、庆符令沈詹山、陈党正、佘太守、杨明府、樊子枢等人。宋之韩同这些人的交往多是游玩、送别等活动，同时会有赋诗，如《张少参春宴观剧同泸州佘太守、富顺县杨明府、纳溪县赵明府、泸州崔广文诸寅丈，吉安宁国雨梨园承应互奏其技，漏下三豆始归》《和樊子枢赠张金门诗并用原韵》。

3. 居于乡间与乡亲邻里的交往

宋之韩交游的另一个群体是乡亲邻里。首先是家族成员，如诗中多次提到的宋之范、宋之弼、宋之扗、宋之郊等人。其次是姻亲成员，邵惠宇为宋之韩表兄，黄参两为宋之韩侄女婿。再次就是乡邻故交之类了，这类人数也较多，如赵筑窝、刘禹震、刘鲁桧、王政敏、韦晏虹等人。而这些人基本上都有一个共同的特点，喜欢赋诗。刘鲁桧，字孔植，刘禹震之子，顺治戊辰进士，官南安府推官。《国朝山左诗续钞》收有其诗作《代人挽孙西山（名一脉，崇祯庚辰进士，翰林院检讨）》《病中奉酬愚山先生寄慰之作》等，他与施闰章交好，施闰章的《愚山先生诗集》也有写给刘鲁桧的诗歌《怀刘孔植》《闻刘孔植推官讣》。宋之韩与刘禹震、刘鲁桧父子都有交往，著有《怀杨居三、王瑞鸣、刘孔植、尚元锡诸子》《松柏篇寿刘禹震二兄封君六十岁》《己亥己亥林钟六日刘禹震封君携长公孔植司理招予及稷儿申孙涑溪泛月，时偕张修献、胡圣裔、张晖吉诸子限韵赋诗各七律四首》，从这些诗歌来看，他们经常聚会赋诗。王政敏与宋之韩交好，也是姻亲关系，前已述。赵淑雍，字筑窝，岁贡，博学能文，尤善钟王书法。韦祚兴，字晏虹，号心耕，《临沂县志》记载其虽然是武人出身，但是能文，善书画，住在朱保，喜饮酒赋诗。另外与宋之韩交往较密切的还有王方屿、王中权叔侄二人，宋之韩作有多首与二人相关的诗歌，如《喜王雪岩来访》《怀王方屿暨令侄雪岩》《川南怀王方屿》《怀王中权》等，诗中可知王氏叔侄均善诗："年来文字友，万里未能忘""方屿阿咸氏，中权诗不群"①。杨敬君，在《海沂诗集》中多次出现，杨敬君，名御庄，杨御蕃弟，

---

① 宋之韩，《海沂诗集》，《清代诗文集汇编》第 30 册，上海古籍出版社，2010 年版，第 205 页。

号蝶庵。宋之韩与他关系较为亲密，宋之韩有《雪日饮杨敬君金吾斋同相如、震旭诸子》《赠杨敬君弟蝶庵》。

（五）宋瞻祖的交游

宋瞻祖和其兄宋念祖当时称大小宋，喜好广交朋友。宋瞻祖交游群体可以分为三类。

1. 父祖辈的同年、好友等

这类朋友有祖父宋鸣梧的好友左光斗之孙左文言、左宰等人。左文言，字衍初，安徽桐城人，为宋瞻祖作小传。宋瞻祖让自己的儿子跟从左宰学习举子业。还有济宁的潘兆遴。潘兆遴父潘士良，万历癸丑科进士，与宋瞻祖的祖父宋鸣梧为同门师兄弟，同出于钱象坤之门，同时任职京师。宋瞻祖与潘兆遴二人偶然相遇却一见如故，后成为儿女亲家，宋瞻祖子宋成立之妻为潘兆遴之女，延续了祖辈的交游。

2. 宋氏同宗

宋大业，字念功，号药洲，长洲人（今江苏苏州），康熙二十四年（1685）进士，官内阁学士，宋德宜的儿子。而从《顺治壬辰廷试齿录（山东同贡）》中宋之韩的廷试档案来看，苏州的宋学张、宋学洙等人都是其兄弟，而宋胤晟、宋德宜均为侄辈。所以宋大业与宋瞻祖为同辈兄弟。最初宋瞻祖去京师应试期间，住在宋大业的家中，"君如归安邑。"康熙四十八年，在京师做官的宋姓形成宗盟，每月都要聚会。"府君以海内宋氏仕宦寥寥，在京师者不过十人，而长洲、商丘特盛。惟府君与商丘冢宰公序雁行，以才望学问推冢宰公主宗盟，月必相接见。"[1] 后宋大业为盟主。康熙五十二年宋大业去世后，宋瞻祖亲自去苏州为其操持葬礼。除了长洲宋氏外，宋瞻祖与莱阳宋氏也保留着密切的来往。雍正四年，宋瞻祖聘请莱阳宋惟梁到家中做塾师教导子孙习举子业。

3. 蒙阴李绍闻

李绍闻，字德中，顺治十六年进士，曾任秀水县知县，入祀名宦。其与宋瞻祖

---

[1] 宋朝立等，《缄斋府君年谱》，清雍正年间刻本。

为忘年交，宋瞻祖幼时失父，李绍闻常教导他要孝悌力田及为人处事之道。后宋瞻祖让宋先立与李绍闻子李睿结了姻亲，并力招李睿去京师任詹事簿。

4. 同僚、好友

宋瞻祖交游中关系最为密切的是唐建中。唐建中，字赤子，一字作人。康熙五十二年进士，官庶吉士，晚年寓居扬州，著有《周易毛诗义疏》《国语国策纠正》，为人恃才傲物，二人在京师比邻而居，关系亲密，宋瞻祖回乡后，唐建中还曾专程到中村山庄去看望过他，宋瞻祖的家传与其母余氏的墓志铭均为唐建中所写，唐建中与峄县李克敬交往也比较密切，也为李克敬撰写了墓志铭。

另外，宋瞻祖在京城为官期间交游较为广泛，众多名士赠诗于他。如钱名世、胡宗绪等人。钱名世，字亮工，江苏武进人，有"江左才子"誉。康熙四十二年的探花，翰林院编修，侍讲学士，送宋瞻祖诗："东林家学素风清，南省郎官列宿名。孔李通门三世旧，蓬瀛仙侣卅年情。相看渐进香山老，互喜俱培谢树荣。一事输君独蒲洒，春风沂水任游行。"胡宗绪，字袭参，号嘉逐，安徽桐城人，康熙丁酉科举人，雍正庚戌科进士，翰林院编修。其一生著作丰富，赠宋瞻祖诗："望属苍生应再起，东山未许作闲人。"

（六）宋澍与宋潢交游

初彭龄（1749-1825），字绍祖，号颐园，莱阳北黄村人，乾隆十八年（1753）迁居即墨海堤村。乾隆四十五年（1780）进士，初任翰林院编修，后为江西御史，以耿直敢言著称。后历任工部侍郎、云南巡抚等职。初彭龄还为宋澍写有两千多字的传文，收于《琅琊宋氏家谱》中。宋澍在仕途时间上比初彭龄要晚，但是二人关系较密切，初彭龄说："从容谈宴之日最久。"初彭龄长子初铭峻跟随宋澍学习。天津博物馆藏有初彭龄赠给宋澍的荷鱼朱砂澄泥砚。砚底部有铭文，上书隶书"给谏公赏"，下为"初颐园大司马赠"，中有楷书"离尘垢，伴文人，腹中书满，同上龙门。宋开蕊"字样。最下有"宋开莱藏"四字。通过文字可知此砚是文初彭龄送给宋澍的，后来宋澍的儿子宋开蕊与宋开莱依次持有并使用过。

宋潢与初彭龄也有交集。嘉庆十七年的荡柴案，皇帝派大学士松筠、户部左侍郎初彭龄前往清江浦查办，宋潢为随员前往。虽然没见到具体的材料记载，但可知二人在此过程中肯定有密切的交往。

宋潢与济南李廷芳关系密切。李廷芳，字勉思，号湘浦，山东历城人。乾隆五十四年（1789）拔贡。第二年选为日照县训导，五十九年（1794）举于乡，以亲老改顺天香河县县令，内丁艰后，授江苏靖江县令。在职期间疏浚旧的港口，万民得利，受到县民拥戴。后为吴江县令，决疑狱，锄强暴，奸豪敛迹，又捐购土地建同善堂、立义冢。士民争相称颂，有"郭华野重来"之颂。后丁艰去任。再起后，历任广东英德令、澄海令，所到皆有政声。一生著述较丰，其中《清爱堂诗钞》七卷，卷前有道光元年宋潢作的序，记述了二人的交往过程："道光建元之岁，两生同以服阕聚于京师，齐生乃以一编掷鲁生。"[1]

（七）宋徽章交游

1. 马邦举、马星璧父子

马邦举，山东鱼台人，马邦玉之弟。光绪《鱼台县志·人物志·文行篇》："马邦举，号卧庐，邦玉弟也。嘉庆庚申（嘉庆五年，1800 年）举人，乙丑（嘉庆十年，1805 年）进士。注铨知县，改教职，官曹郡教授。幼时读书性稍迟，比长，颖悟顿开，殚见洽闻，博极群书。壮游江南，历馆萧、宿诸州县，所至门下济济。及司铎曹郡，从学益众。所著有《周易》《尚书》《毛诗》《春秋三传》考略等书；又有《竹书纪年》《古史》《说文》《毛诗》及两汉魏晋字声考略诸编。夫人孙氏，娴吟咏，精书画，著有《垚居书屋诗赋集》。"[2]光绪《鱼台县志》还记载："昔人在凫山前获一鳞身石像，刻画朴素，先正马邦举识之，曰：'此伏羲真像也。'"[3]宋徽章在《海沂诗集》的序言中称宋之韩的年谱是他的老师马邦举修改过的，所以马邦举是宋徽章的老师。

---

① （清）李廷芳，《清爱堂诗钞》，《清代诗文集汇编》第 475 册，上海：上海古籍出版社，2010 年版，第 737 页。

② （清）赵英祚纂修，《鱼台县志》，清光绪 15 年刊本。

③ （清）赵英祚纂修，《鱼台县志》，清光绪 15 年刊本。

马星璧，字卿，马邦举次子，道光乙酉（1825）拔贡，与牟庭之兄牟所、日照许瀚为同年贡生。马星璧八九岁时与其父马邦举馆于宋家，与宋献章之子宋昺一起读书，道光七年（1827），宋瀛六十九岁的时候，请牟庭为宋瀛作寿序："先生今年六十九岁，鱼台拔贡生马星璧，字卿，旧游先生之门，受知亲厚，拟将制锦以为祝，属庭为文字。"后还为宋献章及其妻作家传《蕴亭宋公传》《王恭人传》。马星璧对宋家有较深的感情，他在给王恭人作传时回忆少时在宋家受到王恭人姐姐一样的照顾："蕴亭少时从家大人读书。家大人乐兰山风土，移家以来，王恭人以母礼事先姒。璧时年八九岁，左右嬉笑，恭人抚之如同胞焉。先姒享年不永，璧失恃后，见王恭人辄忆在先姒膝下时，唏嘘不自禁。"① 从马星璧的这段文字来看，马邦举父子曾经在兰山住过一段时间，这段时间应该在马邦举中进士之前，即嘉庆十年之前。

2. 牟庭

牟庭（1759-1832），原名廷相，字陌人，号默人，山东栖霞人。与牟应震、牟昌裕并称为"栖霞三牟"。十九岁为贡生，山东学史赵鹿泉称之"山左第一秀才"。乾隆六十年优贡。曾任观城训导，后以病辞官。牟庭精于考据，博通诸经，兼通算学和《尚书》，著有《同文尚书》，还对古诗文音韵有研究。一生著述颇丰，著有《诗切》《投壶算草》《带纵和数立方算草》等五十余种。生前只刻印了《楚辞述芳》。《同文尚书》辗转多手，1982 年由齐鲁书社出版。牟庭曾在宋家做过塾师。牟庭在《士洲宋大公寿序》中写道："经师易得，人师难迁。昔在嘉庆壬申庭读书兰山车庄，与士洲先生周旋自春徂冬，时则先生仲子问径于余，而余得人镜于先生。"嘉庆壬申即嘉庆十七年（1812）时，牟庭在兰山车庄，宋徽章从学问道。牟庭到宋家应该与马邦举的推荐有一定的关系。马邦举馆于宋家，当在其中进士之前，即嘉庆十年之前。二人属于先后的关系。且二人关系较为密切。在《士洲公寿序》中牟庭提到了他对马邦举的敬仰之情，牟庭去世后，马邦举为其作墓志铭，可知二人关系较为密切。

---

① （清）宋徽章等，《琅琊宋氏家谱》，清道光二十四年刊本，1992 年宋氏家族重录。

以上是宋氏家族中重要家庭成员的社会交往状况。从现存文本中可知，宋氏族人，尤其是宋鸣梧父子等人的交游情况。这种交游活动，极具有阶段性特征，又反映了其家族的社会地位和影响力，同时对于家族文学的发展起到了十分积极的促进作用。

其一，有较为明显的阶段特色。从宋之普交往来看，其较为密切的好友主要为同年中进士的群体，如刘正宗、薛所蕴、方拱乾、郭士奇等人。宋瞻祖的交游主要围绕父祖辈的同年密友群体，如其交往的左氏、方氏、潘氏等人都是如此。他在这层关系的修复上也较为用力，如帮衬左文言兄弟，保持与方登峰父子的较为密切的交往。这里有志趣相同的成分，如与潘家的来往，但更多的是对社会关系网络的考虑，对父祖辈精神上的求同心理，如帮助刘正宗的家人把刘正宗的灵柩运回安丘安葬，帮衬其子成人等。这与宋瞻祖的出身有关，他是宋之普晚年所得之子，七岁时宋之普去世，作为庶出之子在家有长兄的情况下生活是较为艰难的，这在《缄斋府君年谱》中有体现，所以他努力修复父祖辈的交游，以获得更多的社会认同，当然也会稳固自己的社交圈子。

其二，宋氏的家族影响力在文学交游中亦可得以反映。"中国传统文人间的交往追求的最高境界是'志同道合'，而'志'与'道'的遇合则往往受制于教育背景以及家族地位等社会元素。尤其在等级制度森严的时代，文士间的交游其实也只是各社会群体间的小众交往"①。例如从现存文本来看，与宋氏家族交游的社会名流颇多。例如，宋鸣梧去世后，朝中多位官员为其作挽诗，编成《忠孝录》，费县张四知作序，序言与部分诗作存在宋氏家谱中。宋澍去世时又再现了这种场景。宋氏家谱在为先祖立传状时较注意体现先辈与社会名流的交往，并且突出强调家族先祖与社会名流关系莫逆，如宋鸣梧与缪昌期、左光斗是莫逆之交，宋之普与王崇简是莫逆之交。实际上这种莫逆值得考辨，如宋之普与王崇简之间的关系，宋家说是二人关系莫逆，但是王崇简在给宋之普做墓志铭时所描述的二人的关系较

---

① 游路湘，《江南与京师：由洪昇旅食文学交游看清初文坛生态》，《浙江学刊》，2013年第3期，第103页。

为淡薄，他们通过宋玫认识，私下交往并未提及。在王崇简的诗文集中也没有收录其写给宋之普的墓志铭。《缄斋府君年谱》的序中，王崇简的孙子王景曾说王崇简在明末南逃时受过宋之普的周济使一家人得以存活。但是考查王崇简的诗文创作及其生平轨迹，只能看到王崇简在南奔途中受到宋琬的接济，后来还到宋琬的老家莱州去住了一段时间，王崇简对宋琬充满了感激之情，在多篇诗文中有体现。除了先辈故交之外，宋氏父子等人也通过自己的仕途不断开拓新的交游关系网络。

宋氏还注重与乡邦时贤的交往。宋家成员除了对与社会名流交往较为重视之外，与地方上的名人、乡党姻亲等交往比较密切，如宋之韩在《海沂诗集》中经常吟咏作诗的群体多为乡党人物，如赵筑窝、韦晏虹等人。清后期的宋氏家族的交往则较多为地方上的硕学鸿儒，如马邦举、牟庭等都是在经学、金石学方面著述丰厚、学问渊博之人。

其三，家族成员的交游活动，对家族文学的发展起到了非常重要的促进作用。在古今家族的文人作品中，我们不难发现内蕴其中的强烈的家族荣誉感。他们以层出不穷的家族俊彦为荣，为家族的声名不坠乃至经久绵续而努力。而文学的交游和酬唱，不仅是表现才情、传播文名的一种方式，更是彼此加强了解、增进感情的重要手段。这一方面，从文学创作素材来讲，亲情以及家风、家训、家族成员等，都成为歌咏的内容。例如宋之韩《怀王方屿暨令侄雪岩》称"携囊百里远相过，王氏诗才二妙多。把臂花前曾夜月，知名酒社几悲歌。风流自昔乌衣巷，经济于今安乐窝。归去来兮沂水上，共君昕夕任婆娑。"在这首诗中"王氏诗才二妙多""风流自昔乌衣巷"无不是对琅琊王氏人物风流以及家族传承的赞颂。又其《饮大范弟斋中，同文山、献公诸弟》有"花萼荣同干""孝友全天性"等语，对其家族文化传承颇为自诩。其次，文人之间的相互酬唱、品评，以及对于家族成员创作的整理、刊印等，都进一步促进了家族文学的流传。例如，宋氏家族的家集中，所附社会名流之序文等。与此同时，对文学交游的重视，必然进一步强化了家族成员文学素养的培养和提升，由此促进家族文学创作的繁荣。例如，作为文学教育，"在明清时期，文人士子接受文学教育的基本内容包括诗歌教育、古文教育、八股教育等。这些文学教育内容像汨汨清泉，通过家庭、学校和社会等多种渠道，渗透进每一位文人士子的心灵，养育了他们各自的文学知识结构、文学思维方式和文学表达方式。"① 由此，在家庭教育、学校教育之外，文人交游等社会活动，亦是家族文学创作繁荣的积极因素。

① 郭英德，《探寻中国趣味 中国古代文学之历史文化思考》，商务印书馆，2017 年版，第 224 页。

第五章　琅琊宋氏家族的文学创作

家学的传承，表现在家族日常生活的方方面面，而文学创作，不仅作为一种文化传统，更是对于家族文化的保持具有重要意义。"对于文学家族来说，文学传统的继承与流传，是家族文学得以延续的一个重要方式。如果文学传统丢失，文学家族的延续也将只是无源之水、无本之木。"①家学传统对其成员的文学创作无疑起到非常重要的促进作用。这表现在，家族文学植根于地域环境的影响之下，受到地域文学大家及思潮的影响较大，而很容易传导到家族成员的创作之中。又比如文学性家集，"文学性家集是指汇刻家族成员著述的文学总集，内容或是兄弟姊妹的作品，或是数代乃至数十代作品的累积。在家族文学传统的塑造与确定的过程中，家集总序和诗话的叙说，功用顾为突出。"②就琅琊宋氏家族的文学创作而言，其家族文学传承对其成员的文学创作无疑也起到了重要作用。这种文学传承，既有地域文化与文学层面，亦存在于家族层面。

第一节　明清时期的沂蒙文学

明清时期沂蒙文学的发展，处于整个山东文学乃至中国文学的发展步调中。对于明清时期的文学创作，廖可斌曾指出明万历年间不仅是明代文学的盛世，也是

---

①　黎清，《宋代江西文学家族研究》，中山大学出版社，2013 年版，第 410 页。

②　徐雁平，《清代世家与文学传承》，生活·读书·新知三联书店，2012 年版，第 134 页。

整个中国古代文学史上的盛世①。周明初亦指出明万历年间的文学盛世一直延续到了清初康熙年间，因此"晚明万历年间，并不是一个文学盛世的全部，而是一个文学盛世的开端。在这个文学盛世里，不仅有着异常丰富的文学现象、繁盛的文学局面，而且有着众多的文学大家和传世作品……是中国古代文学史上的一个高峰。"②以山东而言，明清时期的山左文学引领了一代风骚，先有李攀龙等人的复古创作，后有王士禛的独领风骚，都不逊色于江南文学的发展。这些都为山东乃至沂蒙地区文学的发展提供了较为良好的发展环境，从而使得沂蒙文学走向了复兴。

一、明清时代沂蒙文人的文学创作情况

从明清时期山东文学的发展历程来看，沂蒙文学在整个山东文学中的地位似乎并不是非常的突出。李伯齐《山东文学史》在明清文学部分中主要研究了济南、淄博、临朐、安丘、诸城、曲阜、德州、胶东、高密等地的文学发展，介绍了有影响的文学家，但没有涉及沂蒙文学。周潇《明代山东文学史》也仅涉及杨光溥、公鼐、公鼒、周京、高名衡等人，与其他地区的文学家相比人数与研究比例相对较小。这一方面显示了沂蒙文学的发展相对薄弱的情况，也与文学作品的刻版传播数量较少也有一定的关系。正如《临沂县志》所云："明清两代著述刊行绝少，各家藏稿往往畸零断烂难用。"但从整个沂蒙文学的发展历程来看，明清时期亦是沂蒙文学的复兴期。

（一）方志所载明清时期宋氏家族之外的著述情况

明代的文学创作情况，可从方志艺文志的记载来看。总体而言，记载颇多，体现出这一时期文学创作的情况。例如蒙阴公氏家族的文集：公勉仁《东山集》、公跻奎《中岩诗草》、公家臣《柳塘集》、公鼐的《问次斋集》、公鼒《小东园集》、公襄的《潜园诗集》等。

从个人的著述来看，杨光溥的著述最多，有《沂川文集》四十卷，《梅花集咏》

① 廖可斌，《万历为文学盛世说》，《文学评论》，2013 年第 5 期，第 67 页。
② 周明初，《晚明清初文学为中国古代文学高峰说》，《广东社会科学》，2022 年第 1 期，第 151 页。

一卷,《剪灯琐谈》一卷,《素封亭稿》十卷。其次是张景华,有《樵牧琐谈》《山西奏议》《摄心录》《御边迂说》《穿杨中的说》,但后面几个更像是文章。其他作家的集子都在一到两部之间,主要有:李骐《西莪集》,李梦龙《云松集》,周举《擒虎记》,周京《金城集》《贲园草》,王之翰《别墅集》,秦士文《抚宣奏议》,陈主直《殷城集》,申其学《真乐园诗》,徐贲《病柏联句集》,王雅量《长馨轩集》等。

就清代的诗文集来看,表现突出的还有沂水刘氏家族:刘应宾《平山堂集》,刘泽芳《竹嫩诗稿》,刘玮《龙麓诗稿》,刘亿《石鼓斋遗稿》,刘佽《宽路亭稿》。其次是庄坞杨氏,杨御庄有《蝶庵诗稿》,杨慰有《近水楼诗草》。其他的还有,朱衣《芳林园集》《块阜山集》,孙良弼《堆恨斋诗稿》,孙善述《此君亭诗》,高晙《南圃集》,郭会极《耕心斋诗集》《奎坡文集》,李应鹗《宁拙堂诗文稿》《李太常案牍》(见《山东通志》),王壎《一隅诗草》一卷(宣统《山东通志》中说王壎的集子为《龙山杂咏》),王者臣《梧轩吟》,孙熊兆《映雪斋诗稿》二卷,密云路《溉菊轩存稿》,工宝森《焚余诗草》一卷,赵映阶《带星堂诗稿》一卷,赵廷璋《洗退轩诗稿》一卷,孟班《惕若斋诗》等。

(二)散见作家及文章

地方志中还收录了一些代表性作家作品,现就方志所收明清沂蒙文人的诗文目录如下:

杨光溥(17首):《穆陵停雪》《游梵众寺》《东皋即事》《重游圣水坊》《游圣水坊》《题沂阳八景》(8首)《沂水形势》《花之寺集句二首》《登东皋赋》

公鼐(14首):《东蒙山赋》《望蒙山吟有寄》《自东莱还蒙山过穆陵》《沭水道中》《南竺寺》《同陈徐二生游南竺》《咏怀古迹》《谒沂北闵子祠》《汶南别业秋居》《初春出郭望蒙山雪色》《岸堤道中》《慕修寿圣寺疏》《东蒙辩》《清源观三官庙碑记》

王雅量(13首):《重修费县儒学记》《重修三官庙并学书亭记》《邑侯张公生祠记》《曾子费人考实》《登蒙山绝巅》《游苍岩寺》《朝阳洞留题》《游灵泉观》《月泉》《兖东道肩翁徐老公祖遗爱碑记》《乞养亲疏》《重修学宫碑记》《重修县学明伦堂记》

周京（6首）:《琅邪王冢》《诸葛城》《卧冰河》《玉泉枕流亭记》《题玉泉》《过古鄅城》

侯长熺（6首）:《宿盘豆驿》《夜雨》《谒周忠武祠》《赠阎村寺僧》《马嵬》《白石园》

徐榛（5首）:《呈吴明府堦》《烈女词为阿改作》《烈妇词为侯长熠妾作》《赠李县尉朝煦》《郯民十谣为吴大令堦作》

任文献（5首）:《沂水春波》《孝妇冢》《郯子故墉二首》《古城写景》《登望海楼》

张四知（4首）:《寿信肖吾》《鞏华城记》《洞山适意亭记》《孔言仁孟兼言仁义孔言志孟兼言志气解》（馆课）

王询（4首）:《王米山自为墓志铭》《重修城隍庙碑记》《汉柏逸记》《重修颛臾庙记》

王彬（4首）:《鹁鸽洞（在马家庄西泇河之滨）》《团汪》《咼公塔》《牛王墓》

李烨（4首）:《荀卿墓》《睢陵公庙》《季文子祠》《马陵山即事》

王调鼎（4首）:《海楼朝霞》《仙洞云壑》《沂水春帆》《红崖古梅》

祝植龄（4首）:《闵子书院》《穆陵停雪》《东皋晚照》《望仙石桥》

王椽（4首）:《石门夜雨》《禹台柳莺》《白溪秋月》《龙门桃浪》

陈玉（3首）:《缆夫谣》《诸葛武侯祠》《石淙记古赠杨少帅》

孟润堂（3首）:《墨河记》《游玉泉记》《明广寺僧行》

高淑增（3首）:《阳都道上问诸葛武侯故里》《穆陵怀古》《东皋晚照（八景录一）》

高侗（3首）:《龙池浸月（八景录三）》《穆陵停雪》《闵仲书院》

孙善述（4首）:《老儿石》（一名石丈人，在朴里东山形似老翁）《登苍岩寺》《游苍岩寺》《重九曲蒙顶过白云岩》

张景华（3首）:《汉孝妇冢碑记》《游艾山》《康公祠记》

段衮（3首）:《长治令颜心卓叙》《双龙桥记》《秋兴和张贻白太史》

公鼐（3首）:《蒙阴重修文庙并建斋署记》《莒州道中》《东安城》

王壎（2首）：《春日供兵任城和韵三首》《挽节女宋氏》

王璟（2首）：《重修沂州学记》《创修外城记》

刘侃（2首）：《请复热审减等疏》《严禁蚕场之弊批详》

赵钦明（2首）：《重修岔河隆福寺记》《重修地方集观音庙碑记》

刘顺志（2首）：《平台春晓》《西山晴嶂》

公跻奎（2首）：《蒙山叠翠》《堂阜遗迹》

公一扬（2首）：《蒙山叠翠》《汶水拖蓝》

官栋（2首）：《南庄即事》《泥沱湖白莲》

张启光（2首）：《甲申岁冬至观梅和孙西山先生》《欲雪和诸同社》

全守初（2首）：《嵯岈山》《艾山》

高元熙（2首）：《秋霁樵文山绝顶》《登崇文山》

张世则（2首）：《孝妇冢》《问官祠》

朱绅（2首）：《开福寺苍山塔院记》《寒两寺》

刘伿（2首）：《穆陵常将军庙（相传战国时人，齐王命筑长城，以忤意获罪，工人感其德立庙祀之）》《沂河》

刘翔（2首）：《孝妇冢》《望海楼》

另有 50 多人只收录 1 篇诗文。

方志收录诗文作品受到志书体例的限制，基本上都与临沂的风土民情有关，虽不能反映整个文学创作的原貌，但也基本能够体现这些文人诗文在地方文化上的影响程度，表现出明清时期沂蒙地区并非文学创作的荒漠。就方志中收录诗歌来看，最多的有以下几位：杨光溥 17 篇，其中 8 篇为八景诗；公鼐，14 篇；王雅量，13 篇；宋鸣梧有 9 篇文章；其他人都在 6 篇以下。从方志的记载来管窥，明代沂蒙文学中影响大的是杨光溥、公鼐，其次是王雅量和宋鸣梧等人。这和他们所处的地位应该也有一定的关系。

在临沂各地文学中，费县文学作品存世较多，其中清代杨佑廷编纂的《费邑艺文存》保存之功较著。《费邑艺文存》中收录作品较多的有王雅量、高晙、王淑龙和王殿麟等人。其中高晙 37 篇、王淑龙 35 篇、王殿麟 35 篇。

二、明清沂蒙文学名家

在方志中收录作品较多的有杨光溥、公鼐、王雅量等人，但在山东文学史的研究中，关注较多的有公鼐、公鼒、杨光溥、周京、李烨、高名衡等人①。下面结合方志与文学史所关注的作家对明清沂蒙文学发展中的名家进行介绍。

（一）公鼐、公鼒昆弟

明清时代的临沂地区，公氏家族属于名门望族，一门中出了五位进士，多人著有诗文集，而文学上最有影响的是公鼐。

公鼐（1558-1626），字孝与，蒙阴人。据史记载生有异才，年少成名，但科考不顺，四十岁才中举，万历二十九年（1601）才中进士，仕途也不是很顺利，屡次启用，屡次隐归，官至礼部右侍郎，死后赠礼部尚书，谥"文介"。他是明代著名的文学家，著有《问次斋集》传世，万历年间与于慎行、冯琦并称"山左三大家"。朱彝尊评价说："言诗于万历，则三齐之彦，吾必以文介为巨擘焉。"②明代时蒙阴属于青州府，属于古齐国的地界，所以受到齐文化的影响比较突出，诗歌创作方面标举"齐风"，他在《赠冯季韫》一诗中说："主盟非吾事，愿君恢齐风。"所谓的"齐风"主要是诗本性情，宗法自然，不拘格调，不反对复古，但是反对过分拟古，主张一时代有时代之文学，"啧啧莫问群儿喧，愿成昭代一家言"③。

其弟公鼒（1569-1619），字敬与，号浮来，继其兄公鼐之后的山左诗坛领袖，影响要比公鼐小一些，但他继续标举齐风，并开辟诗歌新境界，引禅、引侠入诗。著有《浮来先生诗集》十四卷传世。

---

① 此结论根据周潇《明代山东文学史》和李伯齐、王勇的《山东文学史》。周潇，《明代山东文学史》，北京：中国社会科学出版社，2015 年版。李伯齐、王勇，《山东文学史》，济南：山东人民出版社，2011 年版。

② 朱彝尊，《明诗综》，上海：上海古籍出版社，1993 年版，第 1247 页。

③ 公鼐，《问次斋稿》，北京：中国戏剧出版社，2008 年版，第 13 页。

（二）杨光溥

杨光溥，字文卿，沂水人，成化五年（1469）进士，官至山西按察副使，著有《沂川文集》四十卷、《梅花集咏》一卷、《杜诗集吟》二卷、《剪灯琐谈》一卷、《素封亭稿》十卷。传世诗歌较多，陈田评价说："文卿诗有闲适之趣，觉柴桑风景，去人不远。"[①] 今人周潇评价他："七绝尤为淡雅清新，首首俊逸怡人，读来含英咀华，芳香满颊。"[②] 从他现存诗歌来看，山水田园诗的数量较多，多体现他辞官后隐居乡间的四季生活，如《观菜畦》《田家》等都是，诗句清新自然，富有乡土气息。也有怀古记游诗，如《姑苏台》《长洲苑》，他的怀古诗没有苍凉之悲，只有淡然之感。诗歌创作上师法自然，追求清新自然，如《写意》一首："春来连日为诗忙，也令奚童负锦囊。得句不禁尘土气，欲从东海浣诗肠。"[③] 另外，他擅长集句，有《梅花集咏》《杜诗集吟》二集。明蒋一葵《尧山堂外纪》卷八十七称引其集句中较好的有《梅花集咏》四首。

（三）王雅量

王雅量（1562-1630），字有容，号左海，明万历三十二年（1604）进士，历任阳城县令、四川道监察御史等官。王雅量善诗文，但在文学上影响稍弱，所著作品中影响最大的是《曾子费人考实》，此文一出再次激起了曾子籍贯是嘉祥还是费县问题的论辩。另一篇影响较大的文章是天启五年向皇帝上的建言疏。该疏建言焚毁李贽的著作，不准坊间发卖。著有《长馨轩集》传世。

（四）周京

周京，字窳西，号野王，沂州人（今临沂市郯城县李庄镇），明万历四十一年（1613）进士，精书善诗，著有《贲园草》《吴越游草》《金城集》等，惜市面上未见有集存世，陈田评价他说："窳西吊古之章，颇饶兴趣。"[④] 现费县、沂州等地方志

---

① 陈田，《明诗纪事》丙签卷六，商务印书馆，1936 年版，第 1029 页。

② 周潇，《明代山东作家研究》，上海师范大学博士论文，2006 年，第 30 页。

③ 李建法，赵统玺编，《莒州诗词选注》，北京：中国文史出版社，2006 年版，第 55 页。

④ 陈田，《明诗纪事》庚签卷二十三，商务印书馆，1936 年版，第 2641 页。

收录其诗歌有五首，文一篇，五首诗歌中四首为怀古诗，分别是《琅邪王冢》《诸葛城》《卧冰河》《过古鄪城》，诗中多凭吊古迹，缅怀先贤，感慨时光流逝，充满了物是人非的苍凉之感。临沂市博物馆收藏有《重修石河广济桥记》碑文拓本。另外其后人还曾从河南辉县百泉公园寻访到周京的诗碑，该诗碑共刻诗六首，分别是：《甲寅夏奉使肃藩取道游苏门憩拜泉书院》（三首）《登啸台》《自涌金桥泛舟至桥口》《饮郭苏门太史泉亭》。此六首均为山水记游诗，描绘了百泉之美，"百道泉如沸，千峰翠欲流""狎浪鱼翻藻，惊栖鸟入林"，感激朋友的热情款待，"携琴聊坐石，呼酒复登楼""小艇俄三易，残杯复几斟"，抒发游玩之乐，"留连无限意，斜日挂长林"。诗风平易，随性自然。另外，他与公鼐交往较为密切，现存公鼐的《浮来先生诗集》中有多首写给周京的诗歌。

（五）高名衡

高名衡（？-1642），字平仲，号鹭矶，沂水人，崇祯四年（1631）进士，历任江苏如皋县县令、兴化县令、云南道试监察御史等职，官至兵部左侍郎，崇祯十三年（1640）因病归里，崇祯十五年（1642），沂水城被清兵攻破，高名衡与妻张氏一起自杀。乾隆四十一年赐谥"忠节"。生平著述较多，经兵燹后，所存诗文经后代整理，有《高忠节公遗集》传世。传诵较广的有《更生吟》八首，道光《沂水县志》有收录，宣统《山东通志》评价说："忠义之气凛然简外。"[1] 另外还有《画衣诗》八首。安邱张贞《梁丘耳梦录·画衣记》载，高名衡在京城为其妻张夫人制画衣，上有花卉二十五种，作三十二丛，左右衣袖上题五七言绝句共八首。此画衣先为张贞家收藏，后转赠王士禛。《画衣诗》主要抒发了对妻的相思之情，"画时肠已断，著时心自知"，"著时怜百朵，应忆画眉人"，含蓄蕴藉，自有一番风流态度。《临沂文学典藏·历代诗文卷四》还收有《舟发襄阳》《阻滩漫题》两首诗歌。其妹高玉璋有《玉映草》诗集一册传世。其后人高颎等人于1934年把高名衡所存诗编成了《高忠节公遗集》，高玉璋的《玉映草》也收录在内，2011年高侯勋标点翻译重印。这对研究高氏文学有一定的价值。

---

[1]　张曜等修，孙葆田等纂，宣统《山东通志》卷百四十二 艺文志第十 集部，民国七年刊本。

（六）刘应宾

刘应宾（1588-1660），字元桢，号思皇，沂水县人，明万历四十一年（1613）年进士。明时初任县河北赞皇县令，后调南宫县，崇祯年间起用为验封司郎中。清建立后，以原官职衔巡抚徽宁等地，被革职后寄居扬州，1656年后因病回乡。著有《平山堂集》五卷《续集》一卷，还有《平山堂诗余》一卷。作为沂蒙诗人受到历下诗风的影响，诗宗历下李攀龙，同时因长期寓居扬州，所以也受到吴中诗风的影响，作诗方面求适心，由此形成自己的创作特点。李明睿在《平山堂诗集》中写到刘应宾的创作主张："亦曰：'吾以惬吾心耳。'"①

（七）高暧

高暧（1640-1735），字贞明，号蕴公，以拔贡授栖霞教谕，常居南圃，学者称他为南圃先生。他学问广博，天文地理无所不通，著有《南圃集》《周易一得》《天文考》《地理镜》等书。高暧家学深厚，其父高梦说也是费县著名的学者，曾任安徽按察使，家里藏书丰富。《费邑艺文存》的编者杨佑廷非常赏识高暧，在《费邑艺文存》中收录其诗三十七首，文十篇。高暧在文学上主张复古，他认为文学与社会的发展是倒退的，一代人不如一代人，一代文不如一代文，"今人不及古人，今文亦不及古文"，他认为最好的文章典范是《史记》《汉书》。今人如果想要达到古人的高度，须鼓尽全力先造唐宋八大家之境，"即可渐至史汉矣"②。

除以上名家外，地方还有些文人的创作活动也比较频繁，风格也比较多样。如杨肇基子杨御庄著有《蝶庵诗稿》，《山左明诗钞》卷三十三收录其四首诗《游英霍山》《赋得茅檐罗鸟麤》《春怀》（二首）。清朝王藻《崇川列朝诗选汇存》补遗卷五十九收录《囊琴》一首。从存诗看，诗句清新自然，意境悠远，如《游英霍山》："未拟穿云出，俄从幽谷升。暗泉隔竹响，绝巘见猿登。梅早依茅屋，松盘挂古藤。蠕蠕逢顶动，应是独归僧。"再有与杨氏交往密切的傅启佑，字宗姬，号正公，著有《杞忧草》《史典集》《治安策疏》等，杨肇基为其诗集作序。杨氏家谱中也存

---

① 刘应宾，《平山堂诗集》，清刻本。

② 李敬修纂，《重修费县志》，清光绪二十二年刻本。

有傅启佑的六篇诗文。从《索杨老将军草书不得咏》《赠杨老将军平虏复四郡》《赠杨少将军守东莱》来看诗句雄壮，擅长用典。如《索杨老将军草书不得咏》："虎牙声振表中华，胸贮古今书五车。麟角锋芒排剑戟，墨光云雾走龙蛇。共知阵马跨青海，行见石垣龙绛纱。自恨山阴羽客冷，无鹅可换空咨嗟。"而从《祭杨老将军》《代州尊请杨少将军大启》来看其擅长骈文，气势磅礴，行云流水。

三、明清时代沂蒙文人的结社活动

明代社会结社之风盛行，"自万历后，文社进入发展时期。地域日益扩大，数量逐渐增多"，尤其是"天启以后直至崇祯末年，晚明文社进入极盛时期。"① 入清之后，这种结社风气还延续了一段时间。沂蒙地区也追随时风，纷纷结社，组织各类活动。

（一）琅琊文社

明后期沂蒙地区建立了一个文人社团——琅琊文社。宋鸣梧有《瑯琊文社序》，序中交代："往在天启琅琊英少，感愤前美，初创社会，时则黄翊明、周濂浦、王稚公、任仲乐，暨予长男之普，并各夙夜琢砥，戛陈致新，后先南宫。次则颜心卓、刘心余、孙六子，信尔极俱登贤书、殿对自奋。又次则任叔玉、全贞乙、颜飞虹、周吉人、刘胤隆、王范之、周五千、杨严矶，暨余次长男、诸弟数辈不能悉举，并皆却利绝器，焠掌逊志，专精搜研。一时文人之奋发，勃不可御如此。"可知瑯琊文社初创于明代天启年间，因追慕邑中先贤，而作文学社团。从宋鸣梧的序中也可以知重要的社员组成情况。第一期的社员中，有黄翊明（图昌）、周濂浦（文斗）、王昌时（稺公）、任仲乐（任者泰）与宋之普。第二期的社员有颜心卓（颜习孔）、刘心余（刘纯庆）、孙一脉（六子）。第三期有任叔玉、全贞一（全守初）、颜飞虹（颜光斗）、周吉人、刘胤隆、王范之、周五千、杨严矶（杨富春）、宋之韩等。

周文斗，万历四十年举人，崇祯元年进士，授临汾县知县。

---

① 何宗美，《明末清初文人结社研究》，南开大学出版社，2003 年版，第 135-138 页。

任者泰，字仲乐，号娈徵，万历戊午举人，崇祯四年进士，初任直隶省雄县知县，左迁浙江按察司照磨，复代庖潜、化西两县，俱有政声。后起屯留县知县，因过于操劳，旧疾复发，卒于官邸。

黄图昌，字翼名，号九如，世居峄县马兰屯，崇祯元年进士，泽州知州，雍正《泽州府志》："（黄公）寻以艰去任，士民泣送百余里，相传为明三百年第一贤守云。"《峄县志》收有其文《创建贞修庵记（崇祯六年岁次癸酉十月上浣）》《祭褚侍御文》。父黄和，万历三十二年进士。

刘心余，名纯庆，字心余，沂州人，乾隆《沂州府志》："万历戊午（1618 年）乡荐令河南息县，兼摄罗山，时流寇工程，纯庆率民死守，卓异擢知寿州，遇旱步祷八公山，立雨，捐俸赈济，守城督饷，寻卒于官。"① 万历三十六年（1608）参修万历本《沂州志》，负责全校工作。

颜习孔，字心卓，《临沂县志》载："崇祯丁丑（十年 1637）进士，令山西长治，多惠政，值改革隐居不入城市。"② 段衮《长治令颜心卓叙》："余读陶靖节集，爱其诗，想见其为人考厥生平，盖由彭泽令隐于家，不乐仕于宋，以晋处士题其墓者也。高风逸韵，千百载后，谁复有继之者，继之者其我颜先生乎? 先生讳习孔，号心卓。沂簪缨旧族，与余师化宇张先生讳孔（镕），同砚席，曾受业于先生父晓阳公讳时显之门，性颖敏，早领乡荐。试春官未第乃授教生徒，所成就至百余人。"③ 光绪《费县志》收其诗一首《赠彭太岩遵化县殉难诗名文炳》。

孙一脉，字六子，号西山，崇祯庚辰进士，授翰林院检讨。孙一脉同时还是山左大社成员。前文中对其生平已有论述。康熙《沂州志》载张启光和蒋藩锡同题唱和他的诗歌——《甲申岁冬至观梅和孙西山先生》。宋之韩也于顺治十年作有《同孙西山太史望蒙山积雪》。

杨富春，字严矶，号问梅。《沂州府志·耆德》："沂州人，性孝谨，里中婚葬贫病无不周恤，兼修舟桥道路，精岐黄，所定方剂施济无穷，观察李以匾旌之。"

① （清）李希贤修，潘遇莘等纂，《沂州府志》，台北：成文出版社，1968 年版，287 页。
② （民国）沈兆祎等修，王景祐等纂，《临沂县志》，台北：成文出版社，1968 年版，第 477 页。
③ （清）邵士修，王壎纂，《沂州志》，清康熙十三年刊本。

王范之，当为王用模，从古人名与字之间的关系可以确定。王用模为王守正之孙。崇祯十五年他曾与宋之韩一起练乡兵抵御匪患李青山等人对乡村的侵害而受到表彰："贡生王用模，生员宋之韩、李云卿等或密报机宜或奋力协捕，均应叙录以示激励。"[①]康熙《沂州志》评价他"博学、善书、能诗"。

全守初，康熙《沂州志》载有其两篇文章《嵯峨山》《艾山》。父全良范，文献儒宗，沂人称之为"中恪先生"。白莲教为难时捐资助城，有德行。

除以上实名提到的诸人外，宋鸣梧在《瑯琊文社序》中说成员还有他的诸从弟等人，可知文社中还有宋鸣梧的从弟宋鸣珂等人。

琅琊文社成员之间互相砥砺学习，在务为有用之学方面表现尤为优异。首先是切磋科举时文方面较有成就。宋鸣梧所提到的第一期琅琊文社成员全都为进士出身，其中周文斗、黄图昌、宋之普都在崇祯元年中进士，任者泰时间稍后一点，也在崇祯四年登进。后来宋之普还把翰林院学习期间的馆课结集出版了，姚希孟作有《宋则甫馆课序》，高度评价宋之普的作文水平，"劈理则窥荀杨之室，策事欲闯晁董之藩，俪偶直蹑卢骆之岸"。家传中说他"工制举义"，"遂于帖括一道首辟蚕丛，别立蹊径，启徵之文实自公二人变之而始"。结合姚希孟的评价来看，家传所说也并不是虚言。宋之普在科举应试文写作上确有专长。而崇祯元年，瑯琊文社的三名成员同时中进士也说明他们在科举应制文方面的切磋学习。

其次，诗歌唱和活动，如康熙《沂州志》载有张启光和蒋藩锡《甲申岁冬至观梅（和孙西山先生）》，后还有张启光《欲雪和诸同社》。虽然不能确定张启光琅琊文社成员的身份，但是通过他与孙一脉的唱和，以及"和诸同社"的行为，可以了解琅琊文社里开展诗文唱和活动。

再次，讨论一些治国方策。《海沂诗集》在宋之韩年谱部分有一段话可以了解他们的社团活动："公与同社诸君子阐发名教务为有用之学，一日尝示同人曰：二帝三王之治不复见于三代以后者，止緐上下以虚文相缘饰耳，人臣果肯以实心做实事，使言必有用，事必成功，无一毫欺上罔下，苟且偷安之念，天下何患乎不太平。帝

---

① 中央研究院历史语言研究所编，《明清史料乙编 第十本》，商务印书馆，1936年版，第936页。

治王道何难卒复，此非世有古今，实人臣有忠与不忠也。"①

最后，参与地方建设。崇祯七年，宋鸣梧与张四知首倡善举，创大冶义仓于大冶新桥北，用来为百姓备荒年。随后黄图昌、王昌时、任者泰、周文斗等琅琊文社人员纷纷响应，在各地建义仓，济危扶困。民国《临沂县志》宋鸣珂传中提到明末徐鸿儒叛乱危及向城，宋鸣珂"约同社文学结营向城之阳"来抵御匪患，保护一方的安全。再有前者所述王用模与宋之韩等人练乡兵抵御匪患等行为都对地方的安全事务起到积极的作用。

（二）六老会

乾隆《沂州府志》卷二十六人物中："王简，诗赋敏捷，名重当时，与修县志，后与明进士王政敏等作六老会，有竹溪六逸风。"王简参与修《费县志》的时间是康熙二十五年（1686），那么六老会活动的时间应该在康熙年间。

有人认为六老会的成员有何向、王简、王政敏、朱衣等人，活动的地点在朱衣的芳林园，这种说法也许可信，因为从文献记载来看，他们之间是有交集的。何向顺治十八年的《龙仙观记》说："今年余心期胜事与二贤结交，南攀王子有无功之遗风，西接孙君得子荆之遗韵。"这里的王子即王简。即是说何向与王简在顺治十八年间已经相识。何向，字符卿，号九峰，浙江龙游县人，《临沂历代诗词选注》中说他顺治十五年（1658）先后游历燕赵等地后，去曲阜拜孔庙，然后东来沂州，喜爱蒙山沂水，居费县二十载，病逝于费县②。著有《蒙南集》二十卷。光绪《费县志》收录其《文笔峰》《老儿石》《龙仙观记》《修葺火神庙碑记》等。

朱衣，字建侯，号块阜山人，费县朱家庄人，朱泰来之子。朱泰来有一片园林，成为西园，自称"西园居士"。明清鼎革之际，朱衣被乱兵掠到北方羁留北京，因善弹琴见赏于某相国，延为子师。屡次推荐他入仕，他都拒绝了，三年后得以还

---

① 宋之韩，《海沂诗集》，《清代诗文集汇编》第 30 册，上海：上海古籍出版社，2010 年版，第114 页。

② 山东省出版总社临沂分社，《临沂历代诗词选注》，济南：山东人民出版社，1986 年版，第 555页。

乡。改自家原来的西园为芳林园，建舍筑屋，聚土石为山，日与同志觞咏为乐，著有《芳林园集》《块阜山集》藏于家。《费县艺文志》收有朱衣的三首诗《咏阳和制府绯桃（明武宗手植）》《春暮太息成吟》《咏菊》。而王政敏也写过《块阜山咏》一诗，收在《费邑艺文存》中，说明王政敏与朱衣也是有交集的。

（三）文昌社、文昌续社和思诚社

文昌社、文昌续社、思诚社等均是庄氏家族为族中子弟日常读书习文、应付科举考试而成立。文成社由庄在芳建立，续社为庄家相、庄予检等建立，而思诚社为庄恩艺、庄恩植等人建立。所以，这三个社目标非常明确，不是一般文人诗文唱和的诗社。

（四）其他的社团

宋鸣梧为王雅量《长馨轩集》写的序中提到王雅量与宋家三代人的结社唱和行为："少司徒王太公少先给谏七岁，视余十岁以长，视余男三十岁以长，盖三世而缔文社、古文词社、诗赋社，若比肩也……惟余长男弱而癖诗，抗礼太公，更唱迭和，几白马石屋大小圣堂遍为题咏。太公忻然呼为诗社韵友。尝自喜以一身友琅琊三世云。"①方志中还有一些结社的记载。全守初的儿子全绍和全绂自相师友，建社东海，著有《讷菴集》。《龙关县志》高崇的传记中说他崇祯十二年同知山东沂州，与沂之学博参军辈结社唱和，宋之普称赞他"上马杀贼，下马草露布"。清代同治年间兰山人赵映阶还曾邀请四方名士结过诗社，他有诗集《带星堂诗稿》一卷，时人还曾称他为诗痴，可见他的这个诗社主要是为诗文唱和而建立的。

总之，就明清时期文学的发展来看，其地域性特征是比较明显的。"文学史发展到明清时代，一个最大的特征就是地域性特别显豁起来，对地域文学传统的意识也清晰地凸显出来。理论上表现为对乡贤代表的地域文学传统的理解和尊崇，创作上体现为对乡里先辈作家的接受和模仿，在批评上则呈现为对地域文学特征

---

① 王雅量，《长馨轩集》，《山东文献集成》第二辑第28册，济南：山东大学出版社，2018版，第558-559页。

的自觉意识和强调。"① 而从方志所载地方文集以及具体文学作品来看，乡贤创作群体的确占据了很大的比例。而家族文学在地域文学形成、发展过程中起到了关键性的作用。对此，诸多方家进行了阐述，如徐雁平指出："地域文学传统的建构，绵延数世的文学世家作用显著，几乎可视为建构中的支点乃至框架。"② 严迪昌强调："地域文学流派的兴衰，每决定于文化世族的能量。"③ 这在中国文学发展的历程中也可以得到证明。

就沂蒙文学的发展来看，作为沂蒙文学发展辉煌期的魏晋南北朝时期，无论是琅琊王氏、颜氏，还是兰陵萧氏等，其家族文学的特征尤其明显。"这些文学世家，祖孙、父子、叔侄、夫妻、兄弟和妯娌等等，往往能诗善文，形成传统，有些还经常开展家庭或家族内部的唱和活动，本身就形成了一个个较小的文学集群；而世家大族之间的互相联姻，又组成了较大的社会关系网络而在更大的地域空间内展开文学活动，较大的文学集群得以形成，地域性的文学流派就在这种具有共同的审美风尚的文学集群中产生出来，而郡邑文学地域特色也就在这些文学流派的创作中显示出来。"④ 在对明清沂蒙文学创作的梳理中，我们发现这一特征也是非常突出的，比如家族的文学教育与创作，家族成员的文学交游以及沂蒙地区的文人结社等。而与明清文学复兴相伴随的女性群体的涌现等，在琅琊宋氏家族的文学创作中亦不乏其例。所以，在明清文学复兴的大背景下，沂蒙文学作为山左文学的一部分理应得到重视，于是研究琅琊宋氏文学创作情况也就具有了其必要的价值。

第二节　琅琊宋氏家族著述考

作为在地方乃至中央具有一定影响力的家族，琅琊宋氏的家族著述亦颇为丰

---

① 蒋寅，《清代诗学与地域文学传统的建构》，《中国社会科学》，2003 年第 5 期，第 166 页。

② 徐雁平，《清代世家与文学传承》，北京：三联书店，2012 年版，第 109 页。

③ 严迪昌，《清诗史》，浙江古籍出版社，2002 年版，第 13 页。

④ 周明初，《晚明清初文学为中国古代文学高峰说》，《广东社会科学》，2022 年第 1 期，第 156-1571 页。

富。家族文学作为家族文化的重要载体，在宋氏的著述中亦具有重要地位。根据临沂历代方志、宋氏家谱，以及对《国朝山左诗钞》《国朝山左续诗钞》等文献收录诗文著述的情况进行考证，琅琊宋氏家族成员的著述情况如下。

一、宋鸣梧父子著述考

（一）宋鸣梧著述考

宋鸣梧的著述现有《宋氏家传纂言》《宋氏家传漫录纂言》《琅琊集》等存世，多家图书馆、博物馆有收藏。其中《宋氏家传纂言》为宋鸣梧辑纂言论以为家族子弟的家训之书。

据宋之普《中丞公行实》提到宋鸣梧的著作还有《四礼故》《百史正讹》《周易大成》等著作，以及《客问》《琅琊雪鸿洞记》等单篇诗文。其中《客问》在万历丁未（1607）春闱下第时所作："前有三庚生仲尼，后又有三庚生朱熹。我生一时三庚后，或圣或贤未可知。"《琅琊雪鸿洞记》作于天启癸亥（1623）年，奉命册封韩藩时。

冯溥的《佳山堂书目》收有宋鸣梧的《宋氏四子纂言》。

康熙《沂州志》、乾隆《沂州府志》、民国《临沂县志》中还收有《修普照寺殿宇记》《琅琊文社序》《重修官桥记》《向城镇淑济桥碑记》《张宋两氏新创大冶义仓碑记》《琅琊城东新创李公庄记》《山东巡抚晋大司马赵公生祠记》《大中丞前兖东观察使朱公生祠记》《观察沈公平乱记》《琅邪生祠记》等文章。《琅琊宋氏家谱》中还收有《复谢文选书》。

（二）宋之普及其弟创作考

宋之普著有《桃花涧记》《云成阁集》，市面上未见传本，民国《临沂县志》卷一四杂志"桃花涧"条下注："邑人宋之普记以为此地并无桃花，以石色如桃花得名。"此观点应来自宋之普的《桃花涧记》。《东林书院志》卷十八收有宋之普的诗歌《追和高中宪公先生东林废院诗原韵》（十首）。此组诗应为与东林书院诸人的唱和之作。全诗录如下：

窭寐生平仰若翁，于今问道正吴中。如何坛坫遗墟落，谁砥流风入道风。

荄尔荒祠道德林，飞甍画栋并销沉。虽然满目榛芜泪，无限斯人万古心。

道南祠下暮云荒，三十年前旧讲堂，祭器威仪犹仿佛，率由何以不愆忘。

重寻讲事羽书中，兕虎犹疑吾道穷。云拘初成新气象，严瞻何灭旧时宫。

中宪遗书著道诠，聿新梁木仗高贤。阿咸不僻竹林兴，卫道精心可问天。

日观练影见江烟，符剖道乡真胜缘。何若修明方不负，蹉跎对面即过愆。

汉家党锢沸长安，书院戈矛到宦官。在昔平芜心寄久，于今轮奂报粗完。

岿然庙貌又燕居，平旦斋心鄙吝祛。相对光天多静侣，微云河汉树烟疏。

道岸先登百尺台，维时天地自恢恢。只今数亩荒烟里，日有儒流结驷来。

阳回七日见天心，绛席重开丽泽深。门外拟栽桃李树，东风花发又春林。[1]

另《国朝山左诗钞》中还收有两首《野老歌》和《田家留客》。

《野老歌》：龙钟何能自食力，忍泪荷锄一二亩。大儿从军戍辽西，小儿筑城亲负土。老妻稚孙悬罄室，官府赈饥户失实。常平仓贮粮千斛，豪强吏胥换鱼肉。

《田家留客》：村农自指道旁屋，留客解鞍备刍粟。田家不惯居停，因君行远无人熟。犬吠编荆第三户，环堵蠢蠢新筑土。一宵莫厌权食贫，浊醪不中酬辛苦。携灯入寝嘱及妻，早炊须及乳鸦啼。人生在家念行路，有时侬亦出门去。

《野老歌》应为与其弟的唱和诗，宋之韩有同名作品："野老无邻依涧住，朝耕北陂暮南亩。经年辛苦供征输，何处官清是乐土。圣皇恤民如家室，察吏谁能课名实。官仓有粟万千斛，念否原是闾阎肉。"两兄弟诗歌的诗意相同、角度相同，只是用不同的手法来描写田家野老穷苦窘迫的生活，表达了对老农的深刻同情，宋之普的诗用工笔细描的手法细致描绘出田家一家老小的悲惨生活，而宋之韩则

---

① 许献、高廷珍、高陛编，《东林书院志》卷十八，清雍正年间刊本。

用在描绘孤苦无依的老农辛苦劳作以备征输的基础，批判贪官污吏鱼肉百姓，侧面烘托了农家生活的悲惨。从宋之韩的诗集看，这两首诗当作于顺治十二年，当时宋之普任常州知府，宋之韩前往探望。同样后首的《田家留客》与此诗的写作时间相近，钱仲联《清诗纪事》在该诗下引用俞陛云《吟边小识》说："宋太守之普，止宿田家，感其留客殷勤。主人曰：'君勿谢，余亦当年行役四方者。'宋赠诗云：'人生在家念行路，有时侬亦出门去。'"可知此诗作于常州期间，也许是兄弟二人在出游过程中偶有一次夜宿农家，体会到了老农的生活疾苦，从而触景生情写下了咏田家的系列诗歌。

宋之韩著有《海沂诗集》，有传本，二十卷，收有宋之韩顺治元年之后所作诗歌。

宋之郊著有《莫斋集》，仅有抄本，目前存于宋氏后人手中，存诗两百多首。《国朝山左诗续钞》存有三首。

《登吴山有怀雪生》：故乡何处是，怅怅此登临。吴越一江水，湖山千里心。无家任漂泊，有弟尚辰参。从作畏人客，栖栖因到今。

《留别操唯一》：操子殊深致，生憎居市廛。问奇饶得酒，绣佛偶逃禅。识尔白云外，别予潭水边。剡溪曾有约，莫返子猷船。

《登滕王阁》：子安词赋今人有，伯屿怜才世所无。不信祇看倚马者，风尘古道老头颅。

《续钞》传下评："蒙泉云：大令诗苍老之中自饶情致，炉锤之内不乏气骨，于名流中宜置一座。'"①

二、宋鸣珂父子创作考

宋鸣珂之父宋日就有《自淑集》，未见传本。

---

① （清）张鹏展辑，《国朝山左诗续钞》卷三十一，清嘉庆十九年四照楼刻本。以下的《国朝山左诗续钞》均出自此版本。

宋鸣珂的书法作品目前有些传世的作品。《国朝山左诗续钞》收有《闲居杂咏》《秋日斋居》两首。

《闲居杂咏》:

终日思乡国,于今返旧庐。旧庐何处是,往往见丘墟。晨起步荒原,感叹自踟蹰。昔日篱下菊,易作畦中蔬。周原皆茅草,伊谁为我锄。悠悠苍天远,霭霭白云疏。致此者何人,俾我意不舒。

深谷为新壤,山川非旧时。念兹何能已,每为世所嗤。行行欲何往,远游寄遐思。徘徊向中道,瞻顾复迟疑。中心多谅直,焉往不吾欺。且就邻曲吟,长歌归去辞。

晨起游南亩,载观麦与蔬。田家多所获,吾亦遂闲居。村醪虽不足,瓶储较有余。室人无谪语,稚子更欢如。渐于俗虑远,不复问毁誉。悠悠岁月迁,慨欣良在余。

息交成闲旷,乐此竟朝夕。问君何所须?清泉与白石。凉风至北窗,缅怀羲皇迹。无荣辱岂至,营营非所适。鹤飞松桧响,月闲天籁寂。境净自无累,心期在古昔。

《秋日斋居》:

秋意阑珊心事违,田家生计未全非。园丁杖荷蔬苗去,饷妇篮携豆荚归。粗粝盘餐还可饱,峻嶒骨相不能肥。相依剩有长镵柄,遍踏南山劚蕨薇。

捣练凄风已满林,房栊渐觉薄寒侵。萧疏半入骚人梦,摇落空悲壮士心。雁字天高云渺渺,蛩声夜冷漏沉沉。绳床竹簟凉如水,一枕还眠破布衾。

未奏长杨冀欲苍,十年耕稼石田荒。每逢播麦愁无种,正好烹葵叹绝粮。何乐可医贫是病,有怀难遣酒为狂。学书且审临池意,手写兰亭日几行。

雉膏何必胜盐齑,自古穷通万不齐。指囷虚传公瑾友,负薪实误买臣妻。徒劳拙计添蛇足,偶寄闲情读马蹄。郁郁胸怀谁可诉?匣中长剑吐虹霓。

三、宋名立兄弟著述考

宋之普与宋之韩兄弟的子辈中留下诗文最多的是宋名立。宋名立在任地方官期间，主持编纂多部地方志，所以他的作品在所编地方志中多有存留。

雍正十二年到乾隆五年，宋名立职任裕州知州，于乾隆五年纂修《裕州志》六卷并序，序中说："第愧名立以荒陋之学，不敢妄有所更定，而又艰于工费，弗能成大事纂修，惟就董君旧志卷中，自康熙五十五年之后，咨询采访，得之见闻，可信者取而续入之。""若夫志中序传间有不合体裁，而艺文所载篇什有不尽雅驯者，因非重修另刻，顾咸仍其旧焉。"由此可知，宋名立版的《裕州志》是在前志基础上的补充之作。《裕州志》卷六艺文部分收录宋名立的诗歌有五首：《古阳庄水田纪事二十五韵》《喜雨诗》《宿大乘山祀》《过圣井寺见其修葺落成赋二绝句寄大乘山清源方丈》《过维摩寺》。

《古阳庄水田纪事二十五韵》：沃壤不耕凿，千载仍废土。所以发育功，大地赖人□。我来赭阳吏，滥竽惭仰俯。嗟匪治世才，寸缕奚所补。惟于民事急，春犁课烟雨。驱马记古阳，青山笑谁主。下鞍步林麓，坡陀爱松坞。溪声泻素琴，鸟影流翠羽。馌妇话桑麻，行歌起樵竖。一径入白云，幽讨得泉五。俯叹此膏腴，弃置委宿莽。归取薄俸钱，畇垦田朊朊。深沟带新阡，方塘陈旧箄。播种咨老农，耕牛租水牯。反草岁再三，薅耰互交午。秧针极目齐，畖畦收获普。顾谓野田夫，地材须自取。力作始有秋，游手终贫窭。视我所蓄畜，荒掷几今古。一朝辟草莱，翼翼满仓庾。慎勿耽嬉游，努力事稼圃。劳苦教殷勤，愧弗取民煦。兴作不忘初，此心差慰抚。跻尔衽席安，后贤希召父。①

《喜雨诗》：我来裕州今五年，保赤无方惭仰俯。私幸频年庆有秋，顾彼郊原称乐土。春来龙蛰抱珠眠，麦秋不见商羊舞。忍使吾民虐旱魃，虔祷山灵与水府。忆昔相传斗两雄，试假余威驱猛虎。蛟螭激起碧潭空，倒卷江河作霖雨。云奔电掣走金蛇，澎湃风涛摧万弩。倾注通宵丘壑盈，到处欢声起农父。从此秋听击壤歌，应有西成高廪庾。抚膺自笑窃天工，膏泽黔黎伏神祜。前贤堪信不吾欺，仕有余暇期考古。

① 董学礼纂修，宋名立续修，《裕州志》，乾隆五年刻本。

《宿大乘山寺》：民社劳人未许闲，昔时幽兴笑全删。偶教身托钟鱼地，犹自心存簿领间。万壑松涛清客梦，一庭霜月冷禅关。朝来又叱轮蹄去，山水应怜作吏艰。

《过圣井寺见其修茸落成赋二绝句寄大乘山清源方丈》："雕残古寺几经年，重见飞花雨讲筵。莫道刹竿兴起易，三生应有旧因缘。（寺久颓败，予为驱逐俗僧，清理田地，今得复兴。）""居然开士一香林，犹记当时蔓草深。大小法乘方外事，钟鱼禅板静人心。"

《过维摩寺》：空山盘绝磴，憩马叩禅林。树接千嶂合，云流万壑阴。废兴异今昔，幽静豁尘襟。为嘱浮屠侣，勿虚旧日心。

《古阳庄水田纪事二十五韵》《喜雨诗》二诗后还收有相关的唱和之作。褚俟藻的《次古阳庄水田纪事原韵》写道："贤侯昨循行，停车憩冈坞。"江化云《古阳庄水田纪事次韵》写道："须知刺史贤，爱民如子煦。僻壤道耕凿，劳心以为抚。"侯肩复作有《次韵古阳庄水出诗》。此诗为宋名立在裕州期间提倡水稻种植，并在古阳庄建立水田后作的纪事诗。其他人的唱和之作也都是在颂扬宋名立的勤政行为。同样的还有《喜雨歌》，和诗有褚俟藻《喜雨歌》、江化云《喜雨歌为裕州宋刺史赋》、侯肩复、谢一聪、贺修士、刘志公、傅煦、陈坤载、孟观民等人的《喜雨诗》。此诗的写作缘于裕州大旱，宋名立作为州守亲自去求雨，大雨随后而至，因此作《喜雨诗》以示欣喜。这也就是说宋名立不仅在地方政事上用心，而且也经常组织诗文唱和活动。此志书卷六还收录有九篇文章《重修裕州儒学碑记》《西关义学记》《重建魁星楼碑记》《重修关帝庙碑记》《建脱脚河石桥记》《十里铺桥记》《火神庙碑记》《祭城隍神捕盗文》《圣井冈龙神庙碑记》，大都关于宋名立在任职期间兴学、捕盗、修桥、祷雨、建庙等事。

乾隆五年至九年，宋名立任汝州知州。乾隆八年时，宋名立主持纂修《汝州续志》十二卷并作序："遵仿前志纲目，依类分续，惟以核实传信为主，州载取该，邑载摘其要，以邑固各有志耳。至于前志偶有遗漏舛错，为之增补校正。因系续志，仅附缀条项之内，然必确有考据而后略加剖析于其间，意在资后人鉴定，非敢形前人之疏也。"①此志也属于前志的补续之作。但该志只刊续补部分，并没有附原志，在原志有的地方注明见原志。《汝州续志》中收有宋名立的文章有:《临汝镇修复公馆记》《创建汝属屯营便民仓记》《创立诗宗祠记》《重修茸州署记》《邓禹墓碑记》《募修筑汝州西门外堤并建洗耳河石桥疏》《蚕桑辑要序》《修理学宫碑记》《东泰山庙重修碑记》《新修北城记》《重修侯家湾石桥记》《重修关帝庙记》《建仓廒记》《汤泉铭》《增修汝阳书院记》《重修风伯庙记》《重修试院记》《修宝丰关帝庙记》《渠成行》等二十篇。

在汝州期间宋名立不仅主持编修《汝州续志》，还在辖区范围内督促、协助各县编辑县志。乾隆七年修《郏县续志》，宋名立作序，志书中还收有他的一首《谒苏坟》。

《谒苏坟》:圣主如天复岂私，小臣愚暗罪何辞？汝阳瓮盎不足耻，谪居山爱小峨眉。捐躯报恩忘归路，一抔戢身端在兹。当时四海一子由，世世兄弟相追随。郁郁佳城眠长夜，鹡鸰原上和鸣悲。木本水源推所自，衣冠瘗埋事尤奇。眉山三君系物望，建祠肖像金日宜。斜川苗裔散何往？广庆寺毁僧安栖？数亩山田占里豪，松竹斩伐爨下炊。陵谷变迁亦物理，倏兴倏废会有时。我来瞻拜肃起敬，目击荒秽久不治。缅想高风足千古，文章事业真吾师。延陵伯仲敦乡里，后来何人复继之。张君慕贤勇为义，一言肩任无委推。归田给僧供庙祀，笾豆静嘉鼎俎奇。版筑缭垣卫茔域，樵苏严禁犯者笞。寂历深山明月夜，仿佛灵风搴云旗。前倡后续引勿替，作歌用告良有司。②

此诗作于乾隆七年宋名立到郏县拜祭苏坟时。

乾隆八年宋名立为马慧姿、徐若阶等人修《鲁山县全志》鉴定并作序，另作有一首诗歌《琴台》，收录在县志中。

① （清）宋名立修，屈启贤纂，《汝州续志》，清乾隆八年刊本。
② （清）张楣，《郏县续志》，清乾隆七年刻本。

《琴台》：宓子治单父，鸣琴不下堂。言游宰武城，弦歌协宫商。昔贤崇雅化，民生乐且康。王道善风俗，一弛而一张。匪不绕指柔，匪不百炼钢。吁嗟元紫芝，琴台建鲁阳。挥弦臻上里，化日舒以长。五凤楼酺宴，三百里趋呛。乐工纷辇载，衣皆锦绣装。饰牛为虎豹，炫耀到服箱。独歌《于蒍》歌，音节何悲凉。贤哉发长叹，高行腾八荒。俯仰虽陈迹，简册自流芳。如何后来令，此意若相忘。乃者益陵夷，百孔杂千疮。端由吏不古，猥曰民不良。欲民敦礼让，诗书勤灌浆。欲民立稼穑，游惰其莠粮。威爱期满济，扶弱先锄强。巴东莱公伯，南国召公棠。去住系情思，后先相颉颃。兹台即眉宇，悟对资保障。伫立神明宰，毋或是不寝。[1]

宋名立与屈启贤一同编纂了《汝州续志》，结下了深厚的友谊，屈启贤在编纂《风穴续志》时收录了宋名立的四首相关诗歌，也足以看出屈启贤对宋名立诗歌的认同态度。

《北郊观麦因游风穴白云寺》：为访郊原二麦新，马蹄忽踏白云岑。虬柯数里影高下，绿竹千竿色浅深。塔溯开元真旧物，洞传直讲有清音。慈泉尤喜甘而冽，涤我烦嚣惬素襟。

风穴由来称胜地，行行渐入蔚蓝天。亭台位置恰成趣，树石参差更自然。名士到今供啸咏，法幢振古喜联翩。何当梵祝民安堵，俗美风清奉有年。

《赠风穴山白云寺老僧脱颍》：隐隐如屏障，遥知风穴形。到山寻曲迳，傍水憩虚亭。古柏连天翠，修篁拔地青。平生耽野趣，乘兴步郊坰。

历磴缘崖上，峰回抱讲堂。眼空太古静，梵定小年长。老衲完坚璞，清心印妙香。公余无簿事，把臂正何妨。[2]

乾隆十年（1745）起，宋名立任职达州，乾隆十二年又续修《直隶达州志》并

---

① 尹崇智，杜耘亚编辑，《河南鲁山古诗选注》，2001年版，第158页。
② 屈启贤，《风穴续集》卷五下，清刻本。

序。该志中收录《重修学宫记》《重修阁溪桥碑记》《修木坝铺路碑记》《小尖山寺记》《重修州署记》《新建达州孤贫养济院记》《修铁山路碑》《小尖山路碑》《修罗江口路碑记》《修亭子铺高岭路碑记》《凌云铺七里沟修路记》等十二篇文章① 和《小尖山》《翠屏山》两首诗歌。

　　《小尖山》：兹山何崒嵂，冥然临清玄（真宰费雕镌）②。嶄岩起峻削，磴道转连绵。群峰势若拱，叠嶂环其前。迢迢分郡国，晶晶带通川，仰抱浮云翔，俯视飞鸟还。深林空泱漭，嘉卉复葱芊。哀猿啼薄暮，山魈弄寒烟。清风夺纁夏，火云布穷天。阴阳多变换，时序为推迁。独与赏心遇，顿使尘虑蠲。念兹清旷境，时有松乔仙。

　　《翠屏山》：迢递郡城南，参差列屏障。叠石表奇形，群峰含异状。溪谷渺不测，岩峦转相向。刊除嘱鬼工，凿削疑天匠（将）③。云掩荒亭迥，雪卷空江涨。雉堞郁嵯峨，绮陌亘条畅。茂树既盘纡，晴岚忽荡飏。异兽走索群，佳禽时引吭。景物共澄鲜，心目俱清旷。言采三芝秀，何需九节杖。登眺蹑丹梯，置身青云上。

　　在嘉庆《达县志》卷四十六中收有《续修达州旧志序》《重刻邵康节先生孝惕歌序》，民国《达县志》卷十收有其作《小尖山寺记》。

　　总体来看，宋名立在任职地方官期间共主持编纂地方志三部，参与宝丰、鲁山、郏县等县志的编纂三部，留下相关的诗文五十多篇。这一方面说明他注重地方史志工作的编纂，另一方面也体现了他在地方上的勤政行为。尚自昌、文图在2019 年10 月24 日的《大河报》上发表文章《琅琊宋氏景行维贤 牧汝五载德建名立》，在该文中，总结了宋名立在重视农田水利、引进高产作物、鼓励种桑养蚕、

---

　　① 此处参阅国家图书馆的《中华古籍资源库》所藏乾隆《直隶达州志》卷四，因为有残缺，所以不能确信有无缺失。

　　② 王培荀《听雨楼随笔》引用此句的部分内容与方志所存不一致，故放在括号中以示两存。王培荀《听雨楼随笔》，成都：巴蜀出版社，1987 年版，第208 页。

　　③ 同上，王培荀引用版为括号里的内容，笔者认为"匠"更适合文意，此处两存。

保护文化古迹、创立诗宗祠、编写方志、修桥补路、建学校、关民生等九个方面的功绩，并给予很高的评价。在诗文创作方面，清代人王培荀《听雨楼随笔》对宋名立的诗作评价较高："喜为诗，五古清苍，不落凡近。"并且在该书中收录了宋名立《小尖山》《翠屏山》两首诗歌①。此两首诗歌见于《直隶达州志》，兹不赘录。

除此外，宋稷学有《宜疏园集》，见于《临沂县志》记录，但未见传本。现于兰陵县大宗山朗公寺存有宋稷学的《观日台赋诗》二首的石刻："危峰峭壁郁崚嶒，石径客迷迟陟登。松老定非今世树，衲寒疑是旧朝僧。泉飞落霞平吞磬，花照惨桥半映冰。悟到招提出龟界，童心一点即三乘。""野寺僧依岩外楼，夕阳伍锁水西头。数声笛远山光暮，百尺松寒塔影秋。咽雪残钟归小消，逐人老鹿上高丘。平生剩有沧溆兴，欲付燃灯石洞陬。"

宋成立的诗歌在《国朝山左诗续钞》中存一首。

《过牐》：截流利转漕，险要闭版牐。奔流挂丈余，玉虹下石硖。惊霆摆礌硪，钟悬响鞳鞈。未到耳先震，乍睹气已慑。客身排樯竿，喧阗乱鹅鸭。懦者櫂欲弲，勇者浪堪踏。长年理篙柁，鸣金众夫集。退行索齐挽，直上愕水立。忘身与水斗，性命轻于叶。人定终有济，忽奋两岸入。中流自在行，安危判一瞚。出险更思险，心定胆转怯。猛省戒乘堂，未敢贪利涉。前途浩茫茫，愿言慎舟楫。

四、宋氏十一世之后著述考

宋元裕，著有《嘘云阁闲吟》未见传本，《国朝山左诗续钞》中存一首《怀大冶旧居》："一村真足供幽探，茅屋高低薜荔菴。泇水到春浓似酒，宗山经雨嫩于蓝。桑麻蔽野堪扶杖，父老逢时可纵谈。迢遰吴山还越水，几时归去竹溪南。"

宋天麒，字应瑞，号芝田。《国朝山左诗续钞》卷十九收《伏夜》："似翼罗衾薄，如冰竹簟清。急风驱暑气，古木肃秋声。问夜将临子，微时再伏庚。匡床眠

未稳，四壁草虫鸣。"

宋天相，字应紫，号兰皋。《临沂县志》记载其有《韵簹馆诗稿》，但未有传本。家族网站存其《梦花缘歌》，不知可信与否，故不录。《国朝山左续诗钞》存一首《夜》："更残灯尽万缘空，倚枕凄清午夜中。布被哪堪风料峭，纸窗独对月朦胧。萧萧入梦辞林叶，切切惊人避弋鸿。我亦名场沦落者，浮游心虚等飘蓬。"

宋澍著有《易图汇纂》《石经堂文稿》，《续修四库全书总目》收有宋澍的《爱日堂集》一卷，沂水刘氏抄本。从书目提要来看，该集是个诗歌集，集中收录古今体诗歌一百二十八首。该书目提要中还录有一诗《和清明元韵》："二月邠风纪载阳，清明节到日初长。难凭老步寻芳径，喜得嘉宾款华堂。同病不妨谈各学，知心翻似遇他乡。北风南雨谁能遣，聊借瓶花斗绮光。"[①]该提要还评价了宋澍不以诗名，但他的诗歌和平尔雅，直抒性灵，有一气呵成之妙。《清人诗文集总目提要》也收录了此集。《国朝山左诗续钞》收录其三首诗歌，分别是《三月十五日夜有赠》《谒先中丞祠》《和清明元韵》。

《三月十五日夜有赠》：廿载伤离别，相思每枉然。宁知星乍聚，恰值月初圆。甓启新樽酒，香浮古鼎烟。东山闲岁月，长此对床眠。

《谒先中丞祠》：为圣为贤薪大成，祇缘不敢负三庚（中丞十岁赋诗曰："后有三庚生朱子，前有三庚诞孔期。我今亦有三庚字，为圣为贤未可知。"）纂言力排众邪说（中丞著有《纂言》多斥佛老。），炙手威难辱令名（魏珰建生祠，迫公捐金。公拒曰是使我无颜上先人坟墓也。）画像须眉森肃穆，亲栽松柏郁峥嵘。诒谋七叶惭绳武，拜奠空深仰止情。

《和清明元韵》：二月邠风纪载阳，清明节到日初长。难凭老步寻芳径，喜得嘉宾款草堂。同病不妨谈各梦，知心翻似遇他乡。北风南雨谁能遣，聊借瓶花斗绮光。

现存有自撰自书的《车辋赋》。《续修郯城县志》卷十艺文部分还收录宋澍的《皇赠奉政大夫故曲沃知县侯君暨妻合葬墓志铭》①，由文后记知此为陆继辂删略本。

宋潢与其兄宋洪有《明恕堂诗稿》两卷，据《苍山县志》记载，此诗稿仅有抄本，未刊行，未见传本。另市面上存有《宋潢书札》一册。从书札中可以看出宋潢与其兄书信中常会讨论诗歌的创作情况。另有历城李廷芳的《清爱堂诗钞》中有宋潢所作序一篇。现传有诗《送我星溪》，又称为《鞸鞸堂棣》："送我星溪，行将指北。载驰载驱，来自东国。与子相守，雪月交辉。送我星溪，对众子酒。人生几何？离别其间。对床旧约，于今三年。送我星溪，听我一言。戏散歌终，人散漫阑。鞸鞸堂棣，归我故山。故山之业，业不可言。薄田五顷，茅屋数间。梨棠花下，共醉陶然。"②《津门诗钞》收有一首送给梅成栋的诗歌《梅树君孝廉诗集弁言》。

《梅树君孝廉诗集弁言》：江南梅多春一色，玉照红罗遍香国。蓟北梅少遇者难，藐姑之仙冰雪寒。琐院沉沉夜燃烛，搴芳梦入梅花坞。弥望荒芦卧苇中，一枝艳绝惊人目。当时颇喜得此材，移根健步黄金台。大官未要和羹用，拗勒东风不让开。编珠贻我长安市，洗尽铅华谢纨绮。幽姿标领鼠姑风，如豹见斑佛现指。（树君闱中诗有"花腻鼠姑风"之句，后见贻诗集，读之如倾万斛珠，闱作特豹见一斑耳。）清清冷冷花上铃，磊磊落落曙天星。霜凄月冷魂魄净，恍惚中有真娉婷。庐江作吏金陵客，屈指九载空相忆。雁迷鱼滟路迢迢，驿使安从寄消息。此日逢君北海滨，峭帆流水接音尘。敢与梅花为知己，愧无东阁继前因。（前树君寄诗，有"不是广平怜作赋，梅花知己亦无多"之句）于何相依竹与柏，老干亭亭自贞白，夭桃秾李爱者夺，梅兮梅兮奈若何。③

《临沂县志》卷十人物部分记载宋潢弟宋沅有《赋梅轩诗稿》见于《临沂县志》，

① （清）陆继辂，《续修郯城县志》，台北：成文出版社，1968 年版，第 380 页。

② 高振主编，《临沂文学典藏·历代诗文卷四》，北京：中国文史出版社，2019 年版。第 63 页。

③ 梅成栋辑，《津门诗钞》，清道光四年思诚书屋刻。

世面未见传本，宋灏有《古今体诗草》未见传本。

五、宋家女性创作考

宋氏家族的女性在文学上也有一定的成就，多位女性有作品传世。其中宋之韩妻马氏、宋契学妻王氏、宋澡继妻钟氏与宋潢女宋兰华，号称宋氏的四大才女。

马氏（1610-1692），宋之韩妻，有资料显示名为马稦子，擅长诗文，现存有两首小令词：《如梦令·赋孤山》："孤峰云角弄巧，问天妾许吟否？若拟闺阃久，怕负湖山娇娆。娇娆、娇娆，安得鹏举霄捣。"《如梦令·暮秋夜雨》："梦惊风狂雨骤，自怕簟冷衾透。试问青女何？咋不放手堵漏，堵漏、堵漏，应悯篱菊无佑。"《开门见孤山湖》："开门孤峰唤云图，当年炎烤稼欲枯。垅头农夫燕背水，愧侬生来汗滴无。"

宋契学夫人王氏，著有《绿窗诗草》，由宋潢编辑同《海沂诗集》一起出版，共七十八首。

宋澡继室钟氏（1760-1793），舜天宛平县（今北京市卢沟桥东南）人，父钟镛曾任邳州掾。钟氏相传有《思亲集》，但今仅存断句残篇。"机杼声闻秋夜里，花残月坠抚遗孤。"《秋夜闻雨声偶感》："一宵秋雨梦宛平，高堂亲呼最多情。东吴姻缘承父命，南鲁罗绮擅文名。归倚桂棹廻烟渚，频整花钿立彩庭。长记闺门辞赋好，关山欲度恨几重。"

宋兰华（1809-1882），宋潢女，有《咏兰轩诗草》。现在杨氏家谱中还留有《春宵感赋》《南园桃花引》等七言小诗。《春宵感赋》二首，其一："郁郁春阴锁幽兰，剪剪清风入梦寒。纱窗难禁寻诗意，祗缘乡国遍青山。"其二："底事庚子人怨深，红颜忧国枉劳神。一室兰花千行泪，纱窗月落心自沉。"《南园桃花引》其一："南园桃花上枝头，武河春水拍岸流。帘卷东风一片意，故遣白云伴红楼。"其二："南园桃花竞谁筹，柳绿莺黄分外幽。闺藏握负东风意，愿随尔到天尽头。"

以上是宋氏家族文学创作的基本情况，可知其家族文学的创作还是比较丰富的，亦与明清时期沂蒙文学的复兴相始终。而从宋氏家族的迁徙、定居于沂州，到其家族发展、兴盛，实现了从农耕之家到书香门第的转变。这种转变，依靠科举取士的成功必不可少，但维系家族的长久发展，在重视科举的同时必然重视家族成员的文化素养。于是家族的长期发展中，逐渐积累起深厚的文化底蕴和家学传承，其中自然包括文学的传承。"当时门第传统共同理想，所期望于门第中人，上至贤父兄，下至佳子弟，不外两大要目：一是希望其能具孝友之内行，一则希望其能有经籍文史学业之修养。此两种希望，并合成为当时共同之家教。其前一项之表现，则成为家风；后一项之表现，则成为家学。"① 此虽指魏晋南北朝时期，却也反映沂蒙地区的家族家学传统。而从对琅琊宋氏家族文献的梳理可知，其家族能够维系声名不衰，与家族成员的文学创作与文学交游亦有颇大关系。例如有南施北宋之称的清初著名诗人宋琬曾称赞宋之韩："琅琊公子吾家彦，少年作赋灵光殿。"（《琅琊公子歌·为奇玉宗兄作》）又其《酬奇玉教授》："平生几金兄，格调好缔盟。文章自千古，经济漫一轻。未询海屋寿，且饮嵩樽风。谁不信高洁，梅赋早追宗。"表明文学在推高家族声望上的作用。

第三节　宋之韩文学创作研究

宋之韩的《海沂诗集》，现存二十卷，收录的诗歌以编年体的形式编纂，即从顺治元年（1644年）到康熙七年（1668年）二十四年间创作的成果。此诗集最初由宋之韩本人编辑定稿，还没有出版，他就去世了。嘉庆年间宋之韩的舅孙宋徽章对此集重新整理。宋徽章在序言中回顾说他是在嘉庆十八年（1813年）从从兄宋开喆处得到一卷诗集，从壬辰迄庚子即顺治九年到顺治十七年的集子。后又从辋川（车辋）得到三卷，中间缺失的地方正好是他之前得到的那部分，因此他把二者合二为一，缮写为二十卷，那说明现存诗集的顺序基本上还是宋之韩原来编订的。另宋徽章提到未定稿的诗集数十卷没敢擅自收录到诗集中。宋徽章在编纂诗集时，还为宋之韩撰写年谱一卷，另收录宋之韩在泸州期间创作《蜀难本末传》一篇，宋契学所作的《马孺人行实》一篇，后附宋潢整理的王恭人《绿窗幽草》一

---

① 钱穆，《略论魏晋南北朝学术文化与当时门第之关系》，见《中国学术思想史论丛》（第2册），安徽教育出版社，2004年版，第125页。

卷。最后该集于嘉庆二十五年（1820）正式出版。2010 年《清代诗文集汇编》影印出版清人诗文集时收录了这部集子。2011 年宋之韩的后人再次把此集整理出版。这就是《海沂诗集》大致的编纂流传过程。

一、宋之韩生平及文学创作状况

宋之韩（1610-1669），字奇玉，一字稚甫，号西莲，又号莲仙，宋鸣梧次子，生于万历三十八年（1610 年），卒于康熙八年（1669 年），享年六十岁。从他的年谱上来看，他在创作上初展头角是崇祯四年（1631 年），这一年他二十二岁，他的父亲宋鸣梧在北京担任吏科左给事中，他随父在京城，作有《燕中草》。吴应箕评价："奇玉，东鲁之杰也。"只是这部诗集并没有保留下来。明末崇祯年间正是宋之韩的青年时期，他是琅琊文社的重要成员，有全守初、王用模等志同道合的朋友，也受到吴应箕、宋琬等人的称赞，但这一时期的作品并未收录到《海沂诗集》中，所以没法知道这时期的创作状况。

从顺治元年开始，宋之韩的人生与创作可以分为以下几个阶段。

（一）为家安危南下北上（顺治元年到顺治三年）

顺治元年（1644 年），李自成起义军在二月份东下山东，在山东各地委任官员，无产的农民分到了土地，但对地主相对不友好，所以在李自成起义军的冲击下，宋家躲到蒙阴山中以避兵祸，这次避难行为在诗人的感受那里还是比较美好的。兄弟朋友常有聚会，即使避难入山，也没有流露出生活的困苦，相反在避难期间和公明璧、任天房、邵宾亭、黄参两等人游中山寺，对山中生活流露出喜爱之情。

《甲申年二月闯氛逼人，选山避之，同任六天房、黄四参两登寮阳崗，时地主公四明璧族兄伊伯并载酒肴，赋此为赠》：寻芳二月蒙阴北，知己相逢寮崗阳。壁立千寻悬木末，峰擎一柱出云房。芙蕖色散排空黛，檐葡花飘满涧香。开我春愁今日意，避秦有约问渔郎。

他对避乱山中有着乐观的态度，在欣赏蒙山春色外，认为自己找到了避乱的世外桃源。《春日偕公明璧、任天房、邵宾廷、黄参两诸子游中山寺》（其二）：

中山形胜白云乡，纤嶂迥溪隐上方。雁翅烟霞连海岱，龙头苔藓积隋唐。峰前麦雨沾仙客，殿外春风听梵王。信宿桃源禅舍是，重来恐即隔渔郎。

中山寺隐藏在重峦叠嶂中，寺里的日月似乎是停顿的，雁翅柏枝繁叶茂，似乎还累积着隋唐时代的苔藓。春雨刚刚下过，春风吹拂，殿外的梵铃声传来，映衬出寺院的清幽。两夜的禅舍留宿，再次提到了世外桃源，自己就是那误撞进来的渔郎，害怕再来的时候，隔断江河，世外桃源无处寻觅。这时的宋之韩一方面流露出对避世桃源的渴望，一方面也表现出了对避难的乐观态度。

但时局的走向并不像宋之韩所期待的那样，情况急转直下，二月入山，三月李自成攻陷北京、崇祯皇帝煤山自杀，整个北方如沸釜之鱼，好多世家大族纷纷南下避难。宋之韩与其兄宋之普一起携家买舟南下，经江淮，到达浙江，这一路下来既有他在《南渡篇》序中所提到的新亭之悲，但也有南北风景迥异带来的新鲜感及游山玩水的愉悦感。

《恨别》

生平不解乱，故国去今朝。王粲荆南老，梁鸿吴下招。江湖风浪上，舟楫日星摇。回首海沂畔，松楸云外摇。

此首作为《南渡篇》的第一首，应作于离别之初，被战乱逼迫不得不背井离乡的不舍、伤感、落寞等感情在诗中表现得含蓄蕴藉，在飘摇南下的舟中，故乡的风物已经在视野之外，这种流亡的感伤就在回首的那一刻产生。但在感伤中似乎还有隐隐的期待，他说"王粲荆南老，梁鸿吴下招"，王粲大才子最后终老荆南，梁鸿也在吴下召唤，所以南方避难在诗人的潜意识里还是满怀期待的。

等他到达南方时，不由得被江南的佳山胜水所折服，先后游览了金山寺、竹林寺、北固山、虎丘、西湖等地。

《登金山寺塔》

拾级金山又塔巅，凌空缥缈横无前。洪涛巨浪三千尺，瘦石肥风几万年。烟雨
笼江郊树入，雷霆卷雪寺松悬。东南作镇此为极，下控九龙上九天。

登上金山寺塔顶后感受到金山寺塔高耸入云的凌空缥缈，体验了洪涛巨浪、
雷霆卷雪的长江壮美。

《初至西湖》

闻说虎林似图画，到来云物带江趋。两峰烟雨飞山翠，十锦波纹漾玉壶。宇宙
形容劳海客，仙家风景见几乎。可人最是林和靖，放鹤亭边今有无。

早就听说了西湖的美，真的到来时感受到的是名不虚传，烟雨朦胧，山峦翠
绿，最喜那西湖之水波纹荡漾，如同玉壶里晃动的锦绸。那海客嘴里所传颂的海
外仙山的风景大概也许就是这样的吧。

《扬子江舟次》

半天风雨下江涯，三月烟花正吐葩。风雨故乡吴梦远，烟花异地客情赊，白鸥
逐浪轻轻去，紫燕翻空故故斜。闲倚钓杆消令序，干戈静处欲为家。

在江南的朦胧烟雨中，诗人乘船而下，鸥飞燕过，漂浮在水上闲适得几乎忘记
自己在逃难，有种壶中岁月的感觉。

诗的意境温柔、宁静、闲适。诗人对南方山水的喜欢，在后来不同时期多次
回忆西湖也可见一斑。如顺治六年一次写了四首《怀西湖》，其一："逢湖犹记在花
朝，微雨随风过柳梢。竟夜淹留潭上月，经年吟啸寺边桥。盈盈别后苏堤酒，渺
渺当时画舫箫。极目武林难即到，梦魂几许欲相邀。"他清晰回忆起烟雨朦胧的花
朝节里游玩西湖，等了一夜就为看到西湖上三潭印月的美景，记得与其兄湖边赋

诗喝酒的场景，回忆往事对西湖有了更多浓浓的思念。所以说南下逃难的历程给诗人留下了许多美好的回忆。

当然在南方期间，在欣赏佳山胜水时难免会有故国之思时时流露，其中在《湖上述怀》一首中表现得最为强烈。

《湖上述怀》

渡江南下百愁生，斗酒黄鹂听好声。湖捧两峰欣赠句，山衔三竺好移情。入燕戎马悲黔首，去鲁诗狂醉越城。故里逢迎应有日，倚天徒怅虎纵横。

诗以"愁"开篇，湖山美景似乎转移了这种愁绪，但是看到北上的兵马还是为百姓伤悲，离开鲁地来到越地的他只好买酒消愁，但诗人并没有任由这愁绪控制，他还是很乐观地认为，故里逢迎还是有机会的，只是现在豺虎满地徒有长叹。

八月份宋之韩奉母兄命北归料理田产，母兄妻子都留在了南方，他只身北归。在这段时间里隐居乡间，诗中既有乡间生活的安闲，也有浓浓的孤独感。

《春寒》

孤亭独步斗参稀，春浅寒犹上客衣。夜靓无人惊鸟梦，墅荒有月到柴扉。汉家箫鼓成尘霰，鲁国山河自翠微。对此清宵堪远念，泇河水畔独依依。

朝代鼎革之际，村落间荒凉不堪，只身回乡的宋之韩一个人常常感到孤独以及对远方妻子老母的思念。在这首诗中，"孤亭""独步""无人""独依依"都呈现出孤独的状态。孤零零的亭子里一个人独自散步，星星也很稀疏，初春的晚上还有点寒气逼人。夜晚很美，但没有人，鸟也进入了梦乡，荒凉的别墅有月亮到访，照在柴门上。鼎盛的明王朝已经烟消云散，但鲁国的山河依旧。对这清冷夜晚思念起远方的亲人，泇河水边一个人孤独无依。诗的颔联和颈联对仗工整，特别是颈联化用唐代李益《同崔邠登鹳雀楼》中"汉家箫鼓空流水，魏国山河半夕阳"诗句，表现了对故国消散、山河无恙的哀与幸，哀的是故国没了，幸的是一切都没有变化，不禁思念起漂泊异乡的家人。

对家人的思念情绪几乎填满了顺治三年所有的诗歌。《南望》《春日》《登琅琊台》《怀家万生兄丙戌计偕南归》《姑洗廿日感怀》《一夕》《感怀》等，每一首都是望南念亲，"有望江南云，东山寇正繁""高堂何处是，越水隔晨魂""两年不舞老莱斑""南征烽火盛，心折会稽边""痴望慈帏昕夕旋"，时间越久，思念就越浓厚。顺治三年七月宋之韩母于台州去世，宋之韩南下奔丧，扶母柩归，此年之后就没有诗作。

(二) 急兄难千里追随 (顺治四年到顺治六年)

宋之普顺治三年投降清廷，四年进京，因为路上兵荒马乱，所以宋之韩亲自陪同前往京城。这是宋之普兄弟以及宋氏家族最后在政治上的选择。南明政府已不可为，所以他们北上朝清，寻找出仕机会。这时的他们家产在兵患中受损，北上的经费还是宋之韩妻马氏多方筹措而得，但北上后因宋之普北归时间濡滞，任职之事一直搁置，二人在京城生活非常的清苦，常靠着宋之普的好友刘正宗等人接济。《鸾坡旧炭》就是这种清苦生活的真实反映，寒夜里睡着了冻得不得了就梦见刘正宗给他们送来了炭，醒来原来是一场梦，但他仍然感激刘正宗在最困难时期给予他们的帮助。宋之韩在此期间著有《之燕草》《燕山吟》描写二人在京城的困难处境。

京城生活的窘迫、遭遇的冷眼、离家的痛苦在诗中时常出现。《督亢感怀》诗中的穷途末路之感最强："傲骨生憎都白眼，穷途无计老秋风。"《思归》篇里也提到了人生穷途时体会到的世态炎凉，"年年骑马客京华，世味饱餐薄似纱"，在困苦的生活中激发强烈的思归心理，但这次又是为兄而来，三年来兄弟南北分离使得在一起的时光格外珍贵，不能萧然归去，所以宋之韩的情感在二者的争持中左右为难。《感时》其二、三、四首反复地在说因为兄长的原因，不能回乡，似乎在通过初心的回顾来说服自己忍受京城的生活，"阿兄江浙至，谁得遽图回""不是急兄难，何淹归去舟""两身经万死，昔别忍今离"。但似乎归心似箭，接下来又写到《思归》"欲归汉上问桑麻"，接着又在《述怀》中说："山东小宋客长安，急难阿兄度岁寒。"从这里看，宋之韩是个性格萧散之人，他不惯打秋风受人白眼的生活，期待的还是安稳的田园桑麻生活，"不尽长安流浪叹，欲归汉上问桑麻"。欣赏的是陶渊明的那种闲淡的生活，《赋归》：

有草葱葱欲褪黄，轻寒犹自暗吹裳。开怀准拟青田核，避乱何须白水乡。胸少戈矛俗自古，心多忠恕世仍皇。陶潜菊蕊荒三径，何日南归理旧香。

顺治五年初，宋之普被任命为户部江南司郎中。宋之韩的《正月二十三日为大兄寿》这首诗中就有一种扬眉吐气之感："春朝拜手当辰日，正是君恩下诏年。"六月宋之韩随兄南下，先归沂州，著有《浴沂草》。这期间，《御寇》这首诗较好地体现了他兄弟情深、为兄长仗剑天涯的英雄气概。

《御寇》

序：甲申之暮春，闽寇僭三秦。伪官远肆虐，兄弟辟狂尘。跋涉浙东去，幽栖南海滨。岁序属丙戌，闽人复越人。版图竞报入，□□归朝臣。丁亥都门至，念我同气亲。淹至戊子夏，督关淮水滨。六月有六日，东出问通津。行经三十里，家僮呼号频。中途三暴客，相厄甚在陈。官吏各错愕，畏此强横宾。驱车赴前路，遂往村墅闉。将欲图税驾，俄传暴客臻。部署诸从吏，好卫手足亲。提刀横马上，奋不顾我身。睚眦尽皆裂，怒向暴客嗔。暴客视予状，入店逼视巡。鞭马出村去，予亦遵道循。暴客立桥下，并辔待车轮。予马亦桥上，横刀怒气振。部署群从吏，卫兄复如新。相持三逾时，未肯辞其辛。黄昏舟子至，暴客乃徂泯。嗟哉是役也，相□两危迍。胆落兼官吏，剥肤岂震邻。御寇凭匹马，卫兄敢避殉。终始急兄难，全此报天真。借尔管城子，聊记我遇辰。

剑是少年击，今朝御寇看。一身当暴客，匹马立河干。气可夺人魄，力堪令敌寒。儒生何至此，心有急兄难。

这首诗序很长，并且以五言排律的形式写成，记述甲申之难后，兄弟相偕南下北上的经历，特别在出京途中六月六日那天遭遇暴客的境遇让人胆战心裂。宋之韩面对强梁，为了保护兄长，紧密安排随从，自己则立身马上拔刀相向，那一刻，他的英雄胆气让人心折，他还在暴客离开的情况下随道追击，用气势威震敌胆，与敌对峙三个多时辰。这岂不是张飞当年长坂坡喝退曹军的风采？宋之韩陪同宋之普一路南下所遇的险阻不仅这一处，后来在《金桥屯谒先中丞墓》写到一路的艰难险阻，不过最后都化险为夷了："千里急兄难，归来拜父茔。几番经险阻，到处获安平。"这一路的平安与宋之韩的过人胆识有较大的关系。

六年去扬州，游江浙一带有《游淮篇》《广陵吟》等。这次的南下和第一次被迫南下在身份目的上均不同，所以感受上也会有较大的差异。一样的山水风景在顺治元年时处处流露出家国之悲，但在六年淮阴、扬州一路游兴很浓，游通源寺，登钵池山，写有《游通源寺》《淮阴感怀》《月夜泛湖》《钵池山夜月》等批量诗歌，描写江淮风景的秀美及兄弟相守的快乐，如《端午日同大兄少司农饮汎园》：

艾虎从人插鬓斜，雄黄美酒欲流霞。日移东井宜蠲疬，律应南风好辟邪。取醉钵池酬节序，裁诗龙舫报年华。同袍和乐客还聚，此日欢呼讵有涯。

端午佳节之际，和兄长及众多宾客一起欢度佳节，饮酒赋诗，此乐何及，所以结尾处，他说此日欢呼快乐哪有边际呀。南方游玩的快乐忍不住分享给好友，希望好友也能来欣赏下南方的风景。《怀李生恭中翰》："清江把酒停云楼，北望黄河眼底流。华发自怜经客老，青山谁道解人愁。张秋夜月空中树，淮楚烟花镜里舟。春色故乡应半减，何时御浪赋南游。"他在告诉自己的老友青山绿水可以解人忧愁，故乡的春色已经衰减，什么时候到南方来游玩一番？

从顺治四年到顺治六年期间，宋之韩一直都在追随兄长宋之普的脚步，在清初动乱的社会中为其保驾护航，从诗中可以看出宋氏家族在朝代鼎革之际的艰难处境，但通过宋之普等人的不懈努力，宋家又一次走上正轨。宋之韩在陪同的过程中，见证过了人情的冷暖，显示出对田园生活强烈的向往。

(三)隐居乡间教子课孙(顺治七年到顺治十七年)

宋之韩的一生有两个矛盾的追求,一个是科举的上成功,所以前后十余次参加科举考试;另一个就是像陶渊明一样归隐田园。二者相比,归隐的意识常常强于科举仕进的意识,他对故乡有着强烈的依恋。在宋之普的生活步入正轨后,宋之韩就选择回乡了。从顺治七年到顺治十七年,这十年期间,除了在顺治十二年去常州看望兄长宋之普,著有《毗陵青山篇》《游苔草》外,顺治八年、九年、十一年、十四年、十七年去济南、京城参加科举考试外,宋之韩余下的时间都是在乡间隐居,有《松鹤园后集》《涑松草》《松鹤园后集》《青云阁草》等。

在隐居乡间的这段时间里,日子过得悠闲,诗歌表现出恬淡、自然的色彩,有陶渊明诗歌的味道。《涑溪杂述》其四:

> 草堂酣客梦,白昼似羲皇。蝴蝶幻庄子,巫神笑楚王。空留明月照,不见艳魂香。上下千秋事,何如钓艾阳。

这首诗从草堂昼眠入题,写白天在草堂酣梦如羲皇上人的生活。后面用了庄周梦蝶和巫山云雨两个典故,来反映一天酣睡中纷繁复杂的梦境。醒来后,梦中之事没有留下任何痕迹,只剩下明月照拂大地。最后两句是诗人志向所在,上下五千年的千秋大事,都不如在艾山之阳钓鱼更重要。这首诗明着写睡了一天觉的感受,实则更像经历了各种纷繁复杂的事件之后对自己的劝慰,人生如梦,不必去追求干什么大事业,悠闲地睡个觉、钓个鱼就足够了。顺治八年的《道理村居》中所反映的生活也是这种潇洒自由的乡间生活。其一:

> 艾麓涑溪右,花香卫草堂。青松藏北牖,紫笋出东墙。高咏惊天上,沉酣卧甕旁。佳音山水韵,丝竹涵清狂。

隐居环境的美好让人向往,艾山脚下,涑溪之南,花香环绕,北有青松,东有新竹。诗人纵声狂歌,沉醉后就酣卧在酒甕旁。山水轻音,丝竹中混杂着诗人的清狂。诗人在诗中所表现出来的不是个澹然的形象，而是个落拓不羁的形象，纵酒欢歌，心中有万千豪气。

顺治九年后，宋之韩的豪迈之气有所消解，萧散、闲适的态度欲发明显。《道理村居》其一其二：

偶出柴门外，相看几翠微。悠然青嶂合，高卧紫霞扉。雀啄村边树，獭喧溪上矶。东皋佳气色，独向散人归。

晓烟依柳上，落日下渔舟。观化春前草，忘机沙上鸥。微风飞翠岫，疏雨润芳洲。野老浊醪醉，云栖遂此幽。

这两首诗中所创造出的意境清幽自然，描绘了一个世外桃源式的乡居环境，幽处山水之间，"翠微""芳洲"显示出山水之美，雀獭喧嚣、沙鸥忘机映衬出人声的沉寂，这位散人、野老下定了幽居于此的决心。这应是他科举失利后对现实的一种妥协。这在《道理村居》组诗中的第三首得以印证。

世事全成梦，醉来歌自真。柴门无俗物，溪水有沉鳞。秧鼓阗闾巷，禅盂续陌尘。丰年愧不称，或可失秦人。

世事已经这个样子了，作为一个隐居乡间的世外之人未尝不是好事，没有俗世缠身，闲时可以去溪水边钓个鱼，听听里巷里偶然传来的秧歌的声音。

道理村、涑溪畔、万凤窝是宋之韩隐居乡间的主要活动场所，欣赏涑河畔春光的明媚，享受万凤窝山居生活的田园山水，时常呼朋引伴游山玩水、饮酒赋诗。

在恬淡的生活中，宋之韩一直没有忘记科举仕进。顺治八年、九年、十一年、十四年、十七年，前后五次参加考试。所以考试途中的诗歌也是重要的一部分。宋之韩在赶考途中所写的诗歌多为风景或朋友欢会的内容，如《题趵突泉诗》《辛卯应钟十有九日同米山伯子同梅饮玉华斋中，即席限韵》，也有客居在外的感受，如《客邸》《乡思》等。另有朋友送别的诗，如《留别高昭华》《留别王阶州米山》

等。基本没有写过与考试有关的内容，只有一次就是顺治十一年（1654 年）在考试回来后写自己铩羽归来的苦闷。

《甲午归自历山》:“杖策干时汇水滨，貂裘今又敝风尘。马卿有赋才空艳，汉武殊时遇转辛。篱外花香堪对酒，松间病骨厌逢人。商山如可紫芝问，欲向园绮访道真。”

诗中用司马相如空有赋才却不被赏识的典故来暗指自己空有才华但没有人赏识，考试上屡考屡败。在家里每天喝酒，不愿意见人。最后两句用商山四皓的典故表明自己仍然在寻求科举成功的道路，商山四皓白头被用，他们一定有独到之处，宋之韩说如果可以去访问的话一定去向东园公和绮里季他们去问问他们被人赏识的真谛。从他科举考试的历程上来看的话是屡败屡战，从不放弃，宋徽章在他的年谱中说:“是年秋，公至济南应乡试，合前共十应试。”[①] 最后一次参加考试时，他已经五十一岁了，没有坚定的意志是受不了这么多次失败的打击，在知天命的年纪去参加考试的。

在这个阶段，宋之韩的部分诗歌还呈现出诗史的性质，对清初乡村基层社会的动荡状态有所反映。顺治八年《初三夜月》“可怜明月下，偏近寇烽边。何日弛刁，照人永夜眠”;《野望》“群盗何时尽，柴门纾戒心”“云生疑阵列，月上怯营屯。竟夜枕戈待，海沂十里村”;《村夜》“清辉方伫眺，寇火已喧传。憎夜阔如海，望明迟似年”都写到了匪盗遍地、民不聊生的场景，特别是夜晚对人身安全造成的危险是最大的。《村夜》第二首对这种生活描绘得更为具体。

《村夜》其二:

群盗遮山满，高眠小墅难。钟声三面起，犬吠五更残。城郭严刁斗，乡村裂肺肝。若非大树在，白日那能安。

① 宋之韩,《海沂诗集》，上海古籍出版社，2010 年，第 115 页。

这些盗匪每在夜晚出没，因为城市防护谨严，乡村成为主要攻掠地，钟声三面响起，五更时分狗还在叫，村民枕戈待旦，夜不安寐。这种情形到年底时也没有减轻。十二月宋之韩从济南考试回来创作了《归涑篇》，在诗歌前有一段较长的序言，讲述自己四个月科举考试结束后归乡途中的惊险历程。其他特别是蒙山一段路程，因为天下始平，道寇还未肃清，所以在途经蒙山时遇见打猎的以为遇到了匪盗，惊得他们几次都要回头逃跑，最后证明是虚惊一场。在诗中把这种惊惧描写得非常生动。

《蒙山道中见猎惊顾同人欲回卫首者再》：盗贼荒山迮，村墟到处薪。树深群鸟过，日落再逢人。见猎难为喜，闻风易起嗔。高峰劳远顾，疑有战时尘。

乡村生活不得安宁，同样路途上也是充满了艰难险阻。

从现存史料上来看，这次的动乱是明末清初王肖吾（王俊）起义造成的影响。明末王肖吾（王俊）在崇祯年间揭竿而起，到清代定鼎后继续组织抗清活动。正史资料相对匮乏。乾隆《峄县志》："八年二月初十日，贼众乘雾寇台庄不克。闰二月十二日，贼步骑数千将寇徐州。于德胜闸遇龙衣船，遂掠以归。三月总督御史张存仁以满汉兵入山剿捕，相继荡平。独苍山攻数月乃西安，竟一空垒，杀贼首王俊，余皆就抚，名曰抚民，分寨而居，各以寨头领之，七月班师回。"[1] 光绪《费县志》卷八："大清龙兴之时，吏民安堵，惟九山贼王俊时薄城下，农桑尽废。"[2] 两则史料中，前者较为详细具体，后者较为概括，但可以了解顺治八年的动乱与此有关，顺治八年三月总督张存仁带兵剿灭，七月份战事结束。这在宋之韩《归涑篇》序中可以得到印证："山寇初抚，道路者犹怀疑贰。"[3] 鉴于史志资料的匮乏，宋之韩的此类诗歌可以与少量的史实相印证，起到补充史料的作用，具有较高的史料

[1] 谢国桢，《谢国桢全集》第3册，北京出版社，2013年版：第328页。
[2] 谢国桢，《谢国桢全集》第3册，北京出版社，2013年版：第327页。
[3] 宋之韩，《海沂诗集》，上海古籍出版社，2010年版：第156页。

价值。

(四) 学博、别驾先后仕任 (顺治十八年到康熙七年)

顺治十八年，宋之韩在科举上终于取得了突破，被补为东昌府教授。他在东昌任职四年，著有《光岳楼诗》。紧接着康熙三年擢升泸州别驾，四年赴任，在赴任和任职期间，著有《之蜀诗草》《川南游记》，另外还有一篇《蜀难本末传》记录蜀地兵难始末。在四川期间宋之韩系统整理编纂了《海沂诗集》，收录的诗歌是顺治元年到康熙七年之间的诗歌。

宋之韩在外任职期间的诗作，主要有以下内容：

1. 风景名胜。出门在外，看得最多的是异乡风景，所以宋之韩在外任职期间，有很多关于他乡风俗景物描写的诗歌。特别是之蜀途中，道路遥远，所以见到的景物也较为特别，所以《之蜀诗草》多写沿途的见闻。如《莲山道中北望雪山》，在序中介绍："雪山者，山以雪得名也。他处雨洒，此独雪飘，故有万年不化之雪。其山下亦有冷龙洞云。"序后又用小字介绍雪山特产："山出雪鸡，大同家鸡，但色多灰白。又出雪蛆，大同冬瓜，四五月随雪水流出。"

其二：

入望雪山云汉边，雪岚如簇横无前。霓旌定有昆仑使，羽节宁无姑射仙。故遣六花浣世浊，不教一火到峰巅。吾家海上三神境，应亦如斯非有偏。

诗中描写自己见到雪山时的震撼之情。那高耸入云的雪山，看上去如同昆仑仙境一般。作者想象山上应有昆仑使者、姑射仙姑。他们派遣六出雪花来洗浣世间污浊，颇富浪漫想象情怀。接着笔锋一转，写到自己家乡蓬莱仙山应该也不弱于此。既有对异地风光的欣赏，也体现了对家乡的思念。

2. 寻幽访古。去往泸州的路上以及滞留泸州期间，宋之韩有较多的时间去寻幽访古，所以写了一批怀古诗，如《登唐小白马寺塔》《马道》《谒汉丞相诸葛武侯祠沔县东三里》《题杜工部浣花溪草堂祠》等。特别是《题杜工部浣花溪草堂祠》

诗前有一篇长长的序言，介绍自己对杜甫的仰慕之情，喜欢杜甫的蜀中之诗，这次泸州之行，专程前往拜访杜甫草堂，但祠已倾颓，只剩下二三残碑横卧草间，触发诗人强烈的今昔之感。其一："寤寐浣花二十年，西来万里到溪边。先生清梦今何处，俯仰空余杨柳烟。"他想要去瞻仰一番，无奈草木丛生缠绕，无径可入，只有怅然而归，"参天古木迷人径，临水残碑偃石床"。

3.思乡怀友。宋之韩非常重感情，而且有极重的乡土情结，只要出门必定会有思乡怀友的诗作。在东昌期间和泸州期间的思乡怀友还有不同，东昌期间常常病体支离，心情苦闷，所以极易思乡，如卷十七东昌时期作的《客况》："海沂明月照东昌，透户穿窗满客床。苦召睡魔宁肯至，乡心哪可易禁当。"这是一种痛苦的思乡，夜不成寐，看着曾照临沂的月亮照在东昌的客床上，浓郁的思乡情绪袭来。卷十九中在泸州时的思乡之作，带有一种美好的理想，《乡思》："何处归东海，钓垂涑水涯。呼奴种黍米，招饮到山家。任子问奇字，随孙赋岁华。安贫无一事，间以课桑麻。"诗人的课子弄孙、春种秋收的田园生活理想让人非常向往。在这美好的生活理想之中可以体会作者在思乡时的愉悦心情，含有隐隐的期待。当然也有情绪低落时的思乡，《泸署感怀》"琅邪何处是，空怅路迢迢"；《不寐》"乡遥睡未稳，客久闷添愁"。

宋之韩在泸州期间怀念的朋友较多，有王方屿、王中权、刘禹震、张献之、张毓阳等人。王方屿、王中权是文章友，怀念他们一起的时候，期待可以再次聚会"斟酌锦囊文"。《怀张献之》中说自己因为没有什么事所以容易思念旧友，"下南署冷事常苦，远宦乡遥欲忘难。"

4.酬唱赠答。身处官场之上，迎来送往与酬唱赠答是一项重要的活动，如卷十八，康熙四年秋天，宋之韩就联系创作了《秋日送王尔成明府赴京》《秋日送屏山令王尔成赴京补选》《秋日送庆符令沈詹山赴京补选》《乙巳九月送平山令王尔成庆符令沈詹山两年寅丈赴京补选》。这些诗歌往往表达对送别人的依依惜别之情，"袂分十五载，今别更潸然"，以及对送别之人美好的祝愿，"三年奏最膺上赏，早卜英君上相求"。

5.明志抒怀。宋之韩在五十五岁的年纪远赴泸州，心中没有点抱负是难以成行的。他的心迹在《自三泸赴定川舟中述怀》这首长诗中剖白得特别详细:"家世鲁邹人,中怀孔孟结。穷年读父书,敢暂改弦辙。"他说他生在鲁邹之地,受到孔孟思想的影响,另外还受到父亲的影响,不敢随便改弦易辙,所以即使年过半百也不随便放弃为国尽忠的机会。他的志向是要蜀地的人都能过上幸福的生活,"东来自中元,目击此元元。再跻成康世,不复事戎轩。永无干戈苦,到处喧花村"。最末句的"宁妨说宦拙,藉以报至尊"进一步地表明心迹,自己不辞辛劳要为民谋福,不妨别人评价为官拙劣,也要借此来报答皇帝的赏识之恩。所以宋之韩往泸州任上,一是为了西蜀之民,发挥自己的才能苏民之困,二是为了报答皇帝的知遇之恩。

总的看来,宋之韩一生的创作与他的人生阅历紧密相关,在屡考不中时,他安守田园,创作了大量的田园诗;当有机会出仕时,满怀报国之志。诗作就是他人生轨迹与心理历程的最好记录。

二、宋之韩诗歌创作的艺术特色

宋之韩出身于官宦之家,受到良好的教育,年轻时接触的父兄之友都是像公鼐、刘正宗这等诗坛大家。他一身文武兼备,文能握笔写诗,武能上马杀敌。他一生的阅历丰富,曾享受过父兄辈带来的辉煌,也曾隐居乡间悠游岁月,曾任职西川,长途跋涉深入不毛之地。所以说宋之韩的一生丰富多彩,而他的诗歌也呈现出不同的风格特点。

(一) 题材丰富,众体兼备

宋之韩诗歌题材丰富,涉及山水田园诗、送别诗、酬赠诗、羁旅思乡诗、怀古诗、咏怀诗、记行诗、闺怨诗等各种题材。其中山水田园诗最多,田园诗主要分布在《松鹤园前集》《松鹤园后集》《涑松草》《青云阁草》等分集中;山水诗则在《游莒草》《川南游记》等分集中。其次是羁旅思乡诗,这部分诗歌主要集中在顺治四年和五年在京期间、六年江淮期间、十二年的常州期间,以及顺治十八年到康熙七年期间。送别诗、记行诗也集中于此时间段。特别是记行诗能够详细记录宋之韩南下北上的人生轨迹与所见所闻，对研究宋之韩的人生创作具有重要的史料价值。抒怀诗则贯穿于诗人的所有创作阶段，《长安述怀》作于顺治四年在京期间，《午日对酒家兄今础东流水别墅感怀》作于康熙三年端午节，《龙共脑舟次感怀》作于康熙四年之蜀途中，《冬暮夕怀》作于泸州期间。另外，还有两首教子诗可见宋之韩的教育理念与家风传承。《示契学》："痴儿不解事，抛散好光阴。习礼不能立，学诗未会吟。明窗送嬉戏，黄卷付裀衾。何时梦初醒，自强慰父心。"此首是教育自己次子宋契学，说他不懂事，荒废好时光，不好好学习，学礼、学诗均不成，天天就知道玩耍睡懒觉。这个口气很像是陶渊明《责子》："阿舒已二八，懒惰故无匹。阿宣行志学，而不爱文术。雍端年十三，不识六与七。通子垂九龄，但觅梨与栗。天运苟如此，且进杯中物。"正所谓爱之深，责之切。但二者不同的是，宋之韩希望自己的儿子能够顿悟，自强不息，而陶渊明则洒落得多，儿子这样，没什么好说的，喝酒吧。宋之韩另外还有一首教子诗，是写给自己大儿子的。《彭城留示稷学》："依依出鲁国，已到大彭边。将父见儿孝，应门望汝贤。科名原旧物，砥砺在绳先。回首临歧路，相看珠泪悬。"宋之韩一直把科举入仕当成自己家的旧有传统，认为要继承，自己考到五十多岁，对两个儿子的教育除诗礼外最主要的要求用功学习，参加科举考试，以此获得一官半职。

宋之韩的古诗、格律、乐府各有特色。朱嘉征在序言中评价其诗歌："今读司马诗，律绝二体如'洛水流难尽，春风向客前''春雨青山润，烟花白水繁'，又'不尽天寒吹鲁客，何曾春色满秦畿''诗就笑非巴里曲，官移浪说蜀山纤''黄柑夜月家家树，白藕秋风处处花'并有大历诸家遗烈，而风调间出元和以还。五言古诗多赋体，则唐调也。读之七言若《古钗叹》《节妇吟》《寄衣曲》《牧童词》《樵客吟》《乌栖曲》《雀飞多》，气格高古，醇乎汉魏矣。即参比六朝亦为鲍明远、梁武帝之乐府。"[1]此段评价非常具体，认为律诗和绝句有大历诸家的风采，五言古诗多是赋体，即唐人调试。又如程邑称："《海沂集》中，声韵特工，诸体各备。神取其清且遥者，韵取其幽且老者，气骨取其空苍而秀异者，格调取其高浑而遒劲者。

---

① 宋之韩，《海沂诗集》序，上海古籍出版社，2010 年版：第 90-91 页。

以是思风发而言泉涌，触响琳琅，随声珠玉。或钩旨以植义，或宏文以尽心，或缓发如朱弦，或急张如跃括，或始迅以中留，或既优而复促，或慷慨以任壮，或悲凄而引泣，于古所谓风人之旨，大都得之。"（《海沂诗集序》）

从其诗歌作品表现出直追魏晋的创作风格。如《雀飞多》：

雀飞多，畏网罗。

罗高似山巅，高飞汝无力，潜身且向茅屋间。

窥仓粟，度野田，欲哺雏。朝朝暮暮母能还。

此诗有曹植《野田黄雀行》的影子。虽然抒写的主题发生了变化，但其格调颇类，近乎汉魏。而其同题之诗，更是对曹植的亦步亦趋：

风原无哀乐，遭人成悲歌。

壮士有低昂，水亦寒其波。

试看林畔雀，畏鹞复畏罗。

罗密雀魂断，鹞猛雀心悲。

少年驱鹞去，亦复断罗归。

黄雀飞奏天，赍寿赠少年。

对比曹植的《野田黄雀行》：

高树多悲风，海水扬其波。

利剑不在掌，结友何须多？

不见篱间雀，见鹞自投罗。

罗家得雀喜，少年见雀悲。

拔剑捎罗网，黄雀得飞飞。

飞飞摩苍天，来下谢少年。

从主题到诗歌遣词用语何其相似。而其《短歌行》《结客少年场行》《招隐》《君子行》等，更是古诗的同题之作。其他如《隐居》（效晋庾阐体）、《归鸟》（效晋陶潜体）、《读兰亭集诗》（效晋王羲之体）等等。表明其诗歌创作中远追魏晋的一面，应该也是受到了文学复古思想的影响。

宋之韩的近体诗律格律谨严，对仗工整。如《思归》："年年骑马客京华，世味饱餐薄似纱。八月梁园分桂树，三春鲁甸满桃花。一年又见黄葩放，九日兼悲青鬓华。不尽长安流浪叹，欲归汉上问桑麻。"此句平仄合乎要求，"九日兼悲青鬓华"存在拗救现象，全诗押"麻"韵。颈联和颔联对仗非常工整，季节对季节，植物对植物，颜色对颜色。并且把鲁国之春与燕都之秋形成鲜明的对比，显示了自己客居在外的时间已经很长了，有浓重的思乡之感，另外悲叹时光易逝，年华易老。

（二）萧散自然，田园格调

宋之韩的一生有大半时间都是隐居乡间的。在科考与隐居的对立中达到平衡，该考试就去考试，考完试就在家里享受隐居生活，钓鱼、会友、喝酒，生活洒脱适意。时人曾评其诗："一腔忠之思，聊形翰墨。而仍嚣然有丰草长林之志，虽少陵氏何异焉？"可以说对他做出了很高的评价。观其诗作，颇有田园生活之趣，怡然自得于山水之间。

《渔翁》：自从挟网长儿孙，云夜风朝波上蹲。数口盘餐鱼作米，一家屋宇水为村。瓶间不尽沽来酒，欸乃声中日月尊。

《朝慵》：炎天夜热朝慵起，门少车骑午始鞋。老鹳叫空喧白昼，乳鸠待哺坐青槐。唐尧韵客原巢父，黄帝名臣自女娲。有客论文来过我，白杨东去即莲涯。

《村居》：茅斋云气满匡床，曙色鸡声上草堂。朝听乌鸦呼柏树，夕看白鹭下鱼梁。短墙漂尽难扃户，野客时来授异方。尚有小楼堪眺望，遥山近水足飞觞。

以上三首均出自出仕前隐居万凤窝期间，看他的生活多么惬意，拿着渔网，不管是有云的夜晚还是刮风的清晨，都蹲居水边捞鱼。捞完鱼回来，一家人围坐吃鱼，瓶里有沽来的美酒。天热了，没人打扰，可以睡到中午再起床，但院里是热闹的，老鹳仰天长啼，幼小的斑鸠在青槐树上等待食物的到来，鸟雀的喧腾恰好映衬了人声的静寂。而《村居》一首将诗人对待生活洒脱自然的态度宣扬到极致，茅草屋里云气满床给人以仙境之感，但天亮时雄鸡的啼叫又明明是尘世，也许诗人在一夜清梦后也分不清身处何处吧。天亮后诗人在干什么呢? 早晨听柏树上的乌鸦叫，晚上看白鹭落在鱼梁上。乌鸦是不祥的鸟，在这里用乌鸦应该是要和白鹭形成对仗的效果，也许诗人飘然物外，不在乎什么鸟在叫。对待鸟是这样，对待生活呢? 小院的矮墙被水泡坏了，连门也没法锁了，但诗人享受这种生活，山野村民经常过来传授一些奇异的偏方，小楼上还可以远眺，远山近水的美景仍值得喝一杯。

这种洒脱早在明清鼎革之际就有端倪，他在《述怀寄家兄少司农》中说:"有园尚可灌，有田尚可耕。青青原上草，慰父于九京。"他对生活的追求很简单，有田园可种，可守护父亲丘墓，就不用去追求额外的东西，所以劝他哥哥早做归隐打算。这种洒脱与其能够实现自足，有较优越的生活条件有一定的关系，他不用为生计发愁，所以可以纵酒欢歌，萧然物外。另一个方面，他受到陶渊明的影响较大。在《督亢感怀》中多次提到陶潜，"甕头味冽陶潜酒，坐上香生陆羽茶"，是在设想自己归隐后，座上能常设酒茶，除去京城之愁，闲来笑看柳树里藏着的老鸦。后来他又说:"辜负春林铜马右，怀归欲学老夫潜。"浓厚的归乡欲望是想学陶渊明。他学陶潜不仅有归隐，还有不为五斗米折腰的精神。京城里曳裾王门，到处打秋风、受人冷眼的日子让他格外地思念故园。他思念的不仅是故园本身，而是在寻求故园里的精神独立，可以做自己爱做的事。在乡间时，生活上的萧散自如也正与科举的不如意形成一种消解，所以在科举的间隙，他能够享受乡间孤寂的生活。这种生活状态表现在诗歌创作中就是萧散自然的一种田园风格。

(三) 言近旨远，情感细腻

宋之韩感情细腻，在诗作中充满了思乡、思亲、思友之类的诗歌。特别是思兄思亲系列诗歌。《海沂诗集》第一首就是思兄诗。《家兄今础少司农约同之纸坊山庄，予偕任六弟天房宿东门别墅，兄独止即邱城前，相距七里，赋兹志怀》："青郊结驷意方盈，向晚涑溪月自明。数武挑灯仍两地，孤怀呼酒漫同情。在山斜日烟岚半，临郭远空浦溆平。南望即邱才咫尺，旋看有梦似吾兄。"兄弟两人游玩了一整天，晚上各自回家，一个城南一个城东，相距仅七里，但诗人还是充满了缱绻之意，转眼做梦就梦到自己的兄长。全诗没有一字思念，但让我们感受到这种离开兄长的怅然若失与浓浓的思念。

《诞日前夕》作于顺治元年冬，他只身回乡，母兄妻子天各一方，在他过生日的前一天晚上开始遥想远在越地的一家人，"涕泗江乡老母身，逢儿初度应伤神。糟糠携子今何处，犹子随爷复几漘。河北江南同此夕，一家众口念明晨。高堂如雨新亭泪，定为故乡作客人。"他想老母在自己生日之际一定会伤心，也不知道自己的妻子带着孩子在哪里，侄子随着他的父亲也不知道怎么样了。但是河北江南的人都在共同分享这一时刻，一家人都在讨论明早的诞辰。老母亲在她乡落泪也一定是为了自己这个在家乡做客的人。孤独在家的诗人与远离家乡逃亡在外的家人形成鲜明的对比，家也不是家，客也不是客，天各一方，不能团圆，作为儿子不能孝敬老母，作为丈夫不能照顾妻子儿女，有兄长不能共处，思亲之情在生日这样的特殊时刻分外强烈。但是这个家庭又是多么的温暖，他们在外都在惦记这个要过生日的人。诗作从对方着笔，处处写家人对自己的思念来疏解自己的思亲之情，反而使自己的思念更为强烈了。他写夫妻情也别出一帜。《岁除使至喜赋》："使来先问细君安，两字平安满面欢。不是一番惊恶梦，如何得验别离难。"使者从家里来，他见面问的第一句话就是妻子是否平安，得到使者"平安"两个字后不禁满面喜色，事后还高兴地忍不住把这件事记录下来。通过迫不及待地发问，到得到肯定回答后喜兴于色，可看出夫妻之间深厚的感情，并且诗人也不避讳谈及夫妻之情，可见诗人率真的本性。

异地为官，难掩乡思。如其在四川时所作《彭城留示稷学》："依依出鲁国，已到大彭边。将父见儿孝，应门望汝贤。科名原旧物，砥砺在绳先。回首临岐路，相看珠泪悬。"这首诗写给其儿子宋稷学，在离别之际父亲对儿子的嘱托、不舍等娓娓道来，语短情长。又其《杨家集灯下》："春来野马上劳颜，鲁客江南走砀山。

旅邸清灯谁似玉，故乡赤泪我如浸。迷离芳草凭诗谢，懊恼香尘任酒删。西向长征风渐异，蜀川何日海沂还。"刚离家即已思家，何其恋恋不舍。但出外为官又是实现个人抱负的必然选择，只能把对故乡的思念化作一杯苦酒。

总之，宋之韩的诗歌内容丰富，风格多样，感情充沛。他将个人之际遇付诸笔端，加以编年，使其作品具有了重要的史料价值。从创作风格来看，宋之韩的诗歌作品上追汉魏风骨，下摹大历诗风。又因其四川为官经历，对杜甫又颇多敬仰之情。其诗歌题材多借景抒情之作，咏物怀人之思。体裁上有古风，亦有格律，可谓众体兼擅，表现出很高的才情。清人张松龄曾评价其诗："西莲承家世名阀之遗，不矜贵介，折节如寒素。曩年，历吴越，抵京华，遍游秦晋三川之间，纵观山水名胜之奇。而其为诗也，怨而不怒，刺而不伤，喜而不肆，思深而不匿，蕴蓄幽闲，固有少陵遗风焉。以西莲负少陵之才，值少陵之遇，官少陵之地，而能为少陵忠厚和平之诗，岂不为异世相伯仲哉！"（《海沂诗集序》）对其创作做出了很高的评价。又可知其人生经历以及个人才学、志向对其诗文创作的重要影响。

第六章　宋氏女性家族成员创作

明清时期，女性文学创作是一个非常值得重视的现象。"与前代寥寥可数的女性诗集相比，明代女性诗集在数量上已大大高过前代，仅以胡文楷《历代妇女著作考》在总集部分中列出的女性诗选为例，就已经达到了三十种之多。这个初步的统计结果中还不包括其他散佚不存的或编选年代不明的女性诗集。"[a] 至于其特点，表现为突出的家庭化特征。尤其是在文学世家中，"以一男性为首，提倡指导，而后形成了该家庭中一代或数代女性的文学群体。一家之中，祖孙、母女、婆媳、姊妹、姑嫂、妯娌，均系诗人、词人、文学家。这种现象在明清两代的江南（主要指江浙两省）尤为多见，往往是一门风雅，作家辈出。"[b] 以宋氏家族女性成员而言，其一般都出身于书香门第、世家大族，所以普遍具有较高的文化水平，能够有条件进行一定的文学创作。前文中已经对宋氏家族女性成员创作的情况进行了概述，现对她们的文学成就进行梳理研究。

第一节　王恭人的生平与著述

宋契学之妻王恭人在宋氏家族女性成员中是唯一一位有诗集传世的女诗人，虽说钟氏和宋兰华也有诗集，但当下在市面上并未见到传世的集子，或者有，但仅限个人手里，影响不如王恭人大。

---

① 王郦玉，《明清女性的文学批评》，华东师范大学出版社，2017 年版，第 23 页。
② 王郦玉，《明清女性的文学批评》，华东师范大学出版社，2017 年版，第 23 页。

一、王恭人的生平与著述

王恭人（1638-1710），宋之韩的次子宋契学（字敬徽）之妻，费县进士王政敏的长女。王政敏，字道沛，明崇祯癸未（1643）进士，历官行人司行人，朝代鼎革之后隐居费县石沟村，讲学明道，有古人遗风，时人称之为"介节先生"。有《块阜山咏》一诗，诗中自喻山石，表达了他"风韵迥绝伦"的天生傲姿。他曾与王简等人组成一个诗歌社团——六老会。他与宋之韩情投意合，所以两家做亲成为儿女亲家。王恭人出生在这样的书香门第，受家庭环境熏陶，自幼念书识字，颇通文墨。她在姊妹中排行最长，颖悟异于常人，不受传统观念的束缚，喜欢作文赋诗，著有《绿窗诗草》。其诗以婉约为主，在明末清初的女诗人中堪称上乘之作。

王恭人的诗集《绿窗诗草》现存一卷，为其玄孙宋潢整理。嘉庆二十五年（1820年），宋潢的堂兄宋瀛刻印先祖宋之韩的《海沂诗集》，宋潢抄录王恭人《绿窗诗草》一卷，附于《海沂诗集》之后，一并刻版印刷，共收录诗歌六十七首。

二、王恭人诗歌的内容

王恭人作为一位女性，她所生活的圈子仅限于闺阁之内，因此她的诗歌内容多与家居生活有关，主要分为以下几个方面。

（一）描写春花秋月的写景诗

现存王恭人的诗作中大多数是写景诗，她对四季风光有着敏锐的感知能力，所以春夏秋冬四季各以不同的美景进入诗作中，如《春雨》《春日》《春晓》《仲春》《暮春》《送春》《春暮》《春日雨后登楼》《春日游西野》《春日即景》《初夏》《夏日偶成》《秋闺》《秋夜》《秋日雨霁楼眺》《雪后登楼》等。

四季相比，春天更得诗人钟爱，初春、仲春、暮春、春晓、春日、春暮依次出现在诗人笔下，给诗人留下了不同的审美感受。《春晓》中写道："浅淡春光晓，轻寒透碧纱。罗帷睡未足，窗外噪鸣鸦。"初春的清晨，天气还有些许的寒冷，诗人还没有睡足，但窗外喧腾的鸟叫已经响起。《仲春》"初试春衫体便轻，日高闲步倚岚亭。衰颜羞见花颜盛，冰眼相看柳眼青。水面文禽翻细浪，枝头黄鸟弄新声。临轩把酒开樽处，忆女思亲恨转生。"这首诗则写天气转暖，诗人换上春装后，身体轻盈，闲庭信步，相比自己的衰病，春日的风光正好，盛开的鲜花，入眼的青柳，水面上彩色的鸳鸯泛起细细的浪花，枝头上黄莺正嘤嘤有韵，每一处风光都是美的，只是把酒言欢时忽又想起年迈的双亲、夭折的女儿，悲伤之情油然而生。

春来万物遍生华，径草芊绵涨水涯。绿柳拖烟垂绿索，夭桃含露绽红霞。莺啼深院声偏细，燕舞湘帘影半斜。何事东皇情思巧，剪成五色上林花。（《春日》）

阴云霭霭锁重楼，洒润芳菲春色柔。青草池塘乳鸭戏，海棠庭院子规愁。夭桃似醉舒娇面，媚柳含情展翠眸。日暮晴空新月上，烹茶活火汲新流。（《春雨》）

《春日》《春雨》这两首诗歌描绘出春天一幅勃勃生机的画面，翠柳如烟，依次绽放的红桃花，如天边红霞，又如醉酒的娇娃。在开满海棠花的深宅院落中，诗人听到了娇弱的莺啼、子规的春愁，看到帘前飞舞的燕子。不觉中夕阳西下，月上帘钩，诗人烹一壶好茶，品味着春日的黄昏。

东风一夜扫残红，晚看林端绿满丛。粉蝶不知春已去，犹随狂絮舞帘栊。（《暮春》）

垂帘不觉春光老，但见残红风乱扫。糁径杨花似雪香，点溪荷叶如钱小。松苍竹翠海棠娇，柳嫩桐新莺舌巧。为爱良辰把酒卮，把卮看蝶舞芳草。（《春暮》）

《暮春》描写的是暮春时节一夜东风卷去残红的景象。花已落，树木郁郁葱葱，春天过去了，但那粉蝶不知道春已经归去，还在随着狂乱的柳絮在帘外飞舞。《春暮》则恨不得把暮春时节傍晚所能看到的风景全部描摹出来，所以杨花、荷叶、苍松、翠竹、海棠、娇柳、嫩桐、黄莺、舞蝶等意象一涌而出，也烘托出暮春时节红花绿柳争奇斗艳的热闹景象。

登楼喜看雨初晴，四面云山列画屏。烂熳杏林飞紫燕，轻柔杨柳度金莺。松间茅

屋阴阴翠，竹裹泉溪曲曲清。樵唱渔歌芳草外，尧天舜日乐升平。(《春日雨后登楼》)

《春日雨后登楼》是写春日雨后登楼所见的春天景象，首先看到四面的云山如同屏风一样矗立眼前，再往远处看，成片的杏花正开得烂漫，紫燕飞舞，轻柔的柳枝飘拂，黄莺穿梭其间。青翠的松树间茅屋隐现，竹林深处的泉水溪流曲折盘旋。远处传来樵夫、渔父的歌声，大家都在享受着这太平盛世。诗人在描写这些春天的美景时往往都是红桃绿柳、莺歌燕舞，意象比较俗套，但是胜在所绘之景清丽宜人，所造之境清新自然，且诗人较少融入自己的感情，读来更像是客观呈现的春天之美，有色有味有声。

较多体现诗人情绪波动的是《春日即景》：

连绵细雨苦生寒，几日风多不卷帘。闲却金针慵刺绣，紫绡帐暖爱春眠。春眠有梦清如许，忽听雕梁新燕语。觉来带笑整春衫，寻芳又怕泥汙阻。报道天晴日色融，喜出香阁步锦丛。杨柳丝丝烟笼翠，夭桃朵朵露垂红。风轻云淡春光好，枝上流莺调舌巧。把酒花前乐正浓，回头又见春光老。

这首诗把各种情绪的转化融入诗歌之中，先是连日阴雨的慵懒，接着天晴了，喧闹的燕语激起了诗人高昂的兴趣，高高兴兴地穿上春衫去野外感受春天的美好，如丝嫩柳、含雨红桃、云淡风轻、婉转莺鸣，面对这春天的美景，把酒言欢、兴趣盎然之余，忽又为春天的逝去感伤。慵懒、喜悦、失落等情绪的变化起落自然，把诗人对春天的热爱表现得淋漓尽致。除此外，《仲春》这首诗里也有作者的主观情绪。从春光的美好想到了年迈的双亲和夭折的女儿，情绪急转直下，但诗歌到此也戛然而止了，好似悲伤的情绪不应破坏这春光之美。

初试春衫体更轻，日高闲步倚岚亭。衰颜羞见花颜盛，病眼相看柳眼青。水面文禽细翻浪，枝头黄鸟弄新声。临轩把酒开樽处，忆女思亲恨转生。(《仲春》)

和春日的纯写景不同，夏日的写景诗往往结合叙事。

疏帘半卷燕归来，小院蔷薇满架开。漫把云笺铺绣案，题诗愧少杜陵才。（《夏日偶成》）

雨前芍药绕阑栽，阁上明窗四面开。卷起离骚裁白苎，南风时送异香来。（《初夏》）

连朝雨过洗黄梅，一夜薰风琴上催。嫩草池塘荷已茂，绿槐高柳送蝉来。（《初夏》）

上述三首诗歌都是夏天的景象及诗人的生活，但又各具特色。《夏日偶成》开篇两句写夏日小院的风景，帘陇半卷，院内满架的蔷薇正在开放，而后两句则写夏日里，诗人没有从事女红，而正在绣案上写诗。《初夏》则写了芍药花开得正好，闺阁的四面窗户都开着，诗人把《离骚》卷起来，正在绣案上裁衣服，窗外的花香随着风一阵阵地传进来。由此可见诗人在夏日里不是读诗、写诗就是在裁衣，日子过得悠闲自在。另一首《初夏》则纯写景，黄梅时节的连阴雨后，热气熏蒸，池塘边的嫩草和荷花已经非常茂盛，槐树柳树上不时传来蝉的鸣叫时。这首诗和前两首相比的话，意象突破闺阁，眼光放到窗外，纯写窗外喧闹的夏日景象。

秋日的诗歌较少，写秋日风景最美的是《秋日雨霁楼眺》：

一秤棋罢一杯茶，雨后登楼看晚霞。红叶霜清山骨瘦，碧天风急雁行斜。静听牧笛鸣深涧，细数归牛渡浅沙。四野秋林堪入画，疏篱茅屋几人家。

该诗描绘了一个秋日的美景，午后刚刚下过雨，诗人登楼远眺，看到"红叶霜清山骨瘦，碧天风急雁行斜。静听牧笛鸣深涧，细数归牛渡浅沙。四野秋林堪入画，疏篱茅屋几人家"的景象，红叶满山、天空碧蓝、大雁南行，她静静地倾听牧童的笛音从深涧中传来，仔细数着归来的牛群，看它们渡过浅浅的沙滩；她突然感慨野外山林的风景能够画成一幅画，画中有稀疏的篱笆，低矮的茅屋，散居的人家。这首秋景诗景物颜色绚丽,环境空旷而又静谧。

冬日的风景诗有《雪后登楼》:"日晴风利冷窗纱,雪后登楼景最佳。茅屋层层妆白玉,疏林树树缓琼花。阶铺素练迷三径,雾上薰炉拂六珈。遥望寻梅关下客,寒驴步步踏银沙"该诗描写了雪后登楼到处银装素裹的景象,远处的茅屋、林树、道路、薰炉上的白雪,分别用白玉、琼花、素练、六珈、银沙等来作比喻,使这个尘世犹如仙境,而骑驴寻梅的客人使这幅静谧的画卷增添了尘世的烟火气,静中有动,雪后的美景与情趣跃然纸上。

除了四季的风景外,诗人还有些路上的风景,如《归宁遇雨》《庙山道中》。

云垂四野暗长空,草满泥深鸟道中。鹤唳松巢烟漠漠,猿啼翠岫雾濛濛。车轮碾碎梨花雨,马首披开柳絮风。行尽崎岖天已暮,祊河浪逐费城东。(《归宁遇雨》)

山苍水碧小桥斜,掩映柴扉三两家。高挂酒帘少过客,篱边惟见野棠花。(《庙山道中》)

《归宁遇雨》描写了回娘家途中遇雨的场景,道路崎岖难行,又逢下雨,但是诗人并没有着力于描写雨中行走的狼狈,而是饶有兴致地描写春雨中美景,鹤鸣、猿啼于烟雨朦胧之中,看着车轮碾过满地的梨花,感受着马头传来的柳絮微风,傍晚时到达了费县东。这也许是因为诗人回家看望父母的喜悦已经超过了路途的坎坷与困苦,所以雨中的景象充满了诗意。《庙山道中》这首诗中描绘了一幅静谧、恬淡的田园风光画卷,小桥流水人家,篱边有静静开放的野棠花。

(二)思念亲人的思亲、悼亡诗

王恭人对于自己的情绪非常克制,很少能在她的诗歌中感受到她明显的情绪变化,但是思亲诗和悼亡诗往往感情充沛,读来令人潸然泪下。

王恭人的思亲诗多是思念父母,写法上多采用直抒胸臆的手法。如《辞家大人之东郡》写的是辞别父母远行时的悲伤,因念及自己不能承欢膝下而哭得肝肠寸断,"血泪沾襟肠欲断,何时膝下再承欢";直至行得很远了,仍然数次回头眺望自己父母的居处,"心事难堪随去水,回头几度望高楼"。《移居山村忆隔母家似觉辽远,感而志怀》描写了诗人住在荒村,秋日里,面对萧瑟的秋景,满目凄凉,"触目动凄凉,嘹嘹雁几行",不由得想起自己和父母天各一方,不能早晚侍候于跟前,由此希望如果能一尝所愿,自己一定要像老莱子一样斑衣戏彩,日日侍奉于父母左右。

思亲诗中还有一类是思念丈夫的闺怨诗。她的丈夫随着其父宋之韩到四川泸州上任,一连几年没回家,独居深闺的她每每念及远行的丈夫充满了思念。《初夏》《闺怨》《感怀》等都是思念远行丈夫的诗歌。

《闺怨》四首:

梨花深院柳初纤,昼掩朱窗尽日闲。云外不传鸿一字,梁间空见燕双还。无心玩月凭花槛,有梦随风入剑关。酒意诗情全废却,惟余幽恨锁春山。

万绿庭中暑气凉,窗前无事绣香囊。薰风习习榴花绽,霖雨霏霏梅子黄。亭砌绕栏蜂蝶闹,池塘出水芰荷香。愁来景物慵舒眼,停住金针送夕阳。

寂寂深闺恰晚秋,萧条庭院懒登楼。菊花有意迎风笑,衰柳无情带雨愁。四壁蛩螿声唧唧,几家砧杵韵悠悠。霜红满地幽窗静,尽日垂帘不上钩。

万卉凋零近腊时,雪装玉树映疏篱。帘帷寂寞朔风入,心事凄凉明月知。怕见寒鸦归院落,惊闻旅雁渺天涯。梅花不解愁人意,冷蕊幽香散满枝。

其中《闺怨》最有代表性,该诗是组诗形式,共有四首小诗构成,表现了春夏秋冬四季对丈夫日甚一日的思念。她的丈夫是在元宵节的时候离开的,春天和夏天的两首表现的是丈夫走后,自己独守空房的寂寞无聊与白天做事的无情无绪,"酒意诗情全抛却,惟余幽恨锁春山"。秋天这首诗表现了天气转凉后,女主对丈夫的思念愈加深切,夜里开始彻夜失眠,"挑尽残灯无意绪,坐看明月上帘钩"。冬天则更进一步,不仅彻夜难眠,而且鸦归雁过都能刺激女诗人思念丈夫的敏感神经,"怕见寒鸦归院落,惊闻旅雁渺天涯"。另《集古》诗四首也很巧妙地利用集起古人的诗句来表达对丈夫的思念之情,如"一腔心事难消遣,两点春山满镜愁""绣床空倚无心绣，岁晚江寒人未回"。

悼亡诗共有三首，《挽兄》是悼念自己兄长的诗歌，诗中写到胞兄早逝，丢下妻儿老小，身后的情景变得凄凉无比：从前读书的书房挂满了蜘蛛网，弹琴的琴台上长满了青草，院内生活变得凄苦，门前冷落，自己深深地怜惜双亲与寡嫂。

悲我同胞兄，归泉何太早。弃却朱颜妇，抛下孤儿小。冷落彩斑戏，寂寞椿萱老。书帏挂网丝，琴台生芳草。院内哀声多，门外车马少。肠断泪痕深，痛怜亲与嫂。（《挽兄》）

令节周逢百感伤，满襟血泪痛希光。红颜销尽铅华气，绿鬓不沾艾叶香。去岁屏前题角黍，今朝台下奠蒲浆。肝肠断尽喉啼破，难呼娇娃上画堂。（《端午》）

忆昔穿针乞巧时，戏题仙子合欢词。今朝乞巧楼惨淡，纵有穿针谁似伊。（《七夕》）

另两首《端午》《七夕》是悼念自己早夭的女儿。悼念女儿的诗写得很隐晦，我们之所以知道诗人是在悼念亡女，是因为在《七夕》诗后，宋潢注："闻有曾祖姑工诗，早殁，此上二首当是忆女诗。"我们再去读这两首诗，能够深深体会诗人的哀伤。两首诗都是采取了今昔对比的手法，同样的端午节、七夕节，去年时节女儿还可以题写角黍诗、仙子合欢词，而今朝的画堂上再也呼唤不来女儿，纵有乞巧活动却再不能看到女儿的身影，作为母亲，失去女儿后的肝肠寸断、喉咙啼破的苦痛，在佳节来临之际好似又增加了几分。悼念女儿和兄长的诗歌写法不同，一个重今昔的对比，一个重写身后的凄凉，但无论哪种都体现了诗人思念亡人的真挚情感。

（三）家庭纪事诗

王恭人现存诗歌中所涉家庭纪事诗的内容较少。她的家庭纪事诗主要写自己读书写诗、教育儿女等家庭生活。王恭人的日常生活是清闲的，她有很多的时间读书、写诗，她曾写到"眼前何物堪为乐，酒满金樽书满囊"，可以说她最爱的生活就是诗酒人生了。即使在病愈初起，扶杖凭栏远眺，还在考虑"题诗苦无佳句，沽酒尚有榆钱"(《病起》)。在不少诗中可见她读书写诗的场景,如《夏日偶成》写初夏时节,"漫把云笺铺绣案";《夜坐》写在清秋的夜晚不睡,点着灯忙着评诗,"不寐评诗忘漏永,一窗灯火映帘明";《秋夜》也写到读书到深夜,"独坐窗前批女史,不知残月下西楼"。王恭人还有不少读书的诗歌,如《读<西施传>》《读<齐姜传>》《读<如姬传>》。除了自己爱读书写诗,也爱教女儿写诗,如《教女》:"闲庭昼永浑无事,教女裁笺学赋诗。"看到儿子夜读也非常欣慰,《夜窥豫儿读书小斋》:"寂寂书帏夜半天,窥儿窗下检残编。案头唯有金猊共,袅袅清香一缕烟。"听说自己儿子写不出诗来,忍不住技痒作诗一首《闻两儿赋雪诗未成偶占》。

王恭人生活在深宅大院里,所看到感受到的大都是宅院里四角天空下的美景,书写的是读书育儿的小事,抒发的是对亲人的思念之情。所以眼界不够宽广,但也有一首纪事诗反映了康熙七年郯城大地震的场景,那就是《惊灾》。《惊灾》:"霹雳晴空何来哉? 地陷山崩海顿开。高丘欲断尘寰意,洪濛复至鸿雁哀。阳城弹指垣尽毁,天孙停机目惊呆。我告上苍诚且悲,快怜赤子休此灾。"在巨大的自然灾害面前,山崩地裂,城垣尽毁,哀鸿遍野,诗人有着悲悯的情怀,不禁要为苍生祈福,祈求上苍快快结束这场灾难。

(四)咏史诗

王恭人共有三首咏史诗传世,分别是《读<西施传>》《读<齐姜传>》《读<如姬传>》。《读<西施传>》:"苎萝山下鬻薪娘,三载学成别样妆。一入馆娃酬旧主,几回响屧恨长廊。椒华睹面为谁悦,珠幌香风只自伤。幸得范家能纵博,终赢西子傲吴王。"诗歌特意表现西施为了越国复仇大义而牺牲自己进入吴宫的伤恨,又为范蠡辅助越王获得最后的胜利赢得西施而满意欢喜。《读<齐姜传>》:"重耳当年醉梦中,主盟华夏本谁功? 若非杀得桑中婢,衰偃终为田舍翁。"突出了齐姜在晋文公称霸路上的助力作用,要不是她的胆识,赵衰、狐偃再强也不会成功。《读<如姬传>》:"死报深恩分亦宜,如姬有胆大如箕。请思无忌功成处,胜算元来却是谁? "也是歌颂如姬的胆识。三首诗的共同特点都是歌颂古代的伟大女性,站在女性的角度上体会她们的痛苦,肯定她们在历史进程中的贡献,没有西施、齐姜、如姬等女性的付出，这帮男人的功业是很难成就的，具有较强的女性意识。

三、王恭人诗歌的艺术特色

在女性诗人群体中，王恭人的创作还是比较突出的，她的诗歌清新婉约，富有生活气息，具有其独特的艺术特色。

（一）诗歌内容多为春花秋月的写景诗

从以上分析来看，内容较为丰富，有写景有抒情，有记事的，但总的来说，写景诗在整卷诗作中占比是最多的，其中六十七首，大概有三分之一以上的为写景诗，其他内容的数量较少，如咏史类的仅有三篇，《读〈齐姜传〉》《读〈如姬传〉》《读〈西施传〉》。另外思亲诗数量不少，但这些思亲诗也有大量的写景部分。如《归宁遇雨》就是通过写景来抒发回家看望父母的愉快心情。在悼念亡兄的作品中也有写景部分"书帏挂网丝，琴台生芳草"，通过最常去的两个地点的景物描写，一个生了蛛网，一个长了青草，对比出兄亡后，家中境遇的物是人非、门前冷落，表达了对兄亡事件深深的哀伤以及对亡兄的悼念。在叙事诗方面也是常以景物入手，如《教女》开篇就写春末夏初季节里，闲来无事教女儿写诗："红紫凋残绿满枝，薄寒轻暖燕归时。闲庭昼暖浑无事，教女裁笺学赋诗。"景物描写上善于抓住季节变化中的主要特点，用"红紫"和"绿"色"凋残"与"满"的对比，反映了百花开尽、绿树成荫的景象，正是"绿叶成荫花事了，帘栊寂寞昼初长"的季节，诗人不仅用了颜色的对比，而且从人体的感触上来描述，从"薄寒"到"轻暖"的变化来显示春天的结束、夏天的来临。

（二）诗歌意象密集，意境清新自然

王恭人的诗歌偏于写景，注意情景的交融。虽然在意象选择上较为普通，例如多为春花秋月、莺歌燕舞，再有就是绿柳红桃之类，具有强烈的女性特征。但是她能为这些看似俗套的意象创设一个清新自然的意境，从而又有不同流俗之感。如其《春日》："春来万物遍生华，径草芊绵涘水涯。丝柳拖烟垂绿索，夭桃含露绽红霞。莺啼深院声偏细，燕舞湘帘影半斜。何事东皇情思巧，剪成五色上林花。"在这首诗中，绿柳红桃、莺歌燕舞等意象的密集出现，色彩艳丽，虽稍显平淡，

却无俗脂庸粉之感，"何事东皇情思巧，剪成五色上林花"的总结之语，把春天花团锦簇、热热闹闹的形象表现得淋漓尽致。

（三）抒情手法多样化

王恭人的诗歌中情感最充沛的有两类：思亲诗和闺怨诗。思亲诗的内容前文已经分析，在抒情方面，这类的诗常是直抒胸臆，用"泪流""肠断"等词语表达自己悲伤的心情，如在《挽兄》中，前半部分通过写景来表现兄亡后门前冷落，已经透露出深深的哀伤，但她仍觉得不够，还要直接抒发这种伤痛："肠断泪痕深，痛怜亲与嫂。"在《辞家大人之东郡》中也是反复抒发离开父母的不舍与伤心，第一首说："血泪沾襟肠欲断，何时膝下再承欢。"这里的抒情带有艺术的夸张成分，离开父母伤心不假，但不至于血泪横流、愁肠欲断，但诗人就要借助这种夸张来描写自己离开父母的伤心。第二首的抒情相对真切，"离亲膝下到桥头，泪眼相望水共流"。《端午》一诗在悼念亡女时也是极力描写这种悲伤："肝肠断尽喉啼破，难呼娇娃上画堂。"这种肝肠寸断、喉咙啼破的丧女之痛，让人为之动容。

与思亲悼亡诗抒情时的直抒胸臆、极尽描摹不同，闺怨诗在感情抒发方面要含蓄许多。这也许与古代相敬如宾的夫妻关系有很大的关系，所以在思念丈夫的情感表达方面比较含蓄，通篇都不提思念，但每一句都是思念。《初夏》第二首："阳关把酒上元时，今看亭前柳漾丝。不觅青禽问远信，金钱且喜洗佳儿。"这首诗作于康熙四年，她的丈夫宋契学随其父宋之韩往四川泸州上任。诗中只是回忆丈夫离别时是上元节，四天后正月十九日，她的次子宋允豫降生，诗人在初夏时节，看见亭前柳丝飘扬，她正高高兴兴地"洗儿"，这应该是儿子过百天的时候举行的一项民俗活动吧。一百多天过去了，诗人未对丈夫表达一点思念之情，但从送别之日清晰记忆到"洗儿"日的不问远方的消息里，却饱含着浓浓的思念。后面还有一首《无题》："金井风回梧叶稀，凭栏时见火萤飞。南川信断七千里，五岁儿成君未知。"丈夫一去五年没有回来，儿子从出生到五岁都没有见过父亲，又是秋风乍起时节，梧桐树叶日渐稀疏，凭栏远眺还能看到萤火虫在飞，七千里外的丈夫音信皆无。实际上的她的丈夫从康熙四年入川到康熙七年回沂，一共就四年的时光，但从诗人的感受里已经五年过去了，这也许是离别的时光感觉起来总是那么漫长。这从她的《闺怨》中百无聊赖到夜夜坐看明月上帘钩，可以感受这种彻骨的思念。但是诗人在思念丈夫的诗中却从没有直接抒发过这种思念之情，都是借景、借事抒情。

总的来说，王恭人的诗歌有着闺阁女性写作的独特之处，虽不出庭院，但在写景方面有着天然的敏感性，能够抓住景物的主要特色，动静结合，远近描写，富有层次感。在抒情方面也能够采取直抒胸臆或者借景、借事抒情，情感真挚动人。而且，她的创作突破了传统女性诗词常见的闺怨、弃妇等题材，而是把注意力移到对日常生活中的各种亲身体验之中，表现出明清女性诗人创作的新趋向。

第二节　宋氏其他女性的创作研究

宋氏家族女性成员在文学方面除了王恭人之外，还有宋之韩的夫人马氏、宋澡的夫人钟氏、宋潢的女儿宋兰华等几位有诗作传世。她们的诗作内容与艺术风格截然不同，与她们各自的生平经历有很大的不同有关。

一、马氏

马氏是宋之韩之妻，沂州庠生马建中之次女，出身书香门第，她的儿子宋契学在《马孺人行实》中对其生平为人有详细的记载，其中一个细节可见她具有较高的文化水平："每朔望必分享叩天地，聚子孙诸妇于堂，揖拜毕，教不孝等以居家持身之道，复为诸妇讲大家家训数则，曰：'勿谓其言近鄙俚，若能体而行之，即贤妇也。'性尤嗜博雅，凡古贤媛遗事，乐闻不倦，每纺织之暇，引烛拥书漏尽不辍。"她作为当家主母，每月集合子孙教导为人处世之道，教育诸妇学习大家家训，自己也常读书到深夜。这从她的儿媳王恭人的诗作中读《西施传》《如姬传》《齐姜传》的诗作中可以印证马氏家庭教育的影响。

马氏的作品现在传世的仅有两首词和一首诗。

《如梦令 赋孤山》：孤峰云角弄巧，问天妾许吟否？若拟闺阃久，怕负湖山娇娆。

娇娆、娇娆，安得鹏举霄捣。

从一个久处闺闱的女子角度来写辜负了孤山风光的美好娇娆，寄托了对游历美好风光的期待。全词只有"孤峰云角弄巧"在写景，孤高的峰顶上白云缭绕，充满了仙意，后面都在写她的心情与期待，怕待在闺房内时间太久辜负了湖山好风景，但仍让人对美景充满了期待。特别是"鹏举霄捣"充满了豪迈之情。

《开门见孤山湖》：开门孤峰唤云图，当年炎烤稼欲枯。垅头农夫燕背水，愧侬生来汗滴无。

此首仍然在写孤山，但同前一首词不同，不是对美好风光的期待，而是写开门看到了孤山上云雾缭绕的景象，而想起当年干旱的场景，酷日烘烤着大地，庄稼都要枯死了。田垄上的农夫像燕子一样背水浇田，非常地辛苦，由此自责自己生来无汗，不能够用汗帮助农夫来浇灌田地。这属于睹景忆事的一种写法，面对山水回忆大旱时节农夫的辛苦，突出自己不能救助的无力感，是不是同时也包含了作者在动荡社会里作为一介女子无力改变现状的无力感？

这两首孤山的作品应作于明末甲申年宋家举家南迁的时候，马氏带领着宋氏一家在南方待了两年多。宋之韩在此期间和宋之普在杭州一带登临游玩作了好多首诗歌，如《初至西湖》《西湖舟中》《湖心亭》《湖上》《湖上闻钟》《湖上述怀》《西湖晚棹》《再游湖心亭》《西湖夜月》《岳武穆坟》《武林徐氏仙鹤园感怀》等系列诗歌，可知宋氏一家在西湖附近逗留了很长时间，后来宋之韩回山东，宋之普前往浙江。马氏与孤山有关的诗歌当写于这个时间，久处闺阁的女子猛然看到湖山胜景难免会心向往之，在国破家亡之际，难免会有种无力感。

《如梦令 暮秋夜雨》：梦惊风狂雨骤，自怕簟冷衾透。试问青女何？咋不放手堵漏，堵漏、堵漏，应悯篱菊无佑。

此首词模仿李清照的《如梦令》所作，特别是起句和李清照所创设的情境一致，都是一个风雨交加的夜晚，不过李清照后来写早上醒来试问雨后的情景，而马氏却写在这个风雨交加的秋夜里，呼唤神女前去堵漏，为什么呢？原来是担心篱边菊无人护佑。"堵漏"一词在这么婉约的小令词中稍显粗陋，但是无形中给婉约的词风增加了一丝粗豪感。所以整首词读来婉约中带着粗豪，别有一番风味。

二、钟氏

钟氏（1760-1793）为宋澡继室，父亲钟镛曾任邠州掾，她的丈夫宋澡是奉直大夫，与乾隆时期宋氏家族的著名官员、文人宋澍是兄弟，这也是乾隆时期宋氏家族较为显赫的时期。钟氏是宛平人，即现在的北京卢沟桥一带，妥妥的北京人，这可以说是远嫁，作为远嫁的女子，势必会有满腔的思乡之苦。

《秋夜闻雨声偶感》：一宵秋雨梦宛平，高堂亲呼最多情。东吴姻缘承父命，南鲁罗绮擅文名。归倚桂棹回烟渚，频整花钿立彩庭。长记闺门辞赋好，关山欲度恨几重。

这首诗写诗人在秋雨的淅沥声中，梦到了身在宛平的父母在亲切地呼唤自己，那呼唤的声音是那么婉转，然而自己应父母之命从北方嫁到鲁南来，什么时候能够倚棹回乡看望父母，但关山辽远，只有无穷遗憾。整首诗因秋雨而出发，心情就如同那凄清的秋夜，意境清冷凄凉，思乡情绪饱满感人，虽无一语涉及思乡，但是无一语不是在思乡。从这一点上来看，钟氏在抒发情感上面比王恭人要含蓄，善于营造情景来表达感情，而不是直接抒发，这是二人较大的不同。另外两句残篇也具有这种特点，"机杼声闻秋夜里，花残月坠抚遗孤"，连用"机杼声""秋夜""残花""坠月""遗孤"五个意象塑造了一个凄清意境。这种清冷感源自诗人的遭遇，她短暂的一生可以说是非常不幸的。宋澡的原配王氏死于乾隆四十六年，她作为继室嫁入宋家，她的丈夫宋澡乾隆五十一年去世，留下前妻所生十一岁的儿子，这一年钟氏才二十六岁，没有自己的孩子。由此去回顾前半生的时候也许只有在闺阁时的日子是最幸福的，每每让她在一个凄清的夜晚深深地怀念，《思亲集》也许就是一个青年女子在惨淡人生中的一种感情慰藉，五年后三十一岁的钟氏撒手人寰。

三、宋兰华

宋兰华是进士宋潢的女儿，所生家庭较为优渥，长大后嫁给庄坞杨氏家族的杨云僬，她的人生应是比较适意的，所以在她诗歌中看不到钟氏的凄苦，也没有马氏的粗豪，而是呈现出女性诗风的秀雅。

《春宵感赋》其一："郁郁春阴锁幽兰，剪剪春风入梦寒。纱窗难禁寻诗意，只缘乡国遍青山。"春宵一刻没有儿女情长，没有闺门情思，而是面对乡国青山汹涌着浓浓的诗意，在阴郁的春日清晨，用剪剪春风描绘了清晨的薄寒适宜，显得心情也较为轻松愉悦。其二："底事庚子人怨深，红颜忧国白费神。一室兰花千行泪，纱窗月落夜自沉。"这首诗应该作于1840年鸦片战争之后，对国家发生的重大事件非常关注，虽然自己解嘲说女子忧国白费力气，但还是忍不住伤神到夜深，看着窗外的月亮慢慢地落下去。虽然从文字表面上来看，作者的情绪是淡淡的，但是内含其中的爱国之情则是较为强烈的，对应那句"身卑未敢忘忧国"，即使是女子也不敢忘忧国。宋兰华的眼界要超过了宋家的其他女性群体，其他女性的生活眼界较窄，主要是向内的，关心的是自己的生活小事，抒发的是个人对亲情和爱情的感受，对家庭之外的东西关注较少，而宋兰华能够突破家庭，关注国家大事，这是一个难得的突破。

《南园桃花引》其一："南园桃花上枝头，武河春水拍岸流。帘卷东风一片意，故遣白云伴红楼。"其二："南园桃花竞谁筹，柳绿莺黄分外幽。闺藏握负东风意，愿随尔到天尽头。"这两首看起来是两首闺怨诗，前一首用美丽的春光来衬托诗人的孤独寂寞，南园的桃花开了，武河的春水在哗哗地流淌，在最美的春光里，没人陪着去游春，只有白云相伴。第二首闲适描绘春天里桃花盛开、柳绿莺黄的美景，末句写愿意随你到天的尽头，随谁呢？东风还是丈夫，貌似都可以，貌似都有。所以笔者认为这两首诗是闺怨诗，表达了在美好春光里对丈夫深深的思念，抒情比较大胆。

以上三位是有作品传世的宋氏女性的创作情况，她们的创作与各自的人生遭际有很大的关系，钟氏悲剧的一生非常短暂，所以作品一是回忆年少时陪侍父母身旁的美好时光，二是刻画眼下悲凉凄苦的生活现状，情绪表达非常含蓄，但意境悲凉。宋兰华的生活相对顺遂，所以她的眼界超过其他女性，情绪的表达也较为热烈。她们的创作亦如王恭人的创作一样，更加的生活化，题材也更加广泛。而在艺术上，"由于缺乏吟诗属对的严格训练，反而保持了诗的感性；由于在现实生活领域的局限性，反而有更丰富的想象；被隔离的处境反而造成了她们在精神、情感上的单纯、纯净。"①

第三节　宋氏女性创作原因与特征

明清时期女性文学创作的繁荣，与她们所接受的良好家庭教育，以及女性自强意识的觉醒等因素有关。而就其创作特点而言，有学者概括为五点：创作主体的家庭化、创作体裁的丰富多彩、女性结社的出现、女性诗人开始与男性文士交往以及女性作家开始否定"内言不出于阃"的传统观念，重视文学的传播功能②。与同时代女性作家群体的兴起原因一样，琅琊宋氏家族女性文学的产生与社会大环境、地方文化风气、家庭文化氛围等有着密切的关系。而这一时代女性文学的特点，在琅琊宋氏的女性作家创作中亦有所反映。

一、宋氏女性文学产生的原因

（一）社会大环境的推动

明朝末年商品经济的发展对当时的经济社会和思想文化都产生了深刻的影响。优越的经济条件为琅琊地区的经济文化发展奠定了坚实的物质基础。资本主义萌芽、商品经济的发展无形中为女性文学的发展提供了很多机会。首先，经济发达可

---

① （美）孙康宜，《纯粹·独行的缪斯：自传、性别研究及其他》，广西师范大学出版社，2022年版，第355页。

② 郭延礼，《明清女性文学的繁荣及其主要特征》，《文学遗产》，2002年第6期，第69页。

以适时为女性创作松绑，部分女性不必过多受碍于经济条件的压迫，物质资源的可供性使她们有余力投身于精神世界的建构，也可以使女性的诗集作品等得以出版，延长了女性文学作品的传播链，扩大了影响范围，既能鼓励女性作家再次投入创作，又能潜移默化地激发一批女性读者参与表达的欲望。其次，不断繁盛的都市文化也激发了女性作家新的创作灵感，使她们能从更多角度寻求文学创作的可能性，女性文学赢来新的发展生机。总的来说，明清时期资本主义的萌芽和发展成为女性创作活动的一个重要跳板。

明朝末年，新解放思潮，在一些先进士人的努力下，一些女性有了和男性一样受教育的机会。如袁枚有女弟子五十多名，席佩兰、金逸、汪玉轸、严蕊珠等在当时非常具有影响力。特别是席佩兰，她是孙原湘的妻子，教会了孙原湘写诗。她们除了互相唱和之外，还和一些男性相唱和，从而带动了一种社会思潮的涌动，也部分地提高了女性的地位。另外一些女性也开始组建各种社会团体，参与各种社会组织，促进了各种文化社团的诞生和各种形式文化的发展，从而扩大了女性的生活与交际范围。在促进社会现象改变的同时，也促进了社会对女性要求的改变，传统女性不再局限于"相夫教子，繁衍后代"的传统道德观念，产生了培养女性独立意识觉醒的新思想，从而使得女性的教育得到了足够重视，为以后女性文学创作和诗词活动的发展奠定了思想基础。

在自由热潮的推动和解放意识的激励下，女性群体终于不再满足于闺闱内的情感表达，不再只追求对刺绣女红的精通和对道德礼仪的推崇，而是尝试借由文学书写自己的经验与经历，女性文学开始在文学领域闪现光芒。

（二）地方文学风气助推

明清时期鲁南几大家族的文学创作非常兴盛，他们以各种形式组织文学活动，进行诗文创作。以宋家的宋之韩为例，经常与兄长一起游玩作诗，后来与韦祚兴、赵筑窝、刘鲁桧父子等人在家里集会作诗。

鲁南出现了多位著名女作家，有部分作品传世。明代进士高名衡的妹妹高玉章，有《玉映草》，后高名衡选四十首刻了一块诗碑立于其墓前，诗碑在"文革"时被破坏，但她的诗作与其兄的作品一并为高氏后人所整理。通过《送兄平仲之蓟城省亲》也可以了解到她的创作水平："千里悠悠别故乡，朔风初动雁成行。青山到处随兄马，极目边云但渺茫。"表现了与兄长离别时的依依不舍。而明末清初女诗人纪映淮，诗词俱佳，《咏秋柳》闻名一时，王士禛非常赞赏，写诗时就点了纪映淮的名字，"栖鸦流水空萧瑟，不见题诗纪阿男"。

又比如结社之风。"明清时期，女性结社是当时女性文学的一大特点，最为明显的现象就是女性作家开始从闺内创作走向闺外结社，女性结社也是女性个体走向群体活动的重要标志之一。从文化传播角度来看，明清两代本来就有好多的结社，喜好聚集各种文人雅士，因此诗社、文社有很多，也因为这样的社会现象，使得女性结社得到了发展和传播。"① 这种女性之间，甚至女性诗人和男性诗人之间的交往，促进了女性文学创作的繁荣。

（三）家庭文化环境的促成

家庭的教育与支持。明清时期相较于明清之前有相对宽松的创作环境，男性群体对女性群体的创作起到了积极的推动作用，以宋之韩为首，对家族中的女性创作加以指导提倡，从而进一步影响了女性主体意识觉醒的进程和深度。宋家是个书香门第，和宋家结亲的也往往是读书人家，所以宋家女性多受过良好的教育，能读书识字，甚至作诗。如王恭人做女儿时，父亲王政敏进士出身，隐居乡间时与王简等人结成"六老会"，时常聚会作诗。出嫁后公公宋之韩也是爱诗之人，著有《海沂诗集》，更是时常在家里呼朋唤友召开诗会，婆婆马氏也会作诗。这样看来，王恭人的原生家庭和结婚后的家庭都具有浓厚的文化氛围，对诗歌有着执着的热爱，所以她能作诗也不意外。宋潢的女儿宋兰华更是如此，她的父亲宋潢进士出身，替高曾祖母王恭人编过诗集，自己也有诗集，所以宋兰华的创作环境相对更为宽松，不仅有父母影响，还有祖辈的垂范。

后辈的整理与良好的经济条件也为宋氏家族女性的作品提供了有利的保存条件。女性诗文集的编纂和流传提高了女性作家群体的文学声望，有利于女性文学

① 杨文娴主编，《女性学十讲》，九州出版社，2022年版，第35页。

活动，更有助于为后世留下经典的女性文学文献资料。但是，往往因为经济等问题，留下的诗集等作品多是藏稿于家，最后流散。例如，沈善宝《名媛诗话》称："（闺秀）倘若生于蓬荜，嫁于村俗，则湮没无闻着不知凡几。余有深感焉。故不辞撼拾搜辑，而为是编。"如沈善宝所说，有些人因为经济等原因，创作的作品流传不广以致失传，所以要有人不辞辛苦地做一些搜辑补遗的工作，这样才能有效地传播文学与文化。而纪映淮虽然创作水准很高，著有《真冷堂词》，但没有流传下来，只在《晚晴簃诗汇》《国朝闺秀正始集》《闺秀词钞》等集部著作中有少量存留。纪映淮的诗词著作之所以只流传下来小部分，是因为她丈夫为国殉职，她的晚年过得孤苦，没有人为她刻印诗词著作，所以影响了其作品的有效传播。

二、以王恭人为代表的宋氏女性创作的特点

宋氏家族女性的创作受到了社会大环境与文学创作思潮等多方面的影响，但家庭方面的影响无疑是最突出的，所以在创作风格上会有一定的一致性。

（一）家庭群体化

明清时期，由于经济社会的发展、世俗文化的兴起，出现了众多的文学世家，如临沂这片区域范围内，就有宋氏家族、杨氏家族、王氏家族、刘氏家族等。这些家族之间互相联姻，女性群体大都受到家庭的教育而具有一定的文化水平。她们在家庭中聚集后，势必会形成家族中浓厚的文学文化氛围。以宋氏家族为例，以宋之韩为首，对家族中的女性加以指导，促使家庭中形成一代或数代女性文学创作群体。宋氏家族女性除王恭人之外，还有其婆婆马氏、宋澡继妻钟氏与宋潢女宋兰华皆在文学上取得一定成就，一起号称宋氏四大才女。

（二）追求精神的独立

宋氏家族中除了宋之韩妻马穉子（名字不确定）、宋潢女宋兰华之外，其他女性都没有确切的名字，这充分说明了宋氏家族中的女性受到传统的压制，没有自己的独立身份。但像王恭人、宋兰华这样的女性正在积极主动打破既有的传统家庭的角色定位。如王恭人在日常生活中，不是读书就是作诗，还教女儿作诗。在重要

节日里还曾组织家人一起作诗，如在悼亡女儿的两首诗中就提到了这种场景，"去岁屏前题角黍，今朝台下垫蒲浆""忆昔穿针乞巧时，戏题仙子合欢词"。下雪的日子也组织儿子们作诗，如《闻两儿赋雪诗未成偶占》。如明代顾若璞提出"尝读诗知妇人之职，惟酒食是议耳，其敢弄笔墨以与文士争长乎？然物有不平则鸣，自古在昔，如班左诸淑媛，颇著文章自娱，则彤管与箴管并陈，或亦非分外事也。余即不慧，异日者其有一言之几于道乎？"在这里她表明女子应把诗文创作当作自己的分内事，积极争取自己的才华得以留存后代。这也应是王恭人为代表的宋氏女性的共同追求。

（三）体裁重心在诗词

明清时期的女性文创作在小说、戏曲、弹词等领域均有开创。如明代马守真的戏曲作品《三生传》、叶小纨的《鸳鸯梦》等及清代西林春创作的小说《红楼梦影》。但这些领域毕竟只是涉猎，作者和作品屈指可数，能够流传下来的作品更是寥寥无几。所以明清女性创作的重心仍在诗词方面，如民国时施淑仪《清代闺阁诗人征略》辑录清顺治到光绪末年的女性诗人就有 1260 人。宋氏家族女性现存作品也以诗词为主，如宋之韩之妻马氏现存的两首小令词《如梦令·赋孤山》《如梦令·暮秋夜雨》，一首诗《开门见孤山湖》；宋澡继室钟氏的《思亲集》；宋潢之女宋兰华著有《咏兰轩诗草》。这些正符合了明清女性创作的特点。

（四）对于日常题材的重视

地处北方的宋氏家族有着浓重的封建思想，家族女性中有多位入地方志的烈女、节妇，如宋日就的两个女儿一个割耳殉夫，一个自杀殉夫，所以宋氏家族女性非常传统，她们生活在深宅大院中，书写的内容多与家庭生活有关，无论是闺怨、思亲，还是写景诗都是这种情况。如王恭人的《闺怨》其一："梨花深院柳初纤，昼掩朱窗尽日闲。云外不传鸿一字，梁间空见燕双还。无心玩月凭花槛，有梦随风入剑关。酒意诗情全废却，惟余幽恨锁春山。"该诗体现出了闺房少妇在初春的时光里思念远行的丈夫时，百无聊赖，满腔幽怨，特别是"云外不传鸿一字，梁间空见燕双还"一句，对仗工整，飞鸿和双燕两个意象形成了鲜明的对比，远行的丈夫没有只字寄回来，但是孤独的女主看到了回来的梁间双燕，使诗人的"幽恨"情绪陡然上升。这与李清照的词《声声慢》表达离愁的方式有异曲同工之妙。钟氏的《秋夜闻雨声偶感》表达了一个远嫁女儿对父母深深的思念"一宵秋雨梦宛平，高堂亲呼最多情"，这一句情绪饱满，特别有感染力。

当然宋氏女性的诗作中也有些反映民生疾苦的内容，如马氏的《开门见孤山湖》："开门孤峰唤云图，当年炎烤稼欲枯。垅头农夫燕背水，愧侬生来汗滴无。"就反映了干旱给农夫带来的苦难，愧疚自己不能拯救他们。王恭人的《惊灾》："霹雳晴空何来哉？地陷山崩海顿开。高丘欲断尘寰意，洪濛复致鸿雁哀。阳城弹指垣尽毁，天孙停机目惊呆。我告上苍诚且悲，快怜赤子休此灾。"描写了地震发生时天崩地裂的情景，表达了作者对灾民悲惨现状的深切同情。宋兰华的《春晓感赋》其二："底事庚子人怨深，红颜忧国枉劳神。一室兰花千行泪，纱窗月落心自沉。"这个庚子事件应该是 1840 年第一次鸦片战争，女诗人面对国家危难不禁忧虑万分，但是"枉劳神""心自沉"等心理的描写也表达了女诗人面对国家危难时的心有余而力不足。宋氏女性这些忧国忧民的诗作虽然也表达了女诗人对民生疾苦的同情及对国家大事的关心，但因眼界与识力的关系，对一些社会现象缺乏深刻的描绘与分析，如《惊变》一首能看出王氏仅表现出对地震事件本身的震惊，对震后真实的民生疾苦缺乏描绘，致使诗句最后所表达的对苍生的悲悯之情显得不够深切。

（五）受到前代女性文学的影响

明清时代女性所阅读的书目从明代人所编写的一部丛书《绿窗女史》中可窥一斑。该书分十部，细分小类，其中包括懿范、女红、才品、容仪等，主要有女人的行为规范、部分女性传记以及女性表奏、序传、辞咏等。宋氏家族女性所阅读的书籍从王恭人的《读齐姜传》《读如姬传》可窥一斑。另外通过她们的诗作也可以了解她们所读之书及所受到的影响。王恭人有一组集古诗，集聚了晚唐刘驾《春夜》、温庭筠《瑶瑟怨》、宋徽宗《宣和宫词三百首》、周邦彦《南乡子·新添》、朱淑真《日永》《羞燕》等诗词组合而成四首集古诗，表达对丈夫的思念之情。其中引用最多的是朱淑真,共有三句。王恭人不仅在集古时喜欢集朱淑真的诗句,在诗歌创作中也多学习模仿朱淑真,如《端阳忆亲》就和朱淑真的《端午》有承继之处,首先是榴花、酒、菖蒲等意象的完全承继,其次是情绪上一个怀旧一个思亲,朱淑真要"强切菖蒲泛酒卮",而王恭人反其意而用之,"懒将尊酒泛菖蒲"。除此外,王恭人诗歌创作中对春夏秋冬的钟爱在朱淑真的集子中可见其根源,并且有相当一部分属于同题赋诗,如《春日即事》《初夏》《秋夜》等。再有马氏的《如梦令·暮秋夜雨》:"梦惊风狂雨骤,自怕簟冷衾透。试问青女何?咋不放手堵漏,堵漏、堵漏,应悯篱菊无佑。"从句式、意象到意境,都与李清照的《如梦令·昨夜雨疏风骤》有很多相似之处,可以看出马氏的文学创作受到李清照的影响。

总之,宋氏家族女性文学对一个家族而言是不可或缺的文化资本,亦彰显琅琊地区的文化实力。宋氏家族女性文学作为地方文学与家族文学中的重要部分,是展现地方文学实力的重要标志,宋氏家族女性文学的创作有利于促进地域文化的发展,提高宋氏家族声誉和家族影响力,更甚于为近现代女性文学的思想解放提供了更多的借鉴与参考。

附录：宋氏家族作品

一、宋鸣梧作品（部分）

修普照寺殿宇记

城之西南隅岿然而高者，普照禅寺也。志称为晋王氏遗址。前泽笔池，后右军祠，壮丽甲东海。余幼偕友生肄业其间，迩来颓弛不治。缙绅骚客过而憩息者，圜视愀然。岁丁未，僧永福视僧正，始毕集郡力，振而新之。同事者老揖予而谋不朽。予问之曰："寺耳在晋人能捐一宅以开创，今则不能合群力以重新，何创之易，新之难乎？"噫嘻，我知之矣。普照之兴废与气运相循环，而郡民之肥瘠视太守为影响。我沂卤滨海，洿多不毛，民艰于水旱，剜肉医疮，相与捐亲戚弃庐墓之不暇，何暇问梵宫。自惟徐公之下车也，锄耕翼善，君马平役，早政率佐僚，起瘼而收痤焉。沂人受其赐，不知其自，受其惠，不能名其德，于是既富而善心生，与假□像以见如来。一旦新之，易易耳，向令长人者，淫□厚敛，民无休养生聚之期，上人即合掌投体乎？欲富者输其赀，贫者役其力，工者施其巧，此必不得之数。夫为政者先成民，而后致力于神。郡守第□民而已，大庇神矣。佛庇民者也，而受庇于郡守。倚以祐之，□□□□□莅，仍道殣相望。郡守至而□□□□□□□□□□□，佑吾沂而赐之郡守乎？郡守清□夜烛，化惊晨乌，百姓欣欣喜色相告，恶知□佛之佑郡守而福沂乎？行且课最，内召父老攀辕，又恶知佛不佑吾沂，而再借寇公乎？夫佛心慈悲，布之在慧眼，故寺名普照，必人人而照之，宵烛之光也。福郡守而大照之，月出之

光也。令佛受郡守庇，不能还而佑福郡守也，亦何以称普照□。是为记。（康熙《沂州志》）

瑯琊文社序

曾子仁以为己任者也。静安止善，恂栗守约，真"为仁繇己"嫡派，而其紧切着己，乃谓仁以友辅，友以文会。夫岂驰骛交游？忽意内省而藉讲求为磨砻，无以仁道如辅，相观而善，非僻之念不觉渐删自化。由王公以逮韦布，未有不须友而成者。此其真积实践，千经万练无过，友辅最为得力耳。

琅琊自春秋始著，世不乏彬彬。曾皙则有童冠、子桑诸友，子舆则有邱明、冉伯牛诸友。在汉则有二疏、望之、匡衡诸友。汉末武侯早岁觅友徐、庞，久乃迁南阳。晋有睢陵、即邱兄弟自相师友，其后裔著述以文名者七十二家。吾不知其辅仁若何，其于文彬彬，尽东南之美矣。自唐宋暨我明，山川形胜，未有迁徙，而人才逊古远甚。

往在天启琅琊英少，感愤前美，初创社会。时则黄翊明、周濂浦、王稚公、任仲乐，暨予长男之普，并各凤夜琢砥，夏陈致新，后先南宫。次则颜心卓、刘心余、孙六子，信尔极俱登贤书、殿对自奋。又次则任叔玉、全贞乙、颜飞虹、周吉人、刘胤隆、王范之、周五干、杨严矶，暨余次长男、诸弟数辈不能悉举，并皆却利绝嚣，烨掌逊志，专精搜研。一时文人之奋发，勃不可御如此。

余自囷抵里，贞乙、吉人、范之，揖余而请言。余何以言哉！

夫鄪为曾子祖邑，而诸葛城址未圯，遗教炳若日星。士生其地，不绍前武，游艺依仁，而别蹊步趋，羔雁自工，非长老之忠告也。曾子在圣门最少，止有若之事，斥西河之痛，追不校之友，于朋友一伦最为侃侃，而其所最得力乃在"知止定静"，树极千古。武侯才负王佐，而其教子乃曰："才须学，学须静，非淡泊无以明志，非宁静无以致远。"则"静"之一字，乃孔门传授心法。武侯相去七百余年，何所见之略同也？夫尼父中天，颜、曾、素臣皆在邹鲁，乃关、闽、濂、洛、河汾、余姚，皆在数千里远乃万里，而五百近圣之居，乃三千年寥寥无一人，斯亦读曾孔者之羞也。况曾为本郡先贤，可无守先待后为纂承乎？诸公慷慨奋发，尚友千古，而上不宗述圣，下不希武侯。则焉用风云月露之藻绘，取甲第高贵以自肥润。

不佞固尝叨侍从为近臣矣，平生内省内讼，尝若自愧千古，无以自容，岂甲第之未取，仕宦之未美哉？鸡鸣孳孳，老而无闻，未免为乡人，亦大可见矣。曾子曰："堂堂乎张，难与并为仁。"夫友以辅仁，而又难与并为仁，正谓其文太胜，而不能定静以钦厥止。虽日日会文，仁固日远。夫博文约礼，尼父之所以示颜子为仁者具在。吾愿诸公于会文时，详求仁方以仁天下，毋小之，为求富贵利达地。（乾隆《沂州府志》）

琅琊城东新创李公庄记

琅琊郡治东有苍莽之墟五十余顷。国初，相地施政，比于三易之地而减一，沿为定制，未之敢有登下。岁久，舞文削牍，东西互构，数年弗决。梧偕友人散步其地，蒿莱盈眸。友人鞿然曰："是腾漏不田，与弃地同。"余曰："草木蓊丛，丰薪宜牧，何垦不畲？"友人曰："负耒耜而趋三十里，甚风急雨，民无所憩，稼穑无所。"余请邑之。曰："秋水时至，水浸浪浴，平陆舣艇，室壁圮于泥涂。禾稼吞于鱼龙，民乃无鸠。"余请濬之。曰："谁为为此？"余请候循良。友人曰："迂哉！夫长人者，传舍其官，递旅其民，朝执一过，以笞准亩，暮执一罪，以顷计罚。野青落聚，归而启其筐筒，枵然无所余以遗子孙，室人交谪。循良何为也？"余曰："君等须矣。"

居无何，今上御极之五祀，李公自吴来守。疏壅决滞，蕴利滋美，下车三月，襦袴歌成。暇乃按行阡陌，至余旧所阅地，名郭家湖者，徘徊四望，召三老而告之曰："黑埴之土，一施宜稻麦，草宜萍蓨；斥埴之土，再施宜大菽与麦，草宜葍藋；黄唐之土，三施宜黍秫，草宜茅莔，吾欲大垦而奚若？北行百武，见有如阜者，隐隆岿起，经修纬狭，可挈准绳，可栖百室。乃察五木所宜，其棘、其棠、其槐、其杨、其榆、其桑，五臭所芬，寡痾多康，其产白晳，其风易良。吾欲大建而奚若？古之置邑者，经水若泽，为落渠之泻，因大川而注焉。今为渠以庶几夫遂浍沟洫之制，若埭若防，岁埤增之。固以荆棘，杂以桯杨，民得其饶。吾欲大濬之而奚若？"三老角崩稽首，咸愿具锸畚率子弟从事。

其地自斜方村，由芦汪，出九龙口，入石河，南北潆流十余里，附近渟水、黑湖、乱罃湖、九女湖皆归新河，洧石河达沂入海，如支之汇宗也，已于事而竣。邑于新河之左，因衢南北，对峙东西，经工庀材，相方视景，圆门四架，列楹齐同，藩篱蔽肩，周阿严峻，一月具并，十月成雉，已于事而竣。公复停辔入舍，视良楷，数齿口，不易之地，人百亩、菜五十亩、牛一、籽五、枪刈枷芟无不毕具，已于事而竣。

于是青巾踵告，鸿集受廛。昔日莽苍，倏忽辐辏，桑麻隐蔼遥映而达郡城。三老歌舞而乐之，号其邑曰"李公庄"，系姓以示爱，若古之郑父、贾子然。谒予使记焉。予惟公辟三百年所未有而大造之，晨风澍雨润于禾苗，江海之泽咸饫其膏。他日内召矫首跼蹐，召棠蔽芾，岘碑巍矗，共望共思。公讳可嘉，号培元，山西赵城人，以明经拔隽，令满肃，垦田建邑巍成巨镇，民肖像，祠祀甚盛，洎吴如肃，守沂才数月，歌颂盈帙。故公之善政不尽于期月，期月之善政，不尽于蒂芥，治秽决水灌畦，就其目匠心营，亦不尽于口碑。姑就三老所陈次其概，系我沂人之永念，券前说之，果符云尔。（乾隆《沂州府志》）

山东巡抚晋大司马赵公生祠记

中丞公既平兖寇，内枢本兵，东人歌舞，不忘严庙，祠者遍二十七城。琅琊三老聚族而谋曰："妖火燎原，不可响扑。中丞巾车脂辖于邹、滕，为救焚，系起死而肉骨也。于兖曲为蒙茸，所谓济濡帷幄，钀扙从之者也；其于邻壤为返风灭火，所谓去表之槁；其于帝都为防弛，熄亢突之曲，而徙之薪者也。惟沂兼而有之，尸祝觋答不可与他邑类。"乃卜吉。

癸亥，营宅瞻蒙，载自孟秋竣于仲冬，负离揖坎，厚栋高闳，幢牙茸矗，鼓金鋄鸣，乃递中丞像入正享位。前郡侯晋公、新郡侯李公以三老之请，镌石砥珉，使余秉笔焉。余宗族室家受生全，覆露之德宏矣。虽不敏，敢忘歌舞？乃奋笔而为之记。

记曰：

中丞抚东之二年，妖发钜郓，泆陷邹滕，狼藉藩鲁，虎视沂郊。皇帝旰食南顾。公乃疏移镇躬剿，誓不敢以贼遗君父。而是时，南兵哗津门，畏海渡，请平东自效。公亟陈客兵少不足剪敌，多则骄法不可绳，祸反甚于贼，臣请以东平东。且臣期岁所节省逾万计，内不敢烦帑金，外不敢烦太仓，臣请以东饷东。夫市佣募选，飞鸟倾侧，不可以事大敌，坚安制纂节之理，莫若筑坛而设监，臣请以东将东。上皆报可。

叱驭将行济上，父老叩马环泣，公重臣奈何身蹈不测，且忘济上根本重计。公毅然曰："余不往，贼气终不慑，即猝有变，宪长曹公可恃缓急。"乃分兵守城而轻骑南下，东檄大将军会兖誓师。

贼至，公登墉徐挥，纵兵四击，贼败，归保邹。刻日进师。公曰："将不权，不可以威重。律不齐不可以致武。"乃表中军设左右翼，曰："汝总镇副将而下不用命者，惟汝便。"曰："汝观察徐兖东、王东兖，批亢捣虚，惟汝监。"曰："汝守令孙兖州、杨滋阳择利行营，饱士腾马，惟汝能。"谓簪绅义勇曰："雪耻除凶，负弩先驱，惟汝功。"贼自兹慑坚垒勿出，然尚蚁屯百余里。公密令佯攻邹，夜突出奇取二夏，焚纪王。贼始划然，南北不相援。又熟计滕阻兵而恃远备懈，可袭击，偏师疾走，滕果宵遁。惟邹，撄城不下，筑围五月，食尽将拔。公念城破，无良暴皆焚，乃缓期论降，而尤念妖人久螫，官军饮恨，将过杀以泄宿憾。乃下令营中敢杀降者，戮。于是首折献俘，鲁南荡平。胁从喘息之民保首领而安南亩者数万人，皆公招降、禁杀之赐也。当邹滕初陷时，沂城伏戎千余，观察刺史赖公颐指方略得无陷，然贼实耽耽无须史忘沂。自公镇兖，贼专力以抗王师，而后沂人解甲安枕，暨总镇悉精锐西行，沂邑几虚。公疏请停秋班为墉守，而后沂固滕溃。思乘苍蒙、引菖赣、扦青登，而鼓津门，然卒悍公截杜不敢东。故公与瑯邪呼吸千里，疾于解雨，捣虚用瑕，警于薪传，其受赐之独厚也。诚有如三老所云也。今天下大势以燕都为元首，辽左为肩臂也，川贵为腓足也，二东腹心也。杜牧称："山东安则天下安。"我太祖定鼎金陵，首令中山王定沂。沂定而青登角稽，则沂又二东之门户也。故公之筹沂也埒于兖，而沂之德公也倍虔于兖。昔先王班正祀典：以劳定国，则祀之；能捍大患，则祀之。公扦患、劳民，功而不尸。三老祀报符其典矣。

宋鸣梧曰："川黔构难请兵请饷，竭天下以从之，迄数年无成算。公洞晰妖情，了了目中，单车移镇，功成反掌。固其知人善任，操纵如神，亦其好生不杀，鉴神孚民，豪杰响应。"其予宫保，世荫为国朝名臣，所从来远矣。沂民祀之有以哉。

大中丞前兖东观察使朱公生祠记

新建中丞生祠者何？祠中丞朱公也。中丞何以祠？曰："孔贼豕突，淮北震动，中丞剪畔折首，海邦不空，故美公而祠之也。"何为不以郡祠而以支郡祠？曰："支郡，中丞旧履也。履故思，思故祠。"何为不以观察祠？曰："观察未及期而行，吏民怀之，益以登绩，颂功思德，故合二美而兼祠之也。"其功德永思者何？曰："琅邪屏带海滨，封域苍茫，民惰田作，相煽以神。豪右设财，蚕食鱼吞；大猾凭城，吮血吸髓；官之庇蠹，如怙心腹；军骄思哗，盗贼充牣。"

庚午季冬，公来观察，立十政以鸠民。其最钜者，兴水利、教插荡、戢衔猾、剔军秕、严五家、立鮨筒，钩钜按籍而索，百不失一。无赖、暴子弟夜或强横，未及晨而捕。阖境凛，摘伏如神。拟及期报政，适主爵者咨边材于屯使，调公备天津。制下琅邪，父老相与裹粮重跰走千里，遮乘舆，借寇不得。及孙防院元化兵变，齐东诸县羽书告急。会有欲诵仁王经以禳之者，官军皆执，拥捌而踞，传弓而嘻。贼乘惰益暴，陷黄、巢登，耽耽噬莱。当事犹坚持抚局，独公与直指谢公，协疏力陈不可抚状。天子乃以公兼三事。公大集诸道，誓师济河，大战竟夕，追奔八十余里，解莱复黄，孔耿东奔。伏荐乘墉，贼骑尚以万计，步尚以三万计，我兵翱翔不敢进。公乃筑台弹窝，复隍堙坤，高可瞷城，宽可怒马。乃集诸用命，誓曰："西门狂衍平散，可车可驰，汝洪范、汝泽清、汝良佐、汝志德以步兵环匝，昼夜更，无俾贼逸。汝襄、汝国臣、汝邦诚、汝宪、汝三杰、汝光勤介马践更以援之。"曰："南门原隰参差，可冲可突。汝圮、汝澄光以步兵环匝守隘塞，径昼夜更，无俾贼逸。汝大弼、汝宽、汝永馥，介马践更以援之。"曰："汝韬，贼狡而捷，出枅脱兔，维西南隅乘陈蹈瑕，汝以马兵左右援，无授贼径。"众皆唯唯，遵约束。

公布幄山隅，雨沐风栉，雪沙盈面，与士卒同寒冻。阅七月，大小百余战，无战不捷。贼巨魁歼二，连城继复，馘贼首九十余级，生缚贼精悍九百余名，拯岛男妇二千余名。城郭腥洗，莒南不惊。公歆然大树归算，庙灵缓带，临戎未尝言劳也。

琅邪二三子弟奔以告其郡侯纪公曰："昔中丞剪猾剔豪如霖方沛，未竟厥德而遽远我，天假登变还我中丞。募兵呼饷，方贼炽虐，非公长城，贼且鼓行，西扼吭徐淮，沂且为黄与六县之绩。饬福衡而俪閟宫，其庶以云报。"纪侯曰："善。"乃庀工鸠材，营宅瞻蒙之内。背秋涉冬，未期告成，有堂俨如，有庑翼如。迎公生像，端庄以莅。既享，将刊石焉，问记于梧。梧乃再拜稽首，而飏言曰："昌启以来沂多震矣。昔在壬戌，前抚靖妖，厥祠五贤，今者绍前美以崇德报功，不知壬戌有建瓴之势，故妖指顾可平。今则膺残局，乘屡败收合余烬，其难有什伯于壬戌者也。劳民捍患载在祀书，沂民为不朽之报，其亦宜矣。"

公，丙辰进士，浙江金华人，名大典，字延之，别号未孩，其履历当详于列卿年表，兹不具述，其系沂民永思者如此。

观察沈公平乱记

万历乙卯，二东大饥，自春徂夏不雨，道殣相望，民多剥荠以食，渐至脍及生人，恬然不以为怪。既而有食母肝者，识者谓生民大变，必有弄兵称戈如嘉靖末年事。东乡恶少刘好问，果乘饥煽众，聚至二千余人。竖旗凤皇山，日暮举炮，所至焚劫，被掠者千余家。

适究东兵巡道沈公，自东昌守，莅任于沂，下车问民疾苦，即以东贼为忧。府丞龚公欲以龚遂治渤海治之。公不可，曰："饥民可解，奸民焚人庐舍，劫人妻女，不可解也。"时方入闱监试，乃密授方略而行。而北乡民李邦能、阎子实告急。府丞如所授，以州判阎思实为赞化，以百户密训、千户周九垓为领兵，以经历朱思忠为纪功，授选锋二百余人，闰八月朔日东征，与贼遇于黄庄白龙汪。训等奋臂当先，贼披靡溃走，将渡海而东，追及于州岸，擒首恶五十二人。阖城父老踊跃加额曰："而后乃安枕矣。"

旬末，公自济南归，三谳贼首，刘好问、葛明吾拟斩，余三十人皆截手足。盖余党潜窥欲为内应，闻重刑，始各股栗而散。至仲冬，余党复炽，焚劫。公行侦报无虚日。公复默授方略，密训、周九垓率马兵四剿，获贼首孙烨等百二十九人。为设方劝赈，使富者不惜其粟，贫者死不为盗。于是四民乐业，女织男耕。是岁也饥而不害。

会卫民陈条鞭之便，事下兖东，公博询周谘，言便否各异。公集孝廉问："条鞭便乎？"曰："便。"曰："曷故或言不便。"三孝廉同辞而对曰："言便者民，言不便者官，官与民不俱便。"公亟闭目俯首曰："两言已喻。"遂毅然行之，卫之。有条鞭自公始。大率公勤心民瘼，夜思昼谘，无纤微不知，无穷谷不彻，屈体优士，霁颜开诚，使人望其眉宇，无不披肝沥胆恐后。而最著者，莫如平寇一事，父老感浃肌髓，方思扶杖借㤎，而公拂衣归矣。（乾隆《沂州府志》）

琅邪生祠记

五贤生祠建于城西重门，中祀大中丞赵公、大将军杨公、观察使徐公、太守龚公及今邑侯晋公，皆所以报存沂之功而志永思于弗替也。其胥师、里宰、孝悌力田方领曲绚无虑千百人，将以仲冬乙亥逆五贤像入正享位。

邑侯前夕戒三老曰："余不敢贪天功以食巨报。赫怒徂征，期剪灭而后朝食者，军旅之任也；高垒深沟，报雌牝以固吾围者，守土之常也。余未尝有折戕缺斧之劳，亡矢遗镞之费，其曷敢与。"三老稽首请，不得，则走诉郡丞别驾，皆弗得请。因踵鸣梧之庐而告，曰："汝以王事劳在道途，桑梓之变汝未稔知。曩白莲逞逆，微邑侯无吾沂矣。以吾沂之僻处东海，幅员广漠，实生戎心。群不逞之徒假妖莲以扇愚氓，旬日聚至数千人，发难钜郓，窃据邹滕，西截漕河，东睨琅邪，潜戎城内，约城外，伪告急为应。邑侯曰：'兵者，履阴而观阳，故庙战者胜。'立磔告急数人以殉，复驱潜戎数百人于城外，城内始为之一清。属军中夜惊。邑侯曰：'兵法："上下同欲者胜。"三军之众，志厉青云，气如飘风，声如雷电，是谓气胜。'于是以瞻蒙之墉橹谙王副总，以宗岱之墉橹谙韦都间，以望海之墉橹谙颜千侯，时启闭望淮之门，以便出入。曰：'睢阳之目，霁云之果，唯密户侯兼之，汝其伺察勿误。'城内谧如。又烽火四连，郊居露处之赤子，焚烧劫掳，靡有孑遗。邑侯曰：'所贵乎誓，民者怀之以德而救其危也。'故曰：'上下一心，指麾响应，上兵之体也。令强则敌弱，令信则众一，吾将任之。'于是使乡兵为五甲首，而隶五家以相救也。南则任孝廉主之，兄弟文学副之。北则艾山水磨文学主之，义民副之。峥破兰陵焚。向者，沂之门户也，无向则沂震，乃以汝伯别驾主之，而以孝廉文学副之。赤丸铜符不浃刻而达，遂擒贼，侦获贼首，而四境谧如。及贼氛日益，倾巢而东。邑侯曰：'兵者，威也。威者，力少 三军之众张设轻重在于一人。此气机也。'于是以大将军荐之观察，乃申中丞，乃请俞旨。而大将军鳃鳃忧不足，谓：'提乌合不满百，戈矛、弓矢、佛郎樵苏奚所措给？其能张空拳冒白刃为？'邑侯曰：'兵戈、铎㦎、金鼓、鈇钺，所以饰怒也。是故东弓、南矛、西戟、北剑，谓之四兵。请五日具铁冶，请十日具坚利。'大将军乃出而解郯围、退峄戎、屏鲁宫、复邹滕。王师妙于巽风解雨，黔首安于绿亩南畴，瞬息呼吸转锋镝为衽席，皆邑侯之力也。昔韩稜莅下邳，世际承平，徒以惠爱沦浃，诞日至为奠酬，况沂民之之死而生者乎？今谋合祀而谢不敏，其奚以为来者？劝子不可以不志。"梧再拜受命曰："嗟乎！三年之政，民听于侯，百年之祀，侯听于民。听侯者旦暮，而听民者，于百祀未有艾也。"

适参政孙公自兖来视此，三老为之请合祀，既得，梧退而为之记也。晋侯洪洞世家，讳承眷，号养初，万历己酉进士，任四年，惠爱浃于民，善政种种兹不暇具载，载其城守者。（乾隆《沂州府志》）

重修官桥记

岁癸丑，火朝觌矣。某方庐山，以祖病归，从伯叔后修医。三皤艾入谒，谓余祖："曷令尔孙志？"某游目余祖。祖曰："梁成，余志也。"

请问所以成之由。曰："向城于沂为形胜，北达青莒，南爪徐郯，行旅缨綏，络绎不绝。其天市垣山，自岱、蒙辞楼而度，驰马从云，逶迤数百里，遂蟠荒陬流，清泉百泓，环如星宿，达歇脚而南无垄断焉。国初，相原隰，广水利，置二屯其下，以便插荡，而先视上流总汇处，架石成梁，名曰：'官桥'，示四方之往来无惮，跋涉以相赖也。岁久浸湮。弘治六年，我先人实倡修之。至隆庆二年，雾土飞布，梁沉水高，轮蹄而至者，泞不能前，傍岸禾黍，货诸鱼龙，汪汪千顷，眺之类三江五湖之状。挈妻子而去走者，十家而五。自我郡守福星临沂，时和年丰。农相咨于野，贾相咨于市，妇女相咨于闉阓，讴吟而议曰：'与吾缩衣食，存赢余，创梵宫而夸丽，孰若扶倾圮，夷险滞，使行李之无畏。与吾南海北台，不远千里而攘福冥冥，孰若鸠众捐资，近砥周道而市义昭昭。'此兹梁之所由成也。"

请问其广狭之制，费用之目。曰："高九尺，广二尺，为券者亦厚二尺，而杀其上。用米四十石，夫四千。始于仲春，不逾孟夏而成。"

又问，梁成而河可濬乎？曰："今兹未能。水有所汇矣。俟岁美，将禀之郡伯，而大举焉。夹河之地，荒可垦，旱可灌，潦可撤，尚亦永世利哉！"

鸣梧跽受曰:"唯唯,是不可以不志。"

夫世之治也,财不在官则在民。迨乎季路,相惧以神,相惑以怪,入其邑而错绣烂然,非法王则道观遇诸途,而车马纷然,非顶礼则谒朝。有限之毛,神人分剖,财安得而不蹶,国安得而不空?有如近民远神,雨毕而除道,水涸而成梁,岂非《周官》所谓:"草人掌土化法,以物相宜;稻人掌稼下地,以沟荡水。"兹不有其渐耶!长人者率是说而行之,岁虽凶败水旱,使民有所芸艾,将江田、郑渠,不得擅肥,数百顷汙邪变为膏壤,下足民而上足国,亦何负焉。然则斯梁也,宁独壮形胜、赖舆马、民未病涉而已哉!

余祖为乡饮宾,年已八十余矣。首其事,而病不能履。曹君某、付君某、姜君某,则成余祖志者也!于是书而为之记。(民国《临沂县志》)

向城镇淑济桥记

淑济桥达于向城镇之阳。初,镇阳邃沟横亘如玉带,有徒杠而隘,夏秋雨集骤盈,商旅坐困。异日,兖东兵宪李公每巡,水溢乘桴,冠裳沾濡。余季叔闻之矍然,矢建淑济。募好义者,蠲赀共伐石百余丈,卜吉脉土。

会壬戌,妖陷邹滕,袭峄东睨向,以窥琅邪,违向三十里,势且岌岌。郡父母晋公,前期檄诸生为兵首以固围。于时余别驾伯暨孝廉诸文学,振旅于向,合兵五千余,地散无依。余季叔乃蠲石筑墉,设险塞隘以违距妖旅之来侦,首擒,而贼果不敢逼,今其镇阳新门是也。

越明年癸亥,余自平凉役竣,季叔复举旧谋。经始方殷,除夕前七日,猾工窃赀以逃。同事者请待岁稔,季叔不可。乃募土著石工、仆力而寡能者二十余人,昼夜董视,五阅月,遂讫大工。长若干、广若干,为券者三,高丈三尺而丰其上,漫石坚厚密致,践之,碎碎磴磴有声。旁则石栏,前象物而为之镇,望之嶙嶙翼翼有威。其两岸甃石各长百步。向之病涉者,恍然脱泥涂而即康衢矣!

桥成命某记焉。某惟镇北阳明桥,先曾祖之所创也,尝有志,镇阳而未果。是举倘亦克绳祖武之意乎?且关于王政者三:昔薛宣以桥梁卜彭城,单襄以道茀料陈国,雨毕除道,水涸成梁,行旅无畏,一劳永逸之道也,于上为美政。琅邪之丰歉视西南，西南之郡会视向镇，兵火不扰，余赟竟劝，轻徭薄赋，化日舒长，于下为美俗。昔孟津桥成，至劳六飞临会。向北控青济，南振徐淮，漕粟飞挽，兵宪之所时巡也，执戟无滞，司里获免于罪戾，于公私力兼济。此之谓三善。

季叔曰："余不敢掠众美为己力，且记非颂之谓。夫向，子爵，姜姓，炎帝之裔也。昔在春秋，齐鲁吴楚屡来会盟，区区蕞尔何以重上国而勤四方，国有人焉！世降代邈，山川形胜未有迁易，而人才逊古远甚。试登桥而北望则曾晳故郡，东望则左使遗冢，南望则望之之子孙守同，西望则匡衡掘壁耀光处也。今吾向风俗隆节尚齿，右守媵宠厚，无愧于古，而人才逊古远甚。子盍书之碑，使览者可以采风，而后学者可以踵武，其济不愈淑乎？"

呜梧唯唯，退而为之记。（民国《临沂县志》）

张宋两氏新创大冶义仓碑记

余少读《宋史》，见下宋文公常平仓法于诸路，心甚惬之。谓横渠井田难复，而义仓使民不特可达行于世，亦可独行于里也。会乙卯大饥，余过午不得举火。余诸父昆弟靳余曰："汝何不自食义仓？"余笑而不答。

暨戊辰余叨外郎，印岩张太史过，余言及常平仓法，太史慨然同志，各出百金，皆以王事羁縻，不获抵里经始。壬申季秋，太史议于费之梁邱置楹，而以前公金寄余。予以百金付梁邱执事者，未期年侵牟挪移几不可问。余所散百金亦有负不肯偿者。

甲戌，余自滁同便道抵里，作仓于大冶新桥北，草楹三椽，见籴麦谷八十余金，其负者余为代偿。始抵绪其楹，不费公金。余独创也。仍议每岁本宅增谷十石以补不足。其例则出入平准，麦种秋出谷种春出，常平仓法，秋收加二。太史议增一以补逃欠，以绵永利。至于本族贫窘，每春别有酌给，永不取偿，亦不在此仓例内。

或曰："子以百金救荒何异杯水救薪火，而徒劳奚为？"曰："子言良是。然余既创之，余同志翊明、稺公皆相继而创，又有濂浦、仲乐继翊明、稺公而创者。以余百金虽少而加之同志共创则不胜多。"

吾沂春月麦价太高，麦熟不过数钱。故权子母者四斗索石偿，人皆习而安之。今仓石而加三，不以自润，仍留为岁岁计。惟是猾耗鼠囊，岁久或费清稽，今日未必无小补也。噫! 士大夫退而乡居各思善俗, 不为渔猎, 则出而宦临亦必勤思博济, 不为茧丝。且使吾族人姻亲默体此念, 一切贸易平交, 不侵小利, 又以能近取譬, 一语告吾同志士大夫之出处往来于斯者。(乾隆《沂州府志》)

宋鸣梧奏疏辑录

兵科给事中宋鸣梧奏曰:"善长事详载《实录》, 尤莫详于《昭示奸党录》。善长被诘自缢, 今日止因罚事寻卒。一谬也。善长之子驸马祺囚于家, 建文初赦守江浦, 靖难兵入, 投水自溺。今云善长卒, 祺因卒。二谬也。有二子, 曰芳、曰茂。芳为留守中卫指挥, 茂袭旗手卫镇抚, 茂子恒停袭。今云祺与二子福庆、延庆同死, 止有宗孙盛庆。所谓盛庆者, 善长之后也? 抑存义之后耶? 善长自驸马外, 有二子。胡惟庸招中, 所称四官人、六官人, 及存义之子, 伸、佑俱诛死。所谓宗孙盛庆者何人? 三谬也。"(《枣林杂俎》)

《长馨轩集》序

少司徒王太公少先给谏七岁, 视余十岁以长, 视余男三十岁以长。盖三世而缔文社、古文词社、诗赋社, 若比肩也。方太公弱冠, 遇先给谏, 倾盖而盍簪, 兰臭金断, 遂称执友, 始盟文社。甲午太公举经首, 余侧弁而哦古文词。明岁, 太公访先给谏吴瞿, 阅余所为古文词, 犁然惬心, 故而不晚。比余举庚子, 甲辰同出公车, 携制义相衷, 或靳而弗绳, 余独奇其文, 如出匣之剑, 去帷之灯, 光芒映耀, 不再举矣。既第, 千里贻札, 谓法眼, 索之牝牡骊黄之外, 内帘外帘均隆知己。余逊以父执, 不敢雁行进也。初在同社, 订阅古文词, 互有工拙, 递诎递颃。至有韵之文, 则巴里不敢望阳雪。比太公尹阳城、晋西台, 炳炳烺烺, 吐纳日益富, 而所为古文日益工。余无得而蹑其步尘, 泗东流辈亦少有耦之者。

余滞公车二十年, 戊午, 太公使其次君至海受业。鸡鸣孳孳经义, 左、马、秦、汉, 日益荒愍, 亦且自顾其旷阙, 孜孜补过一路, 因遂愤然, 慵鄙自画, 不复较长比驾于步趋间。惟余长男弱而癖诗, 抗礼太公, 更唱迭和, 凡白马、石屋、大小圣堂, 遍为题咏。太公革然呼为诗社韵友, 尝自喜一身友琅琊三世云。既太公自辽归省,自陕请养，再赐环，而有崔魏之挤，前后里居数年，烊掌坟典，即景摹肖，闲辄曳杖行吟，陟高临溪，以自鲁咏。其于古体歌行曲，为之逐节合拍，顿挫抑扬，读者莫不感悚，且或潜潜下。

暨再出再还，余方思订旧盟，扬扢起千秋，而公已骑箕上矣。余旋南囮北道，哭公寝门，搜辑遗稿。丙子仲春，长孙孟佳奉父命袖遗稿索言，余卒业得奏疏若干，序、传、碑铭若干，书、启、诗、赋若干，大半余所未见，然后益服公晚岁之作，得意疾书，极备开阖，又不止余昔日之所知者。公风韵超旷，天姿逸丽，不屑屑于拟秦践汉，步李摹陶，而自出体裁，笔酣能畅所欲吐，如尖峰峭岫，云蒸霞变，龟蒙之玉笋插天；如谲浪廻澜，毂转骧乘，礿浚之湃流盈地。盖光岳灵气，结峙为山，融液为水，灿烂为诗文。昔人言山川之佳者，曰逼真画图，言画工之妙者，曰逼真山水。不陟蒙，不知太公之高；不临礿，不知太公之大；不观太公诗文，则不能响群山于壁上，聚洪涛于楮间。

虽然，太公有德之言也。天性笃孝，曾悲闵泣，终身孺慕。出不营苞苴，处不谋温饱。历尹、台、卿、寺三十年，家仅中人产，太公之风，蒙高礿永，其不朽，允在德，而不在斤斤立言也。余诵遗稿，既为之把玩赏叹，终日不能释手。余思遗行，又为之羹墙仰止，终寐不能去心。故敬以数言为玄宴。尝忆太公在光禄时，每有题咏，必令孟佳书而镌之石，今遗稿具在，孟佳其有绳祖武之思夫！

崇祯九年仲春之吉，赐同进士出身、中顺大夫、都察院协理院事、左佥都御史、眷晚生宋鸣梧顿首拜书。（王雅量《长馨轩集》）

复谢文选书

丙寅季夏，奉谒承教，率以周旋无敢失坠，自矢官可有无，心决不可不对皇天后土，决不可负二祖列宗之培植。是以昨岁谬为同乡推嘘时，忽有相知代出书币，欲为先容以通逆当。梧闻之即刻封还，复书有云，如此便不可以上先人坟墓，此得忌之源。既而缙绅履满阖第，有三往而始得一见者，梧以冷局抗志，不枉人已危之，更以对寓吴淳夫门一月，恐其余波浼我也。不面而迁寓，人又危之，无几何，果以试差被谪，过仙里，大蒙注存，旋舍杜门，息影绝交，毫不敢问户外事。生祠缘簿临门相迫，所幸同志婉转宽拒，往返两月而大当就褫矣。不意济南亦敢以不义迫台台也。事败宁不愧死入地，谢过之书反递相推诿，何面握管假恶，当得遂拟谋此，当觍颜而甘臣妾者，又恶望其伏节死义哉。本省公祖惟东昌分巡二人挺挺风节，为台台所赏识，何论后日，即此便足千秋。至党附反唇要津蒙面俱堪愤惋。诚台喻所谓不可胜诛者也。梧虽误叨屡荐未审朝廷何以用我。忌我者尚存，恐未肯以言路相畀也。盛仪三锡，谨拜嘉迻，以饫明德，再拜玉容，九以涤宿垢，余藉手璧上，帐望孝履，未遂登龙，遥瞻紫气，曷胜延伫。(《琅琊宋氏家谱》)

二、宋名立存世作品辑

《续修裕州志》序

从来州邑之志，必纪其地之山川、物产、人民、疆域，以及风俗之淳浇，赋役之增损，所以待輶轩之采而备太史之征。故逾时必为之增修，久则恐有所遗轶。盖以考之于传闻，不若得之于亲见者之为足信也。

裕州，古方城，地居荆楚上游，而为南阳大属。昔户口号称极盛，民间奇行、节孝、文人、硕士本不乏人，其载在州志者更仆难数。迨胜国屡遭兵火，故老遗亡，旧志残缺。康熙癸巳年间，前守董君奉文重修，乃捃拾遗编，博稽远考，撰成州志六卷。然亦仅得十一于千百，当其时事传人忘，人传事轶者，不知其凡几。迨今，怀古君子未尝不把卷而心伤之。是亦无可如何者也。名立承乏是邦，于兹六载，去董君修志之日已历三十余年。此数十年间，生计教诲上戴圣天子之化道，下被诸上宪之抚掩。其野无荒土，户诵诗书，间阎之间彬彬揖让，且民妇之节烈时闻，而学士之文风日起。此视董君守裕时又大不侔矣。于是，因思三十年为一世，此一世中少者壮，壮者老，小民可风，可传之事，耳闻目睹，确见而无疑者，不及此时，急为志之，将更历数十年，其可信者渐至于或疑，而可疑者渐至于遗亡而莫考者，果谁之责欤？第愧名立以荒陋之学，不敢妄有所更定，而又艰于工费，弗能大事纂修，惟就董君旧志卷中自康熙五十五年之后，咨询采访，得知见闻可信者，取而续入之，不使事久遗轶，湮没弗传。故或纪人物自善良，或纪丁赋之增革，或纪时事之废兴，或纪土风之变易，无不详加考核至再至三，至于近时诗歌亦必广为搜集，捐资若干，付诸剞劂，以备他年之采取云尔。若夫志中序传间有不合体裁而艺文所载篇什有不尽雅驯者，因非重修另刻故咸仍其旧焉。且以待后时博学明眼之君子，而非名立敢妄及者矣。是为之序。乾隆五年岁次庚申，夏四月，裕州知州兰山宋名立书于署斋。（乾隆五年《裕州志》）

重修裕州儒学碑记

□□□三代以来，乡党、州邑、畿辅之内莫不有学，盖学乃造育人材之地。风俗可由此而纯，教化可由此而广，人心学术可由此而正，礼乐刑政以及文章道德无不可由此观。感兴起于一时，故今天子绍统建极，即命太学孔庙易盖黄瓦，而于乾隆三年又复临雍讲学，亲行释奠释菜之礼，实以学为王政之首务，治世之本原也。

裕州素为名区，经我烈祖世宗之化，渐摩仁义，文教覃敷已非一日，更当兹右文之世，说礼敦诗，士人无不欣欣向道，期无负圣明之治，而不自外于君子之林。予自守土是邦，幸际重熙累洽，簿书而外，深乐与裕之士人、君子昌明圣道，宣布皇仁，以尽余司牧之职，而谢素餐之讥。

州旧有学宫在城之东北隅，多历年所，渐就颓败。予当乙卯年莅任之初，瞻拜其下，目击心动，因念吏治之首，莫此为急，即思有以新之。然一州之中，民社讼狱，案牍纷拏，予以迂疏之材官兹繁剧之地，虽圣世无不化之民、不治之事，第当抚绥受事之际，不唯势迫以不遑，而力亦有所不逮。是以周诸怀来旦夕不忘者，匪朝伊夕。乾隆戊午年，诸政亦渐就理矣，乃聚州之士君子而倡谋之。首捐俸银若干两，一时士民欢欣鼓舞，争趋恐后。捐资助理者不惜其财，鸠工任事者不惜其力。历几阅月，计亲栋楹桷若干材，庭除阶陛若干用，金石丝麻若干数，而成殿宇廊庑若干间，匠者、雕者、圬者、镘者、塑者、绘缋者、黝而垩者、丹且漆者，若干工。于是，昔之颓者完，欹者正，缺者补，漏者葺，朽者易，败者起，焕然而新，改观旧日。

越翼日，甲午予率州士大夫用牲于庙。乃顾士子而属曰："尔裕即古方城之地，楚材之盛，由来旧矣。孔子当春秋之日，虽未得行道于楚，而之荆，则□之子夏，申之冉有，未尝不三致意焉。今百世而下，庙貌宛然。尔今履学地之恢宏，当不啻昌平、阙里也；睹泮水之洋洋当之不啻渊源洙泗也；望殿阁之巍峨，当不啻杏坛讲席也。

瞻其主，俨德容之在目；读其书，俨圣言之在耳。如是，则尔之入斯宫、登斯堂者，不唯当日之车服礼器可以低徊想像而得之，即夫子之以布衣而生千百载之上，迄今，自天子、王公、中国、海徼莫不尊亲；为学之士必从而宗之者，无不可洞明之。且曾子固云：'圣人之典籍俱在，其言可考，其法可求而明之。虽节文之详有不可得，而正心修身为国家天下之大务，则在其进之古人。' 斯言岂欺我哉？是在尔多士无负此造材之地也。予忝一日之长，岂徒为美观乎？无非欲睹风俗之成，教化之善，以及人心、学术、礼乐、文章无一不臻于至纯至粹之域。而以□□□天子崇学重道、治世为政之盛心，尔多□□各□勉焉。是余拳拳之意也。"

至于学宫之所以克成者，宁予一人一日之力欤？董是役者则有孝廉王镛，贡士孟宏祚、褚景良，监生贾心谏，生员卢慎先也。监视者则有学政褚君、州判金君也。经营则仲春也。辍工则冬杪也。镂列碑阴者不又有捐修姓氏也。己未二月州人士请记之，是为记。（乾隆五年《裕州志》）

西关义学记

裕州西郊，去城百武许，有屋数椽，是为西义学也。予昔初莅裕，学中之师以缺修金来控。予笑谓曰："是学之设也何人，汝之来教也奚自，而今之所控者果为谁也耶？" 其人四顾茫然，不语而退。予因询诸邦人得知，地为贡士孟君宏祚所捐，学乃前牧董君讳学礼者之所建。夫官其土而因设以学，欲进民之秀良者而为造就之，是实董之善政也。使后为牧者从而继美焉，则今义学之士不已大可观乎？乃董君殁，而学日荒，设教之地委诸蔓草，学中之产没为私业，是以废弛日甚，负笈无人，馆修束赞均无所资。此在董君夙夕之创建有不料其如是者，斯果谁之过也欤？

予于莅任之次年特为捐俸，属贡生孟君重将学舍修葺完好。其昔时旧产每年纳粮之外，所入仅存银两余。予乃为之清理，得拐河山头陈家庄地一顷九十亩零一分五厘四毫，每年麦秋两季共得课银一十五两二钱一分八厘；又为除去每年粮银五两六钱五分；复益得赵河街官房八间，课银六两；又招新里地七十二亩五分，每年夏季小麦双合斗二石一斗，秋季谷豆双合斗四石三斗，以为一州俊秀执经请业之用。选卜贡士贺君设教其中。于是远近有志之士，闻风而来不一而足，师师济济，少长一堂。予又□□月有课，季有考，鼓□诱掖。于兹三年，迄今学之肄业者彬彬儒雅，颇有功效。而升之泮宫者，亦岁有其人。此较予初来之日，已渐有兴象矣。使由是，生徒诵习日更加精进，则裕不患人材之无成，而兹学亦不为无益。

弟予有感于董君殁后之废弃，而不能无望后来之君子留心于是学，以成董君之善政，而大有造于裕之秀良也。予故举西义学之兴废而为详告之。((乾隆五年《裕州志》))

重建魁星楼碑记

魁星者，世所谓文明之曜也，其神职司科名。举凡通都大邦与夫弹丸下邑富于缙绅甲科之属者，孔庙而外莫不崇祀斯神，以为士人之佑，亦未有祀之而其地不以文章科第显耀于时者。虽圣贤之道不言鬼神，然有一事即有一神以主之，冥漠之中，隆其礼而即收其效，昭移之神不爽毫末。理有固然，无或差也。裕州当□明之季，旧建魁星阁于州城之东南。兵燹之□，其阁之化为荒烟灰烬，已不知其岁月几何。□神光之的烁消归于无何有之乡者久，不能□兴于一日。昔之谓巍然轮奂者，今皆凄然瓦砾矣。

余治裕之三年，喜士风之敦淳，感科第之萧索，思欲兴起贤俊以彰文化，因于黉宫捐俸谋重修之，幸获有成。已而，念魁星者实主斯文之曜，余既欲裕之士人咸以文章科第得与名区都会角胜争先，而于主斯教者不有以祀之，则魁光之所不照，士气自有所不伸。且创建废兴有司之责，兹阁之废几已百年，今余守斯土不思所以兴之，亦非吾厚期裕士而新孔庙之意也。于是倡诸州人。闻昔有贡士褚君燕及屡谋建之，弗果而没，今其孙景良欲成先志，而力不逮。余随捐俸，属孝廉王鋪与为之首，更募而助之。于乾隆四年夏，卜城东南，拓其地势，取材于山，埏土于野。于是，工师、匠伯、陶人、梓人、冶人、□人、丹漆者、绘画者，百工咸集，各呈其能，不数月之间，而阁已耸然特立，告厥成功矣。

余因念士生昭代幸际郅隆，今上文教所及，英才杰士无不遭遇于一时，而胡裕士之读书稽古、砥砺磨砻已非昔日？每当选举之秋，独未见有与贡礼部者。岂非以兹阁之废而未建，而文光因以弗显欤？自今而后，吾知必文运顿兴，贤才迭出，将见夺巍科登桂籍者□绵而无已时。他日余虽去裕。裕之士人犹或逆而记之曰:"此自某守裕州重建魁星阁而始也。"则予不与有光乎?是以勒诸石而陷置于壁。(乾隆五年《裕州志》)

重修关帝庙碑记

州署之北有关帝庙在焉。考诸州志未知创自何时,年已久远,虽备具殿廷而规模湫隘,未足以肃观瞻。故每于春秋祭享拜献之际,人多踟蹰不舒,非所以昭诚敬业。数年以来,予当祭祀之日,常思有以新之,时与黄冠、韩霄燡言及是事。今年商民乡约,以及众姓诸人,发心重葺。于是而倡首者有人,募化者有人,乐助者有人,共相趋附,勇往而前。于二月二十日兴作,经始至八月十五日工竣告成,共历七阅月,统计若干工,计费银一百五十余两,重修得大殿三楹,拜殿称是,西更配以赵侯殿宇,三代殿亦整治若新。门楼廊庑、神像庄严无不辉煌华焕,足垂永久。

予因思夫人生身所阅历之境,此心每念之不忘,甚至有没而犹眷恋其地,精灵时一显露者,此在常情犹然,况以帝忠义之气,直贯日月而不刊。而于许豫荆襄诸郡皆为当日威名所播,攻守血战之区。举凡功业所在,不惟昭著于汉魏分争之时,虽历万世之久,而犹如见其诚者。故今薄海内外,白叟黄童,无不尊亲而恐后。乃今裕州之地东接荆襄,北距许豫,区区百里之内,皆帝战马之所亲临,精神之所贯注,迄今千秋百世,而后有不神游裕境而为斯民之福佑者乎?宜今裕州之民,无不兴起于一时,而新庙宇于一旦。予今缘士民之请,为深嘉之,而且为后告焉。是为之记。(乾隆五年《裕州志》)

建脱脚河石桥记

从来王者在上,凡有利民之事无不举行,非必身履其地,躬亲其事,为之区画经营,而后民受其恩,吏被其泽也。盖化行俗美,小民无不体上仁民爱物之心,而群然尚德、乐善、好施,以思利济于一时,而民阴受王者之泽而不自知。尔今圣天子化遍海宇,九垓八极德泽汪濊,仁政所及,举民间有关黔黎百姓、行旅商贾者利无不兴,害无不去,一时熙熙暭暭,如游唐虞三代之世,即亲受尧舜禹汤之抚绥有不过如是者。故近今以来，四方风动，黎民于变时雍，虽遐陬僻壤，小民亦知好善而慕义，况乎通都大邑耳闻目见、深沐圣化于无穷者，有不同风丕变以求济人而利物哉？今于吾裕见之矣。

裕为宛属大州，地当荆襄楚豫之孔道，城东去州二十有余里，有大河发源于某处，俗名脱脚河，盖以行人至此，有不能褰裳而过者，此河名之所由来也。旧无桥梁以济行役，虽当河干水涸，冬月冰凌之时，人亦必跣足以渡。若于春夏之交，河水涨溢，洪涛巨浪阻隔往来，人之望洋而叹者不知凡几。斯不唯行商服贾之人不能牵车负担跋涉登程，虽有羽书飞檄鞅掌王事者，无不为之徘徊彼岸，稽迟留连，而终不能驾空逾越也。

予自甲寅之春来莅兹土，目击其事，深为念之，即思有以利济吾民，而力有不逮，存之于中，已非一日。迨至乾隆二年，乃捐俸若干以为之倡。州有善士李大年者，首任其事，募财补助。小民无不欣然乐从，富者资以金，负者助以力，趋事赴工，不期年之间而长虹蜿蜒，石桥已告成矣。通计费若干百两，第见民间居者庆于室，行者颂于道，往来四方行旅商贩之辈，咸忘前此留滞厉揭之艰，而乐今日之周行坦道也。

是岂予之力，有以致此哉？皆吾民感圣天子之化，渐仁摩义，甄陶于盛世，故能上体仁民爱物之心，鲜不人怀利济而成此盛举。不独行人贾客得沐其施，而凡为王事驰驱者，亦不致有遗误之虞，则利济宁有尽耶？乌可不识之，以见吾民风俗之厚，而彰天子化行之普哉！（乾隆五年《裕州志》）

十里铺桥记

从来斯民好善之举，鲜不感盛世之风化而兴起者也。今皇上以仁慈之德陶铸海宇，小民身沐心洽，沦肌浃髓，于是革薄从忠，知以利济为急。每不计其工之难易，而惟期事有益于世，不计其力之能否，而第求利足被于民，此其尚义之风。苟非情动于中而不能以自已，未有不旁观坐视而乐为之争先恐后也。

裕州十里铺在城西郊，道有山溪间阻者，建石桥以通行人。年久河迁，桥亦践踏颓败，每于山水陡涨，人多有望洋之嗟。余常思有以迁大之而未逮。州有姬文焕者，于乾隆四年夏欣然感发，首而倡之。余喜洽素心，遂为捐俸以助。孙标者更竭心力而慕之。一时州民莫不勇往趋事，贫富老弱不惜财物，不惮辛勤，扩而迁焉。数月之内而工已竣，桥已成矣。

嗟夫! 余为一州之长，凡事之有利吾民者，无不为分所宜兴，有害吾民者，无不为分所宜去。则是桥固应有厪余怀者而外，此将不能必其营心矣。今裕民则若不知为司牧之责，而自深其已溺之情，此其利济之心，非有感于教化之深，而中自动于不容已者。则胡今日之事不为旁观之坐视，而独趋承弗替欤? 是不可不记之以为后告也。于是乃从州民之请而为之记。(乾隆五年《裕州志》)

火神庙碑记

粤稽《洪范》所载五行，为夏禹之畴，而火实居其次。盖以火固民生，日用所倚赖，其为功于民者，至重且大矣，而其系诸灾祥，传之古昔者，又不一而足。故古于火正，火出则配食于味，火入则配食于心。陶唐商周以及于列国，其所由来者远矣。迨夫秦汉，又复有赤帝之祠焉。今之火神所谓炎帝者，其即秦汉之赤帝欤? 苟非大有功于民，而为人所宜祀，胡以见诸典籍，载之史册者，如是之彰彰可考耶?

今方城州境之东，去城二十里许，地名招抚冈者，昔有火神庙在焉。考诸州志，未云建自何时。是其神为方城之民捍灾而御患者已非一日，而民之所以祀享祭赛，以致敬于斯神者，亦不知几何年矣。第其规模湫隘，雕刓倾欹。夫以古今崇祀生民倚赖之神灵而实处诸荒残卑□、风雨剥蚀之陋宇，甚非所以敬祀之意也。乡民有冯灿等人者实发善心，有志修葺，但因于财力弗克有成，于是纠合四方善信倡首聚会，号曰义工。积十余年之诚心，乃渐积白金九百两。于某年月日，经丙午营伊始，鸠工庀材，拓其殿宇，辉煌垩漫，金碧重新，共历几月而告竣。一日请记于予，思欲勒石以垂诸永久。

嗟乎! 小民之习莫不有始而鲜终。使非有至诚之念存之于心，百折不懈，从未有事历十数年之久，而能成之于一旦者。今吾民，于火神之庙，自发心以来十有余载，而后克成厥功，则此蚩蚩之氓诚心向善，亦云至矣。苟推是心而加诸伦常之内，则于亲而即为孝子，于兄而即为悌弟，于友而即为信友，将无所往而不善焉。则裕之风俗不已臻于淳化也欤。予故深喜是举，而更为详告之，岂特予其事之有合于典籍，而

谓报功之不同于淫祀哉。（乾隆五年《裕州志》）

祭城隍神捕盗文

从来幽冥之理，本两相藉以维持斯事者也。神明之所不佑者，王法制之。王法制所不及者，神明殛之。故朝廷设官以治民而即封祀吾神以佐官之所不逮，此所谓明有王法，幽有鬼神也，使境有奸民而善良实受其戕贼。是不唯官斯土者之过而吾神亦与有责焉。

今裕州之境正二两月乡民某某等家频罹盗患，匪独劫其财物而复污其妻孥。夫自名立守裕殚心竭力，缉盗安民，前后开案计经三十余起，而吾裕之盗风已绝息于境内者久矣。今胡方城封域之内而忽来魑魅魍魉？名立闻之，心伤吾民之受害而实切齿残暴之横行也。故自踏验以来悬以重赏，委役访缉，历今杳然未知群盗来自何方，远飏何所。是岂斯民过恶所积，应罹此强暴之侵欤？抑名立之化道有未善而致此凶残之扰欤？辗转周详弗获其解。意兹众盗之出入与其致此之□倪必有不能逃吾神洞察者。

今神血食于是州，实受朝廷之封爵，而保此一州之人民，忍视斯民之受戕贼如此乎？今更历数月而盗苟不得，则名立实无以自立于民上。誓将从此请归而去矣。此在官且有以对吾民，而吾神将何以谢责耶？名立为此虔具楮帛、牲醴敬祷于神，惟祈默加佑护，俾得斯盗速获而能尽法以惩，以除凶顽，以安良善。庶神不负于朝廷而亦可以久托于封祀，且官法得以益彰，而吾神之威灵益显。否则神明之谓，何而竟昧昧如是欤？斯岂所以维持世道耶？神其鉴诸。（乾隆五年《裕州志》）

圣井冈龙神庙碑记

圣井冈龙神庙，建自于乾隆己未之岁，距城二十有五里。井即在冈之上，昔传有龙伏内，祷雨取水辄灵。

余初莅裕，伊岁值旱，斋肃祈雨。裕绅士为予言之，而取水于是，果应期而雨。次年之夏，雨复愆期。予仍□□井，取水回骑之候，赤日横空，惟觉西北间有微云一缕起诸天末。予初弗为意也，及抵城而水亦随至。予接水步行送诸城隍之庙，时炎威酷烈有不堪□人宁耐者，乃于瓣香告毕。而忽清风徐来，未几大雨如注。予旋暑而甘霖已告足矣。余于是始信圣井之有灵。

念其处于高冈之上，恐为秽物污亵，遂作小亭以覆之。后每有祷必灵，而觉斯井之龙神作福于裕民者大矣。夫古有功德于民者，即祀其土以隆其报。今龙神之功德有如是而不思所以报之乎？昔井冈之下有草庵一椽，乃僧奉神龙之所。去岁夏五，予复以取水至其处，见其庵舍荒凉思易以瓦屋数楹，□其亭而高大之，以报德于龙神，而未宣之于口也。□□既得之，后其乡之耆老某等，实发善心列名以□□□□人，力任募建之。余深乐其与予心□，□□□捐俸以为倡率，后得募金仅几十余两。予□□其不足于用，僧人亦私忧焉。予命其缓以事之，而不必拘于时日也。乃数月之后，工忽告成。僧以碑记来请。时窃心讶之，及询而知木石等物适有欲贱售得价者。故费不多而材足于用。此成之所以出诸意外也。予因叹，夫事之成败缓急莫不有天以定之。其忧思妄作者，未必济；而守分待时者，未必其终无成也。

即兹龙神以观其潜伏于圣井者，不知为何年。而感应于祷雨者，又不知始之于何日。以历年阅世之久，而显诸世也有时，成其庙也有日。斯固神之灵，而人报德之，诚有所致。然胡不彰于前，不彰于后，而必在于今日者？此盖天有以定之，虽神亦不能自主也。而人之忧思妄作者，何为乎？予故举为民告之，使能各安其天焉，而裕无不治之民矣。

今之建斯庙也，宁仅为报龙神之德而见祷雨之灵欤？乃记之而付僧以勒诸石。
（乾隆五年《裕州志》）

续修郏县志序

尝言：古往今来，不相见者不相及。抑知前辉后映，为可继，也为可传。是以邑乘所修，犹夫史书重纂。矧《汝坟》遵化之地，系钓台埋玉之区，绿石紫云，灵泉虒涧，既山明而水秀，宜物阜而人豪。忠孝本之自然，范义非由勉强。先型未沫，接踵良多。或革市而忤权奸，或弃职而归乡里，或身殉国难，或不受伪官，或负父逃生，或孝姑起死，或守贞剪发，或骂贼剖心，以及御寇全城，赈饥活众，亦且雄文华国，惠政安民，率性尽才，无心践平成迹，流风播誉有善。贻厥来模，听其散佚不收，得无积久渐晦，汇入简编以俟。纵然绵历犹彰，初非舍旧图新，乃日增而月益。岂必涂脂傅粉，惟辞约而事该。或发潜德之幽光，用绍昔贤之芳轨。讵曰续貂不足，亦云窥豹求全。（乾隆七年岁次壬戌汝州知州兰山宋名立书于署斋。）（张楷《郏县续志》乾隆七年刊本）

《汝州续志》序

自有汝志以来，传说前万历壬午州牧杨三聘敦清（请）艾中丞穆纂修者，时称为志史。越十五年，州牧方应选因艾本增损之，简而能该，为一时文献之冠。厥后为林志，为金志，为王志。今所存独王志耳。王志修于康熙甲戌，后无继者，至今历五十年。按一州之形胜，崆峒西峙，汝海东流，左控襄许，右联伊洛。疆域厘定，山河不改。仰蒙圣朝重熙累洽，仁渐义摩，各上宪填抚利导，恩勤惠溥，以故田野日辟，生聚日繁，而习俗民风群然向化，堪与昔时纪载相为辉映者，不于今网罗收拾，必至散佚湮没，非所以敦教化而示风厉之道也。

名立承乏刺汝三载，幸际屡降康年，农安耕凿，士崇礼让，户有弦歌。顾念守土之身，不敢辞劳就逸。缮完城郭，扞蔽于以谨严；道达河渠，旱潦时其蓄泄。建仓廒而广积贮，造桥梁而利往来。整饬庙宇以展诚敬，增置学舍以育贤才。凡此数端，既已次第经理。近有余闲，因得与诸邑宰同订修志。访之名硕，询之遗老，一一衷所见闻，以供采择，不觉目览而色喜，曰："此数十年中，庐墓思亲者，其知慕考叔之纯孝乎？缀玉联珠者，其志在希夷之风雅乎？未必学贯天人，而继吴辩叔之书声，师其勤苦；岂尽才兼文武？而壮贯胶侯之伟绩，得其绪余。重气义者，不必如改直隶、折漕粮之普利，亦可谓谊笃乡里；守坚贞者，不多让投江汉、缢青杨之节烈，洵可谓无负所天。其他言行懿美，仿佛前徽一二者，均足志也。"

爰与州绅士参考互订，显微阐幽，不以耳目为铺张，不事掊掘为雕缋，遵仿前志编目，以类分续，惟以核实传信为主。州载取其该邑载，摘其要，以邑固各有志耳。

至于前志偶有遗漏舛错，为之增补校正。因系续志，仅附缀条项之内，然必确有考据，而后略加剖析于其间，意在资后人之鉴定，非敢形前人之疏略也。书既成，将授之梓，乃以己意白之州人士，曰：志，史之流也。昔论作史，必兼三长，可易言志哉! 刿固陋如予, 尤所谓袜线材无寸长者, 何遽以庸工代大匠, 斫而自取血指也! 而必为此者, 则以数十年风俗之纪、人物之典, 田赋入民之令甲, 不至滥漫无稽, 用待异日经神史匠、博物君子裁正而删汰之云尔。若绳以向所称为志史, 为文献之冠, 徒使我想望前贤, 颜恧怩而心不宁者多矣。时乾隆八年仲夏月, 知河南直隶汝州事、琅琊宋名立撰。(《汝州续志》)

临汝镇修复公馆记

距汝城六十里, 古临汝治也。今为巨镇。旧有公馆一区, 位镇之中, 至国朝仅存老屋数椽, 康熙中为宣讲圣谕所。岁久倾圮尽矣。

镇居者民聂起凤、赵应麟、郑尔业、阎尔善等相聚而谋曰: "吾镇壤接伊洛, 道通秦晋。使节输蹄, 采风经临, 及牧僚循行, 税驾无所。至则假馆, 逆旅一切器具, 承值借办维艰。不惟上衰尊严之体, 而现年在官者, 每苦祗应。曷若修复公馆, 先修临街市房二区, 中建大门, 招商赁租, 积之储材办料, 渐复公馆之旧, 俾器用咸备。工竣, 计每岁公馆修整支用外, 以其馀赀, 量为本里诸色。现年在官者公费, 推里中公正老成者, 掌其出入, 亦吾辈后日, 子若孙, 一劳永逸计也。"

众议金同, 白之前牧析津赵公, 报曰"可"。旋募之本里士庶, 约近百金, 厄材鸠工, 经始于乾隆三年, 落成于乾隆四年, 成临街门面五楹, 招商赁住。积租生息, 又得百余金, 续建成正庭三楹, 缭以垣墙, 略备器用焉。拟仍续建侍寮、厨厩数间, 则经临者, 入馆如归矣。届朔望, 宣讲圣谕有地矣; 牧僚循行, 风雨信宿有所矣。余因相其地适中, 建社仓五楹于内, 并附近之鳌头里社谷亦附于此。盖前此社谷, 皆分贮寺庙、民居, 厄漏堪虞。余建仓总贮于此, 遴公直社正副掌之, 领还监守, 两里胥称便焉。此一役也, 一举而数善毕具焉。都哉, 皆此数耆民之经画, 同心始终, 弗倦成之。

《语》云: "一命之士, 苟存心于利物, 于人必有所济。" 亶其然乎。余承简命调牧蜀, 达行矣, 与尔诸父老别矣。为题其馆楣, 曰"约所", 仍旧典也。尔父老士庶, 当时绎圣训, 父教其子, 兄勉其弟, 各勤尔业, 畏义怀刑, 兴德而善俗, 继述永永, 无替前人之举。后之观风入境者, 称临汝为义乡, 讵不休钦! 余故乐记之, 併以告后之守土君子，知汝上民风淳美，政教易入，二三耆庶，同心向义，犹能公私交济若斯也。

时乾隆乙丑夏四月，汝州牧、兰山宋名立撰。（《汝州续志》）

创建汝属屯营便民仓记

惠民之政，首重常平社仓。而名存实废，无益编氓，贻累守令者有之。年来中州大法小廉，仰体圣主爱民，至意仓储咸裕矣。余自申冬牧汝，即清厘各社仓储，所部有丁、于、沈、孙四屯营民，皆离州治百有余里。只丁屯稍近，立有社仓，余皆未设。一遇凶年，官民皆束手无策。为民父母，而坐视其颠连无告，可不预为筹画乎？用是余先行倡捐，为各补立社仓，委公直社正副掌之，优以体貌故，社谷日渐充裕，复念常平官仓，春借秋还，为法至善，独吾屯民，以地远而不得升斗之惠，未免向隅。

余为力请各宪，以运江谷石，择设于适中之宝丰，捐赀置买南门内地基一处，建廒十四间，公廨三间，给事厨舍咸备，垣墙大门莫不坚整，贮谷四千余石。连年出放监收，俱委宝尉王秉槐，尉能体予心，而出纳公平，民甚便之。

兹余被命特调西蜀，善后经久能不萦怀？盖州县常平设于治内，欲散之时，稍涉疏虞，经承仆胥，指勒守候，淋尖踶斛，诸弊丛生。利民者，反以之厉民，甚且厄漏中饱，上累及官。况此仓建于宝治，去州九十里远，当事者振刷稍懈，宝之宰尉，既不便越俎而稽，领收之时，诸弊尤为易生。余不能不为屯民虑，尤不能不为后之当事者虑也。

余虽去汝，是役也实余创始，爰输诚谆，告望后之君子，勿间远迩，时萦诸怀，俾屯民实被其泽，当事不致受累，免指余为厉阶拜惠多矣。敬勒贞珉，鉴余衷曲云。

时乾隆十年岁次乙丑四月中浣汝州牧宋名立记。（《汝州续志》）

创立诗宗祠记

《诗》首三百篇，而《周南》为风始，《汝坟》三章又此地篇什之权舆乎？自唐以诗取士，希夷刘公崛起汝阳，步前人之章程，为后来之领袖，卓然莫与京矣。历金、明以迄本朝，宗、张、吴、任四家皆著有集，脍炙人口。今州人士主而宗之，意欲建祠以祀，质之于予。予不禁欣然神往。夫梅禹金编才鬼，贾阆仙祭诗神，宁无取尔耶？昔年，曾览浙省通志，载绍兴府设立诗巢祀唐贺监诸诗伯，良以楷模在人心，俎豆在后世。汝州一瓣香，敬为刘希夷诸公，固其宜耳。

汝阳书院内，予新建有学斋，今于中间置主设祭，不但表彰先贤，亦可兴起后进，将见州人士风轩月榭，商榷推敲，扬扢风雅，鼓吹休明，于以歌咏圣朝之功德，而追商周鲁颂之作者，顾不盛欤？（《汝州续志》）

重修葺州署记

州旧志毁于兵燹，遂即分巡道廨舍而更之。庭宇虽不甚深邃，而规模宏敞，颇为壮观。

庚申嘉平，余来任事，凡退食燕居，偶值狂飚急霰，则满屋萧飒淋漓，飘摇震撼，岌岌乎蹈不测，吾甚恐。盖自雍正四年，前守宜君修葺前后两堂，工未竟而宜君左迁去。故堂以内，无论书斋卧室，率为风雨之所催残、鸟鼠之所剥蚀。阅五六十稔，蒞兹土者因陋就便，未尝加以丹垩扫除之功，无怪乎朽腐者日益倾欹，穴隙者日益灌莽，在在皆然也。

夫出而作，入而息，不有宁居，其何以安？此人情之常，非比亭台苑囿，穷侈极靡，娱人心、悦耳目者之所为，虽在小民，于茅索绹乘屋是亟。矧以堂堂州署，薄书堆积几案，上漏下湿，沤烂堪虞，即繙阅综理，实烦且劳。而栖息休沐地，时切惊骇傍徨，倘立乎岩墙之下，曾不一趋避焉。我躬之不阅，又遑恤闾阎之野宿露处，一体恫瘝而袵席之也哉！

爰是庀材鸠工，圮者植之，缺者补之，蠹者易之，漫漶黝墨者墍涂之。缭垣卑痹坍塌者，固垒而增崇之。匠氏廪以工数计，材木陶埴料以个数计，节损养廉以济用，不费民间丝粟。择其急者，整饬缮治二十有四楹，足以容膝理事，余姑缓。讵敢踵事增华？亦聊免于栋折榱崩，侨将压焉云尔。因撮其略，以志厅事之隅，冀来者之或寓目，岁时弥缝其阙，经久勿坏。毋若邮传然，一再过而忽诸，并以凉予之不得已也。乾隆六年。（《汝州续志》）

邓禹墓碑记

办天下之大事者，享天下之盛名者也。负天下之盛名者，系天下之仰望者也。世有其人，则相与美，其遭时、遇主、立业、建功，不惟称之于口，而又笔之于书，至于后世，或犹指其里居，纪其坟墓，以寄其流连忾慕之思，比比然矣。甚至牵合附会，曲证旁引，不无可疑。而考古之士存之，非仍其以讹传讹，诚恐万一出于是也。

去年，余曾以公事赴伊阳，道经邓村，见一高塚岿然突出，询之土人，则曰，汉邓王禹墓，心窃疑之。考诸通志未载，将何以据以为真，而村乃名邓，又岂必其冒而存乎？且汉距今千余百年，即使墓下长眠者非高密侯，而其人伊古矣。

河东云：礼重祭扫，虽马医夏畦之鬼，皆得受子孙追养。此独历年久远，无入省录，而固相沿，迄今曾不磨灭，或有待以表章，则守此土者，念系古墓不为之修理而整饬之，其能晏然于心乎？余因之有感焉。

夫沧桑变更，陵谷迁徙，崇山峻岭之中，荒陵破冢，穴狐兔而杂榛莽者，不知凡几，耳目所不及，足迹所不经，无从吊古歔歑矣。苟存此保护之心，随所得以加意，不亦推广圣王，泽及枯骨之仁哉！因扩其地计三亩零，限以四至不得樵采，勒石以纪之。若侯之对世祖曰：但愿明公威德，加于四海，禹得效其尺寸，垂功名于竹帛耳。未几定大计，成大功，名显当时，光昭史垂，初不在坟之显晦也。旨哉，坡公《石钟山记》曰：事不目见耳闻，而臆断其有无，可乎？予既有疑于此，而犹仍其说，亦有以也夫。（《汝州续志》）

募修筑汝州西门外堤并建洗耳河石桥疏

天地间惟水之为功甚钜，亦惟水之患为甚险，资其利于民也，不可不思所以导之，虑其为害于民也，亦不可不谋所以除之，是在守土者之力行不怠矣。

汝治西门外有洗耳河，相传石梁跨其上，涸时居多，非涓涓流而不竭也。然当夏秋之交，北山数十里，诸水陡发汇聚，奔腾浩瀚，汹涌直射西城之隅，而啮其根，斯时往来病涉，望洋而叹。又其小者，己河之上流，土人有所谓棋盘山者，即护城堤，绵亘屹峙，几数百丈，所以阨水冲而杀其势，为西城之屏障。

形家有云："乾方宜高耸，不宜缺陷。"实于治内大有关系。古人筑堤乃修补龙脉之法，必非无因，迨后冲决，两口激溜势张甚，率为城患，而河上石梁，久已漂去，不可问矣。

余莅事数月，悉焉隐忧，兴利除害，系余之责，第修筑堤防，架桥利涉，其功大、其费繁，非独立所能为。或曰："人之好善，谁不如我，众擎易举，特患无倡之者。"吾因之有感矣。每见缁流黄冠，誓愿建创，持钵击柝，号佛于市，以歆动善信檀樾随缘，布施锱铢动积钜万，琳宫绀宇，矢棘翚飞，有志者事竟成。夫寺庙之有无，何足轻重，而人多徼福，于冥冥中不可必得之数，糜费金钱，顾所不惜，何如筑堤以保固，崇墉建桥，以便通行旅，且于州治风水，不无攸关。事惟其实，施合其宜，利济不少，迓福自长，余不揣力，为捐养廉，以作之始，愿诸同人，共劝义举，疏到书名，量力伙助。俾成厥工，将见堤屹然而巩固，桥岿然而横空，居足以捍牧围，行足以通跋涉，捐输姓氏，勒诸贞珉，矗立道旁，永垂不朽，岂不胜造七级浮图也哉！

《蚕桑辑要》序

《王制》："养老、教民、树蓄、衣食，并重。"圣祖仁皇帝上谕十六条，于农桑为首务焉。

豫为中上，其地之所宜，因利乘便，于民何所不可？山蚕野茧，此天地自然之种，与吾乡相同，不能遍及。至栽桑治蚕，近亦散见于他邑。而汝州独未之前闻。今大中丞雅公抚豫以来，兴利除弊，其为饬吏而安民者，至矣！极矣！尤于田间种植，勤勤恳恳，委曲宣导，维日不遑。即硗确隙地，五谷不生，亦劝之种树。十余年取材，不无小补，货恶其弃于地，此之谓也。

余莅汝数月，周行郊原，仅见地种木棉多于菽粟，纺织颇勤，女有余布，朴遫之风，良足嘉尚，而蚕桑策焉弗讲。非其地不宜，由农家多未谙也。然汝为《汝坟》旧地，密迩周南，被文王之化，墙下以桑，自古迄今，闻之熟矣。匹夫蚕之，老者衣帛，岂曰炫耀增华！诚以血气既衰，非此不暖，以引以恬，理固然尔！况其利甚溥，物精价昂，亦足代耕，汝人何不从事焉！

兹采旧闻《蚕桑辑略》治桑十四则、养蚕二十二则，功法具备，刊布以广其传，俾汝之人家喻户晓，群焉习之，相率成风，三四年内灵雨桑田，绿阴满野，缫茧鸣机，克供妇职。黄耇有挟纩之温，穷檐得贸丝之利，此亦王制之一端，庶不负大宪惠养至意。予日为汝人跂望之矣!（《汝州续志》）

修理学宫碑记

汝州旧有义学田两处：一坐落拐河山，一坐落王家营。自讲席中辍，儒学暂行，经理租稞归焉。厥后州人士因义学别有田租，量所入以供修脯，遂相安于无言，不可谓非彬彬退让之风也。

乃学宫建于前明，历年已久，未加修饬，学博舍宇，颓坏尤甚，而此田又越在二百里外，鞭长莫及，一年除完国课，羡余无多。合州聚议，将此田变卖，立祀田，修学舍，广学田，盖一举而三者兼济。合词丐予维持其事，得价银四百两，将学宫修葺整齐，于文昌阁周遭缭以垣墙，斋舍易旧更新，共费银若干两另登用薄。新置田地若干亩，共价银若干两，券载明晰。

夫州士之议也，首祀田，次学舍，又次学田，审于轻重缓急之间者当矣。既已置田应先供祀，而后及学。顾尊崇至圣，备物告虔，谅亦人心所同。然今议于新置田内，每年元旦及春秋二祭，两广文敛出灯烛费银三两，以当十亩收租之值，余则完粮外，聊佐苜蓿盘餐之用，较向年所收远田之租，有加无减。且近年义学奉上宪作意加人，一州四属束修膏火，当官者捐凑诸生，不以此归之书院，而仍输为学田，犹是昔日退让之初意。予故嘉与而乐从之，但事经久远，或忘其所自来，甚至前议不遵，亦俗情所难免，特为叙其颠末而勒诸石，俾后来者览观之下，庶有鉴于今日布置之深心也。（《汝州续志》）

东泰山庙重修碑记

古者天子祭天下名山大川，五岳视三公，四渎视诸侯，典綦重矣。岁二月东巡狩至于岱宗，五月而南，八月而西，十有一月而北，率以东为先，又祭岳之始事也。

汝州东泰山庙由来远矣。历年既久，殿宇破坏倾颓，里民邢克衡等发愿募修，志在兴复而后已。工起于雍正十年，竣于乾隆七年。雕楹刻桷，丹碧焕彩，用银计七百余两。群情瞻悦，因以记请予为之称善焉。

夫人有一时发兴善念，转聘而顿易其初者矣。幸而不易，后或以境迁，或以力阻而不果者，良可惜也。今邢克衡等以一念之诚，阅十年而不懈，率能偿其夙愿，既知尊敬神祇，而又矢之以坚，确不移之志，若以此推之，凡所当为之事，宁有鲜终之患哉!

诗有云：维岳降神，生甫及申。盖以申伯之先，奉岳神之祭，能修其职，而神庇其子孙。此固说之可信者也。

予则望，夫众心向善，持久有成，不必以为善，蒙祐助之心，亦不可以一善，存矜伐之意也。故不拒其请，而略为之记。(《汝州续志》)

新修北城记

汝州向有望嵩楼，元时州判尚公野者著有《记》，规制荡尽，不可复矣。其北城门楼亦曰"望嵩"，相传为望嵩楼荒废之后，而寄名于此。历年已久，不独雉堞倒坏，而甕圈垣墉，皆就倾圮，非撤旧更新不可。

予屡次相度，欲兴是役，工钜费繁，实苦独力不支。今阖州绅士，议以郭外所植树木，时常被人盗伐，不如变价以为修城之费。当此物力艰难之际，官捐无财，民捐无赀，公物公用，询谋佥同，而予日夕悬系心腑者，顿若解释，计所变之价，尚不充用，稍为补凑，较独任之力，则大纾矣。公务众奋，不待迟久，而向之残破颓毁之状，尽易而为言言仡仡之观。

夫城门，司一方之启闭，墙壁最宜坚牢，以为捍蔽，乃守土者分当经理。而"望嵩"之名，亦因得以沿后。则今之一望整饬，庶免恃陋之诮者，实州人士，熟思审处，权宜济事。倘第谓某年月日，某牧重修，是攘众力为己有也，岂予心哉? 故必叙其由因，而质言之。(《汝州续志》)

重修侯家湾石桥记

汝州东北一带，群山环抱，层峦叠嶂中，水流而下，达诸沟渠。平日则涓涓而已，值大雨后，山水暴发，若逸马奔腾，溃散猖獗，猛厉之势，沛然莫御焉。东有侯家湾，众水合流处也。予以按行至其地，庠生武、里民邢，指以告予曰："此地向有石桥，通舆马负担。乾隆二年，大水冲塌，行人病涉有年矣。今欲重修，正在募费。恐工钜而费若不继，事犹有待而愿未能即偿。"余闻其言，捐金若干。既而，闻风好义之人，乐输接踵。经年，而桥工告竣，高驾长虹，砻密巩固，往来络绎，咸庆复履康庄。因请为之记。

余惟人存利济之心，施于事矣，可不必见于言也。而此则不能已于言者，何也？石桥建自前人，其永远利济之心，宁有穷期？久而崩圮，不有继其事者，前功已矣。今接前人之心，以有此举，是前之有望于今者。但山水陡发，或迟或速，或甚或不甚，皆难预料。今虽屹然坚牢，安能长保异日之不冲塌乎？是今又有望于后矣。凡行利济之事，但顺人心之所同，然未有不一呼百应者。则此记，匪徒乐今日之易于观成，正以告后日者，无坐视其坏，而畏难不理也。（《汝州续志》）

重修关帝庙记

庙宇遍天下，而享祀隆盛者孔圣，而外则推关帝。顾孔庙自京师以达于各省会郡县，特立一庙。而关庙则所在多有，无论通都大邑舟车之所集，百货之所交，一地而建庙多至十余处者，即偏陬僻壤，小亦五六处，其故何哉？

孔圣德配天地，荡荡难名，人如日在高厚之中矣。帝则忠义昭垂，威灵显赫，不惟习诗书明礼义者，罔不尊敬，而行商坐贾，肩任背负之徒，皆凛凛然，瞻仰恐后，宜其庙祀之繁多，不可枚举也。

汝州关庙指亦不胜屈，而每月朔望办香致处，春秋致祭之所，则在大街西北，未详建自何年，规制虽不湫隘，而绵历已久，未加整饬，其大门颓塌，已经倡捐，众力协济，得以重新，而东边一带，围墙仅存基址，又厢屋风雨飘摇，岌岌可危。

始予念散在乡市村镇者，尚且庙貌尊严，门楼廊庑辉煌华焕，乃官司奉行祀典之地，反破败不理，对越骏奔之时，得无踟蹰而不宁乎？今为捐费，择日鸠工，缮葺完固，不惟栖息，僧僚扦蔽，内外庶足，以肃观瞻展诚敬也。仰惟圣朝崇礼，昔圣昔贤，而又推其所自出，先是于孔庙追封五代，继于关庙加追封三代，缅想孔圣，生当周之末世，王室衰微，纪纲废坠，于是修春秋以维王迹，正名定分，大义炳如。

关帝学习《春秋》，翊翼昭烈，戮力战斗，志在并吞吴魏为一统，无非效法孔圣尊周之义。

予是以于修理学宫峻整之后，加意于此，亦事之所应举，而不可缓者也。（《汝州续志》）

建仓廒记

尝闻，积贮者，天下之大命，则州邑之储偫仓粮，上关天庾，下切民生，岂细故哉。于焉谨盖藏而审出入廒房綦重矣。司牧凡莅一方，受一方之任，匪直受之已也，盖必仰副朝廷子，惠群黎之意，殚思毕虑，为经久不敝之图，乃可抚心无疚。

汝州常平仓在州署之西。前任各牧，或迫于时之不久，或绌于力之不逮，类皆因循迁就，以期幸免。予自裕移汝，下车之日，周览廒房，墙壁倾欹，仅仅涂墍，而各廒并无气楼，心实忧之，及启视谷米，蒸霉湿浥，不可胜数。

夫事之计出万全者，不拘牵于常格，谋及永远者，不苟安于目前，因即前筹算工料，不惜捐资，改旧增新，庶几陈陈相因，不至朽腐，而不堪食矣。

又昔年所有劝捐社谷，因借贮寺庙及民间闲房，散漫难稽，以致社正副辈，任情滥借，自行侵蚀，一经彻底清查，虚有借领，实无存贮。为之劝谕开导征收不亏，请于上宪，后以所余息米，亦创建仓房存贮，窃谓事无难易，惟人经理，如斯二者，尚非万难措手之务也。然使常平仓听其颓坏，以致糜烂过半，势难赔补，必思出陈易新，勒派小民耗息追乎责比，展转株连，岂非本以养民之生，而反朘民以生乎？社谷听其借散，不为设法征清，征清不为建仓存贮，将社正等仍萌故智，岂能复令好行其德者，徒然损己而无益于人乎？

欧阳公曰："宣上恩德以与民共乐，刺史之事也。"朱文公疏曰："社谷造廒，监视出纳，虽遇凶年人不阙食，其法可推广行之也。"予窃有志焉，后之君子其不以予为粉饰美谈，而亮察之也夫。（《汝州续志》）

汤泉铭

汝西门外四十余里有汤泉镇，泉出平地，溅珠跳瀑，源源不穷。其薰蒸之气逼人，虽冰雪天寒，咸可霡浴。斯泉者，非惟去垢，并瘳癣疥之疾。予谓："濯其身者，即可以洗其心；润泽一人之肤体者，即可以涤除四境之疮痍矣。有牧民之责者，慎毋贻笑于汤泉焉。"系之以铭：

繄造物之流泉兮，润民生之枯槁。禀淑气而温和兮，涤余性之烦燥。四体欲其修洁兮，岂扪心而弗皎皎。冀恺泽以滂沱兮，庶同慈母之襁褓。清可鉴兮，和可饮，铭大德而歌熙皞。（《汝州续志》）

增修汝阳书院记

昔人有言曰："学校，王政之本也。"盖萃一方之文人才士，讲道论德，雍容揖让乎！其中以驯致于正人心，美风俗，作礼乐，称极治焉。若夫书院之设，即古者党庠家塾之遗意，又所以佐黉宫，而广为风厉之一道也。今天子绍统建极，文教覃敷，内外莫不欣然向学，加以各上宪劝谕谆详，首以兴贤育才为急务，而承流宣化，以尽司牧之职者，其可视为奉行，故事漫不加意欤？

汝州旧有义学，在城之西隅，建始于高平张公，厥后贺牧、徐牧重修，多历年所，大率颓坏不复收拾，且饮食膏火，少所资藉。予念多士肄业之区，上雨旁风，身不安而心何所寄？朝斋暮盐，腹未果而学何由勤？爰为相度经营，增置廨宇，将昔之倾欹缺漏、朽腐溃烂者，完之，正之，补之，葺之，更换之，无不一一改观。而门序正位，讲艺之堂，栖士之舍皆足。涓吉延师，率诸生敦诗说礼，论古衡今，一年修脯供膳及诸生薪米零杂，皆为办给，亦庶乎身得安而腹得果矣。自今以始，师徒晨夕相依，劝董互用，每日研究经史，阅日比较帖括，汇送上宪，分甲乙而加奖激。优者不以自满，而益求精；绌者不以尤人，而惟求进。磨礲切磋，期以相与有成。将见道德明秀，淹洽端方，天爵修而人爵从，因得出其蕴蓄，鼓吹休明，不亦美乎？

予因之有感矣，亦俯首章句，滥厕士林，而屡钻场屋，乃变化本志，列名士版。今虽簿书填委，稍得余闲，手披一编，微吟密咏，顿觉胸无滞碍，尘俗都消。甚矣，学之有益于人也！矧汝坟昔被圣王之化，一经濯磨，而人心、学术、礼乐、文章，不难骎骎复古。夫力学乃士人本业，代为之图其始而勉其终，未有不感发而兴起也。且异日者，经明行修，彬彬尔雅，溯其倡导之自，予亦与有光荣，乌能无厚望也乎？

因记而勒诸石，诸生时览观焉，勿忘勿怠。乾隆七年。(《汝州续志》)

重修风伯庙记

始余莅汝阳，访问古迹，闻州治东北有风伯庙，中肖像以祀，心窃疑之。览州志记文，胥在前任监牧，以其能福佑州民，故修严庙貌，奉祀维虔，云洎以劝农。至其地谒庙中，见神像俨然，而倾圮剥落甚矣。因所部废坠多端，将次第兴修而后及乎此。

今年夏，雨泽愆期，禾苗就槁，斋坛祈祷，每阴雨密合，则暴风陡作解散矣。炎燠如焊，日勤呼吁，夜视云汉，不禁寝食俱废。

绅士告予曰："风穴山麓，风伯素以灵著，有求当应。"余即偕官绅士庶，徒步遄往斋宿。而始行事，祷甫毕，即觉风反云兴，未几，而微雨洒洒，至暮而滂沱如注，或阴或雨，继续旬日，百谷勃兴。甚矣，神之有造于吾民也！

独是，国家祀典于风云雷雨之神，但立坛以祭。兹则有庙有像，创始者或自有说，亦无从究其所以然。当其祷而辄应也，冥冥中其有排间阖而陈情者耶？又孰闻而孰见之耶？然则神之有无，殆未可知也。乃未祷之，先暴风作祟；既祷之，后澍雨为霖。以此证之，又未可以为无也。《礼》曰："能御大灾大患，则祀之。"爰择日鸠工庀材，重新庙貌，涂垩丹艧，无不改观。复偕诸绅士荐香酒，敬酬神庥，盖亦礼以义起也。

夫庙向有香火，地若干亩，为庙祝盗典几尽。余为清厘，有感神之灵慨捐还庙者，有用价归赎者，严饬庙祝不得覆蹈前辙也。则地方鸣之公庭，责逐不贷，要贾此地者，亦追地入庙，罚入官，庶几祈报缩祀有资，永永弗替。是宜作记勒石，以垂永久。

其捐还地亩及捐资士商民庶姓氏，并识诸碑阴。其修理庙工，任事勤劳，始终不怠者，则善耆马善学等诸人，皆得并书于石，以劝来兹。

时乾隆九年十月之望。(《汝州续志》)

重修试院记

汝为州，隶属鲁、郏、宝、伊四县。州城设有考棚，学使者按临校士，州司提调与各府等，典至重也。余自庚申视事，阅试院廨宇号廊，率多颓圮倾侧。考期届迩，州分属县修整。四县不获躬亲厥事，第遣经承衙吏，各领工匠补茸。一时过考，则上雨旁风，仍然剥落，岁科重修，费且不赀。

余因商之属县，谓："与其草率目前，何如经画永久？无为此役役不休也。"诸县悉是余言，欣然从事，各以经费汇州。余董其役，共成于是，自外而内，修仪门、官厅、两廊、号房数十楹，及书役栖止之所，咸为重新。由前及后，大堂、正楼、川堂、寝室、分校、斋舍，靡弗缮理完固，费不大奢于岁，修而功则倍之，可以经久不敝，便考试而省劳费，视曩之规制，大不侔矣。且童试人数日增，坐号不足，临考添设席号，促坐挨挤，不无风火之虞。而逼近公堂，学台在上，亦亵尊严之体。

余复独力设处，于堂下两阶东西增建廊号六楹，庶坐号足用，不致再增席号。又，四县供应考事，各遣家人、胥役集办公务，诸县每艰赍夥。余心疑之，学宪共矢，廉洁自用，俭约所需，随时发价，何以有此？

既而廉知，皆各役勾通，假公侵渔，不特属县赔累，亦致上玷学宪清名。余岁科两经提调为之严行查惩，不惮烦琐代为综核，四县吏人乃不得行其狡狯，弊革风清，诸属便之，学使者亦安之。兹因重修考院工完，及岁科事竣，并书石以识云。（《汝州续志》）

修宝丰关帝庙记

宝丰县治关帝庙，积渐颓圮。缅帝之忠贞节义，贯金石而不渝，揭日月而并行。陵谷尚有变迁，真诚终不磨灭，凡有血气，罔不推崇，以故享祀遍天下，岂偶然哉？矧许、豫、荆、襄之区，当年戮力战斗，汗马功劳，尤精气所盘踞而不解者，宜居人曲致尊敬，饬庙宇以壮观瞻，更不得与他方比也。

今有吏员周礼捐修拜殿，绘塈辉煌，则春秋戊祭以及五月、九月届期至者，官司士民济济跄跄，雍雍穆穆，展礼之下，气象焕然改观矣。予始闻而异焉，继而喜曰："周礼之迁，善改过固至此乎？"岁奉上宪谕令修河桥，初有难色，予为反复开导，翻然悔悟，遵行无违。桥既成矣，复捐资修整宝丰玉带河桥。河工竣矣，又复修理义学。闻州有开浚洗耳河之役，又乐输助藉。非一心向善，何叠施而不倦也？因叹有善而无恶者，人之性；好善而恶恶者，人之情。反乎此者，私障之欲蔽之也。有人焉多方晓譬，何患执迷不能自新？《传》曰："过而能改，善莫大焉。"今之周礼，殆昔之周处欤？其渐推渐广，安可量哉！

夫人幸而家有余财，达于丰悴有时、去来无常之理，用以利人敬神，岂必求福田利益？而人者，神之所庇；神者，人之所倚。敬神者，神将鉴之；利人者，神自祐之。作善降祥，亶其然乎？使一州四县之人果能听予董劝，而遂洗涤前非，相率趋于善良之路，是士民之幸，抑予之幸也。

然则如周礼者，匪直可嘉也，庶可风也夫！（《汝州续志》）

渠成行

余莅汝三月，何敢惮劳？循行阡陌间，问民生疾苦，日夕不遑。州治旧有军屯，与宝丰民田犬牙相错，不下数百顷，一遇积雨，弥望汪洋。余周视其形，非大为疏泄不可。适有父老云，数十年前，某公曾一行之，世远人湮，堤防灭没，无可踪迹矣。余闻斯言，适所见符合，因同宝令马君劝谕兴作，百姓遂踊跃从事，荷锄奋锸，众多力齐，无烦鼙鼓。不日渠成，行见水有归宿，野无旷土、流潦、汙莱。吾知免夫尤可喜者，其趋事奏功迅速乃尔，非吾所逆料，情见乎词，用奖劳勤。第恐勤始怠终，复致冲塞。吾愿后之视今，亦犹今之视昔，异日官斯土者，加意饬修，俾世食其利，则有厚幸焉。率尔口占，经纪其事，时乾隆辛酉上巳后三日。

天时不可测，地利不可弃。

瘠土为沃土，人力所能致。

汝宝壤相错，民屯多洼地。

夏秋遇霪霖，汪洋渺无际。

播种徒辛勤，波臣恣狼戾。

间岁不一登，土著苦憔悴。

见之心恻然，明府有同志。

分忧筹阽危，回环细审视。

田塍重沟洫，自古垂定制。

佥曰开渠可，即日当经始。

弗召而自来，欢欣偕从事。

奋锸如蚁屯，浚疏类风驶。

不日告成功，兹役实快意。

沮洳变膏腴，同力甚赑屃。

吾非故好劳，为尔谋生遂。

感召冀和丰，苍穹将溥赐。

岁修慎勿忘，永永享其利。

所警在惰农，所恤在勤勩。

后来贤邦伯，情更切抚字。

（《汝州续志》）

续修达州旧志序

　　粤自九州辨壤，职方掌舆地之图，六合同风，太史备辀轩之采。山陬海澨，郭景纯犹且释经；郡列州分，班孟坚于焉作志。既已，神洲赤县具有全书，凡兹下邑鸿都岂无私乘。

　　维东川之绣壤，实西蜀之名区，凤岭嵯峨，巴渠薄潏。池名万顷，春申君结客之乡；山号峨城，舞阳侯挥戈之地。夜月射丁溪之馆，杜宇啼红；春风鸣丙穴之泉，嘉鱼漾碧。若夫德堪俎豆，代产伟人，品重璠璋，世传令范。著述则韵酺晨露，既润古而雕今。风骚则笔参化工，亦抽心而呈貌。至如编成常璩，特标巾帼之芳型；传自更生，不减须眉之令誉。凡斯之类所宜亟收。自古以来未之或泯者也。然而水流山峙，既多陵谷之悲；人往风微，不少沧桑之感。茫茫胜迹随白日以俱沉，渺渺芳徽若朝云而易散。庾开府之集五存五亡，杜征西之碑一沉一立。或者荒烟幂历，即指为玉女之坟；断瓦飘零，遂疑夫相臣之阁；潭中龙见，大都邹衍之荒唐；石上兰生，悉是偃师之附会。既异闻而异见，乃传信而传疑，更当明祚之将移，适逢贼氛之方炽，战马鸣戛云亭畔，门掩蓬蒿；征旗出明月津前，巢无燕雀。缘兹典籍几经灰烬之余，凡彼图书悉在沦亡之内。纵承百年泰运，未及旁求，遂使一郡章程几于废坠。

前牧恒州陈君者，详为考核，倍极搜罗，乃于散佚之余，密恣排编之举，因之装成缃缥，迈萧绎之《金楼》；袭以巾箱，跨张融之《玉海》矣。余也一麾出守，三载专城，得睹萧规，时循禹步，荷厅昼静，抚此新编，棠舍宾稀，眷言前志。读马迁之史已叹其勤，阅陈寿之书或虞其简，日新月异不无踵事而增华，目见耳闻，惟欲信今而传后。箧中蠹蚀，或得诸残篇断简之间；碣上苔缠，偶拾于蔓草荒烟之际。一百五年往事询黄发以周知，十六万户提封展青箱而如见。征文考献无非方册之遗，显微阐幽亦寓激扬之意。不惭窥豹，授以雕镌；敢效续貂，命之剖厥；斟酌损益，庶有补于前贤；博雅宏通，请以俟夫来者。乾隆十有二年岁次丁卯孟冬下浣，知直隶达州事琅琊宋名立题。（嘉庆《达县志》四十六卷）

重修学宫记

学宫固首善之区也。今圣天子崇儒重道观文化成，讲学临雍，多士际风云之会，宸章洒汉，率土瞻斗极之辉，凡薄海内外郡县州邑之学宫莫不敬谨修理，惟恐陨越。夫问民风，先观士习，欲端士习，必隆学校。

考之志，达古号东川，明始署为达州。学初建于乐行图之地。刺史董公，乃移而置之署左。旋遭兵燹。迨我朝定鼎，刺史马公复仍其地而建之，学赖以不废。顾缔造伊始，率多未备。

乙丑岁，余承乏是邦，瞻仰之下，心切切惶悚，爰咨同城，兼询父老，倡捐清俸，庀材鸠工，易朽而新，茸颓而振，门楗序其位次，芹泮廓其规模，又增陈设厨、更衣所、花墙、甬壁，焕然改观。工既竣，进达之绅士而语之曰："余之首先于此者，匪仅在色相之庄严已也。将欲使吾达士励廉隅，民安耕凿，市犊解佩，枌社有鸡豚之欢；波鲸戢氛，蔀屋鲜蛇虎之害；伦常大义，互相琢磨，师巫邪说，毋兹蔓衍。阳城居晋之鄙，薰其德而善良者几千人，盖士习端，斯民风变，则学校岂可不急讲哉！而不然者，纵侈珠宫碧殿之华，竞纠角丹蔓之丽，究于达何益？

且夫天心爱德，人杰地灵，览达州之形胜，左凤凰而右金华，前丙穴而后万顷。山川间气必产奇英，是以黄忠毅之高风、卫清敏之介节、李研斋之文学、王铁耳之忠贞、俱各炳炳彪彪，垂休册史。而特虑吾士民之不敬信吾语也。果能易辙改弦，群归化导，行看先后，媲美今日，环桥门而观听者，不居然廊庙之器乎？他日者，士忭于朝，民忭于野，官斯土者，亦与有荣施矣，未必非首善之区有以肇之也。

事始于丁卯年六月上旬，至冬月中旬落成，襄其事者，司马池君继善、博学朱君颖芹，而董其役者，州尉林君木英也。因落成而并书云。（乾隆《直隶达州志》）

重修阁溪桥碑记

州西小尖山为通郡之要途，而阁溪桥又小尖山一路之要津也。尖山上达省会，下达三属，盖络绎必经之地，而此桥正在咽喉。考其桥记，在康熙甲申为前牧李公所建，架以大木，覆以长亭，翼以扶栏，盖前此兴废，不一而斯，历四十余年，俨然称巨观焉。

余莅兹三载，凡道路之险巇，桥梁之倾圮，捐倡修治，而小尖山一路尤扩充而更大之，羊肠鸟道几乎渐成康庄。不意今夏，暑雨暴涨，而斯桥又为山水所冲，凡基柱木植漂流而去，而向之称为巨观者，荡然无复存矣。

夫天下之事，有难有易，而亦有缓有急。此桥如驾空长虹，工费浩大，非他处山梁可比，且上则嵲岩高峻，下则逼临大河，当山水出口之冲，偶逢暴雨，则激湍怒飞，奋迅奔流，无论往来行旅，即上下星驰羽檄，不得不望洋而叹。此其势必不可缓，而其事又不可易成者也。不得已，集诸绅士谋所以兴是役者，佥曰："斯举也惟我大夫倡之，我众人助而成之。于是，因其旧基，度其形势，择日鸠工，命州尉林君董其事。未几而输材木者若而人，输砖瓦者若而人，或以货财，或以米粟，凡木石铁匠以及田夫野老，率其壮少，莫不欣欣各效其力。不数月而桥成，规制颇仍其旧，而架梁之所较前而更高焉，所以备水涨也。

工既竣，或请余一言。余思桥梁道路，载在令典，吾侪幸膺简命来莅一方，凡修举废坠，以及分内当为有利民生之事，亦日用饮食之常，譬如为父母者，一家之内修其倾颓，补其隙壤，危者使安，险者使平，亦治家者不得不尔，非以市恩于子若孙也。独是惟兹小民，终岁勤动，不得一丝一粒之积，乃诸绅士倡之，群众人从而和之。至于工者助其工，力者助其力，急公事如家事，遂使不可缓、不易成之功，踊跃子来，不数月顿复旧观，非乐善好义，何以有此。则斯桥之功，视小尖山一路而加伟焉，岂非一时之盛事，而不朽之美名哉！

桥肇功于丁卯夏之六月，至冬十月而工讫，前后仅五阅月，余嘉此役之不日而成也，因所请而书其事，以见诸士庶好义乐善之诚，且以志岁月云。（乾隆《直隶达州志》）

修木坝铺路碑记

州治之南曰木坝铺，大竹渝城往来之孔道也。叠石以为路，日久崎岖不可行，乡之绅士耆老谋修治，来请于余。余嘉之，极为奖励而去。阅数月，经过其地，工已竣，行者便焉。余嘉之，乃进绅耆而告之曰："凡乡里同井之人，称好善者，往往敛金积众，好为释老之宫，缁黄焚香之费，大抵祸福因果之说动之也。惟修治道路，则志在济人而已，此真所谓好善者也。孟子道性善，又曰："人无有不善。"善存于心，不见于行事，是贮五谷之嘉种，而不春浙以䕦也，其实与饥饿而死同。然当其端倪发露，奋兴振作而有所不容已，于其心沛然若决江河而下，油油然若春风之被物。况乎人性皆善，未有不一呼百应者，故其感人也甚捷，而成事也易为功。推是心也，达之于父子、兄弟、乡党、朋友之间，为嘉言懿行，为醇风，为美俗，引而伸之，触类而长之，区区修路，特其一端而已也。

《易》曰："积善之家，必有余庆；积不善之家，必有余殃。"《书》曰："作善，降之百祥；作不善，降之百殃。"所谓祸福因果之说，又历历不爽者。余见此乡之民，勇于为善，因书之于碑，以示奖励，且犹有厚望焉。（乾隆《直隶达州志》）

小尖山寺记

达郡，古通川地也。峻岭崇山，星罗棋布，若隐若见，蔚然可观，如翠屏、金华、凤凰、麒麟诸山，往往见于诗歌传记，而小尖山独不传。然其突兀嶙峋，岩峻嵥崒，上摩青宵，下瞰城邑，众山杂沓，势若星拱，岿然西峙，实障通川。上有招提，则慈门禅师之所建也。虽无飞观崇台，金珠藻绣之饰，亦足以供憩息、恣游览焉。每当缛夏初临，火云四布，山气蒸郁，瘴疠时起，陟其巅者，若游目天表，心旷神怡，林木阴翳，清风骀荡，凉生襟袖，欻忽如秋。彼都人士咸避暑於斯。

余乙丑岁临莅兹土，以时周览其间，旷如也，奥如也。而寺宇摧颓，僧居寥落，似非复旧制者，盖自创建之初，迄今数百年，中间屡遭兵燹，倾圮尤甚。其徒或移居山麓，遂分为上下院，有田数亩以供两院之费。再传，而下院欲专之，以是待质成者久矣。

余既刺是邦，刺史所以抑豪强、遏兼并，而持其平者也。宁有同其道，背其党，而专其利者乎？于是计亩均分，为之辨其土地，画其经界，使各畎尔田，而毋相侵夺，且勒石以传于后，非徒以志闲游，亦所以息争端云尔。（乾隆《直隶达州志》）

重修州署记

语曰："署，位之表也。"又曰："署所以朝夕处君命也。"盖自幅员广辟，郡县森列，沿才授职，揆务分司，位以建政，署以表位，微发号令于是乎出。故贤牧宣化，良守共治，旦抚鸣琴，日置醇酒，身不下堂，乃凝庶绩，委蛇退食，既芊且宁。由是观之，岂不重哉！

余乙丑奉命移守达州，州署兆基创自前代，迄乎末季毁于兵燹。溯厥权舆，迨不可考，其重建则自康熙五十三年也。规模宏厰，内外周通，别馆重轩，东西鳞次，颇无湫隘嚣尘之虑焉。第历年既久，倾圮遂多。牧是州者，视为传舍，虽极颓坏，不复修营，而且除闲室以为苙，置下舍以为厩，乘块垣以为径，析嘉木以为薪，故栋楹挠折，瓦砾漂摇，秽壤弗除，荒芜弗剪，或残毁尽，或仅有存焉。岂其周舍之障获，抑亦子云之凝尘与？

余甫下车，日无宁晷，置身其内若露处。然震风凌雨，则有榱崩栋折之忧，微霰轻飔，亦设油幄茅衣之备，于是刈草除秽，庀材鸠工，荷栋结榱，开棂捷户，益以甄甓，垩以丹青，缭以垣墙，莳以花木，不费度支，不烦徭役。经营未及夫三月，削刘自庇于数椽，虽无藻绣陆离之饰，巍峨壮丽之观，然而高足以辟润湿，边足以围风寒矣。每当暇日从容垂帘晏坐,绮觫洞达,薨宇齐平。南望翠屏,北睨凤岭,铁山左峙,通川右环,山水之美,络绎奔赴,虽风尘下吏,机务实繁,而综理之余,神怡目爽,恍然有清宁平夷理达事成之意焉。庶几备位于兹,可以朝夕惕历乎?故记之于石,使之君子亦将有鉴於斯文。(乾隆《直隶达州志》)

新建达州孤贫养济院记

从来圣王之世,必使光天之下至于海隅,苍生无一夫不被其泽者,矧其为茕茕无告之民哉!今圣天子子惠元元,休养生息,薄海内外,咸遂其生,然为之经营图画者,非必家给而人足之也。或服田力穑、或牵车服贾、或居肆成事,使熙熙攘攘,悉归于农工商贾,以自食其力,遂措天下于泰山之安,而登斯民于衽席之上矣。至若茕茕无告之民,零仃孤苦,力不足以自存。凡其僦屋而居,开口而食者,莫不嗷嗷然有所待于上,一失所依则辗转委沟壑耳。设养济以周恤之,亦可谓善补天地之缺漏者与。

达州僻处山隅,兹制独缺,自前州守陈公者始创兴之,欲修废寺为栖息之所,择隙地为养赡之资,轸念穷民,意良美也。惜乎用非其人,行之不善,逐至黠黄缁以庐其居,夺税亩以畋其田,是使孤贫者无失所,而失所者日益重,语所谓时雨将至,农夫悦而行人病者,此类是也。

及余莅任后,业户纷纷具以状白,余乃详为稽查,召其主悉还之,但中有孤贫待哺于是者,已阅数岁,嗷嗷无所归。一旦遗之,其何以慰?乃捐资给赡,率以为常。然每惭身为民牧,不获广前人美意,庇及孤贫,徒为补苴,小惠心焉。负疚若疢疾之入于怀也。嗣蒙藩宪李公准详,请建置以垂久远,且转详大宪咨部,支给丁粮,置资斧以当恒产。予遵奉明谕,实获素心,爰为相度经营,捐修舍宇,俾无露处焉。有闲田亩,岁计所入租,以备衣药棺木之费。庶乎历久不渝,博施不匮,而向之疚心者,亦可以稍释矣。

夫天下疲癃残疾、鳏寡孤独之人,当其疾痛愁苦,饥寒交迫,虽行道之人,处不相关之地,必有接于目、闻于耳,而动于心者,况其身任司牧之责,处可为之地,仅如伤之念者哉!以故诸上宪,抚绥万姓,恳恳勤勤,委曲周详,尽善尽美。虽未尝亲履其地,亲见其人,而有求必应,见利必兴,不啻疾痛颠连者之介乎其侧也。无非仰副朝廷惠爱群黎之至意，为此经久不敝之永图耳! 将见沟渠之瘠咸登衽席，与农工商贾自食其力者，同游于化日之下，坐享太平之福也，岂不休哉! 乃为记以记之。（乾隆《直隶达州志》）

修铁山路碑

铁山在州治西二十里，山势险峭，石色如铁，小或拳，大若堂房，若鬼工所运而惊涛骇兽之突于前也。

予初之官，辄道于兹，间不容趾，荒榛丛棘，充塞于崩崖卧石间，叱驭而过，恻然心动者久之，乃进附近之民而问之，曰：“此达与巴之子午道也。行人苦之，非一日矣。乡之人多绌于力，无能为役者，将募于众，出私钱为助，又无人以为之倡，以故兹道久不治。”予曰：“凡人力不足以有为，而属事之不得不为者，则有志者，尽心力而为之不以为劳。以兹山之险峻而当孔道，倘有乐善好施者力任其事，则其利济宁有涯耶?”乡民闻之咸踊跃从事，欣然以募助倡首为己任。余犹恐力薄功钜，旷日持久，遂择其险要者，捐资若干，先为之修治焉。而某某等，亦与某月兴工，某月告竣，指顾之间，履道坦然，而车马行旅，不啻交驰于五达之衢也。

嗟夫! 人之好善，谁不如我，莫为之先后将焉继? 即有一二向善之人，亦皆颓废自阻，不能相与有成，一旦为之振兴开导，而其中遂有勃然不能自已之情。故曰：“上有好者，下必有甚焉。”此之谓也。以故兹役之兴，一倡百和，共勤其成，而四境之内闻风慕义者，无不翕然以济。人为事将见周行之示，岂仅见于一方而已哉! 语曰：“雨毕而除道。”传曰：“司空以时平易道路。”《周礼》：“司险以周知其山林川泽之险，而达其道路。”以是和端经术、列树表者，为君子平政济人之要，矧其为鸟道羊肠，凤称诘屈，又非若九经九纬，可以方轨并驱者哉! 故勒诸贞珉，以志盛举，且为后告焉。（乾隆《直隶达州志》）

小尖山路碑

从来圣王在上，使天下之民日迁善而不知为之者，惟鼓舞振作之权操于上，而后感发兴起之机动于下也。

今圣天子，渐仁摩义，一道同风，涵育薰陶，化遍海宇，而小民亦沦肌浃髓于变时雍。虽僻壤荒陬皆知好德而慕义，无不殷殷然，以利济为怀者，非有感于教化之深，情动于中而有所不容自已者哉！吾于达州见之矣。州之四境多崇山峻岭，行者率穷山之高而止。攀援而登，而道路之纡险者，莫如小尖山。山势峻峭，磴道千盘，上下多坠石梗塞蹊径间，东抵州，西至达渠之交，远近九十余里，曲折崎岖，间不容趾。其坳洼岷岸之处，雨集泥数尺，桥梁倾圮，人莫得渡。

余莅任以来，尝经过其地，即思为之修治，以利济吾民，然有志焉而未逮也。

乾隆十一年冬，始择其附郭者捐资若干，傩人削平之。今年春，命吏目林木英，逾山而西，度其长短，量其广狭，计其赀费，将以起事而兴功。已而，一时士民欢欣鼓舞，争趋恐后，捐资助理者不惜其财，鸠工任事者不惜其力。有生员黄谟者，募修桥暨路若干。佛子僧正觉明者，募修桥暨路若干。余悉督劝之而不辞。是役也，未尝兴役动公帑，而众志成城，聚粒成山，险阻平而夷庚见，不禁为之畅然满志也！第见居者庆于室，行者颂于道，往来四方行旅商贾之辈，咸忘前此跋涉之艰，而乐今之周行坦道矣。

夫道路桥梁，为政之要，有司之责也。兴利除害，固予之分所宜然。而此邦之士民，其乐施好善之念，无不翕然同风者，此岂予之力，有以致之哉？是盖沐浴于圣化，甄陶于盛世，故能上体仁民爱物之心，鲜不人怀利济而成此盛举，乌可不志之，以见吾民风俗之厚，而彰圣天子化行之普哉！（乾隆《直隶达州志》）

修罗江口路碑记

州城之北，自罗江口而下，如凤翎关之小溪上，而石龙溪横截江际，波涛洪险，一经泛溢，辄阻行轩，不闻舟子之招招，徒见北流之活活，良可深叹。余目击其状，特倡捐修理，而里中士民又能好善急公，纳粟输金奔如集雨，担泥肩石动若鸣雷。未几而津梁落成。但路通东太，道连秦陇，固商贾之要津，实往来之孔道。而沿江一带，或怪石偃仰，车行有斜辐之嗟，或沮洳时临，徒行有濡足之叹。

余瞿然曰："民未病涉矣，而使行者向隅，是安可不急修也哉！"然裒局时兴，劳费甚伙，又未敢重烦我父老子弟，爰捐清俸，庀材鸠工，彼居民仍鼓舞弗倦，刻期成坦途焉。揆之古除道成梁之义，庶几有当乎？余喜其奏功之速而勤事者之勤也。计修路若干丈，费金钱若干两，并书之於石。（乾隆《直隶达州志》）

修亭子铺高岭路碑记

盖闻履道坦坦，易系幽贞，王道平平，书扬圣化。《夏令》有曰："雨毕而除道。"又周制有曰："列树以表道。"凡以便行旌之往来，表金汤之壮严，非苟焉而已也。

余承乏是邦，簿书鞅掌他务未遑，间因勘界之便，度阡越陌，见明月乡四五两保，如麻柳场一带，路皆石砌，宛似康庄，窃喜其先余志而为之。询诸父老则以为某处某人所经营也，某处某乡所葺新也。盖其土沃而俗不淫，户多饶裕，民相率为善良。司马氏所谓"富好行其德"者，殆庶几焉。至六保如亭子铺，高岭而东，则东涨西滩，崎岖险阻，肩者越趄，行者跛踏，同在幅陨之中，而彼修此废，光景顿殊。非尽此方之民疏于义，而啬于财也，率作无人而惰气积也。爰是捐俸倡修，择老成以董其事，又集而劝戒训勉之，民亦皆默生愧悔，而互相淬励也。未数月，其功报竣，合三保之乡，成周行之示，不亦可见此都人士好善之心，初无异致欤。夫民分勤惰，则俗异淳漓。故曰："仓廪实而知礼节，衣食足而知荣辱。"善生于有而废于无。天下事，岂徒在区区平治道途已哉！将使吾达士民，则天之经，因地之义，无有作好，遵王之道，无有作恶，遵王之路，共得履坦之贞，渐臻荡平之盛。此更余之所厚望于达者而未逮也。是为记。（乾隆《直隶达州志》）

凌云铺七里沟修路记

古之导民而善其俗者，以礼让为民之坦途，以伦纪为民之正路。董之、率之、鼓之、舞之，务范其趋而正其行，而除道成梁，其细焉者也。然兴利除害，务细大而不捐，故司空视涂详之《夏令》，亦王政之一事焉。

达之东有雷音铺，即古凌云铺也，以音之转而讹耳。夫凌云何以名，以山岭之陡峻，参云霄而直出，故名之，所以著其险也。山之右，有名万石窝者，而路实出其下，怪石参差，莫可名状，嵘确不平，实为碍足。是路也，新梁开万必由诸此，且山之东若金柜、白云诸地，皆宣汉沃壤，多产粒米，州人资之，糴运不绝，一遭淋漓，坷坎沉渍，人马俱困。余睹其状心焉怜之。

余之莅达三载，虽未能人人而为之衣，人人而为之食，但苟有利于民者，无不殚心竭力以为之。故凡桥梁道路皆次第修饬，独兹路，筹之而未暇举也。适东邑李令来署，坐间偶而谈及，李令欣然捐俸愿佐其事。余因捐俸。于四月内，嘱工经始，一时芸芸之众，与夫道旁往来者，相顾而喜，不俟诚命，而操畚执揭者，咸踊跃赴功，几忘劫惫，固有不待，积日累劳，而陂者已平，陧者若坦。是亦民之趋事维勤，而乐成在上之心也。虽然，余之深冀于民者，不尽是也，苟其以礼让为坦途，以伦纪为正路，遵之、循之、率之、由之，亦若兹路之平平焉。是诚盛世之良民，而余之深愿也。夫爰记诸石而为之劝焉。（乾隆《直隶达州志》）

重刻邵康节先生《孝弟》歌序

考古教民之术劝以九歌，锡之敷言，大抵词义质直作口头语，俾明白易晓，是以濡染速而化成甚易。今《圣谕广训》十六条令所在有司朔望宣讲。盖直接歌劝敷言之义，而首条即标敦孝弟以重人伦，所谓人人亲其亲，长其长，而天下平者也。但宣讲多在城市集场处所，至穷乡僻壤未能遍及，黄童白叟或未尽喻。余公余之暇，阅先贤遗集，得康节先生《孝弟》，其歌词质直明白，开导甚切。昔吕新吾为东鲁司理，曾细为详解刊发，自此东鲁人士果大有起色。费县程某兄弟久讼不息，经先生以此劝之，立时和解。今我州民之兄弟阋墙，叔侄龃龉者比比而是，岂其天性使然，抑以根本处尚未悚动耳。爰将旧本刊刻成帙，发各村塾，令童稚一体熟读，将来感发天良，风俗移易，或于《圣谕广训》不无稍有补助云。（嘉庆《达县志》）

三、宋澍作品

车辋赋

车辋之名，不知所自始。或曰：因市如车辋，故得名焉。先中丞公为孝廉时所买山村，给谏赠公晚年摄静之地也。环水带溪，四围匝山。考水志所载，左为阳明河，俗呼遁川；右为半溪，俗名于家泉。读中丞《山居记》曰："遁川者，君子以俭德避难，遁世无闷也。半溪者，半流半涸也。溪西为于家坟，故名于家泉。溪左皆己田，而不称宋泉者，天地逆旅，不敢僭溪主也。地本山僻，前后积田六百亩，可耕者只二百亩。荜窦棘墙，不争丹膊。迄今旧厅，三楹犹传，是万历间老屋也。"呜呼！所以贻后人者，意深远矣！《小宛》之诗曰："夙兴夜寐，无忝尔所生。"勖人之当念昔先人也。用是述先德，勉来兹！作赋以见志，其词曰：

地接向城，星联郾壤。郁郁山村，市如车辐。水叠翠以蔚蓝，峰含辉而竞爽。原肇锡以嘉名，知昔人之心赏。尔乃傍山作室，辟地得泉。有景皆媚，无水不鲜。盖自有明神宗己酉（1609）之岁，始为宋氏之田。绵绵延延，至余而七传，纪甲子者百七十有四年。

其左，则群峰错落，宝山高擎，或眠或立，亦纵亦横。山凹路仄，石隙波清。巨川斯出，是为阳明。初急湍而荡漾，旅拂郁而迴萦。现中流之石窟，似吸川之长鲸。伏而后见者三里，而遁川于是名乎！其右，则微涧盘纡，灵泉清泚，润直沁心，芳堪漱齿，半涌半干，时流时止。密树浓荫，交柯如绮。汩汩有声，涓涓可喜。佩玉鸣锵，倏遐倏迩，丁丁东东，观者未已。忽焉纽颈南移，折而东逝，而汇于阳明之水。其前，则巨岫侵云，奇峰映日。横岭低平，高岩嵂崒。石龙蜿蜒而东，环文峰孤高而西出。冈峦隐约，若断若连；山郭周围，或疏或密。水复而山重者，不可殚述。其后，则互绵宛转，平列高冈。嶙峋怪石，森森其旁。饥者如虎，贪者如狼，渴者如骥，骇者如麇。其大者，若囷、若仓、若堂、若隍，突兀数仞之墙。其细者，若矛、若枪、若桅、若樯，琐碎千蠹之房。或支鼎而折足，或副瓜而无瓤，或抑郁而生瘿，或伛偻而如尪，非丹青所能绘，而笔墨所能详。

当夫春云乍起，夏风徐来，傲霜秋菊，映雪冬梅。溯洄水畔，徙倚山隈。南窗啸傲，北牖徘徊。历四时兮何极，远车马而绝尘埃。若夫士操其弦，农安其土。稼盛如云，菜生于圃。野老占晴，田家课雨。妇馌夫耕，衢歌巷舞。报赛迓神，迎猫祭虎。穰穰熙熙，三三五五。盖休养乎承平，优游乎姁煦。任予取而予求，皆山居之画谱也。

且夫戒奢华，去雕饰，大人之所以养其德也；勤耕耘，谋衣食，小人之所以食其力也。往者有明末造，官防不饬，阉党窃权，妇寺病国，士鲜完行，吏营苟得。拾青紫者肆兼吞，著袍冠者务封殖。我中丞环堵为室，半亩为宫，田不加辟，牖不加崇，可以想当官之忠焉。耕田共职，养志怡情，融融洩洩，宠辱不惊，可以想事亲之诚焉。茅屋数椽，石田百亩，肥美膏腴，让而不苟，可以想兄弟之友焉。丹臒不事，蓬荜常留，心远地偏，以遨以游，可以想裕后之谋焉。诵前代之手泽，守先人之敝庐，时骋怀而纵目，忽临眺而踌躇。

北望苍莽，露滃云蒸，龟蒙之麓，诸葛之城。南望平夷，风清烟紫，散金之台，二疏故里。东则孝河，祥览之迹，冰解冻消，跃鲤藏鲫。西则鲁城，真杲之墓，楸立松亭，驱虎逐兔。恍兮，忽兮，神游目遇，几几与古人千载如晤也。登游既倦，遵渚而归。坐斗室，闭柴扉，挹夕照，送晚辉。痴童煮饭，稚子牵衣，神情气爽，乐而忘饥。偕二三友生昆弟，说遗事而景仰前徽，论古今之成散，辨往昔之是非。既淋漓乎畅快，亦感慨而嘘唏。先型未艾，颓俗波靡，操戈者同室，伐木者翦枝。兴言及此，感极而悲。

目遥遥兮远瞩，心惕惕兮自思。念家声之未替，岂备官而忘之？吾思皇皇求利者，小人之业；皇皇求义者，君子之原。尔思沃土，人讼其冤；尔营华屋，人伙其垣。则何如对青山以自适，临绿水以忘言？宅其宅，门其门，承承继继，以勉为清白之子孙。

皇赠奉政大夫故曲沃知县侯君暨妻合葬墓志铭

君讳常熺，字功安，郯城人，年十八，补学官弟子，遂以文学知名。越乾隆三十年乙酉，举拔萃科，就职州判。甲午，补景山教习。

值朝廷开川运，例以赀分发陕西。乙未，署陇州州同，分驻关山长宁驿，去州百里，山径崎岖，林木丛杂，官此者视为畏途，君乐其幽僻，作《关山记》。卜观察见之，叹曰："此意非宦海中人所能解。"即其清操可知矣。丙申，署略阳县事。略阳，即古栈阁为啯匪卦贼出没之地。时值两金川军兴，又当孔道，日驱民马应差。君恻然曰："略阳以马耕，奈何夺之？即日蠲俸，雇骡易马，于是民马应差永行停止。汉南出丝，惟略阳不务蚕，君从沂水购蚕种，散给之，民始知织。戊戌，署米脂；己亥，署神木；庚子，署榆林，皆边地，民气仆僿，生机萧索，君为清积逋、蠲盐课、设书院、劝纺绩，土风一变。此君官陕之大略也。

辛丑，以承重去官，终丧改发山西。甲辰，补绛州州判，累署稣峙、潞城、孝义、稷山。戊申，调解州，署平遥。平遥之民好斗而健讼，君以和平乐易治之。乙卯，题补曲沃。会大计，群吏伯、中丞首以君名入奏。奉旨引见，赐葛纱二端。回任兼署翼城，又兼太平，上官倚如左右手。方骎骎日起矣，而君遽以积劳故成疾。惜哉！君在晋十余年，屡仕剧县，所至有实政。而平遥、稷山、曲沃皆再至，三县之民肖像而祀者，至数十百家。

云君既以疾归里，足不入城市，著《自考编》，凡出处行谊及听断狱辞纤悉备载。岁在乙卯，冬月，忽命家人置棺，棺成而逝，春秋六十有五。配宜人张氏，继配宜人徐氏。丈夫子五人：奉宸，安徽宁国府同知；奉磐、奉陶、奉简、奉箴。女子子三人。孙四人。今奉宸等得卜于嘉庆十一月日葬君某乡某原，张宜人祔礼也。铭曰："呜呼！斯惟德之醇，以昌其子孙。"（黄门原文凡一千六百言，今删存如右。昔汤若士涂改凤洲文。凤洲见之笑曰："汤生涂改吾文，后必有涂汤生之文者。"达哉言乎！余虽不逮临川，而黄门故弇州之流亚也。惜已归道山，不获更相质耳。继辂记。）（陆继辂《郯城县志》）

知止说

东岳岱宗，相其阴阳，观其流泉，分枝劈脉散乱出，干中有枝，枝中有干，莫不有所止焉。具所知而言，青云独步，天马行空，戏备盘根，游于龟蒙，金牛转车至于庐山。庐也者，水木芦鞭也。无偏无党，荡荡平平，乘其形，有弦有棱而形成。接其气，若涌若突而气到止矣。止矣知止矣，而其所以尤需静观。坐而正，朝而特，列屏列账，左右水流入明堂，外山包裹，内平原下砂作案，逆流而上数十里。南山之南，山山山外山缠水；北山之北，水水水内水缠山，贯通四外。局势自东而东，沂挟小而西流。自西而西，仿偕长巽而东会。陪尾右臂，由大青而全崮西峙，泗水从焉；沂山左臂，由马齐而苍山东秀，沭水从焉，总汇于骆马湖而为水库。叙山川向背之情性，来止聚散之形势，以凭复度之可否，无取于按图索骥。（《琅琊宋氏家谱》）

宋潢作品

《清爱堂诗钞》序

齐鲁两生分泰山南北而居，生同岁，而齐生较长，皆喜为词章、音韵之学，弱冠有声于山左。乾隆己酉同年选拔于学使者，又同为学官，甲寅同登贤书。两生未见而相慕，既见而相悦，其遇同其趣也。

嘉庆丙辰以公车同上，旅灯酒半，各出其所作，击赏维时，壮年盛气，以为蓬莱咫尺，祗在人间。庶几登著作之堂，鸣国家之盛，交相期也。既而，齐生出宰，鲁生官农曹，则又以为士大夫自有所立于天地，不假乞灵于文字，游处何必皆同。齐生之宰江南也，为靖江濬五港，兴百世利，邑之人尸祝而俎豆之。其在松陵循声惠绩与靖江同。鲁生闻之，益信前言之可据，以为能如，是亦多矣，何必牛耳吟坛树词垣之帜始快凤愿哉？

兹道光建元之岁，两生同以服阙补官，聚于京师，齐生乃以一编掷鲁生。鲁生读之，其巨者，如黄钟大吕，鞳鞺砰訇；其细者，如吹竹弹丝，缠绵清越；其疏者，如枫霜竹月，真净无瑕；其秾者，如美女时花，妖韶有态，始诧以为文章、政事乃可相兼生长。济南名胜之邦，沧溟、渔洋而后，又嗣音矣。此则齐生之所独，鲁生不能仿佛其万一者也。

秋八月，齐生以坐补英德，将有粤东之行，临别以诗册见贻。余感琼琚之投，亦书所为诗并述生平之略，以当瓜报。耋龄已艾，离合何常？晚景无穷，操修弥重，古之人努力崇令德，皓首以为期，此则吾两人所同而异，异而同者也。然同不同未可知也，其交勉焉可。

齐生，济南李君湘浦也，鲁生即潢自谓也。道光建元辛巳秋八月，琅邪年愚弟宋潢撰。（李廷芳《清爱堂诗钞》）

参考文献

著作

1.（东汉）班固.白虎通德论 [M].上海：上海古籍出版社,1990 年版.

2.（西汉）司马迁.史记 [M].北京：中国文史出版社,2003 年版.

3.（梁）沈约.宋书 [M].北京：中华书局,1974 年版.

4.（唐）房玄龄.晋书 [M].北京：中华书局,2000 年版.

5.（唐）李延寿.北史 [M].北京：中华书局,1974 年版.

6.（唐）李延寿.南史 [M].北京：中华书局,1975 年版.

7.（宋）黎靖德编；杨绳其，周娴君校点.朱子语类（第 3 卷）[M].长沙：岳麓书社，1997 年版.

8.（明）王世贞.弇州史料 [M].明万历四十二年刻本.

9.（明）毕自严.度支奏议 [M].明崇祯刻本.

10.（明）公鼐.问次斋稿 [M].北京：中国戏剧出版社,2008 年版.

11（明）郭士奇.宛在堂文集 [M].明崇祯七年刊本.

12.（明）金日升.颂天胪笔 [M].明崇祯二年刻本.

13.（明）缪昌期.从野堂存稿 [M].明崇祯十年刻本.

14.（明）王雅量.长馨轩集.《山东文献集成》第二辑第 28 册,济南：山东大学出版社，2018 版.

15.（明）杨士聪.玉堂荟记 [M].北京：中华书局,1985 年版.

16.（明）姚希孟.响玉集 [M].明崇祯年间刊本.

17.（清）汪中.荀子通论 [M].北京：中华书局,1954 年版.

18.（清）王先谦.荀子集解 [M].北京：中华书局,2010 年版.

19.（清）文秉等.烈皇小识 [M].上海：广文书局,1967 年版.

20.（清）王士禛.渔洋山人自撰年谱 [M].北京：中华书局，1992 年版.

21.（清）宋朝立等.缄斋府君年谱 [M].清雍正年间刻本.

22.（清）宋徽章等.琅琊宋氏家谱 [M].清道光二十四年刊本，1992 年宋氏家族重录.

23.（清）吕维祺.明德先生文集 [M].四库全书存目丛书编纂委员会编,《四库全书存目丛书》第 185 册,济南：齐鲁书社,1997 年版.

24.（清）王大骐等.南溪县志 [M].,康熙二十五年刊本，故宫博物院编《故宫珍本丛刊》影印，海南出版社,2001 年版.

25.（清）邵士修,王壎纂.沂州志 [M].清康熙十三年刊本.

26.（清）李希贤修,潘遇莘等纂.沂州府志 [M].台北：成文出版社，1968 年版.

27.（清）陆继辂.续修郯城县志 [M].嘉庆十五年刊本.

28.（清）张燮修,刘承谦等.沂水县志 [M].清道光七年刻本.

29.（清）李敬修.重修费县志 [M].清光绪二十二年刻本.

30.（清）沈敝清修,陈尚仁纂.蒙阴县志 [M].南京：凤凰出版社，2004 年版.

31.（清）董萼荣,梅毓翰等.乐平县志 [M].清同治九年刻本.

32.（清）吴六鳌修,胡文铨纂.富平县志 [M].乾隆四十三年版.

33.（清）赵英祚.鱼台县志 [M].清光绪 15 年刊本.

34.（清）张楣.郏县续志 [M].清乾隆七年刻本.

35.（清）赵意空.临晋县志 [M].台北：成文出版社,1976 年版.

36.（清）陈庆门纂修,宋名立续纂.直隶达州志 [M].清乾隆五年刻本.

37.（清）宋名立修,屈启贤纂.汝州续志 [M].清乾隆八年刊本.

38.（清）白明义修，赵成林纂 . 直隶汝州全志 [M]. 清道光二十年刊本 .

39.（清）巫启贤 . 风穴续集 [M]. 清刻本 .

40. 张曜等修，孙葆田等纂 . 山东通志 [M]. 民国七年刊本 .

41.（清）许献，高廷珍，高陛等 . 东林书院志 [M]. 清雍正十一年刻本 .

42.（清）傅泽洪 . 行水金鉴 [M]. 清雍正三年刻本 .

43.（清）卢见曾 . 国朝山左诗钞 [M]. 清乾隆二十三年刊本 .

44（清）宋弼 . 山左明诗钞 [M]. 清乾隆三十六年刊本 .

45.（清）朱彝尊 . 明诗综 [M]. 上海：上海古籍出版社，1993 年版 .

46.（清）张鹏展 . 国朝山左诗续钞 [M]. 清嘉庆十九年四照楼刻本 .

47.（清）陈田 . 明诗纪事 [M]. 上海：商务印书馆,1936 年版 .

48.（清）刘正宗著，王辰编 . 逋斋诗 [M]. 清顺治年间刻本 .

49.（清）陈维崧 . 陈维崧集 [M]. 上海：上海古籍出版社,2010 年版 .

50.（清）丁耀亢 . 丁野鹤先生遗稿 [M].《清代诗文集汇编》第 13 册，上海：上海古籍出版社,2010 年版 .

51.（清）刘应宾 . 平山堂诗集 [M]. 清刻本 .

52.（清）沈德潜 . 归愚文钞余集 [M]. 清乾隆三十二年刻本 .

53.（清）宋之韩 . 海沂诗集 [M]. 济南：齐鲁电子音像出版社，2011 年版 .

54.（清）宋之韩 . 海沂诗集 [M].《清代诗文集汇编》第 30 册，上海：上海古籍出版社,2010 年版 .

55.（清）李廷芳 . 清爱堂诗钞 [M].《清代诗文集汇编》第 475 册，上海：上海古籍出版社,2010 年版 .

56.（清）冯桂芬 . 显志堂稿 [M]. 台北：文海出版社，1983 年版 .

57.（清）王培荀 . 听雨楼随笔 [M]. 成都：巴蜀出版社,1987 年版 .

58.（清）梅成栋 . 津门诗钞 [M]. 清道光四年思诚书屋刻 .

59.（民国）沈兆祎等修，王景祐等纂 . 临沂县志 [M]. 台北：成文出版社,1968 年版 .

60. 梁启超 . 梁启超全集 [M]. 北京：北京出版社,1999 年版 .

61. 刘师培 . 中国中古文学史讲义 [M]. 上海 : 上海古籍出版社 ,2019 年版 .

62. 陈寅恪 . 隋唐制度渊源略论稿 [M]. 上海 : 上海古籍出版社 ,1982 年版 .

63. 胡朴安 . 中国风俗（上）[M]. 长春 : 吉林出版集团股份有限公司 ,2017 年版 .

64. 钱穆 . 中国文化史导论 (修订本)[M]. 北京 : 商务印书馆 ,1994 年版 .

65. 钱穆 . 略论魏晋南北朝学术文化与当时门第之关系 [A]. 中国学术思想史论丛（第 2 册）[C]. 合肥 : 安徽教育出版社， 2004 年版 .

66. 余嘉锡 . 世说新语笺疏 [M]. 北京 : 中华书局 ,1983 年版 .

67. 谢国桢 . 谢国桢全集 (第 3 册)[M]. 北京 : 北京出版社 ,2013 年版 .

68. 安作璋主编，朱亚非、陈冬生分卷主编 . 山东通史 (明清卷)[M]. 北京 : 人民出版社， 2009 年版 .

69. 北京市密云区地方志办公室，北京市军事志编委会办公室编 .《明实录》《清实录》密云史料选辑 [M].2016 年版 .

70. 章培恒 . 全明诗 [M]. 上海 : 上海古籍出版社， 1990 年版 .

71. 国家清史编纂委员 . 清代诗文集汇编 [M]. 上海 : 上海古籍出版社， 2010 年版 .

72. 曹道衡 . 兰陵萧氏与南朝文学 [M]. 北京 : 中华书局 ,2004 年版 .

73. 柴志光 . 浦东古旧书经眼录续集 [M]. 上海 : 上海远东出版社， 2016 年版 .

74. 陈德弟 . 先秦至隋唐五代藏书家考略 [M]. 天津 : 天津古籍出版社 ,2011 年版，第 44 页。

75. 陈永明 . 清代前期的政治认同与历史书写 [M]. 上海 : 上海古籍出版社，2011 年版，第 44-45 页。

76. 陈玉中，李响，杨衡善 . 峄县志点注 [M]. 枣庄 : 枣庄出版管理办公室 ,1986 年版 .

77. 戴逸 . 清代科举家族序 [A]. 张杰 . 清代科举家族 [M]. 北京 : 社会科学文献出版社 ,2003 年版 .

78. 邓之诚 . 清诗纪事初编 [M]. 上海 : 上海古籍出版社 ,2012 年版 .

79. 杜志强 . 兰陵萧氏家族及其文学研究 [M]. 成都 : 巴蜀书社 ,2008 年版 .

80. 高新满 . 何承天与何氏家族研究 [M]. 济南 : 山东人民出版社 ,2013 年版 .

81. 高振 . 临沂文学典藏 (历代诗文卷四)[M]. 北京 : 中国文史出版社 ,2019 年版 .

82. 顾诚 . 南明史 [M]. 北京 : 光明日报出版社 ,2011 年版 .

83. 郭英德 . 探寻中国趣味 中国古代文学之历史文化思考 [M]. 北京 : 商务印书馆 ,2017 年版 .

84. 何宗美 . 明末清初文人结社研究 [M]. 上海 : 三联书店 ,2016 年版 .

85. 黄忠 , 韩忠勤 . 沂蒙大观 [M]. 济南 : 山东大学出版社 ,2007 年版 .

86. 汲广运 . 琅邪诸葛氏家族文化研究 [M]. 北京 : 中华书局 , 2013 年版 .

87. 汲广运 , 高梅 . 颜子家族的历史与文化 [M]. 长春 : 吉林人民出版社 , 2004 年版。

88. 江庆柏 . 明清苏南望族文化研究 [M]. 南京 : 南京师范大学出版社 ,2016 年版 .

89. 黎清 . 宋代江西文学家族研究 [M]. 广州 : 中山大学出版社 ,2013 年版 .

90. 李伯齐 , 王勇 . 山东文学史 [M]. 济南 : 山东人民出版社 ,2011 年版 .

91. 李朝军 . 家族文学史的建构——宋代晁氏家族文学研究 [M]. 北京 : 人民出版社 ,2013 年版 .

92. 李建法 , 赵统玺 . 莒州诗词选注 [M]. 北京 : 中国文史出版社 ,2006 年版 .

93. 李树新 . 槐花黄 举子忙——科举熟语的文化镜像 [M]. 北京 : 商务印书馆 ,2021 年版 .

94. 李天根 . 爝火录 (下册) [M]. 杭州 : 浙江古籍出版社 ,1986 年版 .

95. 罗根泽 . 中国文学批评史 [M]. 北京 : 商务印书馆 ,2017 年 .

96. 孟宪海 , 汲广运 . 临沂文化通览 [M]. 济南 : 山东人民出版社 ,2012 年版 .

97. 王胜三 , 浦善新 . 方舆 [M]. 北京 : 中国社会出版社 ,2018 年版 .

98. 缪幸龙 . 江阴东兴缪氏家集 [M]. 上海 : 上海古籍出版社 ,2014 年版 .

99. 南炳文 . 南明史 [M]. 北京 : 故宫出版社 ,2012 年版 .

100. 潘乃谷 , 潘乃和 . 潘光旦选集 (第一集)[M]. 北京 : 光明日报出版社 ,1999

年版.

101. 山东省出版总社临沂分社. 临沂历代诗词选注 [M]. 济南: 山东人民出版社,1986 年版.

102. 周忠元. 历代诗咏临沂·日照总汇 [M]. 济南: 山东人民出版社,2020 年版.

103. 山东省地方史志编纂委员会. 山东省志 (民俗志)[M]. 山东人民出版社,2016 年版.

104. 上海图书馆. 中国家谱资料选编 [M]. 上海: 上海古籍出版社,2013 年版.

105. 宋声宏等. 琅琊宋氏家谱 (梧桐村卷) [M]. 宋氏家族重录本,2000 年版.

106. 佟海燕. 琅琊文化史略 (第 3 卷) [M]. 济南: 山东人民出版社,2010 年版.

107. 万丽华, 蓝旭. 孟子 [M]. 北京: 中华书局,2006 年版.

108. 王春华, 沂蒙儒学史 [M]. 北京: 中央文献出版社,2012 年版.

109. 王厚香, 汲广运. 沂蒙传统家教文化研究 [M]. 北京: 九州出版社,2020 年版.

110. 王厚香, 汲广运. 沂蒙文化若干专题研究 [M]. 济南: 山东人民出版社,2016 年版.

111. 王郦玉. 明清女性的文学批评 [M]. 华东师范大学出版社,2017 年版.

112. 李江峰, 韩品玉. 明清莱阳宋氏家族文化研究 [M]. 北京: 中华书局,2013 年版.

113. 吴根洲. 科举导论 [M]. 浙江古籍出版社,2016 年版.

114. 熊秉真. 童年忆往: 中国孩子的历史 [M]. 台北: 麦田出版股份有限公司,2000 年版.

115. 徐雁平. 清代世家与文学传承 [M]. 北京: 三联书店,2012 年版.

116. 徐扬杰. 中国家族制度史 [M]. 武汉: 武汉大学出版社,2012 年版.

117. 徐玉如. 六朝沂蒙文学研究 [M]. 北京: 中央文献出版社,2011 年版.

118. 严迪昌. 清诗史 [M]. 浙江古籍出版社,2002 年版.

119. 颜炳罡, 王晓军. 兰陵文化通论 [M]. 济南: 山东人民出版社,2013 年版.

120. 杨文娴. 女性学十讲 [M]. 北京: 九州出版社,2022 年版.

121. 杨荫楼 . 中古时代的兰陵萧氏 [M]. 济南 : 山东文艺出版社 ,2004 年版 .

122. 沂水县地方史志办 . 沂水县清志汇编 [M]. 济南 : 山东省地图出版社，2003 年版 .

123. 尹崇智 , 杜耘亚 . 河南鲁山古诗选注 [M].2001 年版 .

124. 于联凯 , 韩延明 . 沂蒙教育史（古代卷）[M]. 北京 : 中央文献出版社 ,2007 年版 .

125. 于联凯 , 于澎 . 沂蒙文化研究 [M]. 吉林人民出版社 ,2002 年版 .

126. 张崇琛 . 古代文化论丛 [M]. 北京 : 商务印书馆 ,2020 版 .

127. 张崇琛著 , 王俊莲编 . 陇上学人文存（张崇琛卷）[M]. 甘肃人民出版社 ,2020 年版 .

128. 张杰 . 清代科举家族 [M]. 北京 : 社会科学文献出版社 ,2003 年版 .

129. 张青 . 洪洞大槐树移民志 [M]. 山西古籍出版社 ,2000 年版 .

130. 张以国 . 正统与野道 王铎与他的时代 [M]. 北京 : 文化艺术出版社 ,2010 年版 .

131. 章开沅 . 清通鉴 顺治朝 康熙朝 [M]. 长沙 : 岳麓书社 ,2000 年版 .

132. 赵静 . 魏晋南北朝琅邪王氏家族文化与文学研究 [M]. 北京 : 中华书局 ,2013 年版 .

133. 中国第一历史档案馆 . 清代档案史料丛编（第十辑）[M]. 北京 : 中华书局 ,1984 年版 .

134. 中国科学院图书馆 . 续修四库全书总目提要（稿本 第 26 册)[M]. 济南 : 齐鲁书社 ,1996 年版 .

135. 中央研究院历史语言研究所 . 明清史料乙编 [M]. 北京 : 商务印书馆 ,1936 年版 .

136. 周潇 . 明代山东文学史 [M]. 北京 : 中国社会科学出版社 ,2015 年版 .

137. 朱亚非 . 明清山东仕宦家族与家族文化 [M]. 济南 : 山东人民出版社，2009 年版 .

138. 左桂秋 . 国家与社会视域下的明清沂州乡贤研究 [M]. 北京 : 九州出版社 ,

2019 年版.

139.[德] 马克斯·韦伯.儒教与道教 [M].南京 : 江苏人民出版社 ,2010 年版.

140.[美] 魏斐德.洪业——清朝开国史 [M].陈苏镇, 薄小莹等译.南京:江苏人民出版社 ,2008 年版.

141.[法] 安德烈·比尔基埃等.家庭史(第 1 卷上册) [M].袁树仁等译.上海:三联书店 ,1998 年版.

论文

1.李炳海.辞赋家和儒士经生的家族兴衰之叹——汉代文学历史沧桑感探索之一 [J].齐鲁学刊 ,1999(02).

2.于联凯.儒学在沂蒙地区的传播 [J].临沂师范学院学报 ,2002(03).

3.郭延礼.明清女性文学的繁荣及其主要特征 [J].文学遗产 ,2002(06).

4.何成.明清新城王氏家族兴盛原因述论 [J].山东大学学报(人文社科科学版)，2002(02).

5.蒋寅.清代诗学与地域文学传统的建构 [J].中国社会科学 ,2003(05).

6.李真瑜.文学世家的联姻与文学的发展——以明清时期吴江叶、沈两家为例 [J].中州学刊 ,2004(03).

7.马凤岗.论颜氏家族的家风与学风 [J].临沂师范学院学报 ,2004(04).

8.严杰.颜真卿的文学观念及其意义 [J].古籍研究 ,2005(01).

9.赵世瑜.祖先记忆、家园象征与族群历史——山西洪洞大槐树传说解析 [J].历史研究 ,2006(01).

10.许如贞.沂蒙文化的阶段划分与不同阶段的文化特征 [J].临沂师范学院学报 ,2008(04).

11.李朝军.家族文学史建构与文学世家研究 [J].学术研究 ,2008(10).

12.罗时进.关于文学家族学建构的思考 [J].江海学刊 ,2009(03).

13.朱亚非.明清山东仕宦家族与家族文化 [J].山东师范大学学报(哲学社会科学版),2009(06).

14. 方芳 . 从《清代朱卷集成》管窥科举家族联姻特点——以孙家鼎家族为中心 [J]. 莆田学院学报 ,2009(12).

15. 吕文明 . 从经学到书法：汉晋间琅琊王氏家族文化的传承与流变 [J]. 孔子研究 ,2010(02).

16. 张剑 . 宋代以降家族文学研究的理论、方法及文献问题 [J]. 文学评论 ,2010(04).

17. 谭洁 . 兰陵萧氏世系及南迁故里考辨 [J]. 齐鲁文化研究 ,2011(02).

18. 唐镜 . 中国传统文化中的人文精神 [J]. 求索 ,2011(02).

19. 徐雁平 . 清代文学世家联姻与地域文化传统的形成 [J]. 华南师范大学学报（社会科学版）,2011(03).

20. 张可礼 . 古代文学史料与古代文学研究 [J]. 山东大学学报（哲学社会科学版）, 2011(03).

21. 王小舒 . 明末清初山东新城王氏家族的历史选择 [J]. 山东大学学报（哲学社会科学版）, 2011(06).

22. 罗时进 . 家族文学研究的逻辑起点与问题视阈 [J]. 中国社会科学 ,2012(01).

23. 朱亚非 . 明清山东仕宦家族文化及其时代价值 [J]. 齐鲁学刊 ,2012(02).

24. 徐雁平 . 清代文学世家的家族信念与发展内动力 [J]. 苏州大学学报（哲学社会科学版),2012(04).

25. 罗时进 . 家族文学：何以成"学"，如何治其"学"？ [J]. 苏州大学学报（哲学社会科学版),2012(04).

26. 苏新红 . 从太仓库岁入类项看明代财政制度的变迁 [J]. 东北师大学报（哲学社会科学版）,2013(01).

27. 游路湘 . 江南与京师：由洪昇旅食文学交游看清初文坛生态 [J]. 浙江学刊 ,2013(03).

28. 廖可斌 . 万历为文学盛世说 [J]. 文学评论 ,2013(05).

29. 卢昱 . 小小杭头村 琅琊宋氏根 [N]. 大众日报， 2013-8-24(07).

30. 韩延明 . 沂蒙文化生成与演进的历史分期撷探 [J]. 山东师范大学学

报 ,2015(01).

31. 李菁 , 李时人 . 明清文化家族生成机制析论——以嘉兴为例 [J]. 华侨大学学报 (哲学社会科学版),2017(03).

32. 常建华 . 有关明清家族制的是是非非 [J]. 人民论坛 ,2018(01).

33. 刘占召 . 王祥风骨与琅琊王氏 [J]. 创造 ,2018(08).

34. 林上洪 . 科举家族联姻与教育机会获得——基于清代浙江科举人物朱卷履历的考察 [J]. 大学教育科学 ,2019(01).

35. 尚自昌 . 清代名吏宋名立汝州勤政爱民 创立汝州诗宗祠 [N]. 大河报 ,2019-10-24 (AI 24).

36. 刘跃进 .《玉台新咏》研究的几个热点问题 [J]. 学术界 ,2020(03).

37. 姚晓菲 . 论中古琅琊王氏家族文化之风貌及功绩 [J]. 临沂大学学报 , 2020(05).

38. 许菁频 . 姻亲网络与家族文学的发展——以秀水长溪沈氏家族为例 [J]. 中州学刊 ,2021(05).

39. 周明初 . 晚明清初文学为中国古代文学高峰说 [J]. 广东社会科学 ,2022(01).

40. 惠铭华《太仓库与明代财政制度演变研究》评介 [J]. 中国史研究动态 ,2022年第 5 期，第 89 页。

41. 余璐 . 明中后期吏部司官分省与官僚政治 [J]. 历史研究 ,2022(06).

42. 朱君毅 . 个体记忆、家谱编撰与家族文化记忆的重构——以《诵芬咏烈编》女性人物为中心的考察 [J]. 中国文化研究 (秋之卷),2022(08).

后　记

　　本书是我们团队 2014 年申请的山东省社科规划项目的最终成果。课题申请缘于一次翻看临沂地方志的经历。就古代文学研究而言，通过发掘区域文化资源，进一步研究社会、历史、地域及文化风俗对文学的影响，无疑也是寻求新的学术生长点的过程。于是就有了通过对琅琊宋氏家族文学创作的具体事实乃至细节探求明清沂蒙文学创作的动态过程，以及通过对琅琊宋氏家族文化与文学做贯通式的综合研究，在诸学科的多边互鉴中重现文学知识生产的社会历史语境，揭示文学创作基层活动状况的想法。所幸项目申请获得了支持。

　　然而书稿的写作却历经波折。首先是资料整理的难度。一是琅琊宋氏家族的文献资料出版不多，所见仅宋之韩《海沂诗集》，其他都需要在地方志、家谱以及各种文集中进行搜集，颇费心力。期间，张泰老师从中协调、联系，兰陵县宋氏家族的宋声宏、宋雷远、宋飞远等各位先生提供资料，宋家宣、宋沛田、宋庆立、宋新远、宋振起等各位先生则在课题研究方面予以了协助。尤其是宋声宏先生，虽年事已高，但是对本课题的研究极为支持，无私提供了其珍藏多年的家谱。课题研究期间我也曾参与了其家族的一些活动，他们对家族的真挚情感和文化传承的使命感让我非常感动。二是学界对宋氏家族的研究很少，而且散见于各类著述之中，这无疑也增加了本课题研究的难度。学界诸位同仁对沂蒙文化、家族文化的研究为我们提供了很多有益的启发，尤其是临沂大学王春华老师赠予的大作《沂蒙儒学史》，对本书的写作可谓助益良多。

项目获批不久，我便到江苏省宿迁市挂职。后又历经工作岗位变动、疫情等，书稿的撰写便一拖再拖。在本书的写作过程中，刘晓臻老师付出良多。她从文献考证到内容撰写，费心费力，保证了书稿的顺利完成。王笑颜和陈紫依两位同学，她们参与了宋氏女性文学部分初稿内容的撰写工作以及书稿的校对工作。感谢周忠元院长在经费上的大力支持，感谢九州出版社杨鑫垚先生一直以来的鼓励、督促，并积极协调出版事宜，此书才得以顺利付梓。

此书得以顺利付梓，仰赖以上诸位的鼎力协助，在此表示诚挚的谢意。此外，对于周忠元院长予以的经费上的大力支持，以及九州出版社杨鑫垚先生一直以来的鼓励、督促和协调，同样致以深深的谢意。

李鹏

2023 年 1 月